솔거(率居)

슬기

민병삼 장편소설

지은이 민병삼 | 발행인 김윤태 | 발행처 도서출판 선 | 북디자인 디자인이즈
등록번호 제15-201 | 등록일자 1995년 3월 27일 | 초판 1쇄 발행 2015년 2월 15일
주소 서울시 종로구 삼일대로30길 21 종로오피스텔 1218호 | 전화 02-762-3335 | 전송 02-762-3371

값 15,000원
ISBN 978-89-6312-482-7 03810

소설에 덧붙여

　역사적인 인물을 소설에 등재하는 작업은 그 시대 사람을 현재 살아 있는 것처럼 만드는 일이다. 이 소설 역시 통일신라 때 활동했던 솔거(率居)를 살아 있는 인물로 만드는 작업 끝에 만들어졌다.

　솔거에 대한 최초의 기록은 《삼국사기(三國史記)》 권48 〈열전(列傳)〉 제8의 내용이다. 여기에 '솔거(率居), 신라인(新羅人)…'으로 시작해 솔거를 기록하고 있다.

　"가난하고 지체가 보잘 것 없는데다가 가계(家系)도 불분명하고, 태어나면서부터 그림에 재주가 뛰어났고, 황룡사 외벽에 그린 노송(老松)의 표현이 매우 사실적이어서 각종 새들이 벽에 부딪혀 떨어질 정도였고, 후에 벽화가 낡아 보수되었으나 원화에 미치지 못하여 새들이 다시 찾아오지 않았고, 경주 분황사에 관음보살상과 진주 단속사에 유마상을 남겼고, 그의 작품들은 마치 신이 그린 것 같은 신화(神畵)로 평가되었다."

　이를 기초로 하여 조선시대 시문집(詩文集)인 《동사유고(東事類考)》와 기사일문집(奇事逸聞集) 즉 지금의 백과사전 격인 이수광의 《지봉유설(芝峰類說)》과 《백률사중수기(栢栗寺重修記)》 등에서 언급했음을 독립운동가이며 서예가인 오세창이 《근역서화징(槿域書畵徵)》에서 밝혔다. 그리고 후대 미술사학자들이 논문이나 저서를 통해서 이 같은 사실을 부연하고 있을 뿐이다.

이것이 솔거에 대한 자료의 전부라고 할 수 있다. 따라서 이번 소설은 이들의 자료를 가지고 픽션으로 재구성하는 작업이었다.

더구나 솔거가 벽화를 그렸다는 황룡사와 분황사, 그리고 단속사가 모두 사라져 지금은 그 흔적만 남아 있다. 그러니 솔거가 황룡사에다 어떤 모양의 노송도를 그렸는지, 분황사에 남겼다는 관음보살상과 단속사의 유마상은 어떤 모습인지 알 길이 없다. 오로지 미술사학자들의 추측만 있을 뿐이다.

어쨌든 솔거를 재조명하는 작업이 결국 작가의 몫으로 남겨진 셈이다. 역사소설은 사실(기록)과 사실이 아닌 것들(픽션)이 어우러진 하나의 연극이다.

2015년 1월
민 병 삼

슬기

1

억수장마가 사흘째 이어졌다. 혹시 하늘에 구멍이 난 게 아닐까 하는 의심이 들 만큼 장대비가 끊임없이 쏟아졌다. 게다가 번갯불이 자주 허공을 가르고 그때마다 천둥이 대지를 흔들었다. 바람도 거세게 불어 빗줄기 허리를 자주 분질렀다.

벌판 곳곳에 골이 패어 빗물이 내를 이루고 있었다. 빗줄기가 워낙 굵은데다가 비안개까지 자욱해 앞이 잘 보이지 않았다.

꼼짝없이 비에 갇혀버린 그는 산 중턱에 혓바닥처럼 길게 내뽑힌 바위 밑에 마냥 앉아 있어야 했다. 그는 대충 보아 청년인 것 같지만 성숙한 나이는 아니었다. 검불을 뒤집어 쓴 듯한 쑥대머리에 얼굴에서는 땟국이 흐르고 옷이랍시고 걸치기는 했으나 하도 꾀죄죄해서 차마 성한 사람으로 봐줄 수가 없었다.

빗줄기는 조금도 잦아들지 않았다. 당장은 그에게 어떠한 방도도 떠오르지 않았다. 그러자 더욱 옴짝달싹할 수가 없었다. 꼭 동아줄에 사지가 꽁꽁 묶여 있는 느낌이었다.

어느덧 주위가 저뭇하기 시작했다. 그는 비로소 사방에 눈을 돌렸다. 산이라고는 해도 처음부터 민둥산이었던 것처럼 잡초만 무성할 뿐이었다. 산자락 끝으로 작은 들판이 있기는 해도 가옥은 보이지 않았다. 곡기 한 술이라도 얻어먹을 염두는 접어야 했다. 그러자 허기가 뱃가죽을 등짝에다 붙여 놓았다.

그는 바위 끝에서 떨어지는 낙숫물로 고픈 배를 달랬다. 곡기를 마지막으로 먹은 것이 그끄저께 아침이었다. 그 이후로는 나무 열매를 따먹거나 칡뿌리를 씹거나 꽃잎을 훑어 먹었다.

하늘이 희붐해지면서 차츰 어둠이 물러가기 시작했다. 사납던 빗줄기도 많이 잦아들었다. 내를 이루며 흐르던 빗물이 줄면서 원래의 바닥이 조금씩 모습을 드러냈다.

결국 산에서 밤을 새웠다. 잠깐잠깐 잠이 들기는 했어도 그때마다 벼락 치는 소리에 놀라 정신이 들곤 했다. 밤새 둘러싼 한기와 겉잠으로 몸이 오싹거리고 이가 닥닥 갈렸다. 체온이 유지되었더라면 젖은 옷이 웬만큼 말랐을 테지만 계속 들이치는 빗줄기 때문에 미처 마를 새가 없었다. 그래서 더 추웠다.

날이 밝으면서 빗줄기도 가늘어지고 바람도 꼬리를 내렸다. 그는 바위틈에서 나와 멀리 들판 너머를 바라봤다. 건너편 산등성이 자욱한 안개에 싸여 들쭉날쭉으로 드러나고 숨기를 반복했다.

그는 도롱이를 걸치고 비로소 산에서 내려왔다. 비가 완전히 그치기를 기다리는 건 어리석은 짓이었다. 더구나 배가 고파서 마냥 있을 수가 없었다. 인가를 발견하는 대로 한술 얻어먹을 셈이었다. 인심만 사납지 않다면 설마 문전박대하랴 싶었다.

걸음을 내딛는 데마다 진창이라 발목까지 푹푹 꺼졌다. 서둘러 걷기란 진작에 틀렸다. 게다가 도롱이가 비에 흠뻑 젖어 무겁기가 천근만근이다.

가도가도 인가는 좀처럼 나타나지 않았다. 고립무원에서 외로

움이 몰려왔다. 배고픈 것보다 더 두려웠다. 이대로 인가를 찾지 못하면 기진맥진하여 쓰러지기 십상이고 그러면 영영 일어나지 못할 것 같았다.

다행히 비는 그쳤다. 구름이 산등성 쪽으로 이동하면서 하늘도 조금씩 속살을 드러내기 시작했다. 햇살이 눈부시게 쏟아졌다. 그는 비로소 도롱이를 벗어던졌다. 햇볕이 등짝을 잔인하게 지지고 젖은 어깨에서 김이 모락모락 피어올랐다.

인가는 끝내 나타나지 않았다. 그새 산을 넘고 들판을 지나 또 산을 넘었는데도 인가는 보이지 않았다. 아무래도 길을 잘못 잡은 것 같았다. 처음에 누가 길을 가르쳐 줘서 나선 것은 아니지만 마을 하나쯤 어렵지 않게 만날 줄 알았다. 그러나 기대가 여지없이 무너졌고 막막한 마음이 가슴에 구멍을 뚫었다.

저만치 두두룩하게 언덕진 곳에 큰 느티나무 한 그루가 서 있고 그늘도 짙게 깔려 있는 게 눈길에 잡혔다. 그늘이 마치 구원의 낙원처럼 보였다. 그는 걸음을 재촉했다.

이때 뒤에서 "이보시오, 이보시오." 하고 다급하게 사람 부르는 소리가 들렸다. 뒤를 돌아보자 웬 남자가 팔을 내저었다. 그 순간 그는 그만 정신줄을 놓고 말았다.

2

누군가 볼때기를 거푸 때리는 바람에 그가 겨우 눈을 떴다. 눈 앞에 웬 노인이 앉아 있었다. 머리를 하얗게 삭발했고 마침 승복까지 입고 있어 그가 승려라는 걸 알았다.

승려가 그를 부축해 나무 그늘로 데려가더니 바닥에 길게 눕혔다. 그러고는 나무아미타불 관세음보살…을 연해 중얼거렸다. 승려가 분명했다.

"나이가 아직 어려보이는데…어디서 오는 길인고?"

"백제 땅에서 오는 길입니다요. 그것보다는 스님, 먹을 것 좀 주세요. 배가 몹시 고픕니다."

"대체 얼마나 굶었길래, 노상에서 정신을 잃누?"

"오랫동안 곡기 구경을 못했어요."

스님이 또 나무아미타불…을 외며 바랑에서 무엇인가를 꺼내 그에게 내밀었다. 베에 싸인 것으로 주먹만 했다. 그것을 풀자 나뭇잎에 싸인 것이 나왔다. 그건 연잎이었고 그 안에 삶은 보리가 뭉쳐 있었다.

그가 허겁지겁 베어먹자 스님이 혀를 차며 오래 씹으라고 타일렀다. 충고 따위는 귀에 들어오지도 않았다. 그토록 그립던 곡기를 먹는다는 사실만이 감격스러울 뿐이었다.

"그래, 여기는 웬일로 왔는고?"

"그런데 스님, 여기가 아직도 백제 땅입니까요? 아니면 신라국인지요."

"허면, 신라에 올 생각으로 길을 나선 것이야?"

"네."

"왜? 여기가 극락계인 줄 알았어?"

"그러면 여기가 신라국인 건 맞습니까요? 사실이면, 제가 길을 옳게 찾은 것이구요."

"어리석기는…헌데, 네 이름이 무엇이냐? 나이는 몇 살이나 먹었고?"

"이름은 솔거(率居)이고, 열일곱 살입니다."

"솔거?"

"제 집안이 솔거노비[1]여서 아버지가 그리 지었다는데, 어머니 말이 확실한지는 잘 모르겠어요. 다른 뜻이 있는지도 모르겠구요."

"성은 무엇이고?"

"노비한테 성이 있겠습니까요."

"허긴…아비는 집에 있고?"

"있었다는데, 지금은 없어요."

"죽었어?"

"제가 갓난아이 때 집을 나간 후로는 소식이 없는데요 뭐."

"아비가 왜 집을 나갔대?"

---

1) 솔거노비(率居奴婢): 주인과 같이 살거나, 근처에 거주하면서 일하는 노비. 사노비(私奴婢).

"머슴질이 싫어서, 절로 들어갔답니다."

"중이 됐다는 말이냐?"

"그렇겠지요."

"불심만 깊다면야…"

허기를 겨우 달래고 나자 눈앞이 조금씩 밝아지는 것 같았다. 마침 구름도 완전히 걷혔다. 청화한 하늘에 눈이 부셨다. 바람도 온데간데없이 사라져 햇살만 뜨겁게 쏟아져 대지를 지져댔다.

그가 바닥에 다시 눕자 스님이 또 이것저것 물어댔다. 궁금한 것이 많은 모양이다. 아니면 자기도 마침 적적하던 참에 말벗을 놓지 않으려는 마음도 있을 것 같고.

"그런데, 아까는 왜 나를 보자마자 정신을 잃고 쓰러졌누? 네 놈을 잡으러 온 줄 알았어?"

"그런 게 아니구요…몇날 며칠을 걸어도 인가는 나타나지 않고, 사람마저 보이지 않아 불안하고 두려웠어요. 결국 굶어죽겠구나 싶었지요. 곡기 구경을 못한 지 오래 돼서 꼭 죽을 것만 같더라구요. 그런데 마침 스님이 나타나셨지 뭡니까. 제가 얼마나 반갑고 마음이 놓였겠어요. 그래서 저도 모르게 그만 정신을 잃었나 봐요."

"불연(佛緣)이로고."

그는 그 뜻을 몰라 스님을 그저 바라보기만 했다. 민머리가 비스듬히 기울어지는 햇빛을 받아 광채를 뿌렸다.

3

솔거와 스님이 자연스럽게 길벗으로 묶였다. 햇볕은 여전히 뜨겁게 쏟아져 스님의 하얀 머리가 발갛게 익어 있었다. 그들은 주로 편편한 곳을 골라 걸었다.

그러나 들어서는 길마다 거칠었다. 돌길이 아닌 곳이 드물고 사방을 둘러봐도 잡초만 무성할 뿐이었다. 중간 중간에 둔덕이 나타나기는 해도 시뻘건 황토로 뒤덮였고 나무가 한 그루도 보이지 않았다. 갈증이 혓바닥을 바작바작 태웠다. 솔거가 스님에게 가는 곳을 물었다.

"탁발승²한테 정처(定處)가 있겠느냐. 발길 따라 가는 거지."

"스님이 계시던 절이 아니구요?"

"탁발승이라니까."

"이렇게 돌아다니기만 하면, 부처님한테는 언제 가세요?"

"부처님은 중생들 마음 속에 계시는 법이다. 너도 중이 되고 싶으냐?"

"목이 타서 그러지요. 이왕 나선 길이니, 개울부터 찾는 게 좋지 않겠습니까."

"가다 보면, 만나게 되겠지. 그건 그렇고, 집에 어미만 홀로 남겨두고 나왔느냐?"

---

2) 탁발승(托鉢僧): 경문을 외면서 집집이 다니며 동냥하는 승려.

"네."

"불효자식이로고."

"노비 하는 일이 얼마나 고된지, 스님이 모르셔서 그래요. 더구나 저의 앞날이 너무 까마득해서 찾을 길이 없구요."

"어미가 마음에 걸리지 않더냐?"

"그럴 리가요. 그렇지만 어머니도 굳이 막지 않은 걸요."

"그게 자식을 생각하는 부모 마음이지. 나무아미타불 관세음보살…"

솔거가 잠시 어머니 얼굴을 떠올렸다. 그가 집을 나선 시각은 동이 트기 직전이었다. 그때는 어머니가 보이지 않았다. 자식이 떠나는 모습을 보지 않으려고 일부러 피한 것이라고 생각했다. 그게 마음에 걸렸지만 그는 입술을 깨물어 결심을 단단히 움켜쥐었다. 한 번도 뒤를 돌아보지 않았다.

"개울이 가까이 있구나."

스님이 하늘을 올려보며 중얼거렸다. 마침 해오라기 두 마리가 비상하고 있었다. 그리 멀지 않은 곳에 논이나 습지가 있을 것이다. 아니면 그의 말대로 개울이 있거나.

둘이서 서둘러 걸었다. 스님도 목이 탔던 모양이다. 걸음이 솔거보다 빨랐다. 맑은 개울물을 떠올리자 목이 더 말랐다. 솔거와 스님은 앞서거니 뒤서거니 하면서 무성한 수풀을 헤쳐 나갔다.

정말 개울이 저만치 보였다. 물줄기가 제법 컸다. 그뿐만이 아니었다. 개울 너머에 가옥 여남은 채가 옹기종기 모여 있었다. 개울만큼이나 반가웠다. 잘하면 밥을 얻어먹을 수 있을 것 같았다. 개울 한가운데에는 아직도 백로 대여섯 마리가 주둥이를 물에 처박고 먹이를 찾고 있었다. 어쩌면 고기가 지천으로 있을지도 모른다.

"스님, 우리도 고기를 잡을 수 있겠는데요."

그러자 스님이 갑자기 눈을 부릅떠 노려봤다. 이유를 물어보나 마나 살생을 경계하는 게 분명했다.

4

비끝이라 개울물이 넘쳐흘렀다. 물 밑으로 고기가 셀 수 없이 많이 돌아다녔다. 마음만 먹으면 맨손으로도 쉽게 잡을 수 있을 것 같았다. 그러나 스님이 지켜보는 앞이라 차마 실행할 수가 없었다.

솔거와 스님은 누가 먼저라고 할 것도 없이 옷을 훌훌 벗어 놓고 개울로 첨벙첨벙 들어갔다. 놀란 고기들이 사방으로 흩어졌다. 솔거는 장난기를 누르지 못해 기어이 손으로 물속을 이리저리 헤집고 다녔다.

몸에서 열기가 빠져나가면서 오싹 한기마저 들었다. 스님이 먼저 개울에서 나갔다. 솔거도 그를 따라 개울에서 빠져나왔다. 스님이 옷을 주섬주섬 꿰면서 왠지 솔거를 위아래로 훑어내렸다.

"골격이 제법 실팍하구나. 아비를 닮은 것이냐?"

"어머니한테 듣기로는, 아버지가 힘이 장사였대요."

"노비였다면 그럴 만도 했겠지. 이제 그만 떠나자꾸나. 탁발을 해야지."

스님이 개울가를 따라 앞장섰다. 솔거는 그의 뒤를 밟으면서도 개울에서 눈을 떼지 않았다. 햇살을 하얗게 받고 있는 수면이 마치 은가루를 뿌린 듯이 반짝거려 눈이 부실 지경이었다. 그 위로 백로들이 한가롭게 노니는 모습이 너무 평화로워 배고픈 것을 잠시 잊게 했다.

마을로 들어선 스님이 첫집을 겨냥해 삽짝 앞에서 목탁을 두드렸다. 솔거는 뒤에 서서 구경이나 할 뿐이었다. 잠시 후 대여섯 살쯤 돼 보이는 계집아이가 나타나 스님을 빤히 올려봤다. 그저 그뿐이었다. 스님이 아이를 향해 다가서면서 "어른이 아니 계시느냐?" 하고 물었다. 그래도 아이는 아무런 반응도 보이지 않았다.

스님이 옆집으로 옮겨 다시 목탁을 두드렸다. 한참 되었는데도 사람의 꼴이 보이지 않았다. 스님이 입맛을 다시며 다음 집으로 옮기려는데 뒤에서 인기척이 들렸다. 돌아보니 허리가 낫처럼 구부러진 노파가 지팡이에 의지해서 다가오고 있었다. 스님이 그녀를 향해 합장했다.

"시주하십시오. 나무아미타불 관세음보살…"

"뭐 드릴 게 있어야지."

노파가 걸음을 힘겹게 내디디며 부엌으로 들어갔다. 잠시 후 그녀가 바가지를 들고 나왔다. 스님이 재빨리 바랑을 열었다. 그러자 노파가 알아들을 수 없는 말을 한동안 중얼거리며 바랑에다 무엇인가를 쏟았다. 보리 한 줌과 시커멓게 탄 눌은밥 덩어리였다.

솔거는 식량보다 눌은밥이 더 고마웠다. 그것만으로도 당장은 요기가 될 수 있어 반가웠다. 그러나 스님은 솔거쯤 안중에도 없는 듯 말없이 다음 집으로 다가갔다.

마을을 다 돌고나자 해가 뉘엿거리기 시작했다. 솔거는 스님이 이끄는 대로 개울가로 내려갔다. 스님이 수건을 꺼내 땀을 닦았다. 수면을 훑고 올라온 바람이 더위를 식혔다.

스님이 바랑을 열어 시주 받은 것들을 풀밭에다 펼쳐놓았다. 보리와 콩과 옥수수, 그리고 눌은밥과 고구마 말린 것 따위였다. 스님이 솔거에게 고구마 말린 것과 눌은밥 한 쪽을 건넸다. 그러고는 "부처님께서 주신 것이야."를 잊지 않았다.

"곧 해가 질 것 같은데, 오늘 밤 잠은 어디서 잡니까?"

"탁발승한테는 정해진 곳이 없다니까."

"한데서 잘 수는 없잖아요."

"이놈아. 하늘을 지붕 삼고, 땅을 방으로 알고 누우면 될 일이다."

솔거 처지로는 감히 대꾸할 수가 없었다. 그에게 뾰족한 방도가 있을 리 없으니 스님이 하자는 대로 따를 수밖에 없었다. 이나마 얼마나 다행인가. 만일 스님을 만나지 못했다면 지금쯤 자신의 처지가 어떻게 되었을까 생각하니 그저 고마울 뿐이었다. 이것도 인연이고 부처님의 뜻일지도 모른다고 위안을 삼았다.

"스님, 신라는 어떤 나라지요?"

"무엇이 알고 싶은 게냐?"

"왕은 어떤 분이며, 백성들의 인심은 어떠하며, 제가 신라국에서 할 수 있는 일이 무엇일까 하는 것이 궁금하거든요."

"궁금한 것이 많구나. 임금은 제35대 경덕왕이시다. 백제는 어떤지 모르겠으나, 여기 인심은 그래도 넉넉한 편이지. 조금 전 시주하는 것을 너도 지켜봤으니, 알 만하지 않느냐. 그리고 네가 여기서 할 일은 스스로 찾는 수밖에. 너는 솔거노비 출신이니, 따로 재주가 있을 것 같지는 않고."

솔거는 스님의 얘기를 가만 듣고만 있었다. 그의 말대로 뛰어난 재주가 따로 없으니 그에게 반박할 게 없는 셈이다. 굳이 억지를 쓴다면 그림 그리기를 좋아한다는 것이 있기는 하지만.

5

스님이 솔거를 데리고 당도한 곳은 자양사(慈洋寺)라는 아주 작은 절이었다. 절이라기보다는 암자가 맞을 것 같았다. 그가 스님이니까 사찰 하나쯤 정하지 않았을 리 없지만 탁발승한테는 정처가 따로 없다는 말을 여러 차례 들어왔던 터라 조금은 의외였다. 그가 큰스님인지 작은스님인지를 모르는 솔거로서는 당연했다.

절에 들어서자 스님 하나가 그를 반갑게 맞았다. 나이는 조금 아래일 듯이 보였다. 둘이 아주 친한 사이인 것 같았다. 그가 버선발로 뛰어나와 "무진(無盡) 스님, 마침 기다리고 있었습니다." 하고 반색하는 것만 봐도 짐작할 만했다. 뒤 이어서 젊은 승려 서넛이 몰려나와 이구동성으로 반겼다. 솔거는 지금까지 동행했던 스님의 법명이 '무진'이라는 사실을 비로소 알게 되었다.

"도암(道庵), 잘 계시었소? 다른 스님들도요?"

"저야 뭐…무진께서는 어디서 오시는 길입니까?"

"탁발하는 처지에, 정해진 곳이 있나요. 발길 닿는 곳이면, 아무 곳이든 잠시 머물지요. 부처님께서도 진리를 먼 데서 찾지 않으셨어요. 일체중생(一切衆生) 개유불성(皆有佛性)이라. 중생처럼 생명 있는 모든 것은 부처의 마음, 즉 불성을 갖추고 있다는 뜻이지요. 누구나 노력하면 부처가 될 수 있다는 말씀 아니겠소."

"옳으신 말씀입니다. 헌데, 이 젊은이는 누굽니까?"

도암이 갑자기 솔거한테 눈길을 주며 물었다. 그러자 무진이 걸걸걸 웃음을 터뜨렸다.

"불연으로 길에서 주운 아입니다."

"길에서 줍다니요? 우연히 만나셨다는 말씀이겠습니다."

"그런 셈이지요."

솔거가 얼른 도암 앞으로 다가가 허리를 꺾었다. 그가 합장으로 예를 갖추었다. 무진이 그제서야 솔거를 만나게 된 경위와 여정을 간략하게 설명하면서 이름까지 덧붙였다.

"솔거라…"

"솔거노비 출신이라, 아비가 그렇게 불렀답니다."

"이왕이면, 도솔천(兜率天)에 있기를 바라는 마음으로 솔거라 했으면 좋았을 걸 그랬습니다. 아비 생각이 짧았던 것 같군요."

"도암이 옳은 말씀을 하셨어요. 얘 솔거야. 방금 스님이 하신 말씀을 들었지? 이제부터는 솔거노비는 마음에서 지워버리고, 도솔천을 생각하거라. 어차피 노비에서 벗어나지 않았느냐. 도솔천이란 미륵보살의 정토(淨土)니라. 다시 말해서 부처님이 사시는 깨끗한 세상을 말함이야. 알겠느냐?"

"예, 스님."

솔거는 그 즉시 '솔거노비'를 마음에서 지우고 도솔천을 외웠다. 언감생심 부처님이 사는 세상에 다다를 수는 없지만 그러한 맑은 마음으로 살 수만 있다면 나쁠 것도 없을 것 같았다.

도암이 무진과 솔거를 승당(僧堂)으로 안내했다. 마침 불이 밝혀 있어 방 구석구석을 살필 수가 있었다. 벽 중앙에 불상(佛像)이 안치돼 있고 한쪽 구석에 불경이 놓인 연상과 그리고 침구와 잡동사니도 보였다.

그 중에 솔거의 눈길을 잡아끄는 것이 있었다. 벽에 걸어놓은 그림이었다. 부처나 보살 그림이 아니고 사찰과 주변의 풍경을 그린 것이었다. 그가 구경한 바로는 절에는 흔히 부처나 보살 그림을 걸어놓기 마련이다. 그러나 이 그림은 의외였다. 자연 눈길이 오래 머물렀다. 화려한 채색도 눈길을 잡았다.

"스님, 저 그림은 누가 그린 것입니까? 스님이신지요."

"그렇기는 하다만…저것이 마음에 잡히느냐?"

"제가 전해 들었던 불화가 아닌 것도 기이하고, 설채³가 화려합니다."

"네가 탱화를 본 모양이구나."

"절에 가서 본 적이 몇 번 있었습니다."

"허어, 무진 스님. 이 아이가 노비였다는 게 사실입니까?"

"글쎄요…본인이 그렇게 말했으니, 믿을 수밖에요."

그러자 도암이 연신 고개를 갸우뚱거리더니 말없이 솔거를 바라보기만 했다. 솔거가 슬그머니 고개를 숙였다. 혹여 말을 함부로 지껄였나 싶어 은근히 걱정이 되었다.

---

3) 설채(設彩): 색을 칠함. 채색.

6

이튿날 새벽 솔거는 공양 한 술 얻어먹고 잠시 절 주변을 걸었다. 경관이 아름다웠다. 숲이 울창해 아름드리나무가 빼곡하게 들어찼고 주로 소나무와 전나무들이었다. 미처 숲에서 빠져나가지 못한 안개가 자욱해서 꼭 구름이 흐르는 것처럼 보였다.

게다가 이름 모를 새들이 끊임없이 지저귀며 이 나무에서 저 나무로 분주하게 날아다녀 더 평화로웠다. 집에서 노비로 매여 있는 동안에는 미처 느끼지 못했던 풍경이었다. 마치 새로운 세상에 발을 들여놓은 것 같았다.

이때 뒤에서 인기척이 들렸다. 무진과 도암이 도란도란 얘기를 주고받으며 다가오고 있었다. 솔거도 걸음을 멈추고 그들이 오기를 기다렸다. 꼭 자신을 찾아 나섰다고는 할 수 없어도 왠지 긴장이 되었다.

무진이 빙긋이 웃으며 다가섰다. 왠지 도암은 두 사람과 간격을 둔 채 서서 주변에 눈길을 두는 척하면서도 솔거를 곁눈질했다.

"솔거야, 아직도 허기가 지느냐?"

"아침 공양을 배불리 먹었습니다. 스님 덕분입니다."

"불연이지. 헌데, 이제 어떡할 셈이냐? 나는 다시 속세로 내려가 탁발을 할 생각이다만."

"저도 스님을 따라갈까요?"

"나를 따라다니면 배나 곯지. 그러지 말고, 너는 여기에 남는 게 좋겠구나. 도암 스님한테 불경도 배우고, 또…"

"저보고 중이 되라구요?"

"중이 싫으냐? 밥은 굶지 않을 터인데, 그것만으로도 좋지 않아?"

"고작 배를 채우는 것이라면, 노비짓으로도 충분했습니다. 그러나 사람으로 태어나 어찌 밥을 배불리 먹는 것으로 만족하겠어요."

"옳거니. 이제 보니, 애늙은이였어."

"제가 신라국으로 넘어온 것은 다른 뜻이 있었습니다."

"다른 뜻이라니? 벼슬이라도 할 생각이었누?"

"신라국에는 훌륭한 화인(畵人)들이 많다고 들었습니다. 저는 좋은 스승을 만나 그림을 배울 생각이었습니다."

"그거 잘되었어. 하마터면 등잔 밑이 어두운 경우가 될 뻔하였구나."

"무슨 말씀이신지요?"

마침 도암이 느릿한 걸음으로 다가오고 있었다. 그러자 무진이 활짝 웃으며 그에게 손짓을 보냈다. 빨리 오라는 신호였다.

"도암, 이 아이가 그림을 배우고 싶다고 합니다."

"저에게 말씀입니까?"

"결국 그렇게 되겠지요."

솔거가 급히 손사래를 쳤다. 무진이 오해하는 것 같았다. 좋은 스승한테 그림을 배우고 싶은 것은 맞지만 도암을 지목할 뜻은 전혀 없었다.

그러자 도암이 갑자기 안색을 하얗게 바꿔 솔거를 노려봤다. 마음이 섬뜩할 만큼 눈빛이 활활 타올랐다. 솔거는 그만 주눅이 들고 말았다. 도암 앞에서 함부로 입을 놀렸다가는 당장 귀싸대기를 얻어맞기 십상이었다. 이것도 인연이라면 악연이겠구나 싶어 두려움이 가슴을 압박했다.

7

솔거는 언덕을 내려가는 무진의 뒷모습을 바라보면서 가슴에 구멍이 뚫린 것처럼 허전하고 안타까웠다. 마치 어버이를 떠나보내는 것 같았다. 비로소 그가 큰스님이 아니었을까 싶었다.

도암도 그가 산모퉁이를 꺾어 돌 때까지 지켜 서서 합장으로 배웅했다. 솔거 역시 도암이 자리 뜰 때를 기다려 꼼짝않고 서 있었다.

한참만에 도암이 돌아섰다. 솔거도 그의 뒤를 느럭느럭 따라붙었다. 그는 승당에 닿을 때까지 입을 딱 봉하고 있었다. 그의 등에서 차가운 기운이 흐르고 있음을 느꼈다. 솔거의 가슴도 서늘하게 식었다. 금세 무진이 그리웠다.

이때 머리카락이 밤송이처럼 뻗친 사내아이가 도암을 향해 폴짝폴짝 달려왔다. 그 뒤로 웬만큼 늙어 보이는 여인이 조심스럽게 따라붙었다. 그녀의 복색으로 보아 보살일 것 같았다. 둘 다 아침 공양 때만 해도 보지 못했다. 아이는 여염집 자식이 분명했다. 옷차림이 그랬다.

솔거는 멀찍이 서서 그들을 지켜보기만 했다. 아이가 도암의 바짓가랑이를 잡고 늘어졌다. 도암은 아이가 하는 대로 가만 두었다. 갑자기 온화해진 그의 표정에서 정이 많이 든 것을 느낄 수 있었다.

여인이 도암과 얘기를 몇 마디 나누고는 조용히 물러갔다. 아이는 도암에게서 떨어질 생각이 없어 보였다. 솔거는 그들을 지켜보면서 하마터면 도암에게 아들이냐고 물을 뻔했다. 절에 와 있음을 깜빡 잊고 있었다.

"스님, 이 아이는 누굽니까요?"

"너는 알 거 없다."

그러고는 이내 승당으로 들어가 버렸다. 그의 뒷모습에서 또 한번 찬바람이 일었다. 괜한 것을 물었다 싶어 얼굴이 화끈하게 달아올랐다. 앞으로는 함부로 입을 놀리지 말자고 다짐했다. 전에 어머니가 '말이 많으면 쓸 말이 적다'는 속담을 들려주며 말을 삼가라고 타이른 적이 있었다. 그걸 새삼 깨달았다.

자양사에 머문 지 열흘이나 되었다. 그러는 동안 도암이 솔거를 특별하게 대한 것이 없었다. 마치 오랜 세월을 한 식구로 살아 왔던 것처럼 무덤덤했다. 서로가 소 닭 보듯 닭 소 보듯이 무심하게 지내는 셈이었다. 다른 승려들과도 마찬가지였다. 더구나 그들은 공양을 뜬 후 곧장 탁발하러 떠나는 바람에 미처 얘기할 새도 없었다.

도암의 무심과 침묵이 솔거로 하여금 갈급령을 내게 만들었다. 그의 속셈을 들여다 볼 수가 없어 답답했다. 솔거가 암자에 남겨진 것은 무진의 권유 때문이었고 두 스님의 합의에 의한 것임은 이미 짐작하고 있었다.

그렇다고 이쪽에서 먼저 속내를 드러낼 수는 없었다. 함부로 말을 내지 않기로 이미 결심한 마당에 경망하게 굴기는 싫었다. 그의 처지로는 기다리는 수밖에 없을 것 같았다. 도암이 언젠가는 말문을 열겠거니 하고 지켜보고만 있었다.

하루하루가 무료했다. 그 동안 솔거가 한 일은 밥값이나 할 요량으로 공양간⁴에서 쓸 장작을 마련하거나 독에 물을 채우거나 뜰에 비질이나 할 뿐이었다.

무심히 나무꼬챙이를 주워 든 솔거는 곧장 마당 한가운데에 쪼그리고 앉았다. 말끔하게 비질이 돼 있는 바닥에 갑자기 괜한 심술이 발동했다. 정갈한 바닥을 마구 흐트러뜨리고 싶었.

바로 눈앞에 서 있는 소나무에 눈길이 갔다. 크고 곧게 뻗은 나

---

4) 공양간(供養間): 사찰의 부엌.

무는 아니지만 야릇하게 휘늘어진 가지 하나가 그의 마음을 잡아 끌었다.

그는 망설일 것도 없이 바닥에다 그 소나무를 옮겨 놓기 시작했다. 큰 줄기보다는 가지들 중에 특히 기이하게 늘어진 것에 초점을 맞춰나갔다. 가지뿐만 아니라 솔잎까지도 빠뜨리지 않고 조밀하게 그렸다.

이때 인기척을 느꼈다. 뒤를 돌아보자 뜻밖에 도암이 서 있었다. 솔거가 놀라서 발딱 일어났다. 도암이 허리를 구부려 그림을 오래 들여다봤다.

8

솔거가 멀찍이 떨어져 거리를 두자 도암이 오라는 손짓을 보냈다. 그가 화끈거리는 얼굴로 미적미적 다가갔다. 도암이 째리듯이 바라봤다.

"노비였다면서, 누구한테 그림을 배웠느냐?"

"따로 배운 적은 없고, 그저 장난 삼아 그렸을 뿐입니다."

"탱화는 언제 봤느냐?"

"일이 없는 날에, 근처 절에 갔었습니다. 탱화만 본 것이 아니고, 부처님이나 주위를 치장한 것이나 단청 같은 것을 많이 봤습니다."

"붓을 잡아본 적은 있고?"

"없습니다."

"따라 오너라."

도암이 앞장서 승당으로 들어갔다. 솔거가 잔뜩 긴장해 따라갔다. 도암이 경탁[5] 밑에서 필묵함[6]과 종이를 꺼냈다. 솔거는 그의 의중을 몰라 물끄러미 바라보기만 했다.

"먹을 갈아본 적도 없고?"

"네."

그가 벼루에다 연적에 담긴 물을 붓고는 잠시 먹 가는 시늉을 보였다. 따라 하라는 뜻인 것 같았다. 솔거는 그의 시늉대로 먹을 갈았다. 너무 힘이 들어가 먹물이 사방으로 튀었다. 그러자 도암이 혀를 차면서 먹을 빼앗았다.

"벼루에 구멍을 낼 셈이냐? 먹을 갈 때는 참선하는 마음이어야 해."

그가 솔거로 하여금 무릎을 꿇게 하고는 다시 먹 가는 시범을 보였다. 솔거가 먹을 넘겨받기는 했어도 생각했던 것보다 훨씬 어려웠다. 그래도 맑았던 물이 시커멓게 변하는 게 신기했다. 그는 먹을 들어 한참을 들여다봤다.

---

5) 경탁(經卓): 불경을 올려놓고 읽는 데 쓰는 탁자. 경궤(經机), 경안(經案).
6) 필묵함(筆墨函): 벼루·먹·붓·연적 등 서예도구를 넣는 함.

"스님, 먹은 무엇으로 만듭니까? 신기합니다."

"아교를 녹인 물에 소나무 그을음을 반죽해서 굳힌 것이다. 신라에도 중국에서 들여온 먹이 있어. 조소공[7]이라는 사람이 제조한 것인데, 좋은 품질로 전해지고 있다."

먹물이 걸쭉할 정도가 되자 도암이 붓을 적셔 이면지에다 가로 세로로 선 긋기를 반복했다. 그러고는 솔거한테 붓을 건넸다.

"화선지(畵宣紙)는 본 적이 있느냐?"

"처음입니다."

그는 종이를 화선지로 부르는 걸 비로소 알았다. 그가 붓 잡는 법부터 가르치고는 이면지에다 선을 긋게 했다. 그것 또한 쉽지 않았다. 붓을 바르게 내리지 못해 선이 삐뚤고 굵거나 가늘었다. 도암이 눈을 부라렸다. 그는 주눅이 들어 손을 떨었다.

솔거는 도암의 지시로 어제부터 금당[8] 뒤에 있는 선방(禪房)으로 들어갔다. 선방은 서너 사람이 넉넉하게 앉을 수 있게 뚫린 석굴이었다. 오로지 승려들이 참선(參禪) 수행하는 곳으로 안에 아무것도 없었다.

도암이 솔거를 선방으로 보낸 것은 수행부터 하라는 뜻이었다. 속세에서 더럽혀진 마음부터 깨끗하게 비우라고 했다.

그때부터 그는 아침 공양을 마치자마자 선방으로 들어가 다음

---

7) 조소공(曹素功): 명청(明淸) 때 사람으로, 그가 만든 먹이 품질이 좋아 인기가 있었다.
8) 금당(金堂): 절의 본당(本堂). 대웅전.

공양 때까지 가부좌를 틀고 오로지 참선만 할 뿐이었다. 좌선하면 과연 더럽혀진 마음이 비워질지는 알 수가 없다.

사실 그의 마음 한편에는 간절하게 바라는 것이 있었다. 그건 천지신명에게 기구하면 어떤 계시를 받을지도 모르고 그러면 장차 그림을 잘 그릴 수 있다고 생각했다. 지성이면 하늘도 감동한다는 진리에 대한 믿음이었다.

이제 참선하는 것이 일과가 되어 벌써 석 달이 지났다. 그 사이에 여름이 슬그머니 사라지고 어느덧 숲속의 나뭇잎들이 시들어 가는 가을로 바뀌었다. 발이 저리다 못해 구부린 무릎이 굳어 버려 앉은뱅이가 될 것만 같았다. 그래도 꾀를 부리거나 다른 마음을 가질 수가 없었다.

어느 날이었다. 그가 깜빡 잠이 들었던 것 같았다. 그때 잠깐 꿈을 꾸었고, 꿈에 느닷없이 노인이 백발을 날리며 나타났다. 꿈속에서도 그가 신선일지 모른다고 생각했다.

그때 의관(衣冠)을 제대로 갖춘 노인이 갑자기 '나는 신인[9] 단군 (檀君)이니라. 너의 지성에 감동하여 내가 신필[10]을 주노라' 하고는 구름 속으로 홀연히 사라졌다. 솔거는 그를 잡으려고 안달을 부리며 팔을 내저었다. 꿈은 거기까지였고 비로소 잠에서 깨어났다.

---

9) 신인(神人): 신과 같이 숭고한 사람.
10) 신필(神筆): 매우 뛰어난 글씨나 그림.

되짚어 생각할수록 신기한 꿈이었다. 노인이 틀림없이 신인 단군이었다면 왜 꿈에 나타난 것일까. 그리고 왜 신필은 주겠다고 했을까. 혹시 어떤 영감을 주려고 했던 건 아니었을까. 솔거는 궁금해서 조바심이 일었다.

솔거는 곧장 도암한테 달려갔다. 그가 마침 승당에서 불경을 읽고 있었다. 그가 조심스럽게 다가갔다. 도암이 뜨악한 표정으로 건너봤다. 아직 선방에 있을 시간에 나타난 것이 의아했을 것이다.

"스님께 말씀드릴 게 있어서…"

"참선을 끝내고 싶다는 말이 하고 싶으냐?"

"그게 아니구요…"

솔거는 도암의 곱지 않은 시선을 의식하며 조심스럽게 입을 열었다. 도암은 등을 돌려 앉아 듣는 둥 마는 둥하고 딴전만 피웠다. 그 모습이 솔거를 또 불안하게 했다.

결국은 꿈 얘기였다. 꿈에 단군이 나타난 것이 그 동안의 수행과 연관이 있는지를 물었다. 그뿐만이 아니라 혹시 어떤 영감을 주기 위해서 꿈에 보인 것이 아닐까 하는 점도 덧붙였다.

그러나 도암은 전혀 반응을 보이지 않았다. 시답잖다는 듯이 눈을 지그시 감은 채 어깨를 좌우로 흔들기만 했다.

"꿈에 나타난 노인이 정말 단군이었을까요?"

"꿈은 네가 꾼 것인데, 내가 어찌 알겠느냐. 그래, 네가 보기에는 단군처럼 보이더냐?"

"그 모습에 위엄이 있어, 꿈속에서도 그렇게 생각했습니다."

"네 생각이 그랬다면, 그런 거지."

도암은 고개도 돌리지 않은 채 다시 불경에다 눈길을 내려놓았다. 대거리하기가 귀찮다는 표정이었다. 그에게는 꿈 얘기가 하찮은 것 같았다.

솔거는 그만 무안해서 슬그머니 일어났다. 그러자 도암이 헛기침으로 발목을 잡았다. 솔거가 주춤하여 그를 향해 돌아섰다. 그가 지난번처럼 필묵함을 앞으로 밀어놓았다.

"선 긋는 연습이나 부지런히 하거라. 딴 생각 말고."

"예, 스님."

그가 딴 생각하지 말라고 한 뜻의 진의를 몰라 한참 동안 생각했지만 끝내 감을 잡지 못했다. 어쨌든 솔거는 요사(寮舍)에다 사우를 내려놓고 다시 선방으로 들어갔다. 꿈에 보인 노인의 정체를 확실히 모른 채 그저 선 긋는 연습이나 할 기분이 아니었다. 다시 좌선에 들어가면 단군이 다시 나타날지 모른다는 기대감을 떨쳐버릴 수가 없었다.

그는 다시 가부좌를 틀고 눈을 감았다. 참선하는 동안에 자신도 모르게 잠이 들지도 모르고 아까처럼 꿈을 꿀지도 모른다는 기대감이 있었다. 그러면 단군이 또 한번 나타날 것도 같았다. 차마 그 소망을 포기할 수가 없었다.

지성이면 감천이라고 했어.

그의 머릿속에는 온통 꿈에서 본 그 단군의 모습으로 가득 채워졌다. 눈이 부시게 하얀 머리카락이 바람에 날리는 가운데 혈기가 붉게 도는 부드러운 뺨과 위엄이 가득한 표정이었다.

그가 위엄만 띠었던 게 아니었다. 웃을 듯 말 듯한 표정일 때는 온화하기 그지없었다. 그가 단군일 수도 있지만 혹시 어떤 신령(神靈)이 아닐까 싶기도 했다. 단군이든 신령이든 자신의 간구에 감동을 받아 나타난 건 확실할 것 같았다. 만약 다시 꿈을 꾸게 되면 이번에는 그가 어떤 계시를 내릴지도 모른다는 염원이 가슴을 뜨겁게 지졌다.

10

솔거는 온종일 요사에만 틀어박혀 꼼짝도 하지 않았다. 선 긋는 연습을 하라던 도암의 지시도 잊은 채 꿈속의 단군만 생각했다. 꿈속에서의 모습이 너무 또렷했다. 자신에게 재주만 있다면 얼굴 윤곽은 물론이고 눈매와 입술과 머리카락 한 올까지도 그려낼 수 있을 만큼 기억했다. 그러자 더욱 안달이 났다.

꿈은 다시 꾸지 않았다. 더구나 그가 다시 나타나기를 기다린다는 건 어리석은 생각이었다. 그가 정말 단군이거나 신령이었다면 더더욱 기대해서는 안 되는 일이었다.

그는 도암의 지시를 따르기로 마음을 바꿔 선방에서 물러났다. 꿈속에서의 단군을 기억에 가둬 놓으면 될 것 같았다. 그러면 언제든지 화선지에 옮길 수 있을 것이다.

그는 하루 종일 요사에 쪼그리고 앉아 선만 그었다. 가로 긋고 세로로 긋기를 수없이 반복했다. 그뿐만 아니라 선을 휘어보기도 하고 원을 그리기도 했다. 선의 강약을 조절하면서 때로는 굵고 때로는 가늘게 이어갔다. 미세한 선이 실보다 더 가늘 때도 있었다. 그렇게 한 달을 넘겼다.

한참 연습에 공을 들이고 있는 중에 도암이 불쑥 들어섰다. 솔거가 몸을 발딱 세워 한쪽으로 비켜서자 그가 잔뜩 쌓여 있는 종이를 하나하나 들췄다. 발전이 있는지를 확인하려는 것 같았다. 그리고는 웬 서책 한 권을 툭 던져놓았다.

"반야심경(般若心經)이니라."

그걸 왜 건네는지 의중을 몰라 그를 우두커니 바라보기만 했다. 그러자 그가 입을 달싹거렸다.

"선 긋는 수행은 그만 하고, 이제부터는 이것을 옮기도록 해. 수행하는 마음으로 써야 한다."

"스님, 저는 이것을 읽지 못하는데요."

"옮겨 쓰라니까."

"반야심경이 무엇입니까. 처음 듣습니다."

"짧은 불경으로, 모두 이백예순두 자가 된다. 대반야경(大般若經)

의 심수(心髓) 즉 부처님 말씀 중에 핵심을 간결하게 요약한 것으로
알면 돼."

"말씀의 뜻도 모르고, 무작정 옮겨 써도 되는지요."

"뜻은 저절로 알게 되는 것이다."

"무슨 말씀이신지…"

"독서백편의자통(讀書百遍義自通)이지. 같은 글을 자꾸 반복해서
읽으면, 저절로 뜻을 알게 된다는 말이다. 그러기 위해서는 독서
삼도(讀書三到)를 지켜야 해. 무슨 말인고 하니, 독서하는 법은 구도
(口到) 안도(眼到) 심도(心到)에 있다는 뜻이야. 즉 입으로 다른 말을
하지 않고, 눈으로는 딴 것을 보지 말고, 마음을 하나로 가다듬고
깊이 새기면, 그 참뜻을 알게 된다는 말이다."

"스님 말씀이 불경보다 더 어려운 것처럼 들립니다."

"너한테는 그러하겠구나. 어쨌든 독서백편의자통과 독서삼도
를 항상 마음에 품고 불경을 대하거라."

"먼저, 읽을 줄을 알아야 백 번이든 천 번이든 읽지 않겠습니
까."

"옳은 말이다. 이제부터는 내가 읽는 것을 따라 하거라. 그리고
외우도록 해. 담긴 뜻은 그런 다음에 알아지는 거니까."

솔거는 그가 말한 의미를 조금은 알 듯하면서도, 깊은 뜻은 여
전히 오리무중이라 고개만 건성으로 끄덕이고 말았다. 궁금한 속
내를 되풀이해서 뱉어냈다가는 역시 핀잔만 들을 것 같았다.

도암은 반야심경을 이미 외우고 있는 듯 책은 보지도 않았다. 솔거는 그가 외우는 대로 그저 따라 할 뿐이었다. 그가 '마하반야 바라밀다심경(摩訶般若波羅蜜多心經)' 하면 똑같이 따라 하고, 그가 '관 자재보살 행심반야바라밀다시(觀自在菩薩 行深般若波羅蜜多時)' 하면, 마 치 산울림처럼 되풀이했다. 원체 까막눈인 솔거한테는 그것마저 어려웠다.

"스님, 글이 너무 길어서 외울 수가 없습니다. 한 글자씩 따라 하게 해 주십시오."

"이것 또한 수행이니, 잔말 말고 따르거라."

"그래도 너무…"

그가 역시 눈을 부라렸다. 만약 그가 죽비라도 가지고 있었더 라면 어깻죽지를 사정없이 내려쳤을 분위기였다. 솔거가 눈을 내 리깔 수밖에 없었다.

그렇게 따라 외우기 시작한 지 어느덧 한 달이 되었다. 그러나 독서백편의자통은커녕 따라 하는 것조차도 자주 맥이 끊어졌다. 그때마다 도암의 목소리가 커져 목을 자라처럼 집어넣었다.

그는 반야심경을 옮겨 쓰면서, 서체는 곧 도(道)이고 예(藝)임을 강조한 도암의 설명을 조금은 알 듯했다. 처음 반야심경을 쓴 이 는 당연히 승려일 것이다. 그는 이미 도와 예에 자통(自通)했을 것 같았다. 곧 운필(運筆)의 묘를 스스로 터득했을 것이다. 글을 한 자한 자 베끼면서 느꼈다.

그렇다면….

서체에 도가 있다면 그림에도 도가 있을 것 같았다. 그것이 곧 화도(畵道)가 아닐까 싶었다. 만약 그림에 자신만의 일가를 이룰 수 있다면 그건 곧 도와 예의 높은 경지에 다다른 것이다.

내가 과연 그런 경지에 다다를 수 있을까?

솔거는 반야심경을 모사하면서 자통하기를 고대하지는 않았다. 자연히 깨달으면 더 바랄 것이 없다. 그러나 애면글면하지는 않을 것이다. 안달해서 될 일도 아닐 것 같고.

세상에 쉬운 일은 없었다. 뜻도 모르면서 오로지 외우고 베껴 쓰기만 하는 데도 손목이 끊어질 듯이 아프고 무릎이 저려서 감각이 없고 허리마저 뻣뻣하게 굳어 버린 것 같았다. 그것이 곧 수도하는 길이라고 하니 그저 할 뿐이었다.

저녁 공양을 마치고 잠시 뜰을 거니는데 도암이 솔거를 승당으로 불러들였다. 혹시 다음에 할 공부를 지시하려는가 싶어 기대감을 품고 들어갔다.

"반야심경을 외워서 쓰느냐, 아니면 지금도 보고 베끼느냐?"

"외우기는 해도, 보지 않고는 쓰지 못합니다."

"공양만 축내는 놈이로구나. 그 동안 옮겨 쓴 것을 모두 가져오너라."

그는 곧장 요사로 달려갔다. 연습한 종이가 수십 장이 되었다.

그걸 도암 앞에 조심스럽게 내려놓고는 고개를 푹 꺾었다. 그의 호된 질책을 각오하고 있었다.

그가 종이를 하나하나 넘기면서 한숨을 쉬기도 하고 혀를 차기도 하고 때로는 고개를 끄덕이기도 했다. 그럴 때마다 가슴이 뛰고 입에 침이 말랐다.

"네가 보기에는 어떠하냐? 잘 쓴 것이냐?"

"아닙니다. 원본과 같게 쓰려면, 여러 해를 연습해야 될 것 같습니다."

"정녕, 그리 생각하느냐?"

"감히 스님께 마음을 속이겠습니까."

"앞으로 석 달을 더 쓰거라."

그는 지체없이 물러났다. 도암이 그렇게 말했을 때는 깊은 뜻이 있겠다 싶어 불만을 품지 않기로 했다. 밖으로 나오자 밤이 이미 경내에 내려와 있었다. 어둠이 뜰을 새카맣게 덮었고 하늘에는 별이 촘촘히 박혀 있었다.

12

얼마 전에 보살과 함께 봤던 동자가 곧 삭발할 것 같았다. 아직 어린 나이라 수계식(授戒式)까지는 하지 않았으나 중이 된 것은 틀림없는 것 같았다. 머리를 깎고 가사를 입었다고 해서 중이 되는 건 아니었다. 계(戒)와 율(律) 즉 오계(五戒)와 사미십계(沙彌十戒)를 지켜야 한다. 그러나 겨우 다섯 살밖에 안 된 동자승한테는 부질없는 계율일 것 같았다.

오계는 살생하지 말 것, 도둑질하지 말 것, 부정을 저지르지 말 것, 거짓말하지 말 것, 술 마시지 말 것 등이다. 그리고 사미십계는 때 없이 밥 먹지 말 것, 가무와 악기를 연주하지 말 것, 향료와 장식품 따위로 몸치장을 하지 말 것, 안락한 침구에 눕지 말 것, 금은보화를 지니지 말 것 등이다.

도암이 아이 머리에 삭도(削刀)를 들이대자 금세 자지러졌다. 깎지 않겠다고 발버둥을 치며 울어 한바탕 난리를 피웠다. 날이 시퍼런 삭도에 겁을 먹은 것 같았다. 도암과 보살이 달려들어 진정시키며 얼렀으나 막무가내로 굴었다.

잠시 삭도를 놓아 버린 도암이 느닷없이 솔거를 향해 식지를 꼬불꼬불 놀렸다. 솔거가 영문을 몰라 미적미적 다가갔다.

"네가 저 아이를 달래야 되겠구나."

"스님의 말씀도 듣지 않는데, 제가 어찌…"

"네가 아이 보는 앞에서 머리를 깎으라는 것이야."

"저보고 중이 되라는 말씀입니까?"

"삭발했다고 다 중이 되는 것이 아니지 않느냐. 네가 솔선하여 수범을 보이면, 아이가 마음을 놓을 것이야."

"그래도 저는…"

"어허. 내 말뜻을 그리도 헤아리지 못해서야 원…그리고 네 더러운 머리에서 이가 기생하고 있음을 알아야지."

도암이 곧장 솔거의 머리채를 움켜잡아 삭도를 들이댔다. 사실 도암의 지적이 틀린 건 아니었다. 머리를 자주 감지 않아서 늘 가려웠다. 그로서는 더 버틸 핑계가 없었다.

그제서야 울음을 그친 동자가 솔거 턱밑으로 얼굴을 디밀었다. 그가 눈을 부릅뜨는데도 아이는 새실새실 웃기만 했다. 아이가 조금은 괘씸했지만 천진난만한 모습에 그만 웃음이 터지고 말았다.

그의 머리에서 잘려나간 머리카락이 한 자루는 되는 것 같았다. 머리에 물을 묻힌 적이 드물어 머리카락이라기보다는 꼭 짐승의 털처럼 보였다.

솔거가 민둥머리를 만지며 쑥스러워하자 도암이 킬킬킬 웃음을 토했다. 그가 보기에도 민망했던 모양이다.

"어떠하냐, 시원하지 않느냐?"

"시원하기는 합니다. 그런데 스님, 중이 되면 머리를 깎아야 하는 이유가 무엇인지요?"

"출가(出家)가 무엇이더냐. 세속의 인연을 버리고 성자(聖者)의 수행 생활에 들어가는 것이 아니더냐. 수도하는 중의 입장에서는 속세의 정이 방해가 돼. 그래서 삭발하여 이절부모지사(以切父母之思) 즉 부모의 은혜를 끊는 것이야. 다시 말해 수행을 위하여 부모의 정마저 끊겠다는 뜻으로 머리를 깎는 것이지. 공자가 일찍이 신체 발부수지부모(身體髮膚受之父母)라 했어. 신체와 터럭과 같은 살갗은 부모에게 받은 것이니, 함부로 손상시키지 않는 것이 효의 시작이라는 게야. 그러나 중이 되면 다 잊어야 하는 것이다."

"스님도 그러셨습니까?"

"그랬으니까, 이렇게 중노릇을 하지 않느냐."

"결국 중이 되기 위해서 효를 버리는 게 아닙니까."

"그러나 부처님의 구제 대상인 중생을 위해서는 뜻을 더 크게 가져야 되지 않겠느냐? 그것을 불교에서는 위법망구(爲法忘軀)라고 한다. 불법을 위해서 몸을 돌보지 않고, 온갖 고행을 자초한다는 뜻이야."

솔거는 자신도 모르게 고개를 끄덕이기는 했으나 어쩌면 고승일지도 모르는 도암의 큰뜻을 깨달았을 리가 없다. 어쨌든 그는 얼떨결에 중 아닌 중이 되어 당분간 민둥머리로 지내야 될 판이었다.

13

솔거는 우연히 무진 스님의 비밀을 알게 되었다. 그와 공양간에 있는 보살과의 관계였다. 젊은 승려들이 하는 얘기를 들었다. 그 자리에서는 귓등으로 들어 아는 체하지 않았지만 머릿속에 남는 것까지는 물리칠 수가 없었다.

보살이 곧 무진의 아내였다는 것이다. 그녀는 무진이 출가하면서 혼자 남게 되었다. 솔거는 무진한테 어떤 사연과 계기가 있어 출가를 결심했는지 궁금했다. 그 나름 무진을 고승으로 여겼던 만큼 궁금증은 더욱 깊었다.

며칠 후 그는 이 사실의 최초 발설자인 젊은 승려한테 슬그머니 접근했다. 그에게 궁금한 마음을 털어놓자, 그가 당황한 기색으로 어떻게 알았느냐고 반문했다. 우연히 들었다고 사실대로 말했다. 그가 눈을 부라렸다.

"누가 또 알고 있지?"

"우연히 들었을 뿐인 걸요."

"그 자리에, 다른 사람은 없었고?"

"나 혼자뿐이라니까요. 그런데 왜 그리 놀래요?"

"무진 스님한테 누가 될까봐 그러지. 보살한테도 그렇고. 그러니까 너도 입을 조심해야 돼."

"아이는 누구 자식인가요?"

"어허. 별 걸 다 묻는구나. 네가 알 필요는 없잖아."

"궁금해서 그래요. 무진 스님의 피붙이는 아닌 것 같고…"

"보살이 집 앞에 버려진 아이를 거둔 것이라고 말하는 사람도 있어."

"업둥이였네요. 무슨 사연이 있어, 어미가 제 자식을 버렸을까요?"

"어허, 캐묻기는…소문이 그렇다는 것뿐이니, 더는 알려고 하지 마라."

그가 식지를 입술에 붙이고는 내빼듯이 사라졌다. 솔거는 그의 뒷모습을 바라보며 의문이 꼬리를 물었다. 보살이 무진의 아내였었다는 것까지는 그럴 수 있다고 생각했다.

그러나 동자가 업둥이였다는 소문에 대해서는 믿고 싶지 않았다. 사실로 받아들이기에는 동자가 너무 티없이 맑았기 때문이다. 동자의 표정과 언행에서 조금도 어두운 그림자가 흐르지 않는 탓이었다.

사실이라면, 그럴 만한 사정이 있었겠지.

동자가 기어이 머리를 깎았다. 도암이 삭도를 들이대도 어제처럼 저항하지 않고 순순히 따랐다. 단지 뜻 모를 눈물만 뚝뚝 떨어뜨릴 뿐이었다. 그 모습이 안쓰러웠다.

왠지 도암이 동자를 솔거와 함께 엮어놓았다. 잠자리를 비롯해 공양할 때도 늘 솔거 곁에 있도록 했다. 도암의 의중이 궁금했으나 굳이 묻지는 않았다. 솔거 또한 동자가 귀엽기도 하거니와 아이도 잘 따랐다. 한 번도 성가시게 군 적이 없었다. 어느 날 도암이 동자를 '미등(米等)'이라 부르는 것을 들었다. 비로소 동자 이름이 미등이라는 걸 알았다.

미등이 솔거를 따라서 붓을 잡았다. 시키지 않았는데도 스스로 붓을 잡아 삐뚤빼뚤 선을 긋거나 원을 그리며 장난을 즐겼다. 솔거는 그가 하는 대로 가만 두었다. 미등을 흘끔흘끔 곁눈질하면서 왠지 연민이 들었다. 어쩌면 사이가 원만한 부부한테서 태어난 아이가 아닐 수 있다는 생각 때문인지도 모른다. 분명히 슬픈 사연을 안고 태어났을 것 같았다.

어쨌든 부모에게서 버림받은 아이였어.

눈에 넣어도 아프지 않았을 아이를 버릴 수밖에 없었던 부모 마음이 오죽 아팠을까. 어디까지나 추정인 것을 함부로 단정하는 솔거 스스로도 놀랐다. 그러다 보니 자신의 불우한 처지로 돌아갈 수밖에 없었다.

솔거는 자신도 모르게 갑자기 눈물이 솟았다. 어금니를 물어 얼굴을 천정을 향해 들었는데도 눈물이 끊임없이 쏟아졌다. 이를 미등이 눈치 챘는지 솔거의 얼굴을 빤히 들여다보며 "솔거 스님, 왜 울어?" 하고 물었다.

14

겨울이 깊어지면서 눈이 자주 내렸다. 자양사와 주변을 둘러싼 산에도 온통 눈으로 덮였고, 계곡마다 쌓인 눈이 무릎까지 잡아먹었다. 산등성 낙엽수들이 가지만 앙상하게 남은 채 마치 성긴 빗살처럼 이어져 있는 모습이 매우 쓸쓸했다.

솔거가 뜰에 쌓인 눈을 치우고 있는 동안 미등은 눈밭을 뛰어다니며 마냥 즐거워했다. 추위에 볼이 발갛게 언 것도 모르는 듯했다.

"미등아. 너도 눈을 쓸어야지, 왜 장난만 하니?"

"눈은 솔거 스님이 치우잖아."

"나는 스님이 아니라는데 그러는구나."

"머리를 **빡빡** 깎았으면 스님이지 뭐. 스님들이 모두 머리를 깎았잖아."

"하긴…그래, 네 마음대로 불러라. 나는 아무래도 상관없으니까."

이때 승당 문이 열리며 도암이 솔거를 찾았다. 안으로 들어가자, 종이를 만 두툼한 두루마리를 솔거 앞으로 밀어놓았다. 솔거가 영문을 몰라 멀뚱히 내려보기만 하자 그가 턱짓을 보냈다.

"그걸 펴보아라."

"이게 무엇입니까?"

"탱화(幀畵) 탁본(拓本)이다. 화승들이 이것을 화본(畵本)으로 삼고 있어."

그러고는 탱화에 대해서 설명했다. 각 사찰마다 불상을 봉안하고 그 뒤에 탱화를 걸어놓는다. 탱화에는 후불(後佛)탱화와 신중(神衆)탱화가 있다. 후불탱화는 신앙적 성격을 보다 구체적으로 묘사한 것이고, 신중탱화는 수호신적인 기능을 띤다고 했다.

"탁본은 무엇이며, 어떻게 하는 것인지요."

"불화나 글씨를 목판에 양각(陽刻)이나 음각(陰刻)한 것을 그 위에다 먹을 칠하고 종이를 덮어 떠내는 것이다."

"이것을 왜 보여 주시는지요."

"네가 그림에 오매불망하지 않느냐. 그러니 그걸 끊임없이 모사하도록 해. 그래야 불화를 훌륭하게 그릴 수 있어."

"스님도 이 화본을 보고 연습하셨습니까?"

"그렇다마다."

두루마리에는 십여 장의 탁본이 들어 있었다. 다양한 모양새로 그려져 있었다. 탁본이라 모두 무채색이었다.

솔거는 그것들을 펼쳐보면서 가슴이 마구 뛰었다. 가슴 속에서 흥분이 물결처럼 흘렀다. 난생 처음 보는 것이어서 기쁨이 더욱 컸다. 더구나 도암이 자신을 무시하지 않고 관심을 가졌다는 것에 감동했다. 자기 하나쯤 내버려도 그에게는 흠이 되지 않는 일이었다.

돌이켜 생각하면 무진 스님의 특별한 당부 때문인 것 같기도 했다. 갑자기 가슴이 더워지면서 그가 그리웠다. 참으로 좋은 인연이었다.

솔거는 잠시 탁본에서 눈을 떼고 무진을 만나게 된 경위와 그와의 동행에 이어 자양사까지 오게 된 여정을 되짚었다. 그러자 그리움이 북받쳐 눈물이 꾸역꾸역 솟았다.

솔거는 매일 화본만 들여다봤다. 공양과 잠잘 때를 빼고는 온종일 넋을 잃었다. 부처의 다양한 얼굴 모습도 신기하거니와 부처의 의상들에서 흘러내리는 주름선이 너무 섬세하여 눈을 뗄 수가 없었다. 마치 실물을 보고 있는 것 같은 생동감이 온전하게 전해졌다. 그리기도 어려운 것을 조각으로 떠냈다는 것이 믿어지지 않았다.

불화에 들어 있는 부처의 얼굴들을 보고 있자니 전에 꿈에 나타났던 단군의 모습이 느닷없이 떠올랐다. 그 모습이 너무 또렷했다. 마치 물속에 숨어 있던 사람이 수면 위로 떠오르는 장면 같았다.

부처의 얼굴 위로 단군의 얼굴이 자꾸 겹쳐졌다. 때로는 단군이 부처이고 부처가 단군처럼 생각되었다. 혼란스러워서 도리질을 해도 쉬 지워지지 않았다. 아예 단군이 부처의 얼굴을 덮어버렸다.

솔거는 깊은 갈등에 빠졌다. 화본을 모사하라던 도암의 지시조차 어디론가 날아가 버려 머릿속에는 온통 단군의 모습만 들어와 있었다. 꿈에 너무 집착한 탓일지도 모른다.

15

솔거는 꿈속의 단군을 어떻게 그릴 것인지 고민하기 시작했다. 그에게 입힐 옷 따위는 나중 문제로 접어두었다. 오로지 신선의 모습이었던 그의 얼굴을 꿈에서처럼 똑같이 그려야 한다는 강박에 사로잡혀 있었다.

그러기 위해서는 탁본 속의 부처 얼굴을 마음에서 지워야 했다. 오직 사람의 얼굴만 생각했다. 신선을 꼭 닮은 얼굴.

그는 화선지 앞에 무릎을 꿇었다. 눈을 감고 다시 그때의 꿈속으로 들어갔다. 그러나 부처의 얼굴이 자꾸 들락거려 갈피를 잡을 수가 없었다. 탁본마다 다른 부처의 얼굴이 번갈아 그를 혼란에 빠뜨렸다. 혹은 단군과 부처가 앞서거니 뒤서거니 나타나기도 했다.

오랜 시간 그렇게 앉아 있어도 좀처럼 가닥이 잡히지 않았다. 그는 자리를 박차고 일어나 석굴 선방으로 달려갔다. 선방은 마치 얼음벽이 둘러진 것처럼 추웠다. 그는 무릎을 꿇고 눈을 감았다. 그러고 있으면 마음이 오직 단군의 모습으로만 채워질 것 같았다.

그는 요사에 틀어박혀 오로지 꿈속의 단군만 그렸다. 때로는 밤을 꼬박 새우기도 했다. 그러나 화선지에 들어가 있는 얼굴마다 모두 달랐다. 그게 그를 안달나게 했다.

그를 더욱 괴롭히는 건 자꾸 탁본 속의 부처를 닮아가는 것이었다. 부처의 그 온화한 미소가 그를 올려보고 있었다. 그때마다 그는 머리를 쥐어박았다.

이때 요사 문이 슬그머니 열리며 도암이 들어섰다. 솔거는 화들짝 놀라 습작한 화선지들을 황급히 감췄다. 그러나 도암이 이미 알고 있는 듯했다. 그의 굳은 표정이 솔거를 긴장시켰다.

"지금 그리고 있는 것이 누구의 형상이더냐?"

"부처님…"

"그게 부처님 얼굴이란 말이냐? 화본이 그렇더냐?"

"실은, 부처의 얼굴을 모사한 것이 아니었습니다. 그런데도 자꾸 부처를 닮아가고 있습니다."

"어허, 부처를 닮은 게 아니래두. 대체 웬 늙은이를 그린 것이야? 네 할애비냐?"

"선방 수행 때, 꿈에서 본 그 단군을 그릴 생각이었습니다."

그러자 도암이 눈을 부릅떠 습작한 것을 모두 내놓게 했다. 솔거는 바싹 긴장하여 습작지를 그의 앞으로 밀어놓았다. 곧 불호령이 떨어질 것으로 각오하고 무릎부터 꿇었다.

"허어. 단군을 보지도 못한 놈이 이 얼굴을 단군이라고 그렸어?"

"탁본에 있는 부처님 얼굴이 자꾸 떠오르는 바람에…"

"이건 부처의 얼굴이 아니잖느냐. 중생들 가운데 어느 늙은이일 뿐이야. 이것이 어떤 늙은이인 줄은 모르겠으나, 얼굴이 하나같이 똑같구나. 어디서 본 듯도 하고."

"스님…방금 얼굴이 모두 똑같다고 하셨습니까? 정말 그렇습니까?"

"그렇기는 하다만, 왜 그러느냐?"

"스님."

그는 자리에서 벌떡 일어나 도암에게 큰절을 올렸다. 그러자 그가 영문을 몰라 멀건이 바라보기만 했다.

"저는 그림마다 얼굴이 닮지 않아 괴로워하고 있습니다."

"탁본이 아닌 담에야 모두가 닮을 수가 없지. 이 얼굴들을 보자하니, 그 동안 구전(口傳)으로 떠돌고 있는 단군왕검(檀君王儉)의 형상을 닮았구나."

"스님, 정말 단군을 닮았습니까?"

"글쎄다…나도 단군을 보지 못했으니, 확실하다고는 할 수 없겠지. 그러나 눈매와 얼굴 윤곽이 그럴듯하기는 하다만…"

그 순간 솔거는 가슴 속에서 치미는 감격과 기쁨을 억제하지 못해 도암 앞에서 눈물을 글썽거렸다.

16

어느 날 기이한 일이 벌어졌다. 갑작스럽게 생긴 일이었다. 정말 뜻밖의 일로 도무지 믿을 수가 없었다. 느닷없이 웬 불자(佛子)가 찾아와 솔거가 그린 단군상(檀君像)을 얻겠다고 간청했다. 그는 영문을 몰라 한동안 그를 물끄러미 바라보기만 했다.

"그게 나한테 있다는 걸 어떻게 알았어요?"

"장안에 소문이 파다합니다."

"소문이 났다구요?"

"자양사 젊은 화승(畵僧)이 단군왕검님의 초상을 그린다는 소문이 돌고 있어요."

"하나쯤 드리는 거야 어렵지 않지만…대체 단군상을 가져다가 무엇에 쓰려구요?"

"집에다 걸어놓고, 신주(神主)로 모실 생각입니다."

도대체 누가 소문을 퍼뜨렸을까.

솔거는 곧장 도암한테 달려갔다. 솔거의 얼굴에 흥분이 깔려 있음을 알아챈 도암이 웬일로 왔느냐고 느긋하게 물었다. 솔거는 조금 전 불자한테 들은 얘기를 그대로 전했다. 도암이 왠지 빙긋이 웃기만 했다.

"스님, 제가 단군을 그렸다는 걸 사람들이 어떻게 알았을까요? 사실 단군이라고 단정할 수도 없는데 말입니다."

"글쎄다…발 없는 말이 천리를 간다지 않느냐."

"제가 습작한 것을 스님만 알고 계십니다."

"눈이 사방에 있지 않느냐."

그로부터 며칠이 지난 어느 날 낯선 사람들 여남은 명이 한꺼번에 몰려왔다. 그러고는 대뜸 단군상을 얻겠다고 떼를 썼다. 그들도 지난번 불자처럼 집에다 걸어놓겠다고 했다. 채색도 하지 않은 묵화일 뿐인데.

그림을 얻어간 자들 중에는 그림값 명목으로 곡식이나 떡을 내놓기도 했다. 솔거가 극구 사양하는데도 막무가내로 안겼다.

솔거는 본의 아니게 화승이 돼 버렸다. 그가 자양사에 온 이후로 저잣거리로 나선 적이 없어 소문을 직접 듣지는 못했다. 그러나 불자들이 전하는 얘기로는 이미 신필(神筆) 화승으로 떠돈다고 했다. 그림을 얻어간 사람들 입을 통해서 소문은 더욱 멀리 퍼졌다. 그들은 솔거의 삭발한 모습을 보고 중으로 단정한 것 같았다.

나중에 알게 된 일이지만, 처음 소문을 퍼뜨린 사람은 다름 아닌 자양사의 젊은 승려들이었다. 그들 중에 누군가 솔거가 습작하는 것을 눈여겨 본 것 같았다. 그러고는 스스로 놀라 요사 동료들한테 전한 것이다. 그들은 탁발하러 사방을 떠도는 승려들이라 소문을 퍼뜨리는 건 그리 어려운 일이 아닐 것 같았다.

도암이 솔거를 불러들였다. 왠지 표정이 굳어 있었다. 눈을 감고 앉아 있는 얼굴에 어떤 결의가 배어 있는 것 같았다.

"신필 화승으로까지 소문이 났으니, 네 기분이 어떠하냐?"

"도무지 영문을 모르겠습니다. 그저 난처할 뿐입니다."

"이럴 때일수록 마음가짐을 겸손하게 가져야 한다. 소문에 의지하여 조금이라도 방자한 마음을 가져서는 안 되는 것이야."

"제가 어찌 방자한 마음을 먹겠습니까. 추호도 그리 생각하지 않습니다."

"인심이란 마치 바람에 흔들리는 나뭇잎과 같은 것이다. 마음이 자주 바뀐다는 뜻이야. 그래서 중생들의 마음을 믿지 못하는 것이기도 하고."

솔거는 도암으로부터 물러나서도 얼굴이 화끈거려 견딜 수가 없었다. 본인이 떠벌리고 다닌 적은 없지만 소문은 이미 바람을 타고 퍼졌다. 사실 솔거가 마음을 단속할 이유는 없는 것이다. 그러나 방금 도암이 충고한 대로 중생들의 민심이 가볍기 짝이 없으니 조심할 수밖에 없을 것 같았다.

별 해괴한 일도 다 있지.

17

뜻밖에 무진 스님이 나타났다. 거의 일 년만에 보는 셈이었다. 솔거는 그의 출현이 믿어지지 않아 처음에는 마치 낯선 사람을 대하듯이 멀뚱히 바라보기만 했다. 그러자 그가 빙긋이 웃으며 "나를 몰라보느냐?" 하고 힐책하듯이 반가워했다.

솔거는 비로소 넙죽 엎드렸다. 무진이 다가와 그를 일으켜 세웠다. 솔거는 자신도 모르게 눈물이 솟았다. 마치 집 나갔던 아비가 돌아온 것만큼이나 반가워 어찌 할 바를 몰랐다.

"잘 있었느냐?"

"네 저는…스님께서도 무고하셨는지요."

"보다시피, 이렇게 멀쩡하지 않느냐. 그건 그렇고, 그림을 많이 배웠더냐?"

"이제 겨우 시작한 걸요."

"시작이 반이지."

마침 승당 문이 열리며 도암이 얼굴을 내밀었다. 무진이 온 것을 보고 그가 버선발로 황급히 내려왔다. 뒤이어 미등이 폴짝거리며 달려왔다.

"무진 스님, 오래 뵙지 못했습니다. 그간 무탈하셨는지요?"

"도암이야 말로 무고 하셨습니까?"

이때 미등이 두 사람 사이에 불쑥 끼어들더니 무진 앞에서 털모자를 벗어 보였다. 삭발한 머리를 자랑하고 싶었던 것 같았다. 무진은 그의 민둥머리가 기특한 듯 부드럽게 쓸어주었다.

"할배 스님, 나도 스님 되었어요."

"좋으냐?"

"모르겠어요."

"오냐, 차차 깨닫게 된다."

무진과 도암이 승당으로 들어갔다. 솔거는 뒤를 따를까 하다가 주제넘은 짓이다 싶어 그들의 신을 가지런히 정리하는 것으로 대신하고 말았다.

솔거가 잠시 이상한 낌새를 알아챘다. 암자에 내내 있었던 보살이 갑자기 보이지 않았다. 무진이 나타나고부터 모습을 감췄다. 의도적인 게 분명했다. 어찌 되었든 솔거가 듣기로는 한때 부부였다. 남편이 출가한 승려이기는 해도 그토록 내외하는 것이 옳은지 한참 생각했다.

그게 불문(佛門)의 규율인 모양이지.

도암이 솔거를 승당으로 불러들였다. 그가 마침 무진과 담소하던 중이었다. 솔거는 도암의 의중을 몰라 그들 앞에 무릎을 꿇고 앉았다. 도암이 단군상 그린 것이 남아 있느냐고 물었다. 사실 솔거가 앞서서 단군상이라고 말한 적이 없었다. 그걸 원하는 사람들이 그렇게 불렀을 뿐이었다.

"한 서너 점은 있을 것 같습니다."

"가져오너라. 무진 스님께서 보고 싶어 하신다."

도암이 그 동안 있었던 일화를 무진한테 전한 것 같았다. 솔거는 주저할 이유가 없어 곧장 요사로 달려갔다. 무진이 그림에 대해서 무슨 말을 할지 궁금했다. 그것이 칭찬이든 힐난이든 그의 의중을 듣고 싶은 마음이 한켠에 있었다.

무진이 그림을 한참 들여다봤다. 가끔 입을 달싹거려 무슨 말이든 할 듯하다가 멈추곤 했다. 아직 생각이 정리되지 않은 것 같았다.

"이것이 단군의 얼굴이라는 걸 믿느냐? 하긴, 누구도 단군을 본 사람이 없으니까."

"저는 그렇게 말한 적이 없습니다."

무진이 눈을 감고 몸을 좌우로 흔들었다. 깊은 생각에 잠긴 듯이 보였다. 솔거는 긴장하여 그의 입만 바라보고 있었다. 도암도 마찬가지였다. 솔거 나름으로 무진을 고승으로 생각해온 터라, 그가 떨어뜨리는 말 한 마디도 흘리고 싶지 않았다. 그가 구술하는 것은 곧 법어이고 솔거에게는 평생 간직할 진리일 수 있다고 생각한 때문이다. 그와 맺은 인연이 어느 무엇보다 소중하고 그와의 짧은 동행에서 알 듯 모를 듯한 깨달음이 있었다. 시간이 지나고 그가 곁을 떠난 후에 더욱 절실하게 느꼈다.

18
—

무진이 헛기침으로 입을 열었다. 솔거와 도암이 똑같이 그에게 눈을 맞췄다. 잠시 후 그가 입을 열었다.

"솔거야. 혹시 담징(曇徵)이라는 화승(畵僧)에 대해서 들어본 적이 있느냐?"

"처음 듣습니다. 더구나 제가 천한 노비였는데, 어찌 그런 분을 알겠습니까."

"하긴, 그렇겠구나."

담징은 고구려 사람으로 영양왕(嬰陽王) 때 승려이면서 화가였다. 그는 고구려에서 살다가 백제를 거쳐 일본에 건너가 귀화한 사람이다. 일본 나라(奈良)에 있는 법륭사(法隆寺: 호류지) 금당에 벽화를 그린 것으로 유명하다. 그뿐만 아니라 일본에 유교(儒敎)와 채색(彩色)과 종이 및 먹의 제조법과 농기구(農器具) 등 그 당시의 고구려 문화를 전한 사람이다.

금당이란 황금이나 백금을 칠한 불상을 모시는 불당이다. 법륭사는 서기 607년에 일본의 '쇼토쿠' 태자가 세운 절이다. 태자는 절을 지으면서 불상을 안치할 금당의 벽화를 훌륭하게 꾸미고 싶었다. 그러나 당시 일본에는 그 일을 해낼 인물이 없었다.

생각 끝에 태자가 고구려에 사신을 보내 도움을 청했다. 이에 영양왕이 이를 승낙하고 담징을 보낸 것이다. 이때가 610년이었다. 그러나 담징이 도착했을 당시에는 금당 건물이 미처 완공되지 않은 상태였다.

마침내 금당이 완공되었고 담징이 곧 벽화를 시작하려고 했다. 그러나 이즈음에 고구려가 수나라와 전쟁을 치르고 있었고, 담징은 나라 걱정에 마음을 잡지 못하고 전전긍긍했다.

그러던 중에 고구려가 살수대첩에서 크게 승리했다는 소식을 접했다. 그제서야 담징은 바로 벽화 작업에 들어가 단 하루만에 완성했다는 것이다. 그의 벽화는 본존을 가운데 모시고 좌우로 보살을 각각 앉힌 모습이다.

그토록 훌륭한 화승이 하찮은 솔거노비였던 자기한테까지 전해질 리가 만무한 것이다. 그는 무진한테 그 얘기를 듣는 순간 천한 노비로 보내야 했던 한때가 원망스러웠다. 자신도 좋은 집안에서 태어났더라면 담징 소식을 이미 전해 듣고도 남았을 것 같았다.

"담징 스님의 그림이 신라에도 있는지요."

"이미 일본 사람이 돼 버렸는데, 신라에 있을 리가 없지 않느냐."

"신라에는 담징 스님과 같은 훌륭한 분이 없습니까?"

"장차, 나오겠지. 그러니 너도 그림을 열심히 배워라. 그래서 후세에 이름을 남기도록 해."

"저같이 미천한 놈이 어찌 그런 욕심을 품겠습니까?"

"미욱하기는…사람으로 태어나 밥이나 배불리 먹는 것으로 어찌 만족하겠느냐고 한 놈이 누구였더냐? 바로 네놈 입에서 나온 말이 아니더냐?"

"그렇기는 하지만…"

"사람이 뜻을 품었으면, 거기에 다다를 때까지 정진할 생각을 해야지. 그렇게 의지가 약해서야 장차 무엇에 쓰겠느냐."

무진이 갑자기 눈을 부릅떠 불호령을 내렸다. 승당이 쩌렁쩌렁

울릴 만큼 소리 지르는 바람에 솔거는 쥐구멍이라도 찾고 싶었다. 그가 그토록 화가 난 모습을 여태 본 적이 없어 더욱 당황스러웠다.

솔거는 차마 몸을 세울 생각을 못하고 앉은 채로 승당을 엉금엉금 기어 나왔다. 무진은 솔거가 한심한 듯 뒤에 대고 연신 혀를 찼다.

그날 밤 솔거는 잠을 이루지 못했다. 무진의 호령에 놀라기도 했고, 담징이라는 화승 얘기가 머리에서 가슴에서 좀처럼 떠나지 않은 탓이었다. 무진이 꾸짖은 것처럼 자신이 과연 그런 경지의 인물이 될 수 있을까 하는 의구심이 가슴을 압박했다.

담징, 담징….

솔거는 자리에서 벌떡 일어났다. 그러고는 그 즉시 선방으로 달려갔다. 주위가 칠흑처럼 어두워 지척을 분간할 수 없었다. 그는 기다시피 하여 안으로 들어갔다. 추위쯤 아랑곳하지 않고 곧 묵상에 들어갔다.

　무진이 고작 하룻밤을 묵고 다시 길을 떠났다. 어차피 떠돌아다니는 행각(行脚)인 것을 굳이 서둘러 떠나는 까닭을 솔거로서는 이해할 수가 없었다. 도암도 무진을 말리지 않았다. 당연하게 받아들이는 것 같았다.

　무진처럼 탁발하며 떠돌아다니는 것이 고승의 수행이라면 어쩔수 없는 일이다. 어차피 중생의 눈으로는 그 깊은 속을 들여다 볼수 없지 않은가.

　솔거는 도암만 남겨두고 무진의 뒤를 따랐다. 그러자 무진이 눈을 부릅떠 따르지 못하게 했다.

　"큰길까지 배웅하고 싶습니다. 허락해 주십시오."

　"배웅은 무슨…"

　"스님을 언제 또 뵙게 될지 몰라서 그럽니다."

　"하긴, 이 길이 마지막일지도 모르지. '생야일편부운기 사야일편부운멸'[11]이라고 했어."

　"무슨 뜻인지요?"

　"사람의 생사는 한 조각 구름이 떴다가 사라지는 것과 같다는 뜻이지."

　그는 또 알 듯 모를 듯한 말만 남기고 언덕을 내달렸다. 노구담

―

11) 생야일편부운기(生也一片浮雲起) 사야일편부운멸(死也一片浮雲滅): 사람이 태어남은 한 조각 구름이 뜨는 것과 같고, 죽는 것은 한 조각 구름이 사라지는 것과 같다.

지 않게 걸음이 빠르고 가벼웠다. 솔거는 서둘러 걷는 그의 뒤를 밟으며 사람의 인연에 대해서 생각했다. 언젠가 도암이 부처의 말씀을 예로 들었다. 사람은 본디 깨끗한 것이지만 모두 인연을 따라 죄와 복을 부른다. 어진 사람을 가까이 하면 덕이 높아지고, 어리석은 사람을 가까이 하면 곧 재앙과 죄를 부르는 것이라고 했다.

솔거는 무진의 뒷모습을 지켜보면서, 그로 하여금 많은 것을 생각하고 깨닫게 한 참다운 스님이라고 생각했다. 그러면 좋은 인연을 맺은 것이다. 솔거는 자신한테 이보다 더 큰 복이 또 있을 성싶지 않았다.

어느덧 언덕에서 벗어나 트인 길로 나섰다. 솔거는 무진의 말문을 열게 할 참으로 뒤를 빠짝 따라붙었다. 그가 이미 눈치를 챈 듯 보폭을 줄였다.

"어디까지 따라올 셈이냐?"

"조금만 더 가겠습니다. 그런데 스님. 어차피 정처 없이 떠도실 건데, 굳이 빨리 가실 필요가 있습니까?"

"탁발승은 여러 곳을 다녀야 되는 것이다. 그래야 시주를 많이 얻지 않겠느냐."

"스님처럼 고승도 시주에 욕심을 내십니까? 그건 중생들이나 할 짓 아닙니까?"

"중이 고기 맛을 알면, 절간에 파리 씨를 말린다고 하잖느냐. 나도 행각에 지치면 배가 고플 것이고, 배가 고프면 욕심이 생기기 마련이다. 그리고 누가 나보고 고승이라고 하더냐?"

"제가 그렇게 생각했습니다."

"주제넘기는…나같이 땡추를 겨우 면한 놈이 고승이면, 삭발한 놈마다 부처라 하겠구나. 앞으로는 입을 함부로 놀리지 말거라."

솔거는 기어드는 목소리로 그의 뜻을 받았지만 속마음은 그렇지 않았다. 자신이 고승으로 생각하면 고승인 것이지, 꼭 그의 명을 따를 필요는 없을 것 같았다. 스스로 고승으로 자처하는 중이 없는 한은 솔거에게 고승이 틀림없는 것이다.

무진이 걸음을 멈추고 솔거를 향해 돌아섰다. 눈은 부릅뜨지 않았다. 오히려 입가에 온화한 미소가 흘렀다.

"여기서 그만 헤어지자꾸나. 네놈 때문에 시간이 많이 지체되었어."

"조금만 더 따라가면 안 되겠습니까?"

"어허, 말귀를 알아들어야지."

"스님 그럼…"

솔거는 냉큼 길에 엎드려 하직인사를 올렸다. 갑자기 눈물이 솟아 자신도 모르게 어깨를 떨었다. 그러자 무진이 그를 일으켜 세웠다.

"사내자식이 눈물은…내 말을 명심하거라. 도암 스님의 말씀에 잘 따르는 게 좋아. 사람의 앞날은 자기 할 탓에 달렸어. 일의 성사는 자기가 뿌린 대로 거둔다는 뜻이야. 알겠느냐?"

"명심하겠습니다."

비로소 무진이 등을 돌려 총총걸음으로 떠났다. 또 눈물이 솟았다. 솔거는 눈물 닦을 생각을 아예 접었다. 어룽거리는 그의 뒷모습을 안타깝게 바라보며 마냥 서 있었다.

　스님, 안녕히 가십시오.

20

　해가 바뀌어 자양사에도 봄이 찾아왔다. 지난겨울은 몹시 추웠다. 눈도 많이 내려 골짜기로 내려가면 무릎이 잠기는 건 예사였다. 미등 같은 아이는 허리까지 파묻혀 어른이 동행하지 않으면 얼어 죽기 십상이었다.

　솔거는 미등을 데리고 근처 계곡으로 내려갔다. 아직 얼음이 다 녹지 않은 곳이 많아 밑으로 물 흐르는 소리만 들렸다. 나뭇가지만 앙상하게 벌리고 있는 수목들이 바람에 흔들릴 때마다 마음이 쓸쓸했다. 그러나 새들은 겨울보다 더 바쁘게 날아다녔다.

　아직 바람이 찬데도 미등은 즐거운 표정이었다. 깊숙이 눌러쓴 털모자 밖으로 하얗게 내민 얼굴이 조금은 안쓰러워 보였다. 그는 자신의 출생에 대해서 전혀 모르고 있을 것이다. 보살이 자신의 생모인 줄로만 알고 있는 아이한테는 시름이 있을 리가 없을 것이다. 그래서 아이는 재롱이나 부리면서 즐겁게 지내면 그만이다.

"미등아, 장차 스님이 될 터인데 좋으냐?"

"솔거 스님은 안 좋아?"

"나는 스님이 아니란다. 그저 머리만 깎았을 뿐이지."

"스님 되는 게 싫어? 할배 스님처럼 맨날 돌아다니면 재밌을 텐데."

"글쎄다…그게 얼마나 고달픈 일인지, 네가 몰라서 그래."

"늙어 죽을 때까지 맨날 절에만 있으면 심심하잖아."

"너도 무진 스님처럼 탁발하러 다니면 되겠구나."

아이와 의미 없는 얘기나 나누고 있는 솔거는 자신을 잠시 돌아봤다. 그의 처지에 자양사에 마냥 눌러 있을 수도 없는 노릇이다. 더 있어 봤자 공양이나 축낼 뿐 딱히 할 일이 없을 것 같았다. 지금은 도암의 뜻으로 화본을 모사하고 있지만 솔거한테는 다른 일이 필요했다.

그것이 무엇인지는 아직 모른다. 그러나 앞으로 모사 작업으로만 일관할 수는 없다. 곧 싫증이 날 것이고 틀림없이 다른 일에 목이 마를 것이다. 해가 바뀌었으니 그의 나이 열여덟이다. 이 적막한 산골에 마냥 묻혀 있을 일이 아닐 것 같았다.

차라리 무진 스님을 따라나서는 건데.

어쩌면 그게 훨씬 좋은 일일 듯싶었다. 비록 시주를 동냥할 망정 여기저기 돌아다니며 세상과 만나는 편이 이로울지도 모른다. 다양한 사람들을 만나 민심도 알고, 그러면서 삶의 의미를 깨닫는 것도 결코 나쁘지 않을 것 같았다. 자양사에서 보는 것은 오로지 첩첩이 둘러싸인 산과 개울과 나무들뿐이다. 어차피 중이 되지 않을 몸이라, 자연 경관만으로는 어떤 깨달음도 올 것 같지 않았다.

이때 미등이 우는 소리로 솔거를 찾았다. 잠시 무심한 중에 아이가 개울에 빠져 있었다. 살얼음을 밟다가 빠진 것 같았다. 장딴지까지 흠뻑 젖어 버렸다.

그는 재빨리 미등을 업고 계곡에서 빠져나왔다. 봄이기는 하지만 바람이 차서 고뿔에 걸리기 쉽다. 아이가 등에 얼굴을 묻은 채 오돌오돌 떨었다.

솔거가 잠시 어린 시절을 떠올렸다. 그도 살얼음을 내딛다가 물에 빠진 적이 있었다. 그때도 장딴지까지 물에 젖어 많이 추웠었다. 마침 땔감을 하러 나선 어머니를 따라왔기에 망정이지 혼자였다면 매우 난감했을 것이다.

어머니는 지금 뭐하고 계실까.

그는 미등을 보살한테 맡기고 요사로 들어갔다. 방에는 화본을 모사하다 만 습작지들이 어지럽게 널린 채로 있었다. 그것들이 갑자기 한낱 무의미한 종이로만 보였다.

이 짓을 언제까지 해야 하나.

21

웬 낯선 스님이 도암을 찾아왔다. 처음 보는 승려였다. 나이가 무진만큼 늙어 보였다. 몸피는 왜소하고 볼품이 없어 보였지만 꼬장꼬장하고 눈빛이 예사롭지 않았다. 눈을 번뜩일 때마다 광채가 흘렀다.

도암은 그와 친한 사이인 듯 아주 반갑게 맞았다. 솔거는 멀찍이 서서 그들이 하는 양을 지켜보기만 했다. 두 사람이 함께 웃기도 하고 때로는 굳은 표정을 짓기도 했다. 그는 걸망을 짊어졌고 한쪽 어깨에는 긴 자루가 매달려 있었다. 자루 밖으로 종이 두루마리로 보이는 것들이 삐죽이 나와 있었다.

솔거는 그들로부터 등을 돌려 산등성에 눈길을 올려놓았다. 여전히 성긴 빗살같이 가지가 앙상한 나무들만이 촘촘히 줄지어 있었다.

이때 미등이 감자를 먹으며 뛰어왔다. 감자를 아궁이 불에 구운 듯 그의 입가에 검댕이 시커멓게 묻어 있었다. 파르스름히 삭발한 천진난만한 모습에서 연민이 들었다.

나는 저 나이에 어떤 모습이었을까.

솔거는 어린 시절 기억이 가물가물했다. 또렷하게 기억나는 것은 어머니 곁에 붙어 서서 주전부리할 것을 졸랐고, 그때마다 어머니는 고구마 말린 것이나 칡뿌리를 손에 쥐어주곤 했다. 솔거는 그것만으로도 투정을 그쳤다.

이때 도암이 솔거를 불러들였다. 마침 두 스님이 솔거가 그린 노인 화상과 화본 모사한 것들을 놓고 마주앉아 있었다. 솔거는 엉거주춤 서 있었다. 그러자 도암이 손짓을 보내 가까이 오게 했다.

"인사 여쭙거라. 아명(訝明) 스님이시다."

솔거가 큰절로 예의를 갖췄다. 그러자 아명이 "이름이 솔거라고?" 하면서 뚫어지게 바라봤다. 그 눈빛이 섬뜩하여 솔거는 자신도 모르게 고개가 숙여졌다.

"도암 스님한테 얘기를 들었다만, 화승이 되고 싶은 것이냐?"

솔거가 비로소 고개를 들었다. 마음으로는 화승을 부인하고 싶었지만 알맞은 문장이 떠오르지 않았다. 그러자 도암이 끼어들어 "스님께서 묻지 않으시냐." 하고 꾸짖었다.

"화승은 생각하지 않았습니다."

"화승이 싫어?"

"그저, 그림을 그리고 싶을 뿐입니다."

"절에 와서 머리를 깎았으면 중이고, 중이 그림을 그리면 화승이지."

"아뢰기 송구합니다만 저는 중이 되지 않을 것인데, 어찌 화승이 되겠습니까."

솔거가 마음먹은 것을 주저없이 내뱉자 그의 표정이 금세 멋쩍게 바뀌었다. 어쩌면 무안했을지도 모른다. 감히 노승 면전에서 승려를 거부한 당돌한 태도가 괘씸했을지도 모르고.

"중이 되지 않겠다는 건 무슨 까닭이냐? 삭발까지 했으면서."

"제가 머리를 깎은 것은 도암 스님께서…"

솔거가 말끝을 흐리자 도암이 나서서 거들었다. 더러운 머리에서 이가 꾀어 깎은 것이라고 설명했다.

"머리는 그렇다 치고, 왜 중이 싫다는 것이냐?"

"불가의 규율에 매이기 싫습니다."

"오직 그것뿐이더냐?"

"자유로운 중생이 될 것입니다."

"허어. 저 중 잘 달아난다 하니까, 고깔 벗고 달아나는 것보다는 낫겠지."

"무슨 말씀이신지…"

"헛된 칭찬에 속아, 마구 놀아나는 것보다는 낫다는 말이다. 하긴, 저 싫으면 부처님이 업어 줘도 소용없지. 그건 그렇고…"

그가 말을 잇다 말고 갑자기 자루를 끌어다 놓았다. 그러고는 조금 전에 얼핏 보았던 종이 두루마리를 꺼냈다. 솔거는 그것이 궁금해 침을 꿀꺽 삼켰다. 그가 두루마리를 조심스럽게 펼쳤다.

22

아명 스님이 펼친 두루마리는 뜻밖에 화상(畫像)이었다. 그것도 화려하게 채색한 불상들이었다. 부처의 얼굴이 각양각색으로 다섯 점이나 되었다. 모두 한 사람의 그림일 것 같은데 얼굴 모습이 제각각인 점이 궁금했다.

"모두 스님께서 그리셨는지요?"

"그런 셈이지."

"부처의 얼굴을 모두 다르게 그리신 이유가 궁금합니다."

"허면, 절에 모신 불상을 모두 같게 보았느냐?"

"꼭 그렇지는 않습니다만…"

"그건 석가팔상(釋迦八相)이 있기 때문이다. 석가가 중생을 구제하기 위해, 이 세상에서 보여 주신 여덟 가지의 모습이지. 즉 강도솔(降兜率)·입태(入胎)·출태(出胎)·출가(出家)·항마(降魔)·성도(成道)·전법륜(轉法輪)·입멸(入滅)의 여덟 상(八相)을 말하는 것이다."

"저한테는 너무 어려운 말씀입니다."

"중이 되지 않겠다면서, 더 알아서 뭐 하겠느냐. 부처님마다 얼굴이 다른 이유나 알면 됐지."

"스님께서는 여기에 얼마나 계시는지요?"

"왜 그러느냐?"

"이 그림을 화선지에 옮기고 싶습니다."

"오늘 밤만 유할 것이야."

"그러면 떠나실 때까지만 볼 수 있게 허락해 주십시오."

"그러렴."

솔거는 그 즉시 그림을 들고 요사로 돌아왔다. 아명이 오래 머문다면 모두 모사할 생각이었다. 비록 채색은 하지 못해도 형상만이라도 옮기고 싶었다.

얼굴 모양은 물론이거니와 머리와 자세 또한 모두가 달랐다. 머리 모양 중에서도 육계[12]와 나계[13]와 백호[14] 등으로 구분돼 있었다.

자세는 특히 손의 위치와 모양이 달랐다. 오른손은 복부 아래에 자연스럽게 놓여 있고, 왼손은 손바닥을 편 채로 들었거나 같은 모양의 오른손과 왼손의 위치가 바뀌었거나, 손에 이름 모를 과실이 들려 있기도 했다. 그리고 부처가 걸친 법의도 다양했다.

그의 다섯 화상 중에는 도암이 보여 준 화본에 있는 것과 비슷한 것도 있었다. 어쨌든 솔거는 거의 밤을 새워 눈에 익히고 또 익혔다. 그러면 아명이 돌아간 뒤에도 똑같이 그려낼 수 있을 것 같았다. 그럴 작정이었다. 선방에서 꿈에 본 노인을 사실적으로 그

---

12) 육계(肉髻): 머리 위에 상투처럼 솟아오른 주름살 부분.
13) 나계(螺髻): 곱슬머리처럼 말린 부분.
14) 백호(白毫): 눈썹 사이에 난 터럭. 온 세상에 광명을 한없이 비춘다고 함.

린 것처럼 못할 것도 없다고 확신했다. 아직 독서백편의자통의 경지에는 도달할 수 없겠지만 그림의 경우는 다를 것으로 믿었다. 솔거는 자신도 도암이나 아명처럼 꾸준히 연마하면, 그들만큼 훌륭한 그림을 그릴 수 있을 것으로 믿었다. 무진 스님이 가르쳤다. 일의 성사는 뿌린 대로 거두는 것이라고.

그래, 못할 것도 없지.

23

하룻밤만 묵겠다던 아명 스님이 왠지 이틀이 되어도 떠나지 않았다. 경우에 따라서 일정이 바뀔 수는 있다. 분명히 하룻밤만 머물겠다고 힘주어 말했던 그였기 때문에 궁금했다.

솔거는 아까부터 아명이 머물고 있는 승당 주위를 서성거렸다. 그가 혹시 자신을 찾을지 모른다고 생각했다. 그가 솔거에게 관심을 가진 건 틀림없는 것 같았다. 화승으로서, 불화에 마음이 있는 자한테 아주 무관심할 수는 없을 것이다.

아니나 다를까.

아명이 솔거를 찾았다. 그가 도암과 마주 앉아 있었다. 그가 솔거를 보자 나누던 얘기를 끊고 흘끔 올려봤다. 솔거가 인사를 차리자 그가 턱을 들어 앉으라고 했다.

"중이 되는 것도 싫고, 화승도 마다하고…허면, 장차 무엇이 되고자 하느냐?"

"오로지, 그림만 그리고 싶습니다."

"입에 풀칠은 해야지. 먹고 살 길을 어떻게 마련할 생각이냐?"

"아직 거기까지는 생각하지 않았습니다. 동냥질이라도 하면, 굶어 죽지는 않을 것입니다."

"머리를 깎았으니, 자미승[15]으로 잘못 보는 사람도 있겠구나. 동냥도 하루 이틀이지, 평생을 걸인으로 살겠다니…"

이때 도암이 불쑥 끼어들었다.

"아명 스님께서 너의 장래를 걱정하고 계신다. 그래서 며칠 더 유하시는 것이고."

"저도 앞날을 걱정하고는 있습니다만, 당장은 뾰족한 수가 없어서…"

"그러면 내가 시키는 대로 따르겠느냐?"

"무슨 말씀이신지요?"

"아명 스님을 뫼시거라."

"그 말씀은…"

---

15) 자미승(粢米僧): 음력 섣달 대목·정월 보름 등에 아이들의 복을 빌어준다고 하며 쌀을 얻으러 다니는 승려.

"스님의 수행길을 따르라는 말이다. 그러면서, 그림을 배우라는 것이야."

"불도를 닦는 수행자(修行者)가 되라는 말씀이신지요? 저는 절대 중은 되지 않을 것입니다."

"어허. 너보고 중이 되라고 했느냐? 그림을 배울 생각이라면, 스님 곁에 있어야 한다는 말이다. 그리고 수행은 꼭 승려들만 하는 건 아니잖느냐. 사람이 사람답게 살기 위해서는 끊임없이 수행해야 되는 것이야."

"생각해 보겠습니다."

솔거는 자리에서 물러나 곧장 선방으로 달려갔다. 머리가 혼란스러워 마음의 정리가 필요했다. 뜻밖의 제안이라 선뜻 받아들일 수가 없었다. 자신의 인생에 중요한 전기가 될 것 같아 심사숙고할 일이었다.

자신이 아명의 수행길에 동행한다면 결코 그릇된 일은 아니다. 도암 말대로 수행을 승려들만 하는 게 아니므로 따르지 못할 것도 없을 것이다.

그러나 수행하는 길이 결코 쉬운 게 아님을 안다. 수행은 곧 고행이다. 승려들이야 위법망구 해야 하므로 고행을 당연하게 받아들여야 한다. 자신이 선방에서 참선을 한 것도 결국 수행이 아니었던가. 마음을 갈고 닦아야 좋은 그림이 탄생될 것이므로 수행 없이는 안 되는 일이다.

솔거가 아명 스님을 따른다는 것은 그를 보필하여 손과 발이 되어야 할 것이다. 그 과정 자체가 수행일 수도 있다.

　이튿날 아침 솔거는 승당으로 들어가 도암과 아명 앞에 무릎을
꿇었다. 그러자 그들이 솔거의 속내를 몰라 한동안 물끄러미 바라
보기만 했다. 솔거는 아명한테 머리를 조아리고는 거두절미하여
"스님을 따르겠습니다." 하고 결연한 의지를 보였다.
　"나를 따르겠다?"
　"예, 스님."
　"내가 가는 길이 얼마나 힘든 것인지, 생각해 보았느냐?"
　"각오하고 있습니다."
　"남아일언중천금이라는 말을 모르지 않겠지?"
　"알고 있습니다."
　"그럼 따르거라."
　아명이 자리에서 벌떡 일어나 떠날 차비를 서둘렀다. 그가 이미
솔거의 마음을 꿰뚫고 있었던 듯 조금도 망설이지 않았다. 솔거는
도암에게 큰절로 하직하고 곧장 아명을 따랐다.
　걸망은 아명이 지고 솔거는 그림이 든 자루를 어깨에 걸었다.
솔거가 섬돌에 내려서자 마침 미등이 기다렸던 것처럼 솔거의 행
색을 뚫어지게 바라봤다. 그러고는 어디 가느냐고 물었다. 아명과
동행하는 모양새로 보였던 것 같았다.
　솔거는 차마 아이한테 사실대로 말할 수가 없어, 며칠 다녀올
것이라고 둘러대고 말았다. 그런데도 미등이 의심의 눈초리를 풀

지 않았다. 솔거는 자신도 모르게 눈물이 고이는 것을 어금니를 물어 미등을 잠깐 안아주었다.

"솔거 스님, 빨리 와야 해."

"그래, 잘 있거라."

기어이 눈물이 솟구쳐 미등을 똑바로 볼 수가 없었다. 그는 서둘러 돌아서는 솔거의 행동이 미심쩍었던지 옷자락을 넌지시 잡아 흔들었다.

24

솔거는 아명 스님을 따라 길을 걷고 산을 넘고 내를 건너면서 목적지가 어디냐고 물었다. 그러나 그는 묵묵히 걷기만 할 뿐 입을 꾹 닫고 있었다.

몹시 따분하고 지루했던 솔거가 신라에 대해서 이것저것 궁금한 것들을 물었다. 그제서야 그가 관심을 보여 입을 열었다. 그의 입에서도 구린내가 고이지 않았을까 싶었다. 그가 걸음을 멈추더니 널찍한 바위에 걸터앉았다. 걸망을 내려놓는 그의 이마에 땀이 자작자작 배어 있었다.

"백제땅에서 왔다고 했지? 이제는 너도 신라가 어떠한 나라인지, 대충이나마 알 필요가 있겠다. 올해가 단기 3076년 계미(癸未) 해니라. 지난 해 임오(壬午)년에 효성왕(孝成王)이 붕어하시고, 지금의 경덕왕(景德王)께서 서른다섯 번째 왕으로 즉위하셨지. 신라는 이미 660년에 백제를, 668년에는 고구려마저 멸망시켜 삼국을 통일했어. 그뿐만 아니지. 한때 신라와 연합했던 당(唐)나라 군사를 이 땅에서 몰아냈어. 비로소 통일신라는 정치·사회·문화적으로 변화가 시작되었어."

"삼국을 통일했으면, 나라가 그만큼 커졌겠군요."

"그렇다마다. 서북쪽으로는 대동강 이남까지, 동북으로는 원산(元山) 안변(安邊) 부근 이남으로 넓어졌어. 이렇게 반도(半島) 전체의 통치자가 된 신라는 군현(郡縣) 정치를 실시하여 전국을 아홉 주(州)로 나누어 다스리지. 즉 상주(尙州)·양주(良州)·강주(康州)·한주(漢州)·삭주(朔州)·웅주(熊州)·명주(溟州)·전주(全州)·무주(武州)를 말한다. 이토록 커진 나라를 다스릴 수 있는 것은 신라의 관제(官制)가 골품제도[16]를 바탕으로 한 귀족연합의 전통 위에 형성되었기 때문이다. 이것이 곧 상대등[17]이었고, 국사(國事)를 관리한 것이지. 그러나 영토가 크게 확대된 만큼 세력이 더욱 커진 귀족들을 다스리기 위해서는 정치적으로 정비가 필요했어. 그래서 귀족연합적인 형태에서 점차 왕권이 전체적인 방향으로 강화될 수밖에. 이것이

---

16) 골품제도(骨品制度): 혈통에 따라 구분한 신분제도. 진골(眞骨) 성골(聖骨) 따위.
17) 상대등(上大等): 신라 최고의 벼슬 이름으로, 나라의 정권을 맡은 대신. 상신(上臣).

651년 진덕여왕(眞德女王) 5년에 설치된 최고의 행정기관인 집사부[18]란다. 귀족연합적인 전통보다는 왕권의 지배를 받는 행정적인 성격을 띠게 된 것이야. 결국 집사부는 귀족연합의 상대등과 맞서는 위치가 되었어."

"그런데 스님. 신라 사람들이 쓰는 글과 말은 어떻게 만들어졌습니까?"

"한 나라를 통치하기 위해서는 국가 조직과 백성들 간에 소통하는 도구가 있어야 해. 그것이 바로 문자가 아니겠느냐. 그러나 고구려나 백제보다 모든 면에서 뒤떨어졌던 신라로서는 가장 시급한 것이 문자였어. 그래서 한자를 들여오게 됐지. 신라가 한자 사용에 있어서 급속히 발전하기는 제22대 지증왕(智證王)과 23대 법흥왕(法興王) 때였어. 그래서 나라의 지배자를 마립간[19]이라고 했던 것을 지증왕 때에 와서 왕이라 부르고, 중국식 상복제(喪服制)와 주군(州郡)의 이름도 정했지. 그뿐만 아니라, 법흥왕(法興王) 때에는 법령의 공포와 불교의 공허[20]와 연호의 사용과 국가제도의 개정 과정에서 한문의 사용 범위가 넓어지게 되었어. 또 545년 진흥왕(眞興王) 6년에는 대아찬[21] 거칠부[22]에게 국사(國史)를 편찬케 하였지.

---

18) 집사부(執事部): 신라 때 정무(政務)를 총괄하던 관리.
19) 마립간(麻立干): 신라 왕의 칭호. 눌지왕, 자비왕, 소지왕, 지증왕이 이 칭호를 썼다.
20) 공허(公許): 정부의 허가. 관허(官許).
21) 대아찬(大阿湌): 신라 때 17관등(官等)의 다섯 번째 등급. 이벌찬(伊伐湌)부터 이 벼슬까지를 진골이라고 했다.
22) 거칠부(居柒夫): 신라의 상대등 벼슬로, 국사를 편찬한 사람. 내물왕(奈勿王)의 5대손.

어디 그뿐인 줄 아느냐. 임금은 자기가 개척한 국경지대에 순수관
경비[23]를 세울 때 비문을 한문으로 기록하지 않았겠느냐. 그러나
우리 민족은 자고로 표의문자(表意文字)인 한자에 대한 이해가 어려
웠어. 한문의 추상성과 거기에 담긴 중국의 사상체계를 이해하는
데 한계가 있었던 거지. 그래서 우리 민족이 이해할 수 있는 한문
만을 사용하게 되었고, 그게 곧 향찰[24]과 이두식[25]의 표기였단다."

"신라에는 불교만 있나요?"

"불교가 주류를 이루고 있어. 그래서 크고 작은 사찰이 많이 세
워졌고, 이름난 고승들이 많이 나왔지. 그 바람에 불교 건축이 부
흥하여 553년에 황룡사(皇龍寺)가 창건되었고, 544년에는 흥륜사(興
輪寺)가, 그리고 597년에 삼랑사(三良寺)를 지었지."

"스님께서는 불경과 불화만 공부하신 것이 아니었군요."

"공부를 따로 했겠느냐. 들은 풍월일 뿐이지. 그만 가자꾸나.
많이 지체했어."

그가 걸망을 다시 짊어졌다.

---

23) 순수관경비(巡狩管境碑): 일종의 승전비(勝戰碑).
24) 향찰(鄉札): 신라 때 우리말을 한자의 음과 뜻을 빌려서 표음식(表音式)으로 표기하던
글. 이두.
25) 이두(吏讀): 향찰과 같이 빌려온 문자. 설총(薛聰)이 처음 만들었다는 기록이 전함.

해거름이 되어 두 사람이 당도한 곳은 삼랑사였다. 이 절은 597년 진평왕 19년 금성(金城, 지금의 경주)에 창건되었다고 아명 스님이 귀띔했다. 그리 크지 않은 목조건물로서, 금당 앞에 석탑이 하나 세워져 있었다.

아명이 주지 스님을 보러 간다며 승당으로 간 사이에 솔거는 금당과 그 주변을 돌아봤다. 창건된 지 백 년이 훨씬 지나서 그런지, 건물 곳곳에 퇴락한 곳이 눈에 띄었다. 사람이나 건물이나 세월 앞에서는 어쩔 수가 없는 것 같았다.

저녁 공양을 얻어먹은 솔거는 요사로 들어가자마자 이내 쓰러졌다. 오랜 여정에 지쳐 몸에 힘이 없었다. 자신도 모르게 자꾸 눈에 풀칠을 하게 되었다. 깊은 잠에 빠지고 싶었다.

그러나 이미 요사를 선점하고 있던 승려들이 허락하지 않았다. 갑자기 나타난 낯선 젊은 중이 궁금했던 모양이다. 자기네들끼리 수군대는 것이 솔거의 귀에도 닿았다.

기어이 그들 중에 하나가 솔거한테 다가왔다. 첫눈에 그리 좋은 인상이 아니었다. 대충 서른 살은 먹었을 것 같았다. 비대해 보이는 체구에다 볼때기에 심술이 배어 있어, 시비 거는 일에 앞장설 인물일 것도 같고.

"한 번도 본 적이 없는 얼굴인데, 어디서 온 누구신가?"

"이름은 솔거라 하고, 아명 스님을 따라서 왔습니다."

"아직 나이가 젊어 보이는데…아명 스님을 어떻게 만났지?"

"자양사라는 절에서 만나, 여기까지 오게 됐습니다."

"불가에 든 지는 얼마나 되었고?"

"저는 중이 아닙니다."

"헌데, 머리를 왜 깎았을까?"

"자양사 도암 스님께서 깎으신 겁니다."

"거어 참, 해괴한 일도 다 있군. 중도 아니면서 삭발까지 하고."

그가 일행을 돌아보며 조소를 뿌리자 모두가 따라 웃었다. 솔거는 조금 무안했으나, 너무 피곤해서 더는 대거리하기가 싫었다. 앞으로 삼랑사에 얼마나 있게 될지는 몰라도 마음이 그리 편치 않을 것 같았다.

이때 마침 아명이 문을 열고 들어섰다.

26
—

솔거가 자리에서 벌떡 일어나자, 내내 잡담으로 소란스럽던 요사가 마치 폭우가 멎은 듯 조용했다. 솔거를 따라 자리에서 일어난 승려들이 합장으로 아명을 맞았다.

"아명 스님 오셨습니까."

"다들 잘 있었는가. 공부는 열심히 하고 있겠지."

"예, 스님."

"아암 그래야지. 내가 자네들한테 소개할 사람이 있어서 왔네."

아명이 눈길을 솔거한테 잠시 꽂더니, 둘이 알게 된 경위와 삼랑사까지 동행한 이유를 그들에게 대충 설명했다. 그러자 그들이 약속이나 한 듯이 일제히 합장하여 허리를 숙였다. 조금 전 솔거를 대하던 무례는 감쪽같이 숨겼다.

"속마음은 알 수 없으나 당장은 중이 되지 않겠다고 한 청년이니, 특별히 마음 쓸 필요 없네."

"그러면 여기에 머물면서 무위도식밖에 할 것이 없겠습니다."

"불화를 배우겠다고 해서 나를 따른 것이니, 그렇게들 알게."

"학승26은 아니고…화승이 되려는 것입니까?"

"글쎄…두고 보면 알겠지."

아명이 헛기침을 내뱉으며 물러가자 승려들이 다시 수군거리기 시작했다. 요사가 금세 시끄러웠다.

이튿날 새벽.

잠결에 요사가 갑자기 시끄러웠다. 솔거도 눈이 떠졌다. 예불에 들어가려는 승려들이 부산을 떠는 바람에 소란스러웠던 것 같았다.

---

26) 학승(學僧): 불교학에 조예가 깊은 승려. 혹은 배우는 과정에 있는 승려.

솔거도 얼떨결에 예불에 참석했다. 잠에서 완전히 깨어나지 못한 가운데 따라나섰다. 어쩌면 몽중에 휩쓸렸는지도 모른다.

자양사에 있을 때는 경험하지 못했던 일이었다. 물론 거기에서도 새벽 예불의식이 당연히 있었다. 그러나 그는 중이 아니라는 생각에 사로잡혀 한 번도 참석하지 않았다. 도암 스님도 솔거를 열외로 취급했던지 권한 적도 없었다.

알싸한 새벽 공기가 콧속을 알알하게 후볐다. 눈썹처럼 가늘게 휘어진 하현달이 쓸쓸하다 못해 애처롭게 떠 있었다. 갑자기 가슴이 아렸다.

뚱보 승려가 슬그머니 다가와 팔꿈치로 솔거를 툭 쳤다. 솔거가 흠칫 놀라자 그가 들릴 듯 말 듯하게 속삭였다.

"중도 아닌 놈이 뭣하러 나왔냐? 더 자빠져 자지."

"나도 모르게 나왔어요."

"얼떨결에 닭 모가지도 비틀겠구나."

"스님이 어떻게 그런 험한 말씀을…"

"네가 그렇다는 얘기지."

꼭두새벽에 실없는 짓이겠다 싶어 그를 피해 버렸다. 그의 모양새와 말투로 보아 애시당초 수행을 쌓고 불도를 닦기는 틀린 중 같았다. 비록 하룻밤밖에 겪지 못했지만 왠지 믿음직스럽지 못한 중이었다. 솔거가 그를 오해한 것인지는 몰라도.

중도 사람이니까 뭐….

27

삼랑사에 온 지 한 달쯤 지나자 아명이 솔거를 찾았다. 그 동안 은밀하게 따로 부른 적이 없었던 터라 긴장했다. 지난 한 달이 너무 길기도 했고.

솔거가 승당으로 들어가자 그가 마침 불화들을 한 장 한 장 넘기고 있었다. 모두 채색된 것들이었다. 눈어림으로도 도암이 보여 준 것들과 비슷했다.

"요즘 뭘 하고 지내느냐?"

"특별히 하는 일은 없고, 주로 금당과 주변을 둘러보고 있습니다."

"네가 보기에, 삼랑사가 어떠하더냐?"

"잘 지은 절이라고 생각했습니다."

"잘 지었다? 어디를 어떻게 잘 지었다는 말이냐?"

"모양이 아담하고, 매우 세밀하게 지은 것 같았습니다. 단청도 훌륭하구요."

"옳게 보았구나. 그건 그렇고…"

그가 보고 있던 불화를 솔거 앞으로 밀어놓았다. 그러고는 본 적이 있느냐고 물었다. 그게 꼭 도암이 가지고 있는 것과 같다고 할 수가 없어, 그저 말없이 받아들었다. 도암이 가지고 있는 것들과는 조금 달랐다.

"이것과는 조금 다르지만, 도암 스님께서 보여 주신 적이 있습니다.”

“도암한테 들어서 나도 알고 있다. 이 불화를 너한테 보여 주는 것은…”

그가 허리를 돌리더니 경탁에서 무엇인가를 여러 개 꺼내 놓았다. 목기들이었다. 그것이 무엇에 쓰이는 물건인지 솔거로서는 전혀 짐작할 수 없었다.

“이건 안료(顔料)인데, 너도 이제는 채색에 관심을 가져야 되지 않겠느냐. 그래서 이 물감을 보여 주는 것이니, 구경이나 해.”

“이 귀한 것을…”

“내가 너를 데리고 왔을 때는 이유가 있었을 게 아니겠느냐. 그러니 먼저 이 불화들을 꼼꼼히 연구하도록 해. 처음부터 채색할 생각일랑 하지 말고, 먹으로 본부터 떠야 한다. 그 작업을 ‘등글기(등굿기)’라고 해.”

솔거는 너무 감격하여 눈물이 고일 지경이었다. 안료를 선뜻 내주는 것도 놀라운 일이지만, 그가 자신을 제자로 인정하는 것 같아 더 감격스러웠다.

“그런데 스님. 이 안료를 직접 만드셨습니까?”

“나한테는 그런 기술이 없어, 사거나 얻어 쓰고 있다. 왜 그러느냐?”

“그저 궁금해서 여쭤봤습니다.”

“제조하는 스님이 따로 계신다.”

솔거는 아명이 지시한 대로 그에게서 건네받은 불화를 모사하기 시작했다. 즉 등글기하는 데는 그다지 어려울 게 없었다. 화본 위에다 아주 얇은 종이를 대고 본을 뜨는 일이었다.

그는 모사에 열중하면서도 잠깐씩 안료를 꺼내 보곤 했다. 냄새도 맡아보고 혀 끝에 찍어 맛을 보기도 했다. 때로는 손가락에 살짝 묻혀 비벼 보기도 했다. 간혹 돌가루 같은 이물질이 잡히기는 해도 감촉이 먹물처럼 부드러웠다.

그로부터 열흘쯤 지나자, 아명이 모사한 것들을 가져오라고 했다. 숙제를 확인하려는 것 같기도 했다.

그가 말없이 습작지를 하나하나 넘겼다. 그러면서 마음이 들지 않는 점을 세세하게 지적했다. 주로 원본과 다르게 놀린 붓질과 투박하게 이어진 선들을 꼬집었다. 심미안이 여간 날카로운 게 아니었다. 어물쩡한 눈속임으로는 어림도 없는 짓이었다.

"불상을 그릴 때는 세필이 중요한데, 너는 그 점을 아직 깨닫지 못한 듯하구나. 이래가지구서야 화상(畵像)을 그려내겠느냐."

"조심하겠습니다, 스님."

"어떤 그림이든 마음가짐이 중요한 것이야. 부처님 앞에서 정진하는 구도자의 자세로 임해야 된다는 말이다. 오직 기교만 부려서 그린 것은 그만큼 감동이 없기 마련이야. 그건 중생들의 환심이나 사려는 속세의 환쟁이나 할 짓이다. 보아하니, 너한테 채색은 어림도 없겠구나. 세필 연습이나 해. 앞으로 천여 장은 그려야 할 것이야."

자그마치 천 장이나….

솔거는 입이 열 개라도 달리 변명할 수가 없었다. 아명의 예리한 지적이 도암과는 많이 달랐다. 그는 등짝에서 땀이 흐르는 걸 느끼며 안절부절못했다.

28

솔거는 내내 둥글기 연습에만 몰두했다. 얼굴 윤곽을 비롯해서, 눈썹이나 눈매 그리고 인중과 입 모양 따위를 아주 가는 선으로 그리는 연습이었다.

그뿐만 아니라 부처에게 입힌 의상의 주름선까지도 세밀하게 모사했다. 어느 것 하나 쉬운 게 없었다. 지금까지는 건방진 마음에 들떠서 단순하게 생각했었다. 그저 비슷하기만 하면 되는 것으로 착각했던 것이다.

아명이 불화를 직접 그리는 것으로 채색 수업이 시작됐다. 안료와 붓을 다루는 방법을 옆에서 지켜보는 일이었다.

안료의 종류도 다양했다. 백색을 비롯해서 황색·적색·갈색·녹색·청색·흑색 등 일곱 가지나 되었다. 그 외에도 금색과 은색이 있다고 했다. 채색하는 붓도 큰 붓 작은 붓 등 종류가 다양했다.

"스님, 안료는 어떻게 만든 것입니까?"

"모두가 천연안료지. 돌이나 흙, 조개껍데기 등을 곱게 갈아서 만든다고 해. 그러나 단청(丹靑)할 때 쓰이는 석간주(石間硃)와 조개껍데기에서 나온 흰색가루인 호분(胡粉)을 제외하고는 다른 나라에서 들여와. 신라에서는 이것들을 구하기가 쉽지 않아서 그래."

형상에다 색을 입히는 작업이 여간 까다로운 게 아니었다. 벽에다 회칠을 하는 것과는 근본부터 달랐다. 첫째 붓을 잡은 손에 힘이 들어가서는 안 되는 일이었다. 붓이 옮겨갈 때마다 손가락 끝에 힘을 살짝 보태는 정도라고나 할까. 그게 말처럼 쉬운 게 아니었다.

그리고 안료를 붓 끝에 묻혀서 골고루 개는 것도 간단치가 않았다. 때로는 색감을 진하게 혹은 연하게 하는 일이 단순이 붓끝에만 맡기는 게 아니었다. 붓을 세우기도 하고 혹은 눕히기도 하여 농도를 조절했다.

솔거는 숨조차 죽여 놓고 아명의 손놀림을 지켜봤다. 처음부터 고정된 아명의 자세는 한 점 흐트러짐이 없었다. 왼쪽 다리를 바닥에 뉘고 오른쪽으로는 무릎을 세웠다. 그리고 왼손으로는 화선지를 누르고 심호흡으로 숨을 멈춘 다음, 붓끝으로 선을 이어갔다. 갑자기 그에 대한 경외심이 가슴을 뜨겁게 달궈 놓았다.

승당 안에는 두 사람이 내쉬는 숨소리만 간혹 있을 뿐이어서 옷 스치는 소리조차 송구스러웠다. 수행이 먼 곳에 있는 게 아니었다. 바로 이 자리에서도 이루어질 수 있겠다 싶었다. 그래서 더더욱 함부로 숨을 내쉴 수가 없었다.

한참만에 붓을 내려놓은 아명이 비로소 허리를 폈다. 그의 이마에 땀이 맺혔다. 그 모습조차 외경스러웠다.

"스님, 오늘은 그만 접으시지요."

"시원한 물이나 떠오너라. 목이 마르구나."

솔거는 그 즉시 뛰어나갔다. 그새 시간이 많이 흘러 거의 해거름에 가까웠다. 공양간이 벌써 부산스러워 보살들의 몸놀림이 바쁘게 움직였다.

그가 쟁반에다 물그릇을 받쳐 들고 나오는데 웬 낯선 남자가 금당 앞에서 서성거리고 있었다. 조금 왜소한 체구에 나이가 지긋해 보였다.

솔거는 그가 삼랑사를 구경하러 온 사람이려니 하고 무심하게 지나쳤다. 그러자 그가 "스님. 말 좀 묻겠소." 하고 발목을 잡았다.

"말씀하십시오."

"아명 스님이 어디 계신지 알고 계시오?"

"누구신지요?"

"전채서[27]에서 온 벽공(碧空) 설긍신(薛肯薪)이라고 전하시오."

"잠시만 기다리십시오. 곧 말씀 드리겠습니다."

---

27) 전채서(典彩署): 신라 때 도화(圖畵)를 맡은 관아(지금의 정부 기관).

솔거가 바로 아명한테 전했다. 그러자 그가 반가운 마음을 얼굴에 가득 바르고 발딱 일어섰다. 짐작에 아명과는 꽤 친한 사이인 것 같았다. 그렇지 않고는 그토록 활짝 웃을 리가 없는 것이다.

29

아명이 벽공을 보자마자 주저없이 버선발로 내려섰다. 벽공도 성큼 다가와 아명의 손을 잡았다.

"벽공께서 어인 일이십니까?"

"아명께서는 그 동안 무고하셨는지요?"

"저야 뭐…어쨌든, 안으로 드시지요."

아명이 앞장서 그를 승당으로 이끌었다. 솔거도 그들 뒤를 따랐다. 아무래도 아명이 새로운 지시를 내릴 것 같았다.

벽공이 바닥에 어지럽게 널려진 채색하다 만 불화와 안료들을 내려보며 고개를 끄덕였다. 솔거는 그것들을 한쪽으로 밀어놓을까 말까 하고 아명의 눈치를 살폈다. 그러나 아명한테 그럴 뜻이 없어 보였다.

"작업하시는데, 제가 방해를 하였군요."

"아닙니다. 오늘 못하면, 다음에 해도 되는 일입니다."

그러고는 아명이 손수 화선지와 안료들을 한쪽으로 밀어놓았다. 솔거는 그들 사이에 끼어 있기가 어색하여, 차를 준비하겠다는 핑계로 승당에서 물러났다.

벽공이 스스로 전채서에서 온 사람으로 소개했다. 그러면 관아(官衙)에 속해 있는 화공(畵工)일 것이다. 솔거도 전채서에 대해서는 자양사에 있을 때 도암 스님한테 들은 적이 있어 조금은 알고 있었다.

벽공이 삼랑사에서 하룻밤을 묵었다. 굳이 가겠다는 것을 날이 이미 어둑한 시각이라 아명이 붙잡았다. 곧 해가 지는데다가 밤길이라, 마음이 놓이지 않는다며 억지로 잡아 놓았다.

그날 밤 늦도록 승당에 불이 켜져 있는 것으로 보아 그들 두 사람한테 얘깃거리가 많았던 것 같았다. 더구나 아명이 특별히 다과까지 들이도록 한 것을 보면 짐작할 만했다.

벽공이 이튿날 아침 공양을 끝내자마자 바로 삼랑사를 떠났다. 갈 길이 바쁜 것 같았다. 솔거가 멀찍이 서서 그들의 뒤를 따르자, 아명이 갑자기 손을 들어 가까이 오게 했다.

"벽공, 이 청년이 어제 말씀 드린 솔거라는 자입니다."

벽공이 고개를 끄덕이며 솔거를 비스듬히 바라봤다. 솔거가 바닥에 엎드려 큰절로 인사를 차렸다. 그러자 그가 "얘기 들었네. 아명 스님한테 잘 배우게나." 하고는 이내 등을 돌렸다.

그가 옅은 아침 안개에 갇혀 언덕을 내려갔다. 아명과 솔거는 그가 보이지 않을 때까지 서서 배웅했다.

아명이 승당으로 들어가면서 솔거를 불러들였다. 그가 자리에 앉아 어제 그리다 만 불화를 가져오도록 했다.

채색이 중단된 것이라 그림이 지저분하게 보였다. 물기가 이미 말라 버린 안료가 마치 빗물에 얼룩진 벽지처럼 볼품이 없었다.

"이걸 봐라. 물감을 입히다 말면, 이런 꼴이 되는 것이다."

"이제 알았습니다."

"종이도 아깝고, 안료도 아깝구나."

"이걸 버리시는지요?"

"도리가 없지 않느냐."

"그러실 뜻이라면 저를 주십시오."

"무엇에 쓰려고?"

"어차피 아궁이에 들어갈 거라면, 제가 가지겠습니다."

그가 고개를 끄덕이는 것으로 솔거 뜻에 맡기려는 것 같았다. 솔거는 그것을 둘둘 말아서 품에 넣었다. 그러자 그가 갑자기 손 사래를 쳤다.

"혹시라도, 거기에다 채색할 생각이라면 당장 태워버리도록 해. 너는 오로지 등글기에만 전념해야 한다. 알겠느냐?"

솔거는 그만 속내를 들킨 것 같아 얼굴이 뜨겁게 달아올랐다. 사실은 아명 몰래 채색을 시도할 생각이 있었다. 아명이 그걸 꿰뚫고 있는 듯하여, 어물쩡 다른 핑계를 대고 슬그머니 꽁무니를 뺐다.

30

삼랑사에서 뜻밖의 불상사가 일어났다. 그것도 모두가 잠든 야밤에 생긴 일이라 경내가 발칵 뒤집혔다. 속세에서나 있을 법한 일이 신성한 사찰에서 벌어진 것이다. 한밤중에 터진 것도 그렇고, 처음 있는 일이라 모두가 경악할 수밖에 없었다.

젊은 승려 둘이서 싸움을 벌였다. 처음에는 언쟁으로 시작됐던 것이 고성이 오가면서 결국 주먹다짐으로 이어진 것 같았다. 코피가 터지고 이가 부러지고 눈퉁이가 시퍼렇게 멍이 들 만큼 격렬하게 싸웠다.

발단은 음주 때문이었다. 승려 둘이 민가(民家)에서 술을 마시고 들어왔던 모양이다. 너무 과하게 마신 탓에 취중에 시비가 붙었다. 그들 중에 하나가 솔거한테 처음으로 말을 걸었던 뚱보 승려였다. 첫인상이 좋지 않았던 그가 결국 일을 내고 말았다.

이번 사건에 시비를 가리는 건 중요하지 않았다. 오로지 불도에만 정진해야 할 승려가 경내에서 싸움을 벌였다는 것만으로도 용서 받지 못할 일이었다. 더구나 취중에 싸움이라니.

주지스님과 아명이 몹시 노하여 그들의 징계에 대해서 매우 단호했다. 최종적으로는 승적을 박탈하는 것이지만 그와는 별도로 엄벌에 처하도록 했다. 그건 체벌에 상응하는 단죄였다.

이튿날 그들을 오랏줄로 포박한 채 창고에 가뒀다. 그 정도로는 벌이 약하다 하여 출입문에 못질까지 해버렸다. 음식은 고사하고 물도 먹이지 않았다.

그들을 엄벌로 다스리는 것은 다른 승려들에게 일벌백계의 전형을 보여 주려는 뜻이었다. 그들을 동정하는 일부 승려들은 벌이 너무 가혹하다며 승적을 박탈하는 선에서 용서하자고 건의했다. 그러나 주지와 아명이 받아들이지 않았다. 오히려 더 중한 벌을 주고 싶었던 것이다.

징계가 그들한테만 내려진 게 아니었다. 주지와 아명도 스스로를 질책하는 의미로 아예 공양을 들이지 못하게 했다. 그들의 일탈을 자신들의 책임으로 돌린 것이다.

그로부터 열흘이 지나서야 그들이 창고에서 풀려날 수 있었고, 그 즉시 승적을 박탈해 추방했다. 열흘 동안 식음을 구경하지 못한 그들은 피골이 상접하여 마치 송장을 보는 것 같았다. 그건 주지나 아명도 마찬가지였다. 더구나 노쇠한 나이라 차마 마주볼 수가 없을 지경이었다.

이번 사건을 계기로 탁발의 경우를 제외하고는 민가 출입을 엄격하게 제한했다. 만약 출입 사실이 드러날 때는 바로 징계 받도록 했다. 그만큼 주지와 아명한테 큰 충격을 안겨준 셈이었다.

솔거는 이번 일을 지켜보면서 많은 걸 깨달았다. 그 중의 하나가 중이 되지 않기로 한 결심을 더욱 굳혔다. 그렇다고 분방하게 살겠다는 건 아니다. 단지 격식과 규율에 얽매이지 않겠다는 것뿐이다.

사람이 너무 격식과 규율에 매이면 변통할 줄을 몰라 결국 큰

일을 못하게 된다. 솔거가 그 점을 우려했다. 일생을 그림에 미쳐서 살고 싶었다. 그것은 장차 그가 사는 것답게 사는 길이기도 하고, 미래에 닥칠지 모를 어떤 불행으로부터 벗어나는 유일한 길일 수도 있다고 생각했다.

어차피 승려도 부처가 될 수는 없다. 단지 부처가 걸어온 길을 가기 위해 수행할 뿐이다. 솔거로서는 그 길을 가기 위해서 그림을 포기할 수가 없었다.

물론 화승의 길도 있다. 그러나 일생을 불화(佛畵)에만 매달리는 게 싫은 것이다. 자연은 언제나 위대하다. 그림은 자연이 잉태하여 태어난 것이나 다름이 없다고 생각해 왔다. 솔거는 위대한 자연이 잉태한 그런 그림을 만들고 싶었다.

설사 고뇌와 고통이 따르더라도 결코 피하지 않을 것이다. 그는 오히려 고뇌와 고통을 즐길 것이다. 그러면 조금도 두려울 게 없다.

31

지난번 승려들이 저지른 사건의 후유증이 삼랑사에서 사라지기까지는 시간이 많이 걸렸다. 그만큼 충격이 컸던 탓이었다. 더구나 공양을 끊었던 주지와 아명의 건강도 회복이 매우 더뎠다.

주지 스님은 주로 보살이 맡아 시중을 들었다. 그러나 아명은 솔거가 보살폈다. 그의 수족이 되어 한시도 곁을 떠나지 않았다.

전에 우연히 무진 스님을 만난 것은 인연이었다. 그는 불연이라고 했다. 그 인연으로 자양사에서 도암도 만났고 아명으로까지 이어졌다. 솔거한테는 행운이었고 결국 불연이 맞는 것 같았다.

죽으로 아침 공양을 마친 아명이 솔거를 불러 앉혔다. 아직도 볼이 홀쭉해 그새 더 늙어 보였다. 그 모습이 또 안쓰러웠다.

솔거가 가까이 다가앉자 특별히 할 말이 있는 듯 입을 달싹거렸다. 그래서 지시할 게 있느냐고 물었다. 그가 고개를 가로 저었다.

"지난번 전채서에서 오신 벽공을 기억하느냐?"

"기억합니다만, 왜 그러시는지요?"

"그 분을 한번 만나 보거라. 그 분께 그림을 배워보는 게 좋을 듯싶구나."

"갑자기 왜 그런 말씀을 하시는지요? 제가 무슨 잘못이라도…"

"네가 불화에만 전념하는 걸 바라지 않는 것 같아서 그래. 내 생각이 틀렸느냐?"

"그럼, 저한테 서운하셔서 그 분께 가라고 하시는지요?"

"너의 장래를 생각한 것이야."

"스님…그러나 지금은 그럴 생각이 없습니다. 스님께서 건강이 회복되시면, 가르침을 더 받고 싶습니다."

"기특한 생각이긴 하다만…벽공이 불화만 그리시는 분이 아니다. 그림에는 원체 타고난 분이시라, 모두 능하시다. 그래서 전채서에 계시게 된 것이고. 내 말을 알아듣겠느냐?"

"저는 잘 모르겠습니다."

솔거가 갑자기 갈등에 빠졌다. 아명은 솔거를 벽공한테 보내 그림을 폭넓게 배우게 하려는 것 같았다. 그것은 곧 또 다른 회화 세계와 만나게 하려는 의도가 분명했다. 그만큼 솔거한테 새로운 미래를 열어주려는 것이다. 이처럼 고맙고 감격스러울 데가 또 있겠는가.

"내 뜻이 그러하니, 너도 깊이 생각해 보렴."

"그러나 저는…"

그는 승당에서 나와 잠시 마루에 걸터앉았다. 아명이 솔거가 불화에만 전념하기를 원치 않는다는 걸 이미 간파한 것 같았다. 그건 사실이었다.

새로운 스승을 만난다는 건 가슴 벅찬 일이지만, 두려움이 앞서 가로막는 것 또한 사실이다. 배울 스승이 없다는 것은 장님한테 길을 묻는 것만큼이나 답답한 일이다. 진정한 스승은 도(道)를 깨닫게 하고, 할 일을 가르쳐 주고, 의혹을 풀어 주는 존재라고 들었다.

그래서 기술만 전하는 스승은 진정한 스승이 될 수가 없다. 벽공이 전채서 화공인 만큼 아명의 말대로 그림에 매우 능할 것이다. 그래서 그곳에 몸담게 되었을 것이고.

그러나 그가 '진정한 스승'이 못된다고 하면, 그건 매우 두려운 일이다. 도를 깨닫게 하고 할 일을 주고 의혹을 풀어 주는 스승이 못되는 인물이라면 아예 만나지 않는 것만 못할 것이다. 물론 그에 대해서는 아명이 잘 알고 있을 것이다. 그래서 천거했을 것이고.

어쨌든 새로운 사람과 인연을 만드는 것은 곧 새로운 세상과 만나는 계기가 될 것이다. 그건 바로 미지의 세계이고, 미답의 세계에 발을 들여놓는 일이다. 생각하기에 따라서는 가슴 벅차고 흥분되는 일이 틀림없다. 두려움에 묶이지만 않는다면.

솔거는 밤새 몸을 뒤척이며 좀처럼 잠을 이루지 못했다. 벽공에 대한 기대감과 두려움이 번차로 다가와 갈등에 빠뜨렸다.

벽공은 어떤 사람일까.

솔거가 알고 있는 바로는 체구가 왜소하고 과묵한 편이라는 것과 자신을 하찮게 보는 것 같은 눈매뿐이었다.

32
—

그로부터 열흘이 지났는데도 솔거는 어떠한 결론도 내지 못하고 있었다. 벽공을 새로운 스승으로 모시겠다는 의지도, 아명 밑에 남겠다는 결심도 굳히지 못한 채 그저 시간만 흘려보냈다. 뚜렷한 이유도 달지 못했다.

그렇게 하루하루 시간만 죽이다 보니, 마치 음식에 체한 것처럼 가슴이 늘 답답했다. 아명도 일절 말이 없었다. 솔거의 눈치를 보는 것인지, 아니면 당사자의 판단에 맡기겠다는 것인지 그 속을 알 수가 없었다. 그래서 더욱 답답했다.

솔거가 삼랑사에 와서 해가 바뀌었고 어느덧 가을을 맞았다. 가을을 초토(焦土)의 계절이라고 아명한테 들었다. 불에 타고 그을린 땅이라는 뜻이다. 바꿔 말하면 여름이 타고 남은 것이 가을인 셈이다.

새벽이면 장독과 초목에 내린 서릿발이 싸늘하고, 부드러운 바람에도 낙엽이 구르고, 초저녁 밤에는 귀뚜라미 우는 소리가 꿈 속으로 잦아들곤 했다.

뜰에 깔린 낙엽을 아침 일찍 쓸어냈는데도 바람이 자주 부는 탓에 그새 또 쌓였다. 사각사각 낙엽 밟히는 소리는 그때마다 몸이 간질간질하면서 깃털처럼 가볍게 만들어 기분이 좋았다. 그래서 비질하는 것이 아까울 때가 종종 있었다.

해가 아직 중천에 오르지 못하고 비스듬히 햇볕만 쏟아내고 있었다. 솔거는 요사 툇마루에 앉아 애써 잎을 떨궈내는 나뭇가지들을 무심히 바라봤다. 다시 봄이 되면 싹을 틔워 잎을 무성하게 거느릴 것이다. 그런데도 저토록 매정한 것이 사람과 다를 것이 없었다.

이때였다. 언덕 아래에서 느닷없이 '솔거 스니임' 하는 소리가 마치 바람처럼 들릴락말락 암암하게 울렸다. 분명 솔거를 찾는 것 같았고 앳된 목소리였다. 그 소리가 계곡을 타고 산울림으로 돌아왔다.

솔거는 자신의 귀를 의심하여 툇마루에서 뛰쳐나갔다. 분명히 자신을 부르는 소리였다. 삼랑사에서는 누구도 그를 솔거 스님으로 부르지 않았다.

그렇다면 혹시…?

그는 길게 꼬불진 언덕 아래를 내려다 봤다. 멀리 초입에서 어른과 아이가 함께 올라오는 것이 보였다.

아니, 도암 스님과 미등이?

그는 자신의 눈을 의심하면서도 언덕 아래로 내달렸다. 그들과 거리가 좁혀지면서 도암이 분명해졌고, 아이는 상상한 대로 미등이었다.

미등이 솔거를 확인하고는 웃는 것도 우는 것도 아닌 표정으로 달려왔다. 솔거가 그를 번쩍 안아 가슴에 품었다. 그에게서 젖내와 흙내가 날려 코를 간지럽혔다.

그는 미등을 잠시 내려놓고 도암한테 다가가 넙죽 절부터 했다.

"이 먼 길을 스님께서 어쩐 일이십니까."

"잘 있었지? 아명 스님은 어떠하시냐?"

"아명 스님께서는…"

"이제는 기력이 회복되셨느냐?"

"도암 스님께서도 삼랑사 소식을 들으셨습니까?"

"발 없는 말이 천 리를 간다지 않느냐."

"지금은 기운을 차리셨습니다만, 어인 일로 여기까지 오셨는지 요? 그리고 미등이는요?"

"아명 스님이 걱정돼서 왔다. 내가 너한테 간다니까, 이놈이 막 무가내로 따라나서지 않느냐. 아이 고집이 웬만해야지."

"스님을 다시 뵙게 되어 기쁘기 한이 없습니다."

그는 마치 죽었다던 아비와 동생을 다시 찾은 기분이 들어 흥 분이 오랫동안 가라앉지 않았다. 마음이 어찌나 가벼운지 마치 구 름 위를 걷는 것 같았다. 솔거가 미등을 업자 그가 발을 까불며 좋아했다.

33
—

솔거는 그 동안 숙제로 남아 있던 자신의 거취에 대해 도암의 뜻을 물어볼 생각이었다. 어쩌면 그의 생각도 아명과 같을지 모른 다. 솔거로 하여금 아명을 따르게 한 것도 도암이었다. 그와 아명 은 마음이 서로 통하는 사이라 뜻이 다르지 않을 것 같았다.

솔거는 승당 주위를 서성거리며 도암과 은밀하게 만날 기회를 엿보고 있었다. 아명이 있는 자리에서는 차마 얘기할 수 없는 일이었다. 그렇게 한다면 그건 아명의 애정과 신뢰를 저버리는 일이 될 것 같았다.

만약 도암도 벽공한테 가기를 권한다면 따라야 할 것이다. 그에게 뾰족한 대안이 없기 때문이다. 첫째 벽공을 거부할 명분이 없다. 있다면 그건 막연한 두려움뿐이다.

이때 미등이 감자 삶은 것을 들고 나타났다. 아이의 마음을 즐겁게 하는 것 중에 제일 큰 것이 주전부리일 것 같았다. 그것만 있으면 아이에게는 몸담고 있는 곳이 곧 낙원일 것이다. 그의 표정을 보면 금방 알 수 있었다.

미등이 솔거한테 감자를 불쑥 내밀었다. 그는 감자 대신에 그를 번쩍 안아 들었다. 지난번처럼 여전히 젖내를 풍겼다.

"미등이는 자양사에서 뭘 하며 지냈지?"

"솔거 스님이 없으니까 심심했어. 나랑 놀아주는 사람이 없는 걸."

"우리 미등이가 안 됐구나. 그러니까, 빨리 커서 스님이 되렴. 스님이 되면 부처님이 너랑 친구가 될 테니까."

"솔거 스님은 부처님이랑 친구 했어?"

"나는 중이 아니거든."

"그럼 빨리 중이 돼."

"글쎄다…"

이때 승당 문이 열리며 도암이 모습을 드러냈다. 아명은 나오지 않았다. 솔거는 잘됐다 싶어 그에게 다가갔다. 그가 삼랑사를 둘러볼 뜻이었는지 곳곳에 눈길을 주면서 느럭느럭 걸었다. 솔거는 그의 뒤를 바싹 따라붙었다.

"스님께 여쭤볼 일이 있습니다."

"무엇이냐?"

"아명 스님께서 저보고 전채서에 계신 벽공 어르신한테 그림을 배우라고 말씀하셨습니다."

"네 생각은 어떠하냐?"

"어떡해야 좋을지, 아직 결정을 내리지 못하고 있습니다. 스님 생각은 어떠하신지요?"

"내 생각은 중요하지 않아. 그림을 배울 사람은 네가 아니더냐. 너도 이제 스스로 결정할 나이가 되었어."

"아직은 두렵습니다."

"무엇이 두려워? 어디 사지(死地)에라도 간단 말이냐?"

"그런 건 아니지만…"

"그럼 됐다. 네가 처음에 무진 스님의 뜻에 따라 자양사에 남게 되었고, 내 권유로 지금의 아명 스님 밑에 있지 않느냐. 그것처럼 받아들이면 되는 것이야. 아명 스님이 스승을 함부로 붙여주실 분이더냐?"

"저도 그렇게 알고 있습니다만…"

"아명 스님 뜻에 따르도록 해. 그게 싫으면, 걸인으로 나서든가.”

“그러기는 싫습니다.”

“그러면 말이 더 필요 없겠구나.”

도암이 서둘러 결론을 내리고는 성큼 앞장서 나아갔다. 솔거는 차마 따라붙지를 못하고 뒤에 남아 미적거렸다. 그토록 쉽게 결정을 해 버리는 도암이 조금은 야속하기도 했다. 솔거한테는 며칠째 고민하는 일인데 그는 마치 무를 자르듯이 단칼에 마무리지었다.

이제는 다른 마음을 가질 수도 없게 되었다. 갈등하지 않아서 다행이기는 하지만 왠지 마음 한구석이 자꾸 허전했다. 그렇다고 달리 마련한 것이 있는 것도 아니었다.

그는 금당에 들어가 본존 앞에 가부좌를 틀고 앉았다. 그 동안 생각했던 것들을 모두 내보내고 마음을 비우고 싶었다. 잠시 불상을 올려 보자 부처가 빙긋이 웃었다. 마치 그의 마음 속을 훤히 들여다보는 것처럼 그렇게 웃고 있었다.

34
—

그로부터 사흘이 지나자 도암 스님과 미등이 떠날 채비를 했다. 아침 일찍 서두르는 것을 보면 긴 여정을 염려하는 것 같았다.

마음 같아서는 솔거도 동행하고 싶었다.

특히 미등과 헤어지는 게 아쉬웠다. 미등도 섭섭한지 아까부터 시무룩한 표정으로 입을 딱 봉하고 있었다. 솔거가 손을 잡아주어도 굳은 표정을 풀지 않았다.

"잘 가라, 미등아."

"솔거 스님도 우리랑 같이 가자."

"그러면 좋겠지만, 나는 사정이 있단다. 너랑 나랑 인연을 맺었으니, 언젠가는 또 만나게 되겠지."

"싫어. 나도 여기서 살래."

미등이 발을 구르며 솔거의 다리를 껴안았다. 그러고는 기어이 울음을 터뜨렸다. 솔거가 아무리 달래도 울음을 그치지 않았다. 솔거도 눈물이 고였다. 그러자 이를 지켜보고 있던 아명이 "불연이로고." 하며 혀를 찼다.

솔거는 그들을 언덕 아래까지 배웅할 생각으로 미등을 업었다. 그가 등에 얼굴을 묻었다. 그러고는 어린것이 자주 한숨을 내쉬었다. 이별을 안타까워하는 것 같았다. 그런 미등의 마음이 솔거의 가슴에까지 전해졌다.

이 아이를 다시 볼 수 있을까?

다시 만나기란 쉽지 않을 것 같았다. 비록 인연을 맺긴 했어도 자신의 미래가 어떻게 전개될지 몰라 예측할 수가 없다. 그게 인간 세계의 일이라 슬퍼해도 소용없다.

도암과 미등이 떠나고 열흘이 지났다. 이제 솔거가 떠날 시점이 점점 다가오는 것 같았다. 아명은 여전히 입을 닫고 있었다. 솔거가 언제 떠나든 상관하지 않겠다는 뜻인지도 모른다. 어쩌면 도암한테 내 뜻을 전해 듣고도 모르는 척하는지도 모르고.

결국 솔거 혼자서 안달을 부렸다. 아명이 속내를 드러내지 않는 것이 빨리 떠나라고 눈을 부라리는 것이나 다를 게 없었다. 그래서 더욱 눈치가 보였다.

무슨 말이든 한 마디라도 했으면 좋으련만 마치 솔거를 잊은 것처럼 무심하게 대했다. 기력이 쇠하여 갑자기 벙어리가 되었나 싶기도 했다. 아무래도 이쪽에서 먼저 입을 떼는 것이 도리일 것 같았다.

솔거는 어금니를 굳게 물고 아명 앞에 다가앉았다. 마침 경전을 읽고 있던 그가 한번 흘끔 바라볼 뿐 여전히 말을 아꼈다. 마치 '네가 이렇게 나올 줄 알았지' 하는 것처럼 무심한 얼굴이었다.

"스님께 여쭐 말씀이 있어 왔습니다."

"뭔지 말해 봐."

"제가 벽공 어르신한테 가는 게 옳은지요."

그러자 그가 갑자기 눈을 부릅뜨더니 목침을 들어 솔거의 가슴팍에다 냅다 던졌다. 너무 갑작스러운 일이라 멍하니 그를 바라볼 뿐이었다. 화가 몹시 난 것 같았다. 그가 읽고 있던 경전을 거칠게 덮어버렸다. 아명한테 처음 당하는 일이라 그는 얼른 무릎부터 꿇었다.

"스님, 노여움을 푸십시오. 제가 잘못했습니다."

"뭘 잘못했는지 알고는 있느냐?"

"그게…"

"저런 저런…그렇게 미욱해 가지고, 장차 무엇을 하겠다는 게 냐? 내가 벽공을 찾아뵈라고 한 것이 언제였더냐. 그걸 여지껏 미 적대고 있어?"

"잘못했습니다. 실은, 두려운 마음이 있어서…"

"도암한테도 그렇게 말했다면서? 대체, 뭐가 두렵다는 게야? 벽공이 너를 잡아먹기라도 한다더냐?"

"그런 건 아니고…"

"더 듣고 싶지 않다. 내일 당장 여기를 떠나거라. 벽공을 찾아 뵙던, 저잣거리를 떠돌던, 네 마음대로 해."

그러고는 솔거를 등지고 휙 돌아앉았다. 솔거는 더 앉아 있을 수가 없어 슬그머니 물러났다. 그가 솔거 등에 대고 연신 혀를 찼 다. 등짝에서 땀이 주르르 흐르고 다리가 후들후들 떨렸다.

35

솔거는 삼랑사를 뒤로 하고 언덕을 내려갔다. 그다지 멀지 않은 길인데도 오늘은 한참 걸었다. 다리가 무거운 탓이었다. 뒤를 돌아봐도 배웅하는 사람은 없었다. 아명과 하직할 때 그는 눈길 한번 주지 않았다. 등짝이 서늘할 만큼 매정했다.

아명은 벽공을 만나러 가는 길을 특별히 가르쳐 준 것이 없었다. 오직 전채서가 있는 서라벌 궁궐로 가라는 말밖에는 하지 않았다. 궁궐의 위치를 알 리가 없는 그로서는 물어물어 갈 수밖에 없었다. 막막하고 두려웠다.

아명이 갑자기 매정하게 대하는 이유를 알 수가 없었다. 전에는 그렇지 않았다. 늘 자상하고 온화했다. 마치 할아버지가 손자한테 하듯 푸근했다. 그랬던 아명이 돌변한 것이다.

내가 스님한테 잘못한 게 있는 걸까?

아무래도 자신이 미처 깨닫지 못한 게 있는 것 같았다. 그렇지 않고는 사람이 그토록 달라질 수가 없는 법이다.

혹시 정을 떼려고 일부러 그러는 건가? 아니면 자신의 우유부단한 성격을 책망하는 것일 수도 있고.

그가 벽공한테 갈 것을 권유했을 때 이쪽에서 감격하여 반색하거나 적극적인 반응을 보이지 않은 건 사실이다. 그건 미지의 생경한 환경에 겁을 먹었던 탓이었다.

사실 그것만도 아니었다. 왠지 벽공한테 경계심이 들었던 것이다. 비록 짧은 시간이기는 하지만 온유한 느낌이 없었다. 그에게서 받은 인상이 매우 엄격하고 냉랭했다.

그러한 사람을 스승으로 받들어 무엇을 배운다는 건 바늘방석에 앉았거나 가시나무를 베고 눕는 것과 다름이 없는 고해일 것 같았다. 그걸 견뎌야 할 것이다.

과연 내가 견딜 수 있을까? 와신상담할 처지라면 몰라도.

서라벌에 도착해 궁궐을 처음 보는 순간 그는 벌어진 입을 좀처럼 다물지 못했다. 웅장한 규모도 놀랍지만 화려한 외형만으로도 별천지에 와 있는 느낌이었다. 더구나 임금의 거처라는 생각에 이르러서는 겁부터 났다.

사실 서라벌에 발을 들여놓을 때부터 놀라움과 감탄에 빠져 오랫동안 넋을 잃었다. 으리으리하게 늘어선 건물들과 가옥들이 그를 환상에 빠뜨려 자신의 존재 자체를 잊게 만들었다.

그것뿐만이 아니었다. 거리를 분주히 오가는 사람들의 외모 또한 화려했다. 고급스러운 의상 때문만이 아니었다. 젊은 남자들의 준수한 용모와 여자들의 눈같이 깨끗한 피부와 하늘거리며 걷는 자태는 눈을 멀게 할 것만 같았다.

일찍이 신라한테 패망한 백제 사람들의 모습과는 사뭇 달랐다. 그래서 그런가? 자신을 바라보는 서라벌 사람들의 눈길이 예사롭지 않았다. 마치 이색인종을 보듯이 신기해하는 눈길이었다. 때로는 낄낄대며 웃는 사람들도 있었다.

넋을 잃은 쪽은 솔거가 아니라 오히려 서라벌 사람들이었다. 솔거는 그들의 눈길이 무안하고 챙피하고 부끄러워, 어디든 빨리 숨어버리고 싶을 뿐이었다.

솔거는 궁궐로부터 멀리 떨어진 곳에 숨어서 출입문 쪽을 지켜봤다. 궁궐 문은 활짝 열려 있었지만 창을 들고 있는 초병(哨兵)들이 입구를 딱 막아선 채 눈을 부릅뜨고 있어 지레 오금이 저렸다. 그래도 어금니를 물고 접근을 시도했다.

36
—

솔거는 배에 힘을 잔뜩 주고 초병 앞으로 나아갔다. 일단 부딪쳐 보기로 했다. 그들은 마치 석상처럼 손끝 하나 까딱하지 않은 채 오로지 눈동자만 굴리고 있었다.

그가 미적미적 다가가자 초병이 위 아래로 훑어보며 눈을 치떴다. 겁을 주려는 것 같았다. 그가 "말씀 좀 여쭙겠습니다." 하고 머리를 조아리는데도 초병은 시답잖다는 듯이 대꾸도 하지 않았다.

사람을 완전히 무시하겠다는 의도인 것 같았다. 그래도 그는 "전채서에 계신 벽공 나리를 뵈러 왔는데요." 하고 한 걸음 더 다가셨다. 그제서야 초병이 그에게 눈길을 고정시켰다.

"벽공? 벽공이 누군데?"

"전채서에 계신 분이라고 들었습니다."

"전채서에 계신 분이라면 화공일 터인데, 벽공이라는 이름은 들어본 적이 없는데…자네는 어디서 온 누군가?"

"삼랑사 아명 스님이 보내서 온 솔거라고 하는데요."

"내가 스님 이름까지 알 수는 없지. 어쨌든, 관아에 계신 분들이 퇴청하려면 유시[28]가 돼야 하니까 기다려 봐."

"제가 안으로 들어갈 수는 없나요?"

"감히 안으로 들어가? 궁궐이 네 친척집이라도 되는 줄 알어? 별 미친 놈 다 보겠네. 꼬라지 하고 원…썩 물러가."

초병이 잡고 있던 창을 흔들며 소리를 버럭 질렀다. 솔거는 찔끔해서 재빨리 뒷걸음질 쳤다. 그러자 초병이 손짓을 보내 솔거로 하여금 더 멀리 떨어지게 했다.

그게 그들의 임무라면 어쩔 수 없는 일이다. 더구나 자신의 외모를 두고 못마땅해한다면 더 할 말이 없다. 궁궐 문을 지키는 초병의 지위가 얼마나 높은 것인지 솔거로서는 알 길이 없다. 지위가 높아 봤자 결국 문지기일 뿐인데….

솔거는 궁궐에서 멀리 떨어진 곳에 쪼그리고 앉아 있었다. 유시가 되려면 얼마나 더 기다려야 하는지 가늠할 수가 없었다. 하

---

28) 유시(酉時): 오후 5-7시.

늘이 잔뜩 흐려서 해가 얼마나 기울었는지 짐작하기조차 어려웠다.

　시간이 웬만큼 흐르자 날이 조금씩 어두워지기 시작했고 잠시 후에 관복 입은 사람들이 무리를 지어 나왔다.

　솔거도 발딱 일어나 궁궐 쪽으로 조금씩 다가갔다. 그들 중에 벽공이 섞여 있을 거라는 생각에 바싹 긴장했다. 그를 놓치는 날에는 오늘밤 한데서 잘 판이었다.

　시간이 더 흐르면서 관원들이 꾸역꾸역 몰려 나왔다. 솔거는 벽공을 찾아내려고 눈을 부릅떴다. 그런데도 그의 모습은 보이지 않았다.

　내가 놓쳤나?

　마음이 초조하면서 안달이 나기 시작했다. 일정한 시간이 지나 더 나올 사람이 없으면 문이 닫힐 것이다. 그러자 입에 침이 마르기 시작했다.

　솔거는 요의가 급한 것처럼 안절부절못했다. 제발, 제발…하고 벽공을 애타게 기다렸으나 그는 나타나지 않았다. 이제는 궁궐 문이 닫히는 것까지 지켜봐야 하는가 싶어 손바닥에 땀이 고였다.

　드디어 문이 닫힐 모양이다. 초병이 문짝 하나를 잡고 서서 궁궐 안으로 목을 디밀었다. 마지막으로 나오는 관원을 기다리는 눈치였다. 다른 초병들은 근무를 교대하려는 듯 갑자기 분주하게 움직였다.

　잠시 후 초병들이 합세하여 문 두 짝을 안으로 밀기 시작했다.

문이 워낙 육중해 여러 명이 달려들어도 가볍게 닫히지 않았다.

이때였다. 문 두 짝이 서로 이를 맞추려는 순간 관원 서너 명이 급히 틈을 비집고 나왔다. 솔거는 그들에게 바싹 다가갔다. 마침 그들 가운데 벽공이 있었다.

그런데 초병들이 벽공을 보자 허리를 깊게 꺾어 예의를 깍듯하게 차리는 게 아닌가. 솔거는 비로소 벽공이 꽤 높은 신분이란 걸 느꼈다.

37

—

솔거는 대뜸 벽공 앞을 막아섰다. 그러자 그가 뜨악한 표정으로 솔거를 삐딱하게 노려봤다. 그는 바닥에 엎드려 인사부터 차렸다.

"자네는 누군가?"

"나리. 저는 삼랑사 아명 스님을 뫼셨던 솔거입니다. 전에 나리께서 삼랑사에 오셨을 때 인사를 드린 적이 있구요."

"오오, 바로 그 젊은이였군. 헌데, 여기는 웬일인가?"

"아명 스님께서 보내셨습니다."

"아명이 보냈다…?"

"그렇습니다, 나리."

"허어. 성질도 급하시지, 이렇게 빨리…그래, 거처는 따로 있느냐?"

"저한테는 서라벌이 처음이라…"

"이런 낭패가 있나."

그가 잠시 생각에 잠긴 듯했다. 아무래도 느닷없이 나타난 것이 부담스러운 것 같았다. 솔거는 또 안절부절못하고 그의 눈치만 살폈다. 어쨌든 그의 처분을 기다릴 수밖에 없었다.

"하는 수 없구나. 일단 나를 따르거라."

그가 연신 헛기침을 내뱉으며 앞장섰다. 솔거도 그와 거리를 두고 쭈뼛쭈뼛 따라붙었다. 그는 걷는 동안 한 번도 입을 열지 않았다. 그 모습이 또 솔거를 불안하게 했다. 마음에 썩 내키지 않는 게 분명했다.

벽공이 한 가옥 앞에서 갑자기 걸음을 멈추더니 솔거를 향해 돌아섰다. 짐작에 그의 집일 것 같았다. 첫눈에 그리 크지도 아주 작지도 않은 아담한 기와집이었다.

솔거가 벽공 집에 온 지 사흘째 되는 날 저녁이었다. 조금 전 퇴청한 벽공이 그를 불렀다. 그의 집에 와서 처음으로 독대하는 셈이었다.

"내 집에 있어 보니, 어떠하더냐? 불편한 것이 많을 것이다만."

"아닙니다. 소인한테는 과분할 뿐입니다."

"그렇다면 다행이고. 헌데, 아명이 너를 나한테 보낸 이유를 알고 있느냐?"

"나리한테 그림을 배우라는 뜻인 줄로 알고 있습니다."

"헌데, 아명한테 들은 바로는 네가 화승이 되는 걸 원치 않는다면서?"

"중이 되지 않겠다고 말씀 드린 적이 있어, 어차피 화승은 될 수 없다고 생각했습니다."

"아주 틀린 말은 아니지. 그러면 앞으로 불화는 그리지 않겠다는 것이냐?"

"꼭 그런 건 아닙니다. 단지, 불화만 고집하지 않겠다는 뜻입니다."

"허면, 속된 환쟁이들처럼 잡화(雜畵)나 그릴 셈이냐?"

"어떤 그림을 잡화라고 하시는지요?"

"불화를 제외한 모든 그림을 말하는 것이다."

"외람된 말씀입니다만, 천지만물이 모두 그림이 될 수 있다고 생각하고 있습니다."

"허면, 천지만물에서 그림의 소재를 구하겠다는 뜻이렷다?"

"저의 부족한 소견으로는…"

"네 각오가 그렇다면, 그렇게 해야겠지."

"나리께서 저의 짧은 생각을 바로잡아 주십시오."

"내가 불화에 전념하라면, 따를 생각이 없지 않느냐. 그러니 네가 마음먹은 대로 하거라. 다만 내가 가르칠 것은 그림의 기초를 튼튼하게 세우는 것뿐이다. 무슨 말인지 알겠느냐?"

"앞으로 나리를 스승님으로 뫼실 것입니다. 부족한 점을 찾으시면, 언제라도 회초리를 드십시오. 달게 맞겠습니다."

솔거는 자리에서 벌떡 일어나 그에게 큰절을 올렸다. 그건 그에게 약속을 다짐한다는 뜻이었다. 그러자 그가 고개를 끄덕였다. 솔거의 뜻을 받아들이겠다는 뜻인 것 같았다.

38

이튿날부터 그는 벽공한테 선 긋는 법을 다시 배우기 시작했다. 솔거는 군말 없이 그가 시키는 대로 따랐다. 그는 선이 모든 그림의 기초라면서 선묘(線描)의 중요성을 강조했다. 심지어 선의 기초를 닦지 않은 그림을 사상누각(沙上樓閣)에 비유하기도 했다.

그러면서 모든 선은 점(點)이 이어진 것이므로 붓끝을 잘 다듬어 점 하나에도 집중력이 있어야 한다고 강조했다.

솔거가 벽공 집에 와서 습작하는 일 외에는 할 일이 없었다. 밥값이라도 할 생각으로 허드렛일을 거들고 싶었다. 그러나 벽공이 미리 못을 박아 집안일에는 일절 마음을 쓰지 못하게 했다. 더구나 집에 머슴들이 여럿 있어 굳이 나설 필요가 없었다.

벽공한테는 부인 박 씨와 아들 경(徑)·흔(昕)·곤(昆) 그리고 딸

휘(暉) 등 자녀 넷이 있었다. 아들 셋은 혼인했다. 이들 중에 경과 흔은 각각 자식을 두었으나, 곤한테만 아직 자식이 없었다. 마침 그가 솔거와 동갑이었다.

애초에 신라의 제도는 6부3성(六部三姓)으로 조직되었다. 6부는 알천양산(閼川楊山)·돌산고허(突山高墟)·무산대수(茂山大樹)·자산진지(皆山珍支)·금산가리(金山加利)·명활산고야(明活山高耶)의 여섯 촌(村)이었다.

그러나 유리왕(儒理王) 9년(기원 32)에 6촌의 이름을 고치고 성(姓)을 주었다. 알천양산은 양부(梁部)라 하여 이(李)씨, 돌산고허는 사량부(沙梁部)라 하여 최(崔)씨, 무산대수는 점량부(漸梁部)라 하여 손(孫)씨, 자산진지는 본피부(本彼部)라 하여 정(鄭)씨, 금산가리는 한지부(漢祇部)라 하여 배(裵)씨, 명활산고야는 습비부(習比部)라 하여 설(薛)씨 성을 각각 주었다. 그리고 삼성(三姓)은 박(朴)·석(昔)·김(金) 삼가(三家)였다.

이러한 사실을 노비 출신인 솔거가 감히 어찌 알겠는가. 그는 설씨 배경이 궁금해 셋째 아들 곤한테 물어 알게 되었다.

하루는 솔거가 툇마루에 앉아 습작에 열중하고 있는데 마침 벽공의 딸 휘가 다가와 붓놀림을 넌지시 바라봤다. 그녀는 솔거보다 무려 10년이나 아래인 열 살 처녀였다. 말이 처녀지 아직 어린 티를 벗지 못해 얼굴에 솜털이 비치는 아이에 불과했다. 그 솜털이 햇살을 받을 때는 얼굴에서 빛이 흘렀다.

"뭐하는 거야? 글씨도 아니고, 그림도 아니고."

"이건 그림을 잘 그리기 위해 연습하는 거예요, 아기씨."

"아무리 연습이라도 맨날 줄만 치니까, 바보 같잖아."

"맞아요, 아기씨. 저는 바보예요."

이때 둘째 아들 흔이 동생을 발견하고는 왠지 빠른 걸음으로 다가왔다. 그의 얼굴 표정이 밝지 않았다. 오히려 안면에서 노기가 흐르는 분위기였다.

솔거가 잠시 붓을 내려놓고 자리에서 일어났다. 그러자 그가 미간에 주름을 잡아 솔거를 흘끔 째려봤다. 솔거가 허리를 굽혀 예의를 갖췄다. 그는 인사는 받지 않고 대뜸 동생의 손목을 낚아채 안채로 향했다. 휘가 자꾸 엉덩이를 빼는 것으로 보아 강제로 끌고 가는 게 분명했다. 아무래도 오라비 입장에서 화가 난 것 같았다. 가면서 동생을 꾸짖는 소리가 희미하게 들렸다.

계집애가 얌전치 못하게, 왜 천한 것한테 말을 붙이느냐.

39

솔거는 어제 일로 하루 종일 아무것도 할 수가 없었다. 왜 천한 것한테 말을 붙이느냐고 동생을 꾸짖던 오라비의 음성이 아직도 귓전에서 떠나지 않고 있었다. 생각해 보면 그의 말이 틀린 건 아니었다. 천한 출신이라 천하다고 했을 뿐이다.

그러나 마음에 걸리는 건 사실이었다. 더구나 철없는 아이한테까지 못을 박는 게 서글펐다. 자신이 천한 노비 출신이라는 건 인정하지만 철없는 어린아이한테까지 애써 못을 박는 심보가 궁금했다. 그래서 더 슬픈지도 모른다.

내가 노비 출신이라는 걸 벽공의 식구들이 어떻게 알았을까.

우연히 알았을 것 같았다. 벽공이 부인한테 솔거를 집에 데려온 이유를 설명했을 것이고, 그걸 자녀들 중에 누군가 우연히 엿들었을 것 같았다. 그 정도는 그리 어려운 일이 아니다.

사실 솔거 자신이 생각해도 염치없는 놈이다. 비록 벽공의 허락을 받기는 했으나 유숙객에 불과했다. 특별히 환영 받을 이유가 없다. 밥이나 축내면서 종일 붓질이나 하고 있어 더욱 밉상일 것 같았다.

하루하루가 가시방석에 앉아 있는 것처럼 불안했다. 차라리 밥값이라도 했으면 덜 미안할 것이다. 청소를 하거나 땔 나무를 하거나 물이라도 긷게 했으면 오히려 마음이 편할 것 같았다. 그러나 벽공이 허락하지 않았다. 그는 솔거를 오로지 문하생으로만 생각하고 있었다.

내가 이 집에 얼마나 더 머무를 수 있을까.

앞으로 두고 보면 알겠지만 만약 식구들이 노골적으로 싫어하는 눈치가 보이면 그 즉시 떠나야 할 것이다. 그 지경에 이를 때까지 마냥 있을 수는 없다. 차라리 아명이나 도암 스님한테 돌아가는 게 나을지도 모른다. 그것마저 여의치 않으면 고향으로 돌아가거나.

눈치 빠르면 절에 가서도 젓국을 얻어먹는다는데….

솔거가 거푸 한숨을 뿜어내고 있는 중에 벽공의 셋째 아들 곤이 갑자기 나타났다. 그가 가까이 다가오는 것도 모르고 있었다. 솔거가 자리에서 벌떡 일어났다.

"아까부터 웬 한숨이냐? 무슨 걱정거리라도 있어?"

"저를 지켜보고 계셨습니까?"

"그런 건 아니고, 우연히 목격했을 뿐이다. 그건 그렇고, 아버님께서 다른 말씀은 없으셨나?"

"다른 말씀이라니요?"

"아직도 선 긋는 연습을 하고 있는지 물어보는 거야."

"저는 오로지 나리의 분부를 따를 뿐입니다. 그림에는 기초가 튼튼해야 된다고 말씀하셨어요."

"아버님 뜻이라면, 따를 수밖에 없겠구나. 워낙 철저하신 분이니까."

그러고는 고개를 들어 하늘을 올려봤다. 그의 입에서 한숨이 새나왔다. 아주 가슴 깊숙한 곳에서 끌어낸 것처럼 들렸다. 무엇인가 깊이 생각하는 게 있는 눈치였다. 표정도 그다지 밝지 못했다. 오히려 근심이 있어 보였다.

"서방님이야 말로 걱정거리가 있으십니까? 한숨이…"

"글쎄다…나도 모르게 한숨이 나오는구나."

"서방님한테 여쭤볼 게 있는데요."

"뭔데?"

"서방님은 지체가 높은 분인데, 나 같은 놈하고 얘기하는 게 싫지 않으십니까? 남들 눈도 있고."

"갑자기, 왜 그런 말을 하지? 누가 너한테 신분을 따지든?"

"그런 게 아니라…"

"답답하구나. 속 시원히 말을 해봐. 혹시, 우리 형제 중에 그런 사람이 있는 거냐?"

"아닙니다. 절대 아닙니다."

솔거는 너무 놀라서 급히 손사래를 쳤다. 상대방 심중을 송곳같이 예리하게 꽂는 그의 지적에 진땀을 뺐다. 하마터면 그의 유도심문에 넘어가 형제 간에 이간질을 놓을 뻔하지 않았는가.

40
—

조금 전 곤이 한숨 내쉬는 이유를 그는 조금 알 것 같았다. 몇 해 전에 그가 화랑도(花郎徒)에서 자퇴했다는 사실을 그의 입을 통해서 알게 되었다. 그러면서 화랑도에 대해서도 대충 설명했다.

솔거가 화랑도를 알게 된 것도 그때였다.

화랑도는 청소년으로 조직되었던 신라의 민간 수양단체다. 일명 국선도(國仙徒)·풍월도(風月徒)·원화도(源花徒)·풍류도(風流徒)라고도 한다.

이들 조직은 청소년들에게 심신을 단련시키면서 교양을 쌓게 하는 등 사회생활의 규범을 가르친다. 그뿐만 아니라 필요한 경우에는 전투병(戰鬪兵)이 되는 사회 중심인물로 양성된다. 따라서 사회 전통을 중시하고 협동정신과 신의와 용맹성을 배양하는 데 목적을 둔다.

화랑도 가운데 주로 귀족 출신의 청소년 중에서 용모가 수려하고 품행이 방정한 남자를 뽑아 지도자격인 단장(團長)으로 삼는다. 이들 단장은 사오 명에서 많게는 칠팔 명이 있고 그 밑에 낭도(郎徒)를 수천 명이나 둔다.

그리고 화랑이 될 자격에서 남녀를 가리지 않고 덕망과 인격과 용모가 뛰어난 자를 선발한다. 화랑도에게 가장 중요한 수양교육은 상마이도의[29]·상열이가락[30]·유오산천 무원부지[31] 등으로, 이를 통해서 국가에 필요한 인물을 양성한다.

이들에게는 필히 지켜야 할 전통이 있다. 위로는 국가를 위하고, 아래로는 벗을 위하여 죽으며, 대의를 존중하며 의에 어긋나

---

29) 상마이도의(相磨以道義): 서로 도의를 닦는 것.
30) 상열이가락(相悅以歌樂): 시와 음악을 즐기는 것.
31) 유오산천 무원부지(遊娛山川 無遠不至): 명산과 대천을 찾아다니며 즐기는 것.

는 일은 죽음으로써 항거하며, 병석에서 죽는 것을 부끄럽게 생각하여 국가를 위해 싸우다가 죽는 것을 자랑으로 알고, 전장에서 오직 앞으로 나아갈 뿐 후퇴하는 걸 부끄럽게 여긴다. 적에 패하면 자결할망정 포로가 되는 걸 수치스럽게 생각할 만큼 자긍심이 매우 강하다.

그러나 신라가 삼국을 통일한 이후로 태평성대가 오래 지속되면서 백성들이 무사안일과 퇴폐적인 사상에 빠지면서, 화랑도 정신도 날로 약화되었다.

이들 화랑의 지도와 교육을 승려들이 맡는 경우가 많다. 그 대표적인 승려가 바로 원광법사(圓光法師)였다. 그는 세속오계(世俗五戒)를 만들어 화랑의 지도 이념으로 삼았다. 그것이 곧 사군이충[32] · 사친이효[33] · 교우이신[34] · 임전무퇴[35] · 살생유택[36] 등이다.

---

32) 사군이충(事君以忠): 임금을 충성으로 섬기라.
33) 사친이효(事親以孝): 효도로써 부모를 섬기라.
34) 교우이신(交友以信): 믿음으로 벗을 사귀라.
35) 임전무퇴(臨戰無退): 싸움에서 물러나지 말라.
36) 살생유택(殺生有擇): 함부로 죽이지 말라.

41

서라벌에 갑자기 무서운 회오리바람이 일었다. 백제 사람들에 대한 검거와 색출이었다. 신라 사람들이 백제인들을 배타적 대상으로 인식하고부터 비롯된 것이다.

신라는 당나라와 연합하여 660년에 백제를 멸망시켰고, 668년에는 고구려마저 무너뜨렸다. 그 후유증은 고스란히 패망한 두 나라 백성들이 떠안아야 했고 그들의 삶이 당연히 피폐해질 수밖에 없었다.

그러자 백제인들과 접경 지역에 살고 있던 일부 고구려인들이 보다 살기 좋은 신라로 건너오기 시작했다. 뚜렷한 국경이 없었던 터라 신라로서는 그들을 막을 방법이 없었다. 그러다 보니 이주민들의 수가 해마다 늘어, 지역에 따라서는 하나의 집단이 형성되었다.

그 집단이 차츰 세력화 되어 원주민인 신라인들과 갈등이 생기기 시작했다. 결국 신라인들이 그들을 적대시하면서 불화가 끊이지 않았다. 때로는 물리적 충돌로 이어져 사상자까지 발생하기에 이르렀다.

갈등의 골이 더욱 깊어지면서 신라인들의 불만도 날로 확산되었다. 그러나 조정에서는 뚜렷한 대책을 마련하지 못한 채 거의 방관 상태로 있었다. 그럴수록 백성들의 원성은 높아졌다.

한편 이주민들도 이러한 분위기를 감지하고 있어, 그들 나름대로 결속을 다져나갔다. 심지어 고구려인들과도 연대하여 새로운 세력을 구축하는 지역이 생겼다.

그제서야 신라 조정이 사태의 심각성을 깨달아 부랴부랴 대책을 강구하기 시작했고, 급기야는 조정에서 포졸들을 풀어 이주민들을 감시하기 시작했다. 저잣거리에서 그들이 소란을 피우거나 질서를 어지럽히는 자를 목격하면 현장에서 체포했다. 그러자 이주민들이 이에 반발해 때로는 집단행동을 벌이기도 했다.

조정에서도 감시기능을 더욱 강화했다. 이주민들의 생활반경을 엄격하게 제한하는 조치였다. 서라벌 곳곳에 흩어져 있던 이주민들을 한곳에 몰아넣는 방법이었다. 집단수용 형태였다. 그곳은 서라벌에서 수백 리나 떨어진 외곽 지역으로 매우 척박한 땅이었다. 농사도 지을 수 없는 곳이었다.

그러자 이주민들이 노골적으로 불만을 드러내 저항했다. 집단수용만큼은 받아들일 수 없다는 것이다. 그러고는 뿔뿔이 흩어져 구석구석으로 숨어들기 시작했다. 주로 백제에서 건너온 사람들이었다.

드디어 백제인들을 검거하거나 색출하기 시작했다. 이들에게 불만이 많았던 신라인들이 이에 호응해 색출에 앞장서는 이도 있었다. 이러한 소문이 서라벌에 널리 퍼져 솔거 귀에까지 닿았다.

솔거한테는 새로운 불안이 보태지는 셈이었다. 벽공 식구들도 그가 백제인이라는 걸 모두 알고 있었다. 심지어 머슴들까지 알고 있어 불안감이 더 컸다. 마치 그들 모두가 밀고자처럼 보여 하루

하루가 바늘방석이었다.

솔거가 근심에 싸여 먼 산등성에 눈길을 주고 있는데 마침 셋째 아들 곤이 나타났다. 그의 안색은 여전히 창백하고 표정도 어두웠다. 솔거도 그 마음의 뒤안길을 알아 침묵으로 그를 맞았다.

"솔거야, 무슨 생각을 그리 골똘히 해?"

"자꾸 걱정이 돼서요."

"걱정? 무엇이 걱정이라는 거야?"

"서방님도 아시다시피, 요즘 백제 사람들을 마구 잡아들이지 않습니까."

"나는 또 뭐라고…그걸 네가 왜 걱정하니? 우리 집 식구 중에 발고(發告)할 사람이 있을까 봐서?"

"그렇다기보다는…어쨌든, 불안한 건 사실입니다."

"그럴 리는 절대 없으니까, 안심하거라. 다만 너 혼자 문 밖에 나가는 건 삼가는 게 좋아."

곤의 그 한 마디가 상심해 있는 그에게는 큰 위안이 되었다. 그래서 그와는 신분을 떠나 벗 같은 생각을 가지고 있었다.

42

기어이 일이 터지고 말았다. 붓질이 지겨워진 솔거가 잠깐 정원을 거닐고 있었다. 이때 누군가 대문을 거칠게 흔들었다. 마침 주위에 아무도 없어 그가 나가볼 수밖에 없었다.

그가 밖에 대고 누구냐고 물었다. 그러나 대답은 들여보내지 않고 문만 자꾸 흔들어댔다. 의구심이 들기는 했으나 문을 열지 않을 수가 없었다.

뜻밖에 포졸 둘이 눈을 부릅뜨고 서 있었다. 그는 가슴이 철렁 내려앉았다. 차마 속내를 드러낼 수가 없어 애써 태연한 척했다.

"어느 분을 찾아오셨는지요?"

"여기가 전채서 설긍신 화공 댁이오?"

"그렇기는 합니다만, 나리께서는 아직 퇴청하지 않으셨습니다."

"우리는 그 분을 뵈러 온 게 아니고…이 댁에 솔거라는 자가 있소?"

순간 솔거는 눈앞이 캄캄하고 귀가 막힌 듯 그들이 하는 말이 제대로 들리지 않았다. 자신도 모르는 사이에 손끝이 떨리고 무릎에서 기운이 스르르 빠져나갔다. 정신도 아득하게 달아났다.

"왜 그러시는지요?"

"혹시, 자네가 그 솔거라는 자가 아닌가?"

"그렇기는 합니다. 그러나 나는 잘못한 게 없습니다."

"그건 우리가 알 바 아니고, 어쨌든 백제에서 온 자가 맞지?"

솔거는 입을 꾹 닫은 채 그들을 멀뚱히 바라보기만 했다. 그러자 그들끼리 무슨 말인가 잠시 소곤대고는 바로 솔거의 겨드랑에다 팔을 찔렀다. 끌고 가겠다는 뜻이었다.

"나를 발고한 사람이 있습니까?"

"그랬으니까 왔지. 그러니 순순히 가는 게 좋아."

그제서야 머슴들이 나타나 웅성거렸다. 이어서 곤이 달려나와 머슴들한테 어찌 된 일이냐고 물었다. 그도 짐작할 만한 일이면서도 짐짓 딴청 부린다는 걸 솔거도 눈치 채고 있었다. 머슴들도 대충 짐작은 할 것이다. 나라에서 백제 사람들을 잡아들인다는 소문을 들어 알고 있을 사람들이었다.

그래도 포졸 앞에 당당히 나서는 사람은 곤밖에 없었다. 그가 머슴들을 물리치고 포졸들을 향해 눈을 부릅떴다.

"대체, 무근 이유로 이 사람을 데려가는 것이오?"

"소문을 들었겠지만, 지금 백제인들을 모두 잡아들이는 중이오."

"이 사람이 백제 사람이라는 근거가 있소?"

"조금 전 이 자가 시인을 했소."

"우리 집에 백제인이 있다는 걸 어찌 알았소?"

"그거야…"

"발고자가 있었소?"

"그건 밝힐 수가 없소."

"말하시오. 그렇지 않으면, 이 사람을 보낼 수가 없소."

"우리는 지금 이방부[37]에서 나온 것인데, 공무를 방해할 생각이오?"

"그러면 저희 아버님께서 귀가하신 후에 결정하시오."

"우리는 지금 근무 중이기 때문에, 더 기다릴 수가 없소."

"곧 오실 때가 됐단 말이오."

그러나 그들은 곤의 말을 더 들으려고 하지 않을 만큼 냉갈령을 보였다. 그러고는 바로 솔거를 포박하려 들었다. 곤이 막으려 했지만 그들이 눈을 부라리는 바람에 더는 나설 수도 없었다.

솔거는 눈을 감아 포졸들이 하는 대로 순순히 응했다. 그들이 이방부에서 임무를 받아 출동한 이상 당장은 모면할 길이 없을 것 같았다. 이 자리에 벽공이 있었다면 포박까지 당해 끌려가지는 않았을 것 같았다. 솔거는 전채서가 높은 관아이고, 거기에 소속된 화공 역시 낮지 않은 벼슬이라고 생각했다.

---

37) 이방부(理方府): 신라 때 형률(刑律)에 관한 업무를 맡아보던 관아.

43

솔거는 결국 이방부로 끌려가 옥사(獄舍)보다 결코 나을 것이 없는 곳에 갇히고 말았다. 솔거 말고도 이십여 명이나 되는 남자들이 이미 들어와 있었다.

이들뿐만이 아니었다. 옆방에도 십여 명이 넘는 여자들과 아이들이 붙잡혀 있었다. 짐작건대 이들 모두가 집단 수용소로 보내질 사람들인 것 같았다. 솔거도 결국 그들과 섞이게 되겠지만.

솔거는 갑자기 난감해진 자신의 신세가 새삼 서럽고 슬펐다. 새로운 스승을 만났다는 기대감이 하루아침에 물거품이 되었다. 앞날이 막막했다. 미래가 어떻게 전개될지 짐작조차 할 수 없는 지경이 되고 말았다. 이 경우를 어찌 상상이나 했겠는가.

대체 어디서부터 잘못된 것일까. 벽공의 문하생으로 들어온 것이? 그건 아니다. 신라로 이주한 백제인들 문제는 이미 그 이전부터 있어 왔다. 그러면 삼랑사에 오게 된 것이? 그것도 아니다. 이주민 문제는 그때도 이미 있었다.

자양사는…? 이 문제와는 전혀 상관이 없다. 그런 식으로 따지다 보면 아명 스님으로부터 거슬러 올라가 도암과 무진으로까지 이어지게 된다.

그들과 무슨 관계가 있단 말인가. 문제의 근원은 결국 솔거 자신에게 있는 셈이었다. 신세계를 꿈꾸며 노비에서 탈출한 것부터 잘못일지 모른다.

다시 백제로 돌아가야 하나?

그날 밤 솔거는 밤을 꼬박 새웠다. 아무리 눈에 풀칠을 하려고 해도 잠이 오지 않았다. 이방부에서 벗어나는 길을 이리저리 생각했으나 궁리에 그칠 뿐이었다.

심지어 이방부에서 탈출하는 상상도 해 봤다. 그것 역시 상상에 지나지 않았다. 탈출을 시도했다가 붙잡히는 날에는 그건 곧 죽음으로 가는 지름길이나 마찬가지다.

이튿날 아침.

포졸이 와서 갇혀 있는 사람들을 하나씩 불러내 어디론가 데리고 갔다. 목을 베려고 그런 건 아닐 것 같은데도 불러가는 자마다 얼굴이 사색이 되어 나갔다.

그렇게 불려나갔던 자들은 다시 돌아오지 않았다. 그러자 다음 차례를 기다리는 사람들의 안색이 이미 새파랗게 죽어 있었다. 솔거도 그런 꼴로 보일 것이다.

드디어 솔거 차례가 되어 호명되었다. 그는 되도록 당당하려고 주먹을 움켜쥐었으나 무릎이 떨리는 건 멈출 수가 없었다. 결국 어깨도 떨고 손도 떨었다. 그러자 포졸이 웃으면서 왜 자꾸 떠느냐고 물었다. 떨지 않았다고 변명하고 싶었지만 입술마저 떨려 말이 나오지 않았다.

조금 전에 먼저 불려나갔던 사람들이 한곳에 모여 있었다. 솔거도 당연히 그쪽으로 가겠지 싶어 미리 각오했다. 거기에다 모아 놓은 것은 곧 다른 곳으로 이동하기 위한 절차라고 누군가 귀띔했다. 솔거는 그것도 각오했다.

그러나 솔거는 그들 쪽으로 가지 않았다. 그가 포졸에게 이끌려 간 곳은 판정관(判定官) 앞이었다. 잡혀온 자들의 거취를 심사해 결정하는 관리일 것 같았다. 솔거의 추측이 맞다면 그도 심사 대상에 들어 있다는 뜻이다. 그 결과 집단수용 대상에서 제외될 수만 있다면 더 바랄 것이 없는 것이다.

그렇게 상상하자 희미하게 한 줄기 빛이 보이는 것 같았다. 그게 바로 구사일생의 징조 아니겠는가. 그는 고개를 숙인 채 판정관의 결정을 기다렸다. 어쩌면 운명의 갈림길이 될지도 모르는 순간이었다.

이때 판정관이 솔거에게 고개를 들라고 했다. 솔거는 그때까지도 희망적인 상상에 빠져 있어, 그가 한 말을 미처 듣지 못했다. 그러자 그가 반복했다. 솔거가 그제서야 고개를 들었다. 그 순간 하마터면 소리를 지를 뻔했다.

판정관 옆에 벽공이 앉아 있는 게 아닌가.

솔거가 미처 그를 발견하지 못했다. 너무 긴장했던 탓이었다. 벽공이 그를 내려보며 입가에다 엷은 미소를 비쳤다. 순간 솔거는 자신도 모르게 눈물을 주르르 쏟았다.

44

벽공이 솔거를 데리고 이방부 영문을 나섰다. 그는 내내 입을
열지 않았다. 솔거가 먼저 감격한 인사를 넣고 싶었으나, 그가 표
정을 굳히고 있어 차마 말을 붙일 수가 없었다.

뜻밖에 곤이 영문 앞에서 기다리고 있었다. 그가 솔거한테 다
가와 빙긋이 웃었다. 또 눈물이 고였다. 그가 와 있으리라고는 미
처 생각하지 못했다. 솔거를 인간적으로 대하는 사람은 역시 곤밖
에 없다고 생각하자 감격스러웠던 것이다.

벽공이 솔거를 아들한테 인계하고 말없이 떠났다. 전채서로 등
청하면서 이방부에 먼저 들렀던 것 같았다.

"고생은 하지 않았느냐?"

"하룻밤 묵었을 뿐입니다. 서방님이 여긴 어떻게 오셨습니까?"

"아버님 뜻이시다."

"저 같은 놈한테까지 마음을 쓰시다니…나리한테 감사할 뿐입
니다."

곤이 말없이 앞장섰다. 솔거는 그와 거리를 두고 따라붙었다.
그러자 그가 걸음을 멈추고 솔거가 가까이 오기를 기다렸다.

"이방부에서 다시는 너를 찾지 않을 거야. 그래도 바깥 출입은
삼가는 게 좋을 것이다."

"명심하겠습니다. 그런데 누가 저를 밀고했을까요?"

"누군가 있겠지만, 굳이 알려고 하지 말거라."

그래도 솔거는 밀고자가 궁금했다. 그가 집안사람들 중에 하나인 것은 분명할 것이다. 벽공의 자식들 중에 있거나 머슴들 중에 하나일 것이다. 자식들 중에 곤이 아닌 것은 분명하다.

그러면 큰아들 경이거나 둘째 흔이겠으나 차마 그들을 의심하고 싶지 않았다. 그건 벽공에게 불충한 짓이다.

머슴들 중에 어떤 놈이….

그걸 어떻게 가려낸단 말인가. 괜히 잘못 짚었다가는 애먼 사람을 잡는 격이 될 것이고, 자칫 분란만 일으키게 될 것이다. 그래서 곤이 만류했을 것 같았다.

모르는 척하자.

그로부터 며칠 후 내실에서 크게 다투는 소리가 새나왔다. 둘째 흔과 곤의 목소리가 분명했다. 솔거는 엿듣지 않으려고 얼른 등을 돌렸다. 그러나 소리가 워낙 커서 자연스럽게 귀가 열렸다.

-대체, 형님이 왜 그러셨습니까?

-나는 그 놈이 못마땅해.

-이유가 무엇입니까?

-천한 노비 주제에, 아버님의 총애를 받는 게 싫다. 그런데 네가 왜 그 놈을 두둔하고 나서는 것이냐?

-두둔하는 게 아닙니다. 형님이 아버님 뜻을 거역하는 것이나 다름이 없지 않습니까. 그 아이는 아버님께서 데려오셨습니다. 게다가 그 아이가 우리한테 해를 입힌 것도 없잖아요.

-네가 지금 나를 훈계하는 것이냐?

-어찌 그런 말씀을 하십니까. 저는 다만 그 아이의 신분을 따져 박대하는 건 옳지 않다는 걸 말씀드렸을 뿐입니다.

이때 벽공의 부인이 목소리를 키워 그들의 다툼을 말렸다. 비로소 내실이 조용해졌다. 솔거는 재빨리 자리를 피해 뒤꼍으로 몸을 숨겼다. 차마 들어서는 안 될 것을 듣고 말았다.

일이 그렇게 된 것이로구나.

이제 밀고자가 분명해진 셈이다. 그는 가슴이 거칠게 뛰면서, 마치 피가 거꾸로 흐르는 것처럼 얼굴이 뜨겁게 달아올랐다. 얼마 전에 내 앞에서 놀던 막내딸 휘를 꾸중하던 흔의 모습이 새삼 떠올랐다.

나한테 왜 적대감을 품을까?

45

언젠가 곤이 그에게 한 말이 비로소 생각났다. 흔이 어릴 적부터 그림에 소질이 있어 벽공이 특별히 관심을 가지고 지켜봤다. 잘 가르치면 장차 화공이 될 것으로 기대했다.

그러나 흔이 성장하면서 그림보다는 놀이에 더 흥미를 가졌다.

게다가 의지가 약하고 천성이 게을러 끈기를 보여 주지 못했다. 벽공이 차츰 실망하면서 가르치기를 포기하게 되었다.

그 후부터 흔이 벽공의 눈 밖에 나기 시작했고 부자 간에 갈등만 깊어졌다. 그가 혼인을 하고서도 그릇된 버릇을 고치지 못했다. 술집을 자주 드나들면서 유곽에까지 출입하는 밉상을 보였다.

이러한 중에 솔거가 그의 집에 들어갔고, 벽공으로부터 사사를 받게 된 것이다. 결국 솔거가 그에게는 눈엣가시가 될 수밖에 없었다.

처음 얼마 동안은 솔거가 전혀 눈치를 채지 못했다. 그때만 해도 벽공이 솔거를 눈에 띄게 대하지 않았기 때문이다. 더구나 솔거가 행동거지를 특별히 조심해 미처 꼬투리를 잡지 못한 탓도 있을 것이다.

이제 흔의 밀고가 분명해진 만큼 솔거의 처신이 더욱 어렵게 된 셈이다. 되도록 그의 눈에 띄지 않는 게 상책일 것 같았다. 그게 어디 말처럼 쉬운 일인가. 한 지붕 밑에 있으면서 눈에 띄지 않기란 결코 쉬운 일이 아니다.

더구나 그의 밀고를 벽공이 알게 된 만큼 마음에 칼을 품고 새로운 음모를 꾸밀지도 모른다. 그가 스스로 복수를 다짐한다면 못할 것도 없다. 그러면 솔거의 처신이 더욱 어려워질 게 뻔하다.

앞으로 어쩐다?

그는 매일 불안하고 초조해서 깊은 밤이 되어도 잠을 이루지 못했다. 잠깐 잠이 들었다가도, 악몽을 꾸는 바람에 벌떡 일어나

곤 했다. 악몽도 해괴하고 때로는 살벌했다. 괴상하게 생긴 짐승이 아가리를 벌리고 달려들거나, 복면을 한 괴한이 칼을 휘두르며 다가서는 꿈이었다. 어느 날 밤에는 흡혈귀가 피를 흘리며 나타날 때도 있었다. 솔거는 꿈속에서도 그가 흔일 거라고 생각하고 몸을 오돌오돌 떨며 살려달라고 애원했다.

악몽에 시달리고 아침을 맞으면 옷에 땀이 흥건했다. 피가 마르는 나날의 연속이었다. 어느 날 곤이 솔거의 얼굴을 들여다보며 물었다.

"안색이 안 좋구나. 얼굴이 왜 그리 창백하지? 어디 아픈 데가 있느냐?"

"그런 건 아니구요…"

"무슨 사연이 있는 것 같으니, 말해 보렴."

"사실은요…"

솔거는 하는 수 없이 그에게 악몽을 털어놓았다. 그가 웃어넘기기는 하면서도 고개를 갸우뚱거렸다. 무엇인가 짚이는 데가 있는 눈치였다. 그래도 그는 흔을 의심하는 눈치만큼은 꼭꼭 숨겼다.

"네가 이방부에 갔다 온 이후 신경이 예민해졌구나. 빨리 잊어야 한다. 그렇지 않으면, 마음에 병이 생기는 법이다."

"저도 그럴 생각이지만, 악몽을 피할 수가 없습니다."

"의지가 약한 탓이니, 습작에만 몰두하거라. 장맛비로 목욕하고, 폭풍으로 머리 감는다는 말이 있어. 다시 말하면 고생을 참고 일에 집중한다는 뜻이란다."

곤이 한숨을 쉬며 물러갔다. 솔거는 그의 뒷모습을 바라보며 자신도 모르게 눈물이 고였다. 고립무원의 처지를 이해하고 위로하는 그가 참으로 고마웠다. 주위에 곤마저 없었다면 지금보다 더 외롭고 슬펐을 것이다. 어쩌면 이 집에서 벗어날 궁리에 빠졌을지도 모른다. 그림이고 무엇이고 다 포기하고, 살기에 마음 편안한 곳을 찾아 나설 수도 있고.

그러나 벽공은 물론이고 곤의 자애심을 생각하면 안 되는 일이다. 스승한테는 불충이고 곤한테는 배신이다.

그래 참자. 인내는 산도 움직인다고 했어.

46
—

솔거는 동이 트자마자 일어나 빗자루부터 들었다. 집 안팎 청소는 으레 머슴들의 몫이지만 솔거도 거들기로 마음을 바꿨다. 지난번 이방부에 끌려간 이후 식구들한테 자꾸 눈치가 보여, 자신도 밥값은 한다는 인식을 심어주고 싶었다.

대문 앞부터 비질을 시작했다. 벽공이 출근하며 밟는 길을 멀리까지 쓸 작정이었다. 어려울 게 없었다. 옛날 노비였을 때 했던 일에 비하면 식은 죽 먹기였다.

그러나 생각지도 않은 일이 터졌다. 한참 비질을 하고 있는데 저만치서 한 남자가 걸어오고 있었다. 뜻밖에 그는 둘째 아들 흔이었다. 왠지 그의 걸음걸이가 바르지 못하고 자주 비틀거렸다. 술에 취한 듯한 모습이었다.

새벽 시간에 들어오는 걸 보면 어젯밤 외박한 게 분명했다. 솔거도 진작에 눈치 챈 일이라 새삼스러울 건 없지만 직접 목격하기는 처음이었다.

순간 가슴이 벌렁벌렁 뛰었다. 그와 마주칠 일이 두려워 바짝 긴장했다. 모르는 척하고 몸을 숨기고 싶었으나, 이미 그의 가시거리에 들어가 있었다.

솔거는 어금니를 물고 그에게 다가갔다. 옷매무시가 많이 흐트러져 영락없는 술망나니 꼴이었다. 어차피 부닥칠 일이다 싶어 솔거가 먼저 가서 인사를 넣었다. 그러자 그가 삐딱한 눈길로 노려보며 입을 씰룩거렸다. 이미 심사가 뒤틀려 있는 것 같았다.

"어이구, 화가 나으리께서 아침 일찍 웬일이신가? 나를 마중나왔을 리는 없고."

"둘째 서방님, 다녀오십니까."

"서방님? 이 자식아, 내가 네 서방이냐?"

"그런 게 아니구요…"

"감히 누구 앞에서 말대꾸야."

그가 갑자기 빗자루를 빼앗더니 솔거를 마구 두들겨 패기 시작했다. 솔거가 그 매를 고스란히 맞았다. 그래도 성이 풀리지 않는 듯 빗자루를 내던지더니 주먹으로 얼굴을 지르고 발로 복부를 걸어찼다. 아예 죽이기로 작정한 듯 미치광이처럼 굴었다.

솔거는 기어이 바닥에 쓰러지고 말았다. 그래도 그의 발광은 그치지 않았다. 살려달라고 애걸하는데도 더 날뛰었다.

이때 마침 머슴이 나타나 그를 말렸다. 그럴수록 더 길길이 뛰었다. 완전히 미쳐버린 것 같았다. 마침 머슴 하나가 더 나와서 그의 광기를 겨우 막을 수 있었다.

솔거는 바닥에 널브러진 채 숨만 겨우 쉬었다. 머슴들이 그를 부축해서 행랑채로 끌고 갔다.

몸 구석구석에 성한 데가 없었다. 삭신이 쑤셔 옴짝달싹할 수가 없었다. 얼굴 곳곳에 피멍이 들어 꼴이 말이 아니었다. 얼굴뿐만이 아니었다. 팔 하나가 부러진 듯 들어 올릴 수도 없었다. 성한 데가 없기는 다리도 마찬가지였다. 이도 두 개나 부러졌다.

그는 꼬박 삼 일을 누워 있었다. 입조차 벌릴 수가 없어 물만 겨우 넘겼다. 마침 머슴 하나가 다가와 피멍을 가라앉히는 데 좋다며 똥물을 억지로 먹였다.

그날 흔이 왜 그런 식으로 발광했는지 굳이 이유를 따질 필요도 없다. 이방부에서 무사히 풀려난 것에 대한 분풀이일 것이다. 자신이 밀고자라는 사실을 벽공마저 알게 되자 처신하기가 더욱 어려웠을 것이다. 가뜩이나 눈 밖에 나 있는데다가 비열한 짓을 했으니, 쥐구멍에라도 들어가고 싶었을 것이다.

솔거가 누워있는 동안 곤이 아침저녁으로 와서 위로하면서 자꾸 미안하다고 했다. 그가 그럴수록 오히려 솔거가 전전긍긍했다.

"서방님, 그런 말씀 하지 마십시오. 제 팔자 탓으로 돌립니다."

"내가 너 하나를 지켜주지 못하는구나."

"자꾸 그러시면, 제가 몸둘 바를 모릅니다."

"솔거야, 아무래도 내 집에서 떠날 때가 된 것 같구나."

"서방님, 그게 무슨 말씀이십니까?"

"내가 둘째 형님 성미를 알아서 그런 것이니, 내 뜻에 따르거라. 아버님한테는 내가 잘 말씀을 드릴 것이다."

"서방님…"

"새로운 스승을 찾거라. 그게 네 앞날을 위해서 좋겠다."

그가 솔거의 손을 끌어잡고는 자꾸 한숨을 내쉬었다. 솔거는 천정에 눈길을 걸어놓은 채 그저 눈물만 흘릴 뿐이었다.

47
—

그로부터 사흘이 지나자 벽공이 솔거를 불렀다. 그가 방에 들어서자 벽공이 대뜸 한숨부터 토했다. 솔거는 무릎을 꿇고 그가 내놓을 얘기만 기다렸다. 웬지 그가 한참 동안 입을 열지 않았다. 긴장이 목을 옥죄었다. 그가 한참만에 헛기침을 내뱉었다.

"너한테는 안 된 얘기다만, 너를 더 데리고 있을 수가 없게 되었구나."

"나리…"

"아무리 자식이라도, 아비 마음대로 안 되는 일도 있구나."

"제가 나리 댁에 와서, 분란만 일으켰습니다."

"네 복이 이것밖에 안 되는 것으로 생각하거라."

"네, 나리."

"내 집에서 나가면, 어디로 갈 셈이냐?"

"갑작스런 일이라, 아직 정하지 못했습니다."

"그렇겠지. 부디 좋은 스승을 만나렴. 어쨌든 인연을 맺은 것이니, 차후에 또 볼 일이 생길지도 모르겠구나."

"저도 나리를 스승으로 뫼셨던 인연을 마음에 깊이 간직하겠습니다. 부디 옥체 보전하시기를 빌겠습니다."

"오냐, 그만 가 보거라. 어차피 헤어질 일인데, 더 잡아둬서 뭐 하겠느냐."

솔거는 자리에서 일어나 큰절로 하직인사를 하고는 바로 돌아섰다. 눈물이 앞을 가려, 하마터면 문지방에 걸려 넘어질 뻔했다.

대청을 내려서자 곤이 마당에 서 있었다. 솔거를 기다렸던 것 같았으나 등을 돌린 채 하늘만 올려보고 있었다. 솔거가 발소리를 죽여 그에게 다가갔다.

"서방님께 하직인사 올리겠습니다."

"솔거야. 이렇게 헤어지면, 내가 서운해서 어떡하니."

"안타깝기로 말씀 드리면, 제 가슴이 더 아픕니다. 절 받으십시오."

솔거가 그 자리에 엎드려 하직인사를 넣었다. 또 눈물이 쏟아져 흙바닥을 적셨다. 솔거가 체읍하며 어깨를 떨자 그가 일으켜 세웠다.

"우리 인연이 여기까지인 것 같구나. 아무쪼록 몸을 조심하거라."

"서방님도 옥체 보전하십시오. 그럼…"

그는 머슴들한테 간단히 배웅 받으며 집을 나섰다. 평소에 익숙했던 대문 밖 길들이 갑자기 막막하게 다가섰다. 마치 자신의 앞날을 보는 것 같았다. 고향을 떠날 때 간직했던 포부가 고작 이렇게 끝나는가 싶어 자꾸 눈물이 솟았다.

이 절에서 저 절로 옮겨 다니다가 벽공 밑에서 안착하는가 싶었던 것이 결국 이 꼴이 되었다. 그림은커녕 허구한 날 선 긋는 것만 배우나가 만 셈이었다. 그게 곧 기초를 닦은 것이겠지만 자꾸 허망한 생각만 들었다.

이제 어디로 가나.

당장 떠오르는 사람은 무진과 도암과 아명 스님뿐이었다. 그러나 무진을 다시 만나기란 쉽지 않을 것 같았다. 운수납자에 만족하는 승려라 우연이 아니고는 만날 수 없을 것이다.

그 다음으로는 도암과 아명이 있지만 그들이 이런 꼴을 과연 반겨나 줄지 의문이었다. 어쩌면 불호령으로 쫓아버릴지도 모를 사람들이다. 그가 겪은 사연을 늘어놓아도 동정은 고사하고, 오히려 인내하지 못한 것을 탓할 것 같았다. 틀림없이 그럴 사람들이었다.

내가 중이 되겠다고 하면?

그것도 선뜻 받아줄 것 같지가 않다. 절대 중이 되지 않겠다고 그들 앞에서 선언했던 터라 쉽사리 믿어주지 않을 것 같았다. 오히려 코웃음 치며 쫓아버릴 게 뻔하다.

이런 꼴로 어머니 앞에 나타날 수도 없고….

48

솔거는 결국 자양사 쪽으로 방향을 잡았다. 삼랑사를 재차 생각했으나 아명 스님의 무서운 얼굴이 떠올라 바로 지워버렸다.

자양사로 가는 길이 새삼 험하고 고됐다. 자신을 반겨줄 것 같지 않은 곳이라 더욱 막막했다. 산을 넘고 내를 수없이 건넜다. 때로는 갑자기 쏟아지는 소낙비를 고스란히 맞아야 했다.

뱃가죽이 등짝에 달라붙을 만큼 허기가 졌으나, 인가를 만나지 못해 꼼짝없이 굶어야 했다. 무진 스님의 얼굴이 그리움으로 떠올랐다. 그가 있었다면 허기는 면했을 것이다.

어머니가 이 꼴을 보았으면 얼마나 애통할까.

틀림없이 땅을 치며 울 것이다. 어머니를 생각할수록 참으로 박복한 여인이었다. 남편은 중이 되겠다며 출가하고, 자식 하나 있는 것마저 품을 떠났으니 혼자서 얼마나 쓸쓸하고 서러울까. 평생을 노비로 지내면서 겨우 밥술이나 얻어먹는 처지에 희망인들 있겠는가.

내가 어디에든 자리를 잡아야 하는데….

그러면 어머니와 함께 살 수 있을 것이다. 그렇게만 된다면 어머니도 고달팠던 종살이쯤 잊게 될 것이고.

이런저런 생각을 하며 타박타박 걷고 있는데 마침 저만치서 한 남자가 다가오고 있었다. 오는 동안 사람 구경을 못하던 참이라 눈이 번쩍 떠졌다. 그가 어떤 사람인지 경계심이 아주 없는 것은 아니지만 그래도 반가웠다. 혹시 먹을 것을 지녔을지도 모른다는 생각이 앞선 탓이었다.

그와의 거리가 좁혀지면서 솔거가 먼저 다가갔다. 그러자 그가 걸음을 딱 멈추고 표정을 굳혔다. 솔거가 먼저 인사를 넣었다. 솔거는 그때까지도 그를 미처 알아보지 못했다. 왠지 그가 입을 달싹대면서 빙긋이 웃었다.

"혹시 환쟁이가 되겠다던 그 솔거라는 놈이 아니냐?"

"그렇기는 하지만…"

"이런 데서 만나다니…나를 몰라보느냐?"

"그럼…"

"이제야 알아보는군."

뜻밖에 그는 삼랑사에서 쫓겨난 그 풍보 승려가 아닌가. 승려 처지에 민가에 내려가 술을 마시고 경내에서 소란을 피웠던 자였다. 그 일로 승적까지 박탈당했다.

"승복이 아니어서, 미처 알아보지 못했습니다."

"그건 그렇고, 여기는 어쩐 일이냐?"

"자양사에 가는 길입니다."

"삼랑사에서 나왔나?"

"그 동안 사정이 좀 있었습니다."

"사정이라…"

그는 삼랑사를 떠나 벽공 밑으로 들어가기까지의 과정을 간략하게 전했다. 그가 벽공 집에서 나온 이유를 물었다. 그러나 그 사연만큼은 차마 사실대로 말할 수가 없어 대충 둘러대고 말았다.

"결국 있을 곳이 없어서, 자양사로 간다는 말이겠군."

"사실은 그렇습니다."

"너도 사정이 딱하게 됐구나."

그가 혀를 차면서 솔거를 측은한 눈길로 바라봤다. 그러면서도 "나도 한때 그랬지." 하고 한숨을 내쉬었다. 승적을 박탈당한 후 방황했었다는 얘기로 들렸다. 그도 그럴 것이다. 출가해서 불문에 든 자가 절에서 쫓겨났으니 난감했을 것이다.

"너도 중이 안 되기를 잘했는지 모르겠다. 그거 아무나 못하는 거다. 머리 깎고 염불만 열심히 하면 되는 줄 알았는데 그게 아니더라. 격식도 많고 규율도 엄해서, 불심이 깊지 못하면 배겨나지 못해. 금기할 것은 왜 그리도 많은지…"

"삼랑사를 떠난 후에 어떻게 지내셨습니까?"

"당장 갈 곳이 없으니, 여기저기 떠돌 수밖에 없잖니. 그러다가 다행히 계집 하나를 얻어 살림을 차렸지. 어쨌든 중노릇 하는 것보다는 속 편하더라. 우선 간섭하는 사람이 없으니까. 그러니, 너도 중 될 생각은 하지 않는 게 좋을 거다. 어차피 한 세상인데, 맘 편하게 살아야지. 그래서 내 법명은 옛 바꿔 먹었고, 속명(俗名)으로 돌아왔단다. 원래 태어날 때 지차(只此)였었지. 그건 그렇고, 어째서 네 상판이 꼭 사흘 굶은 시어미 상이냐?"

"실은…"

"오오라. 곡기 구경한 지 오래 된 모양이구나. 진작 말할 것이지."

그가 혀를 차면서 바랑처럼 생긴 자루를 벗어 안에서 무엇인가를 꺼내 내밀었다. 나뭇잎에 싼 주먹밥이었다. 그는 체면 불구하고 덥석 받아먹었다.

49

해가 저녁노을에 잠겨 있을 때 자양사에 도착했다. 서라벌을 떠난 지 사흘만이었다. 도중에 지차를 만나 하루가 늦어졌다. 어차피 노숙을 해야 할 판이었고, 마침 그가 하룻밤 같이 지내자고 붙드는 바람에 지체됐다.

솔거는 곧장 경내로 들어가지 못하고 한동안 주위를 맴돌았다. 동정을 살핀 후에 들어갈 생각이었다. 이미 공양이 끝난 시각이라 그런지 경내에서 어떤 소리도 새나오지 않았다. 곧 해가 산등성을 넘어갈 것이고 그러면 주위가 더 적막할 것이다.

시간이 흐르면서 골짜기를 훑고 올라온 바람에 냉기가 실렸다. 그는 나무그루에 걸터앉아 잠시 이 궁리 저 궁리에 빠졌다. 도암한테 뭐라고 변명해야 좋을지 좀처럼 문장이 떠오르지 않았다. 전부터 상대방 속을 훤히 꿰뚫을 만큼 심밀한 스님이라 어설픈 변명은 통하지 않는다.

어느덧 해가 산등성 너머로 자취를 감춰버렸다. 땅거미가 골짜기에서부터 서서히 올라오기 시작했다. 그럴수록 그는 더욱 초조했다. 이러고 마냥 있을 수도 없다. 도암한테 올라가든 되돌아가든 빨리 결정을 내려야 했다.

솔거는 어금니를 굳게 물고 절 입구를 향해 성큼성큼 올라갔다. 옷이 땀에 흠뻑 젖어 있었다. 배고픈 것도 잊어버렸다. 도암이 뭐라고 꾸중할지 오직 그것만 두려울 뿐이었다.

그가 막 경내로 들어서는 순간에 인기척이 들려 가슴을 서늘하게 식혔다. 누군가 뒷간 쪽으로 가는 것이 눈에 띄었다. 가만히 살펴보니 아무래도 미등 같았다. 어른 키가 아닌 것만 봐도 미등이 틀림없었다. 반가운 마음에 그만 눈물이 고였다.

　미등이 뒷간으로 들어가지 않는 것으로 보아 대충 그 옆에서 소피를 볼 생각인 것 같았다. 엉덩이를 부르르 떨며 진저리를 치는 것이 요의를 많이 참았던 모양이다.

　일을 끝낸 그가 바지를 올리며 돌아서다가 솔거를 발견했다. 흠칫하더니 누구냐고 큰 소리로 물었다. 솔거는 말없이 서 있었다. 그러자 미등이 한 발 한 발 다가왔다. 그 사이에 겁이 많이 없어진 것 같았다. 키도 제법 커졌고.

　"미등아, 나야 나."

　"솔거 스님인가…?"

　"그 동안 잘 있었니?"

　그가 허리띠도 미처 매지 못한 채 달려왔다. 예전 같았으면 나한테 안겼을 법한데도 한동안 올려보기만 했다. 눈에 물기가 가득했다. 솔거가 먼저 미등을 끌어안았다. 아직도 젖내가 풍기는 것 같았다.

　"솔거 스님…"

　"잘 있었지? 도암 스님도 안녕하시고?"

　"언제 왔어?"

　"방금 오는 길이다."

그가 갑자기 솔거를 밀어내더니 "스님, 스님." 하고는 승당으로 달려갔다. 문창호지에 도암의 그림자가 어른거렸다.

잠시 후 문이 열리며 도암이 얼굴을 내밀어 두리번거렸다. 누군 가를 찾는 것 같았다. 솔거가 다가가자 말없이 내려보기만 했다.

"스님, 솔거 인사 올립니다."

솔거가 그 자리에 무릎을 꿇어 엎드렸다. 그러자 그가 문을 거칠게 닫아버렸다. 이미 예상은 했지만 막상 닥치자 가슴부터 내려앉았다.

닫힌 문은 다시 열리지 않았다. 그는 무릎 꿇은 자세로 꼼짝하지 않았다. 그가 지금 할 수 있는 것은 오직 그것뿐이었다.

미등이 안절부절못하고 옆에서 발만 동동거렸다. 그도 도암의 성격을 웬만큼 알고 있는 터라 더는 어쩌지를 못했다. 미등 역시 솔거처럼 도암의 처분만 기다리는 입장이 되었다.

50

머리 위로 촘촘히 박힌 무수한 별들이 밭을 이루고 있었다. 조만간 별들이 한꺼번에 쏟아져 내릴 기세였다. 솔거는 승당 문이 다시 열리기를 기다려 처음 자세를 고수하고 있었다.

이때 창호지를 밝히고 있던 불빛이 꺼졌다. 물론 문도 열리지 않았다. 그래도 솔거는 일어날 수가 없었다. 그때까지 미등이 곁을 떠나지 않았다. 손짓으로 들어가라고 일렀으나 들은 척도 하지 않았다.

잠시 후 도암의 음성이 새나왔다. 미등을 부르는 소리였다. 방에 다시 불이 밝혀졌다. 미등이 승당으로 들어갔다.

잠시 후에 미등이 나타나 솔거 귀에 대고 속삭였다.

"내일 아침에 다시 오래."

미등이 그를 일으켜 세우려고 겨드랑에 팔을 끼웠다. 그러나 무릎이 굳어 버려 바로 일어설 수가 없었다. 주위는 물을 끼얹은 듯이 조용했다. 요사에도 이미 불이 꺼져 있었다. 솔거가 미등을 거소로 억지로 들여보냈다.

그는 요사 툇마루에서 밤을 지내기로 했다. 한기가 목을 휘감았으나 차마 안으로 들어갈 수가 없었다. 스스로 벌을 받는 처지에 그건 불충한 짓이었다.

그가 벽에 등을 대고 잠을 청하고 있을 때 미등이 다시 나타났다. 그의 품에 둘둘 말린 홑이불이 안겨 있었다. 찬 밤공기를 염려해서 챙겨온 것 같았다. 그 나이에 속이 꽉 찬 아이 같아 슬며시 가슴에 안았다. 그러자 그가 젖먹이처럼 파고들었다. 안에서 승려들의 코 고는 소리가 간헐적으로 들렸다.

"너는 안으로 들어가렴."

"싫어. 솔거 스님과 같이 있을래."

"너는 아직도 나를 스님으로 부르는구나."

"지금은 아니지만, 언젠가는 스님이 될 거잖아."

"글쎄다…실은, 나도 잘 모르겠다."

"그런데 왜 다시 왔어? 앞으로 이 절에서 살 거야?"

"글쎄다…그것도 잘 모르겠다."

"모르는 게 왜 그렇게 많아? 맨날맨날 모른대."

"그건 사실이니까."

미등의 지적이 하나도 틀리지 않았다. 자신의 미래가 그토록 막막했다. 내일 당장 도암이 자신을 받아들일지 내쫓을지도 모르는 상황이다. 그런 판에 미래가 어쩌니 저쩌니 할 입장이겠는가.

억지로 눈을 붙이려 했으나 잠은 내려앉지 않았다. 하늘에는 여전히 별들이 반짝이고 있어, 자신처럼 잠을 이루지 못하는 것 같았다. 밤이 깊어질수록 오히려 더 초롱초롱했다.

미등이 그새 잠이 들어 자주 숨을 새근거렸다. 그 모습이 마치 별무리 중에 하나가 길을 잃고 내려와 잠이 든 것처럼 보였다. 미등이라는 천사별이.

솔거도 깜빡 잠이 들었던 모양이다. 새벽 예불을 준비하는 승려들이 소란을 피우는 소리에 그만 깼다. 미등에게는 여전히 한밤중인 양 코까지 골았다.

솔거는 미등을 요사에 눕혀놓고 다시 도암의 승당 앞으로 갔다. 방에 이미 불이 밝혀져 있었다. 그는 어제처럼 무릎을 꿇었다.

잠시 후 도암이 모습을 드러냈다. 예불을 주관하려고 금당으로 가기 위해 나서는 것 같았다. 솔거는 고개를 숙인 채로 꼼짝하지 않았다.

　도암이 그의 앞을 지나가며 그림자를 남겼다. 그래도 솔거는 아는 척할 수가 없었다. 예불이 끝날 때를 기다리는 수밖에 없을 것 같았다. 그것만이 최선이었다. 그래서 도암이 자신을 받아들인다면 다른 건 기대하지 않기로 했다.

　어쩌면 그의 미래가 도암의 결정에 달려 있을지도 모른다. 그가 자신한테 주문할 것이 있다면, 틀림없이 중이 되어 화승이 되는 길이다. 도암의 뜻에 따르는 것도 거부하는 것도 결국 자신한테 달린 일이다.

51

　예불이 끝나자 도암이 솔거를 승당으로 불러들였다. 그가 바로 일어서지를 못하자 미등이 부축해 거들었다. 도암이 솔거를 받아들이는 눈치라 미등이 더 좋아했다.

　솔거는 고개를 숙인 채 도암 앞에 다시 무릎을 꿇었다. 그가 헛기침으로 무겁게 가라앉은 침묵을 깼다. 잠시 뜸을 들인 그가 대뜸 일의 전말을 사실대로 말하라고 했다.

솔거는 어지럽게 흩어진 생각들을 가다듬었다. 전채서 앞에서 벽공을 기다린 것부터 시작해 그의 집에서의 일상을 낱낱이 전했다. 특히 벽공의 둘째 아들 흔과의 갈등과 그의 홀대에 힘을 넣어 말했다.

그의 홀대에는 자신을 이방부에 밀고한 것과 그에게 이유 없이 폭행당한 것 등이었다. 그뿐만이 아니라, 그가 자신을 못마땅하게 여기는 이유를 사족으로 붙였다. 그건 벽공을 실망시킨 그의 나태함과 바르지 못한 행동이었다.

"그 모두가 사실이라는 말이지?"

"스님께 어찌 거짓으로 아뢰겠습니까."

"허면, 네가 잘못한 게 전혀 없었다는 말이 아니더냐."

"제가 더 참았어야 될 일이었습니다. 사실 그러기로 결심도 했구요. 그때 마침 벽공 나리께서 앞서 말씀하시기에, 그 댁에서 나올 수밖에 없었습니다."

"아명 스님께는 왜 아뢰지 않았느냐?"

"송구한 마음에, 차마 찾아 뵐 수가 없었습니다."

"그래도 먼저 찾아 뵈었어야 옳지 않느냐."

"저도 그 점이 마음에 걸립니다."

"앞으로 무엇을 할 셈이냐?"

"저를 받아주시면, 스님 뜻에 따르겠습니다."

"내 뜻에 따르겠다?"

"네, 스님."

"궁지에서 모면할 생각인 것 같은데…그만 나가 보거라."

그가 솔거로부터 돌아앉았다. 도암은 비로소 갈등에 빠졌다. 이 사실을 아명 스님한테 알려야 될 것 같았다. 혼자서 솔거를 싸고 돈다는 오해를 살 만한 일이라 마냥 무심한 채로 있을 수도 없는 노릇이다.

솔거는 더 앉아 있을 필요가 없을 것 같아 승당에서 나왔다. 밖에서 동정을 살피고 있던 미등이 재빨리 다가와 솔거를 빤히 올려 봤다. 그의 입가에 미소가 번졌다. 도암이 그를 받아들이는 분위기로 알아 다행으로 여기는 것 같았다. 생각하는 것과 하는 짓이 꼭 애늙은이였다.

솔거가 자양사에서 하루를 열었다. 비로소 일상으로 돌아온 셈이었다. 새벽에 일어나 승려들과 함께 예불에 참석했고 공양을 받았고 경내를 청소했다. 도암의 뜻은 아니었다. 솔거 스스로 결정한 일이었다. 그렇다고 중이 될 결심까지 한 것은 아니었다. 자신도 모르게 새벽에 일어났고 예불에 참석했고 공양을 먹었고 빗자루를 들었다.

그러자 미등이 웃으면서 다가와 중이 되기로 했느냐고 물었다. 그는 그저 웃고 말았다. 그런데도 솔거의 옷자락을 흔들며 다짐을 받아내려고 했다.

"진짜 스님이 되는 거지?"

"글쎄다…내가 스님 되는 게 좋으니?"

"솔거 스님이랑 같이 살 수 있잖아. 그러니까 좋지."

"미등은 내가 좋으니?"

"좋지. 다른 스님은 나랑 안 놀아."

솔거는 단순한 생각만으로도 기뻐하는 아이의 천진스러운 마음이 오히려 그를 즐겁게 했다. 미등과 같이 천진무구한 인간은 세상 어디에도 있을 것 같지 않았다.

도암은 솔거를 다시 찾지 않았다. 당분간은 그럴 것 같았다. 좀 더 지켜본다고는 생각하지 않았다. 그냥 멋대로 하게 놔두는 건지도 모른다. 실은 그게 더 두렵다. 자율에 맡겨 스스로 깨닫기를 바라는 것일 수도 있다. 중이 되어 화승의 길을 걷든 천한 환쟁이가 되든 본인의 결정에 맡기겠다는 뜻일 것도 같았다.

52
—

솔거가 오랜만에 혼자 금당을 찾았다. 마침 문이 활짝 열려 있었다. 안으로 들어가자 마침 한 불자가 본존 앞에 예불을 올리고 있었다. 그는 앳되 보이는 소복 차림의 여인이었다. 솔거 자신보다 두어 살쯤 아래로 보일 만큼 어려 보였다.

솔거는 그녀와 많이 떨어진 곳에 자리를 잡아 앉았다. 본존이 그윽한 미소로 굽어보고 있었다. 솔거도 엎드려 경배했다.

부처 앞에 백여덟 번을 경배하는 것은 곧 백팔번뇌의 고백이다. 인간에게는 백여덟 가지의 번뇌가 있다. 눈·귀·코·입·몸·뜻의 육관(六官)에 각각 고·락·불고불락(不苦不樂)이 있어 18가지가 되고, 거기에 탐(貪)과 무탐(無貪)이 있어 36가지가 되며, 이것을 과거·현재·미래로 각각 풀어 백여덟 가지가 된다는 것이다. 아명 스님이 들려 준 얘기다.

백팔 배를 마친 그는 곧 묵상에 들어갔다. 그러나 무아 속에 자신을 넣을 수가 없었다. 무념도 안 되고 묵상도 되지 않았다. 오히려 엉뚱한 망상과 갖가지 상념이 둘쭉날쭉하여 머리를 혼란스럽게 만들었다.

이때 여인이 한숨을 토했다. 그 소리가 너무 커 꼭 휘파람을 부는 것 같았다. 솔거의 고개가 저절로 돌아갔다. 그녀는 마치 방금 비를 맞고 들어온 것처럼 창백한 얼굴에 땀이 줄줄 흘러내렸다. 얼굴뿐만이 아니었다. 어깨에서부터 잔등까지 젖어 있었다. 어쩌면 그녀의 경배가 일천 배를 넘긴 게 아닌가 싶기도 했다.

솔거는 이내 고개를 돌렸으나, 머릿속에는 이미 그녀의 잔영이 들어와 있었다. 금방 떠날 것 같지 않았다. 솔거는 그녀를 쫓아내려고 머리를 흔들었다. 그러나 더욱 또렷한 영상으로 똬리를 틀었다.

솔거는 재빨리 금당에서 뛰쳐나왔다. 얼굴에도 잔등에도 땀이 끈적하게 흘렀다. 솔거는 그녀를 멀리 쫓아버리려고 또 머리를 흔들었다. 혹시 요괴일지 모른다는 생각에 진저리를 쳤다.

이때 저만치서 미등이 뛰어왔다. 솔거를 찾아나선 것 같았다. 그가 소매로 땀을 닦자 미등이 고개를 갸우뚱거렸다.

"솔거 스님을 한참 찾았잖아. 그런데 왜 땀을 흘려?"

"나도 모르게 땀이 나는구나."

그는 아직도 마음 한구석에 숨어 있는 여인을 미등한테 들킨 것 같아 가슴이 철렁했다. 비록 어린아이 앞이지만 재빨리 말머리를 돌려버렸다.

"나를 왜 찾았니?"

"무진 스님이 오셨어."

"무진 스님께서?"

무진이 왔다는 말에 그는 반가움에 앞서 대뜸 겁부터 났다. 당연히 벽공 밑에서 수학할 것으로 믿고 있을 그가 크게 실망하여 꾸중으로 이어질 것만 같았다. 탁발하러 돌아다니는 그로서는 미처 모를 수도 있다.

그러나 도암한테 들어서 알아버렸다면, 자양사로 돌아온 이유를 그가 물을 것이 뻔하다. 그러면 도암한테 한 변명을 되풀이해야 할 것이다.

미등이 폴짝거리며 앞장서 내달렸다. 솔거는 느럭느럭 따라갔다. 그의 마음속에 들어와 있는 여인이 여전히 똬리를 풀지 않고 있었다. 거푸 한숨이 나왔다.

다시는 오지 마시오.

버럭 소리를 지르고 싶을 만큼 솔거한테는 절실했다. 그러나 그녀는 등을 돌린 채 꼼짝도 하지 않았다. 눈앞의 현실이었으면, 억지로 끌어냈을지 모를 만큼 마음이 분노로 변했다.

제발 나한테서 나가시오.

이때 무진이 도암과 함께 경내를 산책하고 있는 모습이 눈길에 잡혔다. 그는 서둘러 그들에게 다가갔다. 무진이 솔거를 보자 대뜸 혀부터 찼다.

"네놈이 한곳에 진득하게 있을 팔자가 못되는구나."

"스님 오셨습니까."

솔거가 엎드려 인사부터 차렸다. 무진이 또 혀를 찼다. 솔거는 그 뜻을 알 듯도 하고 모르기도 하여 엎드린 채 가만히 있었다.

"도암 스님이 너 같은 놈을 왜 받아주셨는지 모르겠구나. 그래, 중이 되기로 마음을 바꿨느냐?"

"그건 아직…"

"네놈이 고작 그렇지 뭐."

그가 가래 끓는 소리로 기침을 하면서 물러갔다. 솔거는 그대로 엎드려 있었다. 미등이 와서 겨드랑에 팔을 끼웠다.

53
—

이튿날 아침 무진이 솔거를 불렀다. 그가 승당으로 들어설 때 마침 도암과 얘기 중이었다. 솔거는 그들 앞에 무릎을 꿇었다. 그들의 얘기가 계속되고 있었다.

솔거는 무진이 얼굴을 돌릴 때까지 고개를 숙인 채로 있었다. 그렇게 한참을 기다렸다. 잠시 후 무진이 솔거를 향해 돌아앉았다.

"너는 앞으로 어쩔 셈이냐? 중이 될 생각도 없는 것 같고…"

"도암 스님의 뜻에 따르겠다고 했습니다."

"중이 되라고 하면 어쩌겠느냐?"

"꼭 중이 되라고 하시면, 따를 수밖에 없구요."

"말하는 투가 썩 내키지 않는 것 같구나."

"꼭 그런 건 아닙니다."

"허면, 나를 따르겠느냐? 마침 도암의 뜻도 그러하시고."

"탁발에 동행하라는 말씀이신지요?"

"그것도 내키지 않느냐?"

"아닙니다."

"허면, 떠날 채비를 하거라."

"지금 말씀이십니까?"

"어차피 떠날 길인데, 여기에 더 있을 필요가 없지 않느냐."

사실 마음속으로는 아직 결정을 내리지 못하고 있었다. 그럴 만한 뚜렷한 이유가 있는 것도 아니었다. 무진의 빠른 결정이 가슴을 압박할 뿐이었다. 그러나 이제 와서 엉덩이를 뺄 수도 없는 노릇이었다.

솔거가 바랑을 짊어지고 요사에서 나오자 미등이 문 앞에서 버티고 있었다. 그의 얼굴에 의구심이 짙게 배어 있었다.

"솔거 스님, 어디 가?"

"무진 스님을 따라나서기로 했단다."

"어디 가는데?"

"그건 나도 몰라. 무진 스님만 아시는 일이니까."

"그럼, 나도 따라갈래."

"그건 어려울 것 같구나. 아주 많이 걸어야 하는 길이거든."

"언제 오는데?"

"나도 모르지."

그러자 미등이 대뜸 입을 삐죽거렸다. 곧 울어버릴 기세였다. 솔거가 재빨리 그를 안았다. 미등이 기어이 울음을 터뜨렸다.

솔거가 무진과 함께 기약 없는 여정에 들어섰다. 목적지도 정하지 않았고, 언제 돌아온다는 계획도 없다. 마치 나들이 하듯이 길을 나섰을 뿐이다.

솔거한테는 참으로 난감한 일이었다. 무진은 출가수행자(出家修行者)라 그럴 수 있다. 그러나 솔거는 아직 행자도 못되는 처지라 고달픈 여정일 수밖에 없을 것 같았다.

"스님은 왜 고생을 사서 하십니까? 절에 가만히 계셔도 공양을 잡수실 텐데요."

"이놈아. 일일부작(一日不作)하면, 일일불식(一日不食)이라고 했어. 다시 말해서, 하루 일하지 않으면 그날은 먹지도 말라는 뜻이다. 그래서 부처님께서도 매일 걸식을 하셨던 것이고."

"그래서, 스님께서도 부처님처럼 탁발을 하시는 건가요?"

"어허. 일일부작하면, 일일불식이라니까. 내가 행각승이 된 것이 어디 동냥질만 하느냐? 행각승이란 원래 각처를 다니면서 불도를 닦는 중을 말함이야. 탁발승이라는 말이다."

"그럼, 도암 스님은 왜 절에만 계십니까?"

"도암이 원래는 선방(禪房)의 수행 지도 선사(禪師)셨어. 그 분도 나처럼 행각승이었으나, 지금은 건강이 좋지 않아서 탁발을 못할 뿐이지."

솔거는 고개를 끄덕이기는 했어도, 선사들의 내면의 깊이를 깨달았을 리가 없다. 불도를 닦고 수행하기 위해서 시주를 구하러 다니는 고행의 의미를 어찌 깨닫겠는가.

54

무진은 산을 넘고 내를 수없이 건넜으면서도 조금도 힘든 내색을 하지 않았다. 오히려 새파랗게 젊은 솔거가 헉헉거렸다. 고행을 수행으로 삼는 무진의 불심에 그는 그저 탄복할 뿐이었다.

"스님, 힘들지 않으십니까?"

"수행 중인데, 힘들다고 멈추겠느냐?"

"그런데 스님께서 굳이 저를 데리고 다니시는 이유가 무엇입니까? 저는 아직 행자도 못되는 놈인데요."

"차차 알게 되겠지."

"스님께서 언젠가 저한테 시심마(是心麽)라는 걸 말씀하신 적이 있습니다. 시심마가 무엇입니까?"

"중은 절대 안 되겠다는 놈이 그런 게 왜 궁금해?"

"중만 알아야 되는 건가요?"

"허긴, 마음의 깊이가 있는 사람이라면 한번쯤은 생각하기 마련이지만…. 시심마란 인간의 근본적인 문제에 대해서 의문을 품는 것이야. 나는 누구인가, 사람은 어디서 와서 어디로 가는가, 사람은 왜 사는가, 태어남은 무엇이고 죽음은 무엇인가, 하는 등의 문제에 대해서 의문을 가지게 돼. 바로 그런 마음이 시심마란다. 석가모니께서도 그러셨어. 너는 지금껏 살아오면서, 그런 의문을 품은 적이 한 번도 없느냐?"

"아직은…"

"그러니까 네놈은 공양이나 축내는 밥충이라는 말이다. 허긴, 머슴 노릇만 하였으니 그럴 만도 하지."

"그건 사실이지만, 중이 되면 그런 의문이 저절로 풀리나요?"

"시심마는 선승이 제자들한테 주는 화두(話頭)니라. 즉 숙제를 내주는 것과 같아. 그리고 수행자는 그 해답을 찾기 위해서 끊임없이 정진(精進)하는 것이고."

"그러면 스님께서는 그러한 의문이 다 풀리셨습니까?"

"아직도 그게 어려워서, 이렇게 수행하지 않느냐. 그걸 깨달으려면 끊임없이 견불(見佛)해야 하고."

"스님께서는 자꾸 어려운 말씀만 하시니···견불은 또 무엇입니까?"

"견불이란 끊임없이 수행하는 과정에서 불성(佛性)을 깨닫는 것이야."

"불성은 또 무엇입니까?"

"진리를 깨닫는 부처의 본성이지."

"스님의 말씀을 듣고 있자니, 첩첩산중과 마주하고 있는 나그네 심정입니다. 스님처럼 노승이 깨닫지 못하시는 걸 저처럼 어리석은 무지렁이가 어찌 알겠습니까. 저는 죽을 때까지 깨닫지 못할 것입니다."

"그것이라도 깨달았다면, 너는 이미 반행자(半行者)가 된 것이야."

"글쎄요···저는 지금 스님과 선문답(禪問答) 놀이를 하는 기분입니다."

"이놈아, 놀이라니?"

"스님 말씀이 그만큼 어렵다는 뜻입니다. 좀 쉽게 가르쳐 주십시오."

"허어, 내 아픈 데를 꼭 찌르는구나."

"무슨 말씀이십니까?"

"방금 선문답이라고 한 것은 사실이다. 그 많은 고승들도 진리를 깨닫는 길이 워낙 험하고 아득해서, 실은 자기들도 잘 모른다는 말이다. 그러니 어려울 수밖에 없지. 그래서 수행자들이 용맹정진[38]하는 것이야."

"저 같으면 하지 않겠습니다. 그래도 답을 얻지 못할 것을 왜 고생하겠습니까."

"너 같은 밥충이는 장차 큰일을 못할 놈이로고. 산이 높다고 오르지 않는 자가 산을 안다고 할 수 있겠느냐? 강이 깊다고 건너지 않는 자가 강을 안다고 할 수 없지 않느냐. 네놈이 그런 놈이 아니더냐. 그러니 장차 무슨 일을 성취할 수 있겠어. 어이구, 싹수가 노랗구나."

솔거는 그만 찔끔해서 목을 자라처럼 숨겼다. 어찌 그리 모진 말을 하는가 싶어 야속했지만 하나도 틀린 말이 아니었다. 솔거가 무안해서 고개를 떨구고 있는 동안에 무진은 벌써 저만치 앞서가

---

38) 용맹정진(勇猛精進): 매우 고되게 수행함.

고 있었다.

55
—

해가 뉘엿뉘엿할 즈음에 한 촌락에 다다랐다. 민가가 약 십여 호쯤 돼 보이는 작은 마을이었다. 솔거는 무진을 따라다니며 그저 지켜볼 뿐이었다. 그는 어느 집을 가든 조금도 망설이는 게 없이 당당했다.

주눅이 든 쪽은 으레 솔거였다. 주인 눈치도 보이고 대응하는 무진에게도 마음을 졸였다. 혹시 주인한테 박대라도 당하면 어쩌나 싶고 그럴 때 무진은 어떻게 대응하는지 궁금했다.

무진이 다음 차례로 마을에서 그 중 큰집을 골랐다. 지붕에 기와까지 올려진 집이었다. 목탁을 한참 두드렸는데도 안에서는 코빼기도 내밀지 않았다. 개만 요란하게 짖어댔다. 안에 사람이 있는 건 분명했다.

잠시 후 방문이 열리며 늙은이가 얼굴을 내밀었다. 그의 얼굴에 짜증이 흘렀다. 무진이 그를 향해 합장하며 한 걸음 다가갔다. 그러자 그가 소리를 버럭 질렀다.

"웬놈들이 와서 시끄럽게 굴어?"

"보시하시어, 공덕을 쌓으십시오. 나무아미타불 관세음보살."

"보시고 지랄이고 시끄러우니까, 썩 물러가."

"보시를 하십시오. 그래야 덕이 쌓이고, 복이 옵니다. 나무아미타불 관세음보살."

"중놈들은 툭하면 '보시, 보시' 하는데, 대체 보시가 뭐 말라비틀어진 거야? 시끄러워서 원."

"덕을 쌓으셔야, 복을 받습니다."

"나는 덕도 귀찮고 복도 귀찮으니, 얼른 가버려."

"허어. 처사님 심기가 많이 불편하신 것 같은데, 그러다가 곧 홧병으로 죽을까 염려됩니다. 나무아미타불 관세음보살."

"재수 없는 소리! 내가 왜 죽어? 나는 안 죽어."

"허어. 염라대왕 오는 소리가 안 들립니까?"

"빌어먹을 중놈 같으니…대체, 뭘 달라는 거야? 밥이냐 곡식이냐?"

"처사님 마음 내키시는 대로 하시지요."

"재수가 없으려니까, 별놈이 다 와서…"

그가 방문을 닫는가 싶더니 잠시 후 문이 다시 열렸다. 그가 웬 단지 하나를 안고 뜰로 내려섰다. 혹시 곡식 단지가 아닌가 싶었으나, 얼굴에 심술이 잔뜩 밴 그에게는 가당치 않은 기대였다.

"당장 가겠어, 안 가겠어?"

"보시를 아니 하시면…"

"염라대왕이 끌고간다 이거지? 에라, 이거나 받아라."

그가 갑자기 단지를 이리저리 흔들었다. 그러더니 안에 들어 있던 것을 무진을 향해 획 뿌렸다. 그걸 무진이 흠뻑 뒤집어 썼다. 무진이 입을 퉤퉤거리며 뱉어냈다. 고약하게 지린 냄새가 진동했다. 오줌이 분명했다. 단지는 결국 요강이었던 셈이다.

"이 늙은 중놈아. 시주 맛이 어떠냐?"

"이게 처사님의 보시라면, 고맙게 받아야지요. 나무아미타불 관세음보살."

무진이 걸걸걸 웃음을 터뜨리며 합장했다. 솔거는 늙은이의 행패를 도저히 참을 수가 없어 그에게 다가가 눈을 부라렸다.

"영감, 우리 스님한테 이게 무슨 짓이오?"

"너는 또 뭐냐? 오오라. 너한테도 보시하라고?"

솔거는 더 인내할 수가 없어 그의 멱살을 움켜쥐었다. 그러자 무진이 황급히 뜯어 말리며 냅다 소리를 질렀다.

"이놈 솔거야. 보시하신 처사님한테 이 무슨 짓이냐?"

"스님, 이런 늙은이는 혼을 내야 합니다."

"어허. 당장 물러서지 못하겠느냐? 네가 이러지 않아도, 이 집에 곧 관이 들여질 것이야. 어서 가자꾸나."

그러면서도 무진은 그에게 합장하는 것을 잊지 않았다. 솔거는 기가 막혀서 무진을 멀뚱히 바라보기만 했다. 그게 과연 고승다운 짓인지, 그로서는 쉬 판단할 수가 없었다. 한편으로 바보 같기도 하고.

56

냇가로 내려간 무진이 입을 거듭 헹구고 얼굴을 박박 씻었다. 그러고는 승복을 훌훌 벗어 냇물에 담가 한참을 빨았다. 솔거는 뒤에 서서 그 모습을 지켜보며 한숨을 내쉬었다. 앞으로 오늘 같은 봉변을 또 당하지 않는다는 보장이 없어 무진이 새삼 딱해 보였다.

무진이 수건으로 얼굴을 닦으며 바닥에 풀썩 주저앉았다. 오래 걸어서 힘에 부치는 것 같았다. 얼굴에 피곤한 기색도 드러났다.

"스님, 많이 고단하시지요?"

"나는 괜찮다. 너는 고단하냐?"

"사실은 그렇습니다. 배도 고프구요. 그런데 스님한테 한 가지 여쭤볼 게 있습니다."

"물어볼 것이 어디 한 가지뿐이겠느냐?"

"아까 그 노인 집에 관이 들여질 거라고 하셨는데, 사실입니까?"

"그럴 것이야. 탁발승한테 오줌을 뿌려댔으니, 부처님이 노하시지 않겠느냐. 망할 놈의 늙은이."

"봉변은 스님께서 당하셨는데요."

"이놈아. 부처님을 대신해서 내가 중생을 구제하러 나섰으니, 결국 부처님을 모욕한 게 아니냐. 망할 놈의 늙은이."

"그게 사실이면, 조만간 그 집에서 곡하는 소리가 나겠군요."

"그럴지도 모르지. 아마, 그 늙은이가 오늘밤을 뜬눈으로 새울 것이다. 곧 관이 들어온다 하였으니, 잠인들 편히 자겠느냐? 그러니 밤새 근심하느라고 끙끙 앓다가 생병을 얻을 것이 분명하지. 그러면 죽는 거지 뭐. 아니 그러하냐?"

"그렇기도 하겠습니다."

"그래서 사람은 마음을 바르게 써야 하는 것이야. 인심 후한 부자 없고, 인심 고약한 가난뱅이 없다더니, 딱 그 짝이지."

"스님 말씀이 옳습니다."

"자아 그러면, 시주하러 한 집만 더 가볼까? 곧 밤이 될 터이니, 서둘러 가자꾸나."

솔거는 무진의 걸망까지 빼앗아 들었다. 왠지 갑자기 마음이 가벼웠다. 방금 무진한테 들은 악담과 덕담이 그의 마음을 위로한 것 같았다. 걸음걸음마다 가벼웠다.

어젯밤은 냇가에서 잤다. 비록 이슬은 맞았지만 마음만은 아주 편안했다. 졸졸졸 물 흐르는 소리는 마치 어머니의 자장가 소리처럼 들렸고, 풀벌레 우는 소리는 어린 시절 동무들의 재잘거림 같았고, 총총한 별무리는 고향의 평상에서 보는 것 같아 마음이 흐뭇했다.

무진과 솔거는 어제 보시 받은 밥덩어리로 아침을 때웠다. 어젯밤의 편안하고 행복했던 시간이 공양 맛을 꿀맛으로 만들었다.

이것도 부처님의 은덕인가?

두 사람이 촌락을 뒤로 하고 새로운 길로 들어섰다. 이때 누군가 "스님, 스님." 하고 황급히 부르는 사람이 있었다. 웬 젊은 사내가 팔을 흔들며 뛰어왔다.

"나를 찾았는가?"

"그렇습니다요, 스님."

"왜, 나를 보자고 하는고?"

"스님, 잠시 저희 집에서 쉬었다 가십시오."

"자네는 뉘 집에서 왔는가?"

"아뢰기 부끄럽습니다만, 저기 기와집에 사시는 노인이 저희 아버님이십니다요. 어제 아버님께서 스님께 그만 실수를 하셔서…"

그가 가리키는 데가 어제 오줌을 뿌린 그 노인 집이었다. 무진이 얼굴을 찡그리며 갑자기 입을 퉤퉤거렸다. 오줌을 떠올린 듯싶었다.

"그 집이라면, 일 없네. 시주는 충분히 받았으니까."

"아이고, 스님. 저희 아버님 좀 살려주십시오. 곧 돌아가시게 생겼습니다요."

"왜, 벌써 관이 들여졌는가?"

"그게 아니구요, 스님께서 하신 말씀을 듣고 아버님이 생병을 앓고 계십니다요. 제 눈에는 보이지 않는데, 아버님은 관이 들어왔다고 헛소리를 하십니다요. 어디 그뿐입니까. 염라대왕이 자꾸 손짓을 한다며, 얼굴이 새파랗게 질릴 때도 있구요. 그러니, 저희 집에 가셔서 아버님께 하신 말씀을 거두겠다고만 해 주십시오. 제가 이렇게 빌겠습니다요."

그가 무진 앞에 무릎을 꿇더니 두 손을 싹싹 비벼댔다. 그러자 무진이 웃음을 터뜨리며 그로부터 등을 돌려버렸다. 솔거는 무진과 그를 번갈아 바라보며 이러지도 저러지도 못하고 한참을 서 있었다.

57

무진은 결국 자식의 애걸에 못이겨 왔던 길로 되돌아갔다. 무진이 그를 따라가며 왠지 시실시실 웃었다. 솔거는 영문을 몰라 무진 옆에 바싹 붙어 귓속말로 물었다.

"스님, 왜 자꾸 웃으십니까?"

"너는 몰라도 돼."

"저에게도 가르쳐 주십시오. 궁금합니다."

"그 못된 늙은이가 생병을 앓고 있다니, 저절로 웃음이 나오는구나. 하도 괘씸해서 농으로 악담을 던진 것인데, 생병을 앓다니…"

"스님도 통쾌하십니까?"

"그렇다마다. 그런 늙은이는 혼이 좀 나야 하느니라."

"스님한테도 짓궂은 데가 있으십니다."

"내가 괜히 심통을 부리겠느냐."

아들이 집에 들어서자마자 큰 소리로 아비를 불렀다. 그러자 방문이 열리며 어제 그 노인이 죽을상을 해가지고 얼굴을 내밀었다. 솔거가 보기에도 하룻새에 얼굴이 반쪽이 돼 있었다.

그가 무진을 보자 버선발로 뛰어나오더니 갑자기 눈을 하얗게 뒤집었다. 그러고는 뒤로 발랑 넘어갔다. 아들이 달려들어 그를 안았다. 노인 입에서 거품이 게처럼 보글보글 끓었다.

무진이 솔거를 시켜 바가지에 물을 떠오게 했다. 솔거가 무진에게 물바가지를 건네자 그걸 노인의 얼굴에다 쏟아부었다. 잠시후 노인이 입을 푸푸거리며 눈을 번쩍 떴다.

"이보시오, 처사. 이제 정신이 드시오?"

"누구시오? 염라대왕은 아니지요?"

"내가 누구인지, 잘 보시오."

노인이 잠시 눈을 껌벅이더니 재빨리 무진 앞에 무릎을 꿇었다. 그러고는 두 손을 비벼대며 애소했다.

"아이고, 스님. 이 늙은이가 스님한테 죽을죄를 지었습죠. 제발 살려주십시오. 이렇게 빕니다요."

"무엇을 잘못했는지, 알고는 있소?"

"스님께 시주는 못할망정, 오물을 드렸습죠. 죽을죄를 지었습니다요."

"그러면, 앞으로 공양주가 되는 게 어떻겠소? 절에다가 시주를 많이 하라는 뜻이오."

"여부가 있습니까요."

"약조할 수 있겠소?"

"약조합니다요."

"보시를 해야, 공덕을 쌓는 것이라고 내가 말하지 않았소. 이렇게 큰집에 살면서 시주는 않고 중을 박대해서야, 어찌 복을 얻겠소. 그러니 앞으로는 마음을 곱게 쓰시오. 나무아미타불 관세음보살."

무진은 아직도 무릎을 펴지 않고 있는 노인을 흘끔 내려보고는 이내 자리를 떴다. 그러자 아들이 따라와 식사하고 가라며 앞을 가로막았다.

"되었네. 네 아비가 마음을 고쳐먹기로 약조를 하였으니, 그것으로 보시는 되었어."

무진이 그를 밀치고 서둘러 집을 나섰다. 솔거는 무진의 뒤를 따라붙으며 조금은 아쉬움이 남았다. 식사를 대접하겠다는 아들의 청을 뿌리친 무진이 답답했다. 진수성찬은 아니라도, 제법 푸짐했을 음식상을 떠올리자 그만 침이 고였다.

그러나 곧 부끄러웠다. 아직도 속된 마음을 버리지 못하고 있는 자신을 무진의 뒷모습에서 확인했다. 그는 솔거의 마음을 아는지 모르는지 묵묵히 걷기만 했다. 그의 묵직한 걸음걸이가 솔거로 하여금 고개를 떨구게 했다.

58

무진과 솔거가 또 산 하나를 넘었다. 평평한 바위가 나타나자 무진이 땀을 닦으며 걸터앉았다. 많이 힘들어 보였다. 솔거는 바닥에 주저앉아 상의를 훌훌 벗어버렸다. 골짜기에서 올라온 시원한 바람이 땀을 금세 씻어냈다.

무진이 바랑을 열어 누룽지 한 덩어리를 솔거에게 던졌다. 언제 시주 받은 것인지는 몰라도 돌멩이처럼 딱딱하게 굳어 있었다. 그는 그것을 작게 쪼개 한 조각씩 입에 넣었다. 구수한 맛이 단맛으로 돌았다.

"솔거야, 아비는 네가 몇 살 때 출가했다고 했느냐?"

"제가 갓난아이 때라고 들었습니다."

"아비가 죽지 않았으면, 지금쯤 어느 절엔가 있겠구나."

"글쎄요…스님처럼 탁발승이 됐는지도 모르지요."

"그럴 수도 있겠지."

"그런데 스님. 아버지가 식솔만 남겨두고 중이 된 게 잘한 일인가요?"

"출가란 그런 것이지."

"그러나 스님. 중이 되겠다고 처와 자식을 버린다면, 꼭 합당한 처사는 아닌 것 같습니다. 처음부터 장가를 들지 말던가, 자식이라도 낳지 말던가요. 무책임한 처사가 아닌가 싶습니다. 저희 어머니가 딱합니다."

"어미를 딱하게 생각했다면, 네놈이라도 곁을 떠나지 말았어야지."

"저야 큰 뜻을 품었기 때문에, 어쩔 수 없었습니다만."

"네 아비도 큰 뜻이 있어서 출가했을 것이야."

"중생을 구제하기 위해서요? 가족은 중생에 들지 않는가요?"

"승려가 어찌 중생을 구제하겠느냐. 부처님이 가신 길을 밟을 뿐이지. 그러나 석가모니께서 왕자 자리와 처자식을 두고 왜 출가했는지를 생각하거라."

"스님도 아내와 자식을 집에 두고 출가하신 건가요?"

"그렇다마다."

"스님은 집에 두고 온 부인과 자식이 보고 싶지 않으십니까?"

"이놈아, 그쯤 초탈해야지. 그래서 이렇게 중이 된 것이고. 그런데, 네가 오늘은 별스럽게 따지는구나. 이유가 무엇이냐?"

"갑자기 어머니 생각이 나서 그럽니다. 아버지는 야속하고, 어머니는 불쌍한 생각이 듭니다. 그래서 제가 어디에든 정착하는 대로 어머니를 모실 생각입니다."

"그래서 중이 되지 않겠다는 것이냐?"

"꼭 그것만은 아닙니다. 자식된 도리가 먼저라는 생각이 들기도 하구요."

"그릇된 생각은 아니지. 석가모니 제자 중에 목련존자는 효성이 지극해서 지옥에 계신 어머니를 구해냈다는 얘기도 있어. 그러

니 네가 중이 되어 발심[39]했다고 해도, 어미한테 효도하는 건 불도
에 어긋나는 것이 아니다."

"그래도 아직은 중이 되겠다는 결심을 할 수가 없습니다."

"알았으니, 그만 가자꾸나."

무진은 솔거가 외람되고 버릇없이 굴어도 좀처럼 화를 내지 않
았다. 지금까지 그래왔다. 무던하다는 생각이 들면서도, 고승다운
일면이 아닌가 싶어 종종 경외심이 들었다. 불심이 여간 깊지 않
으면 못할 일일 것 같았다.

산에서 내려오자 작은 마을이 가까운 곳에 있었다. 어제 보았
던 촌락보다 더 작아 민가가 대여섯 채밖에 안 되었다. 왠지 가옥
이 옹기종기 붙어 있지 않고 드문드문 떨어져 있었다.

무진이 제일 가까운 집을 가리키며 앞장서 다가갔다. 차마 집
이라고 하기에는 민망할 만큼 누옥이었다. 울타리는 아예 없고 집
만 덩그러니 주저앉아 있었다.

무진이 목탁을 두드리며 주인을 불렀다. 그러나 시간이 한참
흘러도 인기척이 없었다. 집을 비워둔 채 식구들이 모두 일하러
나갔나 싶기도 했다. 하긴 도둑이 들어와도 훔쳐갈 게 없을 집이
었다.

---

39) 발심(發心): 보리심을 일으킴. 즉 불도의 깨달음을 얻고, 그것으로 중생을 널리 교화하려
   는 마음.

59

아무래도 사람이 나타날 것 같지가 않아, 다음 집으로 옮기려는데 뒤에서 인기척이 났다. 젊은 남녀가 나란히 서 있는 것으로 보아 부부일 것 같았다. 허름한 집에 사는 사람들답게 입성도 남루했다. 무진이 그들을 향해 이 집에 사느냐고 물었다. 그들이 고개를 끄덕이며 왠지 난처한 표정을 지었다.

"스님, 저희들 사는 꼴이 이래서 시주할 것이 없습니다요."

"목이 마르니, 물 한 그릇으로 시주하시지요."

"그래도 되겠는지요?"

무진이 대꾸 없이 목탁만 두드렸다. 그러자 여인이 우물로 가더니 바가지를 정성껏 씻어 물을 가득 담아 왔다. 무진이 그걸 달게 마셨다.

"부부로 보이는데, 어떻게 먹고 사시오?"

"저기 언덕 너머 상전⁴⁰에 가서 일을 해 주고 밥을 얻어먹습죠. 그래서 스님께 드릴 것이 없습니다요."

그러자 여인이 감자 삶은 것이 한 개 있다면서 그거라도 주랴고 물었다. 무진이 합장하며 사양했다.

"물로 이미 보시하시었소. 나무아미타불 관세음보살."

"스님, 부끄러워서 몸둘 바를 모르겠습니다요."

---

40) 상전(上田): 수확이 많은 좋은 밭. 상토(上土).

"헌데, 내외만 사시오? 자식이 없는가 보오."

"그렇습니다. 사실은 우리 부부가 겨우 입에 풀칠만 합니다요."

"허긴, 가난 구제는 임금님도 못하지요. 보아하니, 그래도 큰 걱정은 없어 보이오."

"그렇습니다, 스님. 우리 부부가 다행히 몸이 건강하니, 일만 꾸준히 하면, 배를 곯지는 않습죠."

"그러면 되었지. 자식 걱정은 안 해도 될 것 같소. 부처님께서 머지않아 점지해 주실지도 모르니."

"스님, 그게 정말입니까? 부처님께서 점지해 주실까요?"

"마음을 착하게 먹고 정성이 지극하면, 부처님께서도 감동하시는 법이지. 나무아미타불 관세음보살."

그러자 여인의 얼굴에 갑자기 화색이 돌더니 서둘러 부엌으로 달려갔다.

잠시 후 그녀가 정말 감자 한 알을 가지고 나왔다. 그걸 억지로 무진 손에 쥐어 주었다. 남자보다는 여자가 아이를 더 바라는 모양새였다.

무진이 감자를 여인에게 되돌려 주었다. 솔거는 무진의 의중을 몰라 이리저리 눈치만 살폈다. 여인은 여인대로 선뜻 받지를 못하고 안절부절못했다.

"소승이 시주 받는 것을 부처님께서 이미 보셨으니 된 것이오. 나무아미타불 관세음보살."

솔거는 비로소 무진의 깊은 뜻을 깨달았다. 밑이 빠지게 가난

한 부부지만 정성이 갸륵해서 받는 척했던 것이다. 감자 한 알을 시주로 받아 넣기에는 부처님한테 염치가 없었는지도 모르고.

무진이 그들 부부를 뒤로 하고 다시 길을 나섰다. 솔거의 발걸음이 갑자기 가벼웠다. 마치 발이 땅에 닿지 않고 걷는 기분이었다. 무진이 걷는 모습도 그렇게 보였다. 마침 강한 바람 한 줄기가 두 사람을 시원하게 휘감았다.

60

어둠이 조금씩 내려앉기 시작할 무렵 두 사람이 언덕 하나를 막 넘었다. 야산이라 그런지 무진이 그다지 힘들어 하지 않았다. 언덕에서 내려다 본 마을은 비교적 큰 편이었다. 논도 많고 밭도 꽤 먼 곳까지 펼쳐져 있었다. 해가 졌는데도 밭에 남아 있는 사람들이 더러 눈에 띄었다.

가옥도 이십여 채나 들앉아 있었다. 마을길을 왕래하는 사람들도 간간이 보였다. 집집마다 굴뚝에서 연기가 피어오르는 것으로 보아 저녁을 짓는 중일 것 같았다. 마을이 평화로워 보여 솔거의 마음까지 흐뭇했다. 인심도 넉넉할 것 같았다.

"스님, 오늘 밤은 이 마을에서 보내야 될 것 같습니다."

"글쎄다…"

"스님, 조금 전에 만난 부부가 이 마을에서 일하는 것 같지 않습니까?"

"언덕 너머라고 했으니, 여기를 말하는 거겠지."

"스님은 그들 부부를 어찌 보셨습니까? 비록 가난하지만, 행복해 보이지 않으셨습니까?"

"부처님께서 자비를 베푸셨을 것이야."

"부처님이 아이를 점지해 주실까요?"

"그렇다마다."

"겨우 밥술이나 얻어먹는 사람들인데, 어째서 걱정이 없을까요? 그것도 부처님의 자비인가요?"

"물론이다. 그들 부부는 평생 죄를 짓지 않을 사람들이지. 욕심이 없지 않느냐. 밑이 빠지게 가난한 살림에도, 걱정이 없다는 것은 제 분수를 알기 때문이지. 그래서 부처님께서 복을 주시는 것이고."

"사람이 가진 게 없어도, 분수껏 살면 복을 받는가요?"

"마음을 비우면, 욕심이 생기지 않는 법이지. 또한 욕심을 부리지 않으니, 그 빈 곳을 부처님께서 채워주시는 것 아니겠느냐. 부자들 중에는 탐욕스러운 인간이 있게 마련이라, 아홉을 가지면 열을 마저 채우려고 안달을 부리지. 그래서 가난한 사람이 극락에 가기는 쉬워도, 부자는 황소가 바늘구멍을 빠져나가는 것보다 어려운 법이야."

"그러면, 부자들 중에 극락에 갈 사람은 없겠습니다."

"그래서 부처님께 시주하라는 게야. 네가 나한테 물었지? 왜 너를 탁발하는 길에 데리고 다니느냐고."

"차차 알게 될 것이라고만 하셨지요."

"아직도 깨달은 것이 없느냐?"

"네, 스님."

"그 동안 어리석은 중생들이 사는 모습을 보았지?"

"그렇기는 합니다만…"

"중생들의 어리석은 모습도 더러 보았지?"

"네."

그러자 무진이 염불을 거푸 외며 앞장서 언덕을 내려갔다. 솔거는 그의 뒷모습을 바라보며 고개를 끄덕이기는 했으나 그 참뜻까지 깨달을 수는 없었다. 지금까지도 중이 될 뜻이 없는 솔거가 그걸 깨달을 리가 없다. 그건 봉사가 소의 다리 한 짝을 만져보고 그 짐승을 안다는 것과 같을 것이다.

이때 마침 사내아이 하나가 나무를 한 짐 해 가지고 언덕에서 내려오고 있었다. 무진이 그에게 길을 터주기 위해 한쪽으로 비켜섰다. 그러나 소년이 가지 않고 그 자리에 멈춰섰다. 첫눈에 아주 착해 보이는 얼굴이었다.

"나뭇짐이 무거워 보이니, 먼저 내려가거라."

"스님이 먼저 내려가세요."

"어허, 나뭇짐이 무겁지 않느냐. 먼저 내려가거라."

"저는 괜찮은데…"

소년이 마지못해 먼저 발을 뗐다. 무진과 솔거도 그의 뒤를 따라 언덕을 내려갔다. 땅거미가 이미 바닥에 어둡게 깔려 있었다. 무진이 소년한테 집이 어디냐고 물었다. 그가 손가락으로 마을 오른쪽 가장자리를 가리키며 감나무가 있는 집이라고 했다. 무진이 또 말을 걸었다.

"너희 집에 가면, 물을 얻어먹을 수 있겠느냐?"

"집에 우물이 있어요."

소년의 걸음이 제법 빨랐다. 나뭇짐이 만만치 않은데도 조금도 힘든 기색이 보이지 않았다. 나무 하는 일에 이골이 난 것 같았다.

61

소년의 집은 아까 젊은 부부가 사는 데보다 조금도 나을 것이 없었다. 물론 울타리는 없고, 초가에 방 두 칸짜리 일자 집이었다. 그나마 집 한쪽이 기울어 곧 쓰러질 모양새였다. 몇 식구가 사는지는 모르나, 그저 풍우나 막아주는 것으로 만족하는 사람들일 것 같았다.

무진이 잠시 툇마루에 걸터앉자 소년이 곧장 우물로 뛰어가 두

레박부터 풍덩 내렸다. 이때 방에서 기침소리가 새나왔다. 비로소 안에 사람이 있었음을 알았다.

물을 달게 마신 무진이 바가지를 솔거에게 넘기며 소년을 한참 눈여겨봤다. 그러고는 몇 살이냐고 물었다.

"열세 살입니다."

"열세 살이라…기특하구나. 부모는 계시느냐?"

"아버지는 안 계시고, 어머니만…"

이때 안에서 또 기침소리가 났다. 기침을 자주 했다. 기침에 가래가 섞인 것으로 보아 병이 깊은 것 같았다. 솔거는 방 쪽으로 고개를 돌리며 고향의 어머니를 생각했다. 안에서 기침소리가 새나올 때마다, 지금쯤 병들어 누워 있을지도 모를 어머니 모습을 떠올렸다. 금세 눈물이 고였다.

무진이 기침소리가 나는 방 쪽을 곁눈질하며 집에 환자가 있느냐고 물었다. 그러자 소년이 입술을 깨물며 고개를 숙였다. 얼굴에 근심이 흘렀다.

"어머니가 아파요."

"안 됐구나. 어디가 어떻게 아픈지, 말할 수 있느냐?"

"의원이 그러는데, 옘병이래요."

"저런 저런…염병[41]이면, 가벼운 병이 아니로구나. 약은 썼느냐?"

---

41) 염병(染病): 장티푸스.

"의원이 왔었는데, 약도 안 주고 그냥 가버렸어요."

"고약하구나."

"약값을 낼 수 없으니까, 그런가 봐요."

"나무아미타불 관세음보살…네 어미를 잠깐 볼 수 있겠느냐?"

소년이 무진을 방으로 안내했다. 솔거도 쭈뼛쭈뼛 따라붙었다. 방문을 열자 악취가 날려 숨쉬기가 거북했다. 소년의 어미로 보이는 여자가 누워 신음하고 있었다. 젊은 나이인 것 같으나 폭삭 늙은 것처럼 보였다. 병이 깊은 탓인 것 같았다.

무진이 그녀에게 합장한 후 이마에 손을 얹었다. 열이 많이 나고 땀도 많이 흘렸다. 무진이 그녀의 손목을 잡아 진맥을 봤다. 왠지 무진이 고개를 저었다. 그러자 소년이 근심스런 낯으로 고칠 수 있느냐고 물었다.

"우선 열부터 내리게 해야겠구나. 수건을 찬물에 적셔서 몸을 닦아 주거라. 자주 해야 한다."

"그러면 어머니가 낫나요?"

"혹시, 집에 갈근(葛根)이 있느냐? 칡뿌리 말이다."

"많아요."

"잘됐구나. 갈근을 바싹 말려서 절구에다 곱게 빻거라. 그 가루를 물에 타서 하루에 세 번 먹도록 해. 꿀이 있으면 좋은데…"

"그렇게 하면, 어머니가 낫는 거지요?"

"지성이면 감천이라고 했느니라. 정성을 다해서 간호하거라. 나무아미타불 관세음보살."

그러고는 곧장 자리를 털고 일어났다. 솔거도 따라 일어났다. 이때 소년의 어미가 "스님…" 하고 무진을 돌려세웠다. 그러고는 누운 채로 두 손을 힘겹게 모아 합장했다. 그녀의 눈꼬리에서 눈물이 주르르 흘러내렸다. 소년도 따라서 코를 훌쩍거렸다. 솔거의 눈에서 눈물이 고였다.

무진이 배웅하는 소년을 잠깐 돌아보며 염불을 계속 읊조렸다. 그러고는 "안됐구나. 불쌍한 것…"을 중얼거렸다. 의아해서 솔거가 물었다.

"스님, 왜 그러십니까? 누가 불쌍하다는 말씀이신지요? 아입니까, 어미입니까?"

"어미가 머지않아 죽을 것 같구나. 그러니 혼자 남을 아이가 불쌍하지 않느냐."

"어미가 곧 죽을 거면, 처방은 왜 하셨습니까?"

"어린 자식 가슴에 한이 남지 못하게 한 것뿐이다. 나무아미타불 관세음보살."

"그런 뜻이었군요."

솔거는 무진의 빠른 걸음을 뒤쫓아 가며 자신도 모르게 그를 향해 두 손을 모았다. 무진이 또 존경스러웠다.

62

무진이 다음 집에서 시주를 받고는 잠시 나무 밑에 앉았다. 솔거는 오늘밤 보낼 곳을 생각하고 있었으나 무진은 태평한 모습이었다. 그가 원체 잠자리쯤 걱정한 적이 없어 늘 무심했다. 언제나 솔거만 안달을 부렸다.

"스님, 오늘밤은 어디서 주무십니까? 여기는 서리가 내려서 안 될 것 같습니다."

"이놈아. 석가께서는 보리수(菩提樹) 아래에서 도를 깨달으셨어."

"스님, 궁금한 게 있습니다. 석가모니가 태어난 곳이 어딥니까?"

"천축[42]이라는 나라에서 태어나셨다. 석가의 어머니가 마야 부인인데, 신비한 태몽을 꾸셨어. 하얀 코끼리가 부인의 오른쪽 옆구리를 뚫고 들어오더라는 게야. 그런 후에, 마침 석가를 잉태했다는구나."

"그렇게 태어나신 분이라면, 보통 아이와는 달랐겠습니다."

"그랬지. 석가는 태어나자마자 주위의 부축 없이도 일곱 걸음을 걸으셨어. 이때 발자국마다 연꽃이 솟더라는 게야."

"참으로 신기합니다."

"어디 그뿐이겠느냐. 걸으시면서 '오직 나만이 하늘 위로나 아

---

42) 천축(天竺): 인도를 말한다. 구체적으로는 북인도 국경쪽으로, 현재는 네팔이다.

래로 존귀하니, 이로써 나는 왕생[43]을 모두 끝냈도다'라고 말씀하
셨다는구나."

"그러면 석가는 몇 살에 돌아가셨습니까?"

"불문에서는 그걸 열반(涅槃)에 드셨다고 하는데, 석가는 팔십
세에 열반에 드셨어."

"열반을 좀더 쉽게 말씀해 주십시오. 너무 어렵습니다."

"해탈은 마음의 번뇌에서 해방된 것이고, 이 해탈한 마음에 의
해서 깨우친 진리를 열반이라고 하는 것이야."

"저한테는 그 말씀 역시 어렵네요. 그런데 스님. 경전(經典)은 처
음에 어느 나라 말로 쓰여졌습니까?"

"원래 천축국 문자였지만, 후에 중국 문자로 번역한 것이 지금
껏 전해지는 것이지."

"우리나라 문자로 옮겼더라면, 지금보다 이해하기가 훨씬 쉬웠
을 것 아닙니까?"

"이두어가 있기는 하지만, 그걸 우리 문자라고 할 수는 없지 않
느냐."

"그건 그렇구요, 오늘밤을 정말 여기서 주무실 생각이십니까?"

"이놈이? 여지껏 내가 한 얘기를 어디로 들었어? 귓구멍에 오
이를 처박았느냐? 미욱한 놈."

솔거는 그만 찔끔해서 서둘러 입에 빗장을 지르고 말았다. 무

---

43) 왕생(往生): 이승을 떠나, 정토(淨土)에 가서 태어나는 일.

진과 같은 고승을 따라다녔으면서도 속된 마음을 버리지 못하고 있는 자신이 비로소 부끄러웠다.

무진이 바닥에 흩어져 있는 돌들을 일일이 주워내더니 그 자리에 벌렁 누웠다. 솔거가 자신의 바랑을 그의 머리 밑으로 디밀었다. 하늘을 올려보니 그새 별들이 자리를 잡아 화려하게 빛을 뿌리기 시작했다.

63

삼랑사 승당에 아명 스님과 벽공 설궁신이 마주 앉아 있었다. 왠지 두 사람의 표정이 밝지 못했다. 특히 벽공의 얼굴이 근심에 젖어 있고, 아명은 간간이 한숨을 쉬었다.

벽공이 삼랑사를 찾은 것은 오랜만이었다. 연전에 아명을 만나러 왔었고 삼랑사에서 하룻밤을 묵고 이튿날 떠났다. 그 자리에서 아명이 솔거를 벽공한테 소개했었다.

그리고 한 달쯤 지나서 아명이 솔거를 전채서로 보내 벽공을 만나게 했다. 아명이 솔거를 보냈던 그에게 그림을 사사받으라는 뜻이었다. 그 후 벽공에게서 아무런 소식이 없어, 솔거가 잘 적응하는 것으로 알고 있었다.

그러나 오늘 벽공으로부터 뜻밖의 얘기를 들었다. 솔거를 자기 집에서 내보냈다는 것이다. 솔거가 적응을 못해 제 발로 나온 게 아니고, 벽공이 보냈다는 말에 아명은 자신의 귀를 의심했다. 벽공이 그럴 만큼 품성이 매정한 사람이 아니었기 때문이다.

"벽공께서 그러실 만한 까닭이 있으셨겠지요. 제가 짐작건대, 솔거가 벽공의 눈 밖에 날 일을 저질렀을 것 같습니다. 그렇지 않구서야…"

"그렇지 않습니다. 제가 내보냈다니까요. 솔거한테는 아무런 잘못이 없습니다."

"무슨 말씀인지 원…"

"제가 자식을 잘못 가르친 탓이지요."

"그럼, 벽공의 자제와 솔거 사이에 문제가 있었군요. 사실이 그렇다면, 결국 솔거 그놈이 경거망동한 짓을 저질렀을 겁니다. 아암, 그렇고 말구요."

"어허, 그게 아니라니까요. 잘못이 제 자식놈한테 있다는 말씀이에요. 부끄러워서 제가 스님 앞에 얼굴을 들지 못하겠습니다."

"허어 참. 무슨 말씀인지 원…"

"일의 전말이 이렇습니다. 이거야 원…어디부터 어떻게 말씀을 드려야 좋을지, 차마 말문을 열지 못하겠습니다."

"말씀해 보십시오. 답답합니다, 벽공."

벽공이 한숨을 내쉬며 잠시 입을 달싹거렸다. 그의 고백대로 말머리를 찾지 못해 고심하는 것 같았다. 아명은 아명대로 답답한 마음을 누르지 못해 속을 끓이는 모습이었다.

벽공이 털어놓은 사건의 전말이 사실과 조금도 다르지 않았다. 더 보탠 것도 없고 감춘 것도 없었다. 둘째 아들 흔의 바르지 못한 성장과정과 나태한 습관에서 비롯된 무절제한 생활자세 등을 숨김없이 털어놓았다.

그뿐만이 아니라, 천한 노비 출신의 솔거를 아비가 제자로 삼은 것을 시기하여 못마땅하게 여겼다는 얘기도 빠뜨리지 않았다. 그리고 어느 날 아침에 뚜렷한 이유도 없이 솔거한테 행패를 부린 것도 덧붙였다.

"결국 제가 자식놈을 제대로 훈육하지 못한 탓이지요."

"어느 집 자식이든 품안의 자식이라 하지 않습니까. 법구경[44]에 '열 아들을 양육하는 아비가 있는가 하면, 아비 한 사람마저 봉양하지 않는 아들이 있다'는 가르침이 있지요. 자식이란 그런 것입니다."

"자고로 세모시 키우는 놈하고 자식 키우는 놈은 막말을 못한다더니, 제가 딱 그 짝이지 뭡니까. 부끄러워서 얼굴을 들 수가 없어요."

"벽공, 너무 자책하지 마십시오. 도둑의 때는 벗어도, 자식의 때는 벗지 못한답니다."

"이 모든 게 제 불찰이니, 누구를 탓하겠습니까. 그나저나, 솔

---

44) 법구경(法句經): 소승불교의 승려인 인도의 법구(法救)가 서술한 원시불교의 경전으로, 석가의 금언(金言)을 모은 책.

거가 대체 어디로 간 것입니까? 저는 아명 스님한테 와 있으려니
했습니다."

"제가 벽공한테 다시 돌려보낼 것이 두려워, 오지 못한 것이지
요."

"달리 갈 곳이 있기는 합니까?"

"혹시, 자양사 도암한테 갔을지도 모르겠습니다만…"

아명은 솔거가 자양사로 갔을 것으로 거의 확신하고 있는 것
같았다. 도암이라면 솔거를 받아들였을 것 같았다.

64
—

이튿날, 아명은 동이 트자마자 일도(一道)라는 젊은 승려를 자양
사로 보냈다. 솔거가 거기에 있는지를 확인하고, 있으면 데려 오
라고 했다.

아명은 솔거가 삼랑사를 거치지 않고 곧장 다른 데로 간 것이
내심 괘씸했다. 그를 벽공한테 소개한 것도 자신이고, 사사받도록
주선한 것도 자신이었다. 솔거의 마음을 헤아리지 못하는 건 아니
다. 그가 차마 삼랑사로 돌아올 염치가 없어 일부러 피했을 것 같
았다.

만약 아명의 추측대로 솔거가 자양사로 갔다면 그나마 다행이다. 그렇지 않고 이곳저곳을 떠돌며 방황한다면 마음을 놓을 수가 없다. 더구나 나라에서 백제인을 색출한다지 않는가.

솔거가 무진 스님과 함께 있을 리는 없다. 그는 지금도 탁발수행 중일 것이라 만나기란 쉽지 않을 것이다. 지금으로서는 솔거가 자양사에 있다면 더 바랄 것이 없다.

그러나 꼭 그렇게 단정할 수만은 없다. 솔거가 자양사에 있다면, 도암이 벌써 삼랑사에 사람을 보내 사실을 알렸을 것이다. 여지껏 소식을 전하지 않는 것을 보면 도암한테도 가지 않은 것이다.

혹시 솔거가 또 이방부 관원에게 붙잡힌 것은 아닐까 하는 의구심도 떨쳐버릴 수가 없었다. 그렇게 되면 솔거한테 너무 가혹한 일이다.

솔거가 불쌍해서 어쩌누.

아명은 솔거가 마치 이방부에 붙잡혀 있기라도 한 것처럼 지레 가슴이 서늘하게 식었다. 눈물마저 고였다.

부디, 자양사에 가 있거라.

아명은 안절부절못하여 잠시도 앉아 있을 수가 없었다. 일도 승려를 자양사로 보낸 것이 겨우 일식경[45]밖에 안 됐는데도 마치 며칠 된 것처럼 안달이 났다.

---

45) 일식경(一食頃): 한 차례 음식을 먹을 만한 동안. 한식경.

솔거 이놈, 나타나기만 해봐라.

아명은 갑자기 속이 부글부글 끓면서 괘씸한 생각이 다시 고개를 들었다. 솔거가 자양사에 있을지도 모른다는 짐작에 도암까지 싸잡아 야속했다. 도암이 그럴 사람이 아니라는 걸 믿으면서도 지레짐작이 마음에서 놓아주지 않았다.

도암은 그럴 사람이 아닌데….

벽공은 삼랑사를 떠나면서 솔거 일을 매우 안타깝게 생각했다. 그러면서도 솔거를 반드시 전채서에서 일할 수 있도록 주선할 것을 다짐하기도 했다.

그만큼 벽공도 솔거를 예사롭지 않게 여기고 있었다. 그림을 배우려는 집념과 열의를 기특하게 생각했다. 언젠가는 신라 화단에 태두[46]가 될 인물이고, 고구려의 담징과 맞먹을 것으로 믿고 싶었다.

원체 예능이란 타고나야 한다. 거기에 본인의 노력과 열의가 있어야 한다. 그뿐만이 아니라, 그에게 맞는 스승을 만나야 한다. 그래야 그 분야에서 일가를 이룰 수 있다. 아명과 벽공이 솔거를 그런 인물로 만들고 싶었던 것이다.

이놈이 자양사에 있으면 다행이련만….

---

46) 태두(泰斗): 태산북두(泰山北斗). 어떤 분야에서 가장 권위 있는 사람의 비유.

65

무진은 오늘도 탁발수행을 계속했다. 솔거가 그와 동행하면서
도 얼굴에 수심이 가득 배어 있었다. 어젯밤 꿈 때문이었다. 나무
밑에서 이슬을 맞고 잔 탓에 몸이 개운치 않은데다가 꿈마저 예사
롭지 않아 마음이 찌무룩했다.

아명 스님과 벽공이 다투는 꿈이었다. 그저 언쟁만 하는 것이
아니었다. 아명은 손에 지팡이를 들었고 벽공은 장도(長刀)를 들었
다. 곧 결투를 벌일 기세로 서로 눈을 부릅떴다.

솔거는 그들 앞에서 몸을 바들바들 떨고 있었다. 이때 아명이
갑자기 지팡이로 솔거의 목을 겨누며 벽력같이 소리를 질렀다.

그 바람에 솔거가 꿈에서 깨 허리를 발딱 세웠다. 하늘에는 여
전히 별이 총총하고 이슬을 머금은 바람은 목덜미를 서늘하게 했
다.

아무리 생각해도 흔히 경험할 수 있는 꿈이 아니었다. 비록 꿈
이라지만 아명과 벽공이 다투다니…게다가 아명이 지팡이로 자신
의 목을 겨냥하며 소리를 질렀다. 내용은 알아듣지 못했지만 질책
하는 것만은 분명했다.

한낮의 햇살이 머리꼭지를 뜨겁게 지져댔다. 숨 쉬기조차 버거
울 만큼 더위가 기승을 부렸다. 마침 저만치 나무 그늘이 눈길에
잡혔다. 솔거는 무진을 곁눈질하며 슬그머니 그늘 쪽으로 유도했
다. 무진도 싫지 않은 눈치였다.

무진이 수건으로 땀을 닦는 동안 솔거는 윗도리를 벗어 열을 식혔다. 솔거가 무진의 눈치를 살피며 입을 달싹댔다. 어젯밤 꿈 얘기를 털어놓지 않고는 입이 근지러워 못 견딜 것 같았다.

"스님, 제가 아명 스님을 뵙지 않고 곧장 자양사로 온 것이 아무래도 잘못한 것 같습니다."

"그렇다마다. 그런데 갑자기 그 얘기는 왜 꺼내느냐?"

"어젯밤에 기이한 꿈을 꿨습니다."

"너는 기이한 꿈을 잘 꾸는구나. 언젠가는 꿈에 신선을 봤다더니."

"어젯밤 꿈도 예사롭지 않아서 드리는 말씀입니다."

솔거가 꿈에 있었던 일을 순서대로 늘어놓았다. 그러자 무진이 고개를 끄덕이며 조만간 도암 스님한테 삼랑사에서 보낸 사람이 올 것 같다고 했다.

"그렇다면, 아명 스님도 제가 벽공 나리한테서 떠났다는 사실을 아신다는 거 아니겠습니까?"

"그래서 꿈에 벽공이 현몽한 게 아니겠느냐. 그 분이 이미 아명 스님을 만나, 전후 사정을 고했을 것이야."

"역시 그렇군요. 저는 아명 스님한테 큰 죄를 지었으니, 이를 어떡하면 좋겠습니까?"

"글쎄다…두 가지 길이 있겠구나. 당장 아명 스님을 찾아뵙고 이실직고하든가, 아니면 영원히 종적을 감추든가."

"제가 종적을 감춘다는 건 아명 스님한테 더 큰 죄를 짓는 일 아니겠습니까. 그럴 수는 없습니다."

"그렇다면, 빠른 시일 내에 삼랑사로 가야 되겠구나."

"역시 그래야 되겠지요?"

그가 절망하듯이 한숨을 내쉬자 무진이 '나무아미타불 관세음보살…'을 중얼거렸다. 솔거는 무진에게서도 위안을 얻어내지 못하자, 눈앞이 캄캄하고 가슴이 답답했다.

솔거는 그때의 일을 후회하며 자책만 거듭했다. 오로지 아명의 불호령이 두려워 그를 피했던 단순한 생각이 결국 후회만 쌓고 말았다. 얼마나 괘씸했으면 아명이 꿈에 나타났을까를 생각하면 오금을 펼 수가 없었다.

"스님, 빨리 자양사로 돌아가야 될 것 같습니다."

"조급해하지 말거라. 이미 물그릇은 엎어졌어."

"불안해서 잠시도 앉아 있을 수가 없습니다. 지금쯤 아명 스님께서 자양사로 사람을 보냈을지도 모르지 않습니까."

"사람이 왔다면, 도암 스님이 우리 얘기를 전했을 것 아니겠느냐."

"그러면 아명 스님이 화를 푸실까요?"

"사정이 이렇게 되었는데, 아명 스님인들 어쩌시겠느냐."

솔거는 조금도 위안이 되지 않았다. 무진의 얘기도 그럴듯하기는 하지만 아명이 그것으로 모든 걸 이해한다고는 생각되지 않았다. 태연하게 탁발에 동행하고 있는 것을 오히려 괘씸하게 생각할 수도 있는 것이다.

이 일을 어쩌면 좋단 말인가.

66

자양사에 웬 젊은 승려가 와서 도암 스님을 찾았다. 그는 아명이 보낸 일도 승려였다. 도암이 그를 승당으로 들이자마자 대뜸 찾아온 이유부터 물었다.

"소승은 아명 스님 밑에서 수행 중인 일도라고 합니다."

"나를 찾아온 까닭이 무엇인가?"

"혹시, 여기에 솔거라고 하는 행자가 있는지요? 아명 스님께서 그걸 알아보라고 하셨습니다."

"내 언젠가는 이런 날이 올 줄 알았지. 그래, 아명 스님의 건강은 어떠하신가?"

"무탈하십니다만, 아명 스님께서는 솔거 행자를 몹시 궁금해하십니다."

"그러실 것이야. 그렇지 않아도, 내가 삼랑사에 기별할 참이었는데…"

"그 행자를 만나볼 수 있는지요? 여기에 있으면, 소승과 동행하라는 분부가 계셨습니다."

"허어, 이런 낭패가 있나. 솔거는 지금 탁발수행 중이신 무진 스님을 보좌하고 있다네."

"무진 스님이 언제쯤 돌아오시는지요?"

"그건 여기서 알 수가 없지. 무진 스님한테 계획이 있을 것 아니겠나. 그러니 자네가 여기서 기다리든가, 아명 스님께 곧장 말씀드리든가 해야겠네."

"아명 스님께서 지금쯤 소승을 기다리고 계실 것입니다."

"허긴, 그러실 분이지. 그러면 내가 아명 스님께 서찰을 올릴 것이니, 바로 떠나게."

"아무래도 그래야 될 것 같습니다."

도암이 그 즉시 경탁에서 종이와 필묵함을 꺼냈다. 그러자 일도가 다가앉아 먹을 갈았다.

솔거가 계속 안절부절못하는 눈치를 보이자 무진의 마음도 편치 않았다. 아명 스님한테 죄의식을 가지고 있는 솔거의 마음을 십분 이해하고 있었다. 어떤 방법으로든 그의 걱정을 풀어줘야 될 것 같았다. 그 방법이란 결국 솔거를 아명한테 보내는 길뿐이었다.

무진이 잠시 나무 그늘에 앉아 땀을 식혔다. 솔거도 그늘로 들어왔으면서도 땀 닦을 생각은 않고 자주 한숨만 내쉬었다. 무진이 그의 속내를 훤히 꿰뚫고 있었다.

"탁발은 여기서 그만 접어야 될 것 같구나."

"갑자기 왜 그러시는지요? 힘에 부치십니까?"

"네놈이 꼭 똥마려운 강아지처럼 안절부절못하니, 차마 볼 수가 없지 않느냐. 자양사로 돌아가자꾸나."

"저를 아명 스님께 보내실 생각이신지요?"

"그래야 되지 않겠느냐. 엊그제 꾸었다던 네놈의 꿈도 예사롭지 않고."

"스님 생각에도 예사롭지 않은 꿈이었군요."

무진이 말없이 그늘에서 먼저 빠져나갔다. 무진이 탁발을 중단한 것은 반가운 일이나 솔거의 마음이 아주 가볍지만은 않았다. 자양사에 도착하는 대로 곧장 아명 스님한테 가야 하는 부담감이 계속 가슴을 짓눌렀다.

"네가 아명 스님한테 돌아가면, 우리가 다시 만나기란 쉽지 않을 것이다."

"왜 그렇게 생각하시는지요?"

"아명 스님이 너를 보내지 않을 것이야."

"정말 그렇게 생각하십니까?"

"두고 보면 알겠지. 서둘러 가자꾸나."

무진이 갑자기 걸음을 날려 저만치 앞장서 갔다. 솔거는 그를 따라가면서도, 이미 무거워진 마음은 풀리지 않았다. 마치 이방부 포졸한테 끌려가는 심정이었다. 아명 앞에 무릎을 꿇어야 하는 처지도 두렵지만, 무진을 다시 볼 수 없는 상황 또한 가슴을 압박했다.

67

무진과 솔거가 자양사에 당도하자 미등이 제일 먼저 반겼다. 한 달쯤 못 본 사이에 제법 커진 느낌이었다. 미등이 무진한테 매달려 한참 어리광을 부렸다. 무진이 그걸 다 받아줬다.

이때 도암이 승당에서 나왔다. 무진한테는 웃는 낯을 보이면서도 솔거한테는 냉랭했다. 솔거가 땅에 엎드려 인사를 하는데도 못 본 체했다.

도암이 무진과 솔거를 승당으로 이끌었다. 도암과 무진이 방 한가운데 마주 앉았고 솔거는 멀찍이 떨어져 문가에 가 무릎을 꿇었다. 도암이 먼저 입을 열었다.

"예상보다 일찍 돌아오셨는데, 잘하셨습니다."

"제가 없는 중에 무슨 일이 있었습니까? 도암의 표정이 썩 밝지 못해요."

"잘 보셨습니다. 아명 스님께서 사람을 보냈지 뭡니까. 솔거가 여기에 와 있는지 확인할 뜻이었지요. 결국 제가 한 발 늦은 셈이 됐습니다. 그에 앞서서 솔거 소식을 전하지 못한 제가 불찰이지요."

솔거는 도암의 얘기를 듣는 순간, 육신이 갑자기 깊고 어두운 나락으로 떨어지는 느낌이었다. 정신도 까마득히 사라졌다가 겨우 돌아왔다. 결국 올 것이 왔구나 싶어 눈앞이 캄캄했다.

"삼랑사에서 온 사람이 지금도 있습니까?"

"웬걸요. 아명께서 솔거 소식을 몹시 기다리신다기에, 제가 서찰을 줘서 서둘러 보냈습니다."

"그런 일이 있었군요. 꿈이 예사롭지 않다고 했더니…"

"어떤 꿈을 꾸셨기에 그러십니까?"

"제가 아니라, 솔거 저 아이 꿈입니다."

무진이 솔거한테 들었던 꿈 얘기를 두서없이 늘어놓았다. 그러자 도암이 솔거를 노려보며 혀를 찼다. 솔거를 원망하는 눈빛이었다.

"솔거 네놈이 사려 깊게 처신하지 못해서 일이 이렇게 되지 않았느냐. 아명 스님께서 너를 얼마나 걱정하셨으면, 나한테 사람을 보내셨겠어."

"제가 입이 열이라도 드릴 말씀이 없습니다. 오직 죄송할 뿐입니다."

"이게 어디 나한테 죄송할 일이더냐? 아명 스님께 지은 죄가 아니냐. 어디 그뿐인 줄 아느냐? 전채서 벽공께서도 네가 걱정 되어 삼랑사에 들르셨다지 않느냐. 네놈한테 무에 그리 쓸 곳이 있다고…"

그러자 무진이 혀를 차면서 솔거의 꿈 얘기를 또 꺼냈다. 생각할수록 꿈이 신기하다는 것이다. 그건 솔거 생각도 그와 다르지 않았다. 꿈에서처럼 아명과 벽공이 다툰 것은 아니겠지만, 둘이서 꿈에 나타난 것과 실제로 만난 것이 결국 일치하지 않았나 싶었다.

"도암께서는 장차 저 아이를 어떡하실 생각이십니까?"

"무진 스님께서는 어떤 생각이신지 모르겠습니다만, 저 아이를 아명 스님한테 보내야 되지 않을까 싶습니다. 솔거를 몹시 걱정하시는 분이 아닙니까."

"옳으신 말씀입니다. 저도 도암과 같은 생각이에요."

솔거는 손을 부들부들 떨면서 눈물을 끊임없이 쏟았다. 도암이 방금 지적한 대로 자신의 경솔한 판단이 오늘과 같이 후폭풍이 되어 돌아올 줄은 상상도 하지 못했다.

이제는 자신의 생각대로 할 수 있는 게 아무것도 없게 되었다. 그저 도암이나 무진이나 아명의 뜻에 따라 움직일 수밖에 없을 것이다. 결국 망석중이[47] 신세가 아닌가. 그들이 시키는 대로 따라야 한다. 지금까지 거의 그래왔지만 앞으로는 더욱 확실해진 셈이다.

솔거는 슬그머니 승당에서 물러났다. 눈치 없는 미등이 폴짝대며 다가와 함께 놀기를 청했다. 솔거는 들은 척도 안 하고 곧장 금당으로 뛰어갔다. 지금 심정으로는 부처님한테 사실을 고하고 어떤 말씀이라도 받고 싶었다. 그것만이 절실했다.

---

47) 망석중이: ① 나무로 만든 꼭두각시의 하나. ② 괴뢰(傀儡).

68

솔거가 금당 문지방을 막 넘으려는 순간 깜짝 놀라 그 자리에서 동작이 끊어졌다. 방금 예불을 마친 불자가 등을 돌리다가 솔거와 눈이 마주친 것이다. 뜻밖에 불자는 지난번에 본 적이 있는 그 여인이 아닌가.

그녀가 솔거를 향해 합장하며 허리를 굽혔다. 솔거는 얼떨결에 합장하는 걸 잊고 바닥에 엎드려 답례했다. 그러자 여인이 놀라서 솔거한테 다가와 일어날 것을 주문했다.

"저는 스님한테 과분한 인사를 받을 수가 없습니다. 어서 일어나시어요. 몹시 민망합니다."

"불자님, 저는 승려가 아닙니다. 아직 행자도 못되는 처지구요."

"그래도 어서 일어나시어요. 다른 사람의 눈이 있습니다."

솔거가 그제서야 몸을 세웠다. 그러자 그녀가 얼굴에 발갛게 꽃물을 들이며 "저는 이만…" 하고는 서둘러 등을 돌렸다. 그 순간 그녀에게서 향내가 날렸다. 언젠가 맡아본 적이 있는 능금 향기와 같았다.

솔거는 그녀가 시야에서 사라질 때까지 마냥 서 있었다. 갑자기 나타난 바람이 그녀를 휘감자 머리카락이 어지럽게 흩날렸다. 치맛자락도 흔들렸다.

그녀가 층계를 밟으면서 그 모습도 함께 내려갔다. 솔거는 마지막 그녀의 머리꼭지를 지켜보면서 자신도 모르게 머리를 흔들었다. 마치 지금까지 헛것을 본 것 같아 머리가 혼란스러웠다.

요정인가…?

그녀가 남겨놓은 향내가 혹시 요괴의 미혹이 아닌가 싶어 또 머리를 흔들었다. 혼미한 마음을 쫓아 버릴 뜻이었지만, 그럴수록 그녀의 아련한 모습이 끈끈이처럼 달라붙었다.

이때 갑자기 미등이 나타나 솔거한테 의심스러운 눈길을 보냈다. 솔거는 아이에게 잘못을 들킨 것처럼 얼굴이 홍당무가 돼 버렸다.

"솔거 스님, 왜 그러고 있어?"

"아무것도 아니다. 여기는 웬일로 왔어?"

"심심해."

"나는 부처님 앞에 있어야 되니까, 너 혼자 놀아라."

미등이 곧 투정을 부릴 듯이 입술을 삐죽이 내밀었다. 솔거는 그를 무시하고 부처 앞으로 가 무릎을 꿇었다. 아까 생각으로는 부처한테 지금의 절박한 심정을 토로하고 그의 말씀을 듣고자 했다. 그러나 여인이 먼저 와서 금당을 선점하는 바람에 산통이 깨지고 말았다.

솔거는 머리를 흔들어 흐트러진 마음을 모으려고 안간힘을 썼다. 지금으로서는 일심불란하게 염불하는 수밖에 없을 것 같았다. 먼저 잡념부터 몰아내야 했다.

그러나 여인이 가슴에 딱 달라붙어 좀처럼 떨어지지 않았다. 머리를 흔들어도 심호흡을 해도 여인이 떠나지를 않았다. 솔거는 어금니를 물었다. 백 배든 천 배든 부처한테 경배하는 수밖에 없었다.

땀이 낙숫물처럼 흘러내렸다. 얼굴은 물론이고 옷이 흠뻑 젖어, 바닥이 땀으로 흥건했다. 부처로부터 말씀을 받기는커녕 마음에서 여인부터 쫓아내야 했다.

그러나 여인은 이미 요괴가 되어 떠나지 않았다. 오히려 그녀가 남긴 능금 향기가 안개처럼 퍼져 정신을 더 혼란스럽게 했다.

요망한 것.

솔거는 예불을 멈추고 밖으로 뛰쳐나갔다. 도저히 그녀를 이길 수가 없었다. 그녀가 당장 눈앞에 있다면 목이라도 조르고 싶었다. 도저히 사람으로는 생각할 수가 없었다. 어쩌면 그 요괴가 억하심정을 가지고 있는 것인지도 모른다고 생각했다.

내가 그대에게 뭘 어쨌다고….

솔거는 힘껏 소리라도 지르고 싶은 심정이었다. 경내만 아니었으면 그러고도 남았을 것이다.

솔거는 곧장 우물로 달려갔다. 물이라도 뒤집어쓰지 않고는 답답한 마음을 풀 길이 없을 것 같았다.

69

무진 스님이 자양사에 온 지 사흘만에 다시 떠나 탁발수행으로 들어갔다. 솔거는 그를 큰길까지 배웅하며 마음이 착잡했다. 이제 헤어지면 다시 만나기란 쉽지 않을 것 같아 눈물부터 쏟아졌다.

솔거는 그와의 인연을 회고하면서 만감이 교차했다. 무진이 솔거한테는 엄한 스승이기도 했고, 때로는 아버지 같기도 했고, 탁발에 동행할 때는 친구 같은 마음이 들기도 했었다.

세상 그 많은 인연 가운데서도 무진과 솔거는 아주 특별했다. 그와 같은 인연이 다시 이어지기 어렵다는 생각에 이르러서는 눈앞이 캄캄해서, 마치 한밤중에 길을 잃은 것같이 막막할 뿐이었다.

"스님, 이제 가시면 언제 뵐 수 있는지요?"

"서운해 할 필요 없다. 회자정리(會者定離)라 하지 않았느냐. 그러나 사람의 일이란 또 모르지. 인연이 질기면, 또 보게 될지."

"그렇게만 된다면, 다행이겠습니다. 부디 건강하시어, 성불(成佛)하시기를 기원하겠습니다."

"솔거는 이제부터 도암의 뜻에 따라야 할 것이야. 그러면 언제고 아명 스님한테 다시 가게 될 것이고. 그래서 뜻을 이뤄야지. 스님들마다 출가할 때는 뜻을 이루고자 결심한 것이야. 처성자옥(妻城子獄)이라는 말이 있지. 가정에서 아내는 성이고, 자식은 감옥이라는 뜻이니, 처자를 거느린 사람은 집안일에 매여 뜻을 크게 가질 수 없다는 말이다. 그래서 스님들이 성불을 이루고자 눈물을 머금고 출가하지 않았겠느냐."

"무슨 말씀인지 알겠습니다."

"알아들었으면 됐어. 여기서 그만 헤어지자꾸나."

무진이 걸음을 멈추더니 솔거를 한참 동안 바라보기만 했다. 굳이 말이 필요치 않았다. 이심전심으로 서로의 마음을 꿰뚫어 잠깐 눈물만 글썽거렸다.

"그러면 스님. 여기서 하직인사 올립니다."

솔거가 엎드려 작별인사를 넣는 동안 무진은 더 보태는 말없이 이내 등을 돌렸다. 솔거가 허리를 폈을 때는 이미 저만치 걸어가고 있었다. 그의 뒷모습이 눈물에 가려 계속 어룽거렸다.

부디, 성불하십시오.

해가 중천에 걸린 시각이었다. 자양사에 갑자기 곡식 가마가 들여졌다. 무려 열 섬이나 되었다. 사가(私家)에서 나온 듯한 장정 셋이서 그걸 곳간으로 옮겼다. 솔거가 보살에게 웬 것이냐고 물었다.

"자양사에 오시는 옹주[48] 마마께서 시주하셨답니다."

"자양사에 옹주 마마가 오시나요?"

"모르셨어요? 한 번쯤 보셨을 것 같은데…소복 차림으로 참배

---

48) 옹주(翁主): 왕의 서녀(庶女) 및 세자빈이 아닌 며느리.

하셨던 분인데요."

"아니, 그 분이 옹주 마마셨어요?"

솔거는 너무 뜻밖이고 놀라서 하마터면 뒤로 넘어갈 뻔했다. 그 여인이 하필 옹주였다니…어디 쥐구멍이라도 있으면 당장 머리부터 디밀어 숨고 싶었다. 감히 옹주를 두고 요정이니 요괴니 하며 폄훼했던 자신의 경망이 부끄러워 얼굴을 들 수가 없었다.

이때 쓰개치마를 머리에 두른 여인이 언덕에서 올라오고 있었다. 멀리 떨어진 거리지만 낯이 분명하게 익었다. 금당에서 마주친 바로 그 여인이 틀림없었다.

솔거는 급히 공양간 뒷길로 빠져 몸을 숨겼다. 차마 그녀와 마주칠 수가 없었다. 감히 마주할 처지도 아니고.

사실 따지고 보면 솔거가 잘못한 건 없었다. 단지 귀한 신분의 여인한테 험한 마음을 가졌다는 게 죄라면 죄가 될 것이다.

70
—

점심 공양을 막 끝낸 시각에 웬 젊은 남자가 전채서에서 왔다며 도암 스님을 찾았다. 전채서에서 왔다면 틀림없이 벽공이 보낸 사람일 것이다. 무슨 일일까.

솔거는 전채서라는 이름이 귀에 닿자 대뜸 가슴부터 쓸어내렸다. 그가 자양사에 없는 사이에 아명 스님이 보낸 승려가 도암을 찾아 왔었다고 했다. 그런데 이번에는 벽공이 보낸 사람이 왔다.

도대체 무슨 일일까. 무슨 일이 있기에 벽공이 아명을 만났고, 이번에는 도암한테까지 사람을 보냈을까.

솔거는 긴장한 가운데 궁금하여 내내 승당 주위를 서성거렸다. 조만간 도암이 불러들일 것만 같아 자리를 뜰 수가 없었다.

아니나 다를까. 도암이 문을 열고 솔거를 불렀다. 방에는 도암과 전채서 사람이 마주앉아 있었다. 솔거가 들어가자 도암이 손짓으로 가까이 앉으라고 했다.

"인사하거라. 이 분은 전채서에서 오신 분이다. 벽공께서 보내셨다는구나."

솔거가 손님에게 예를 갖추자, 그가 자신을 '김숙관(金塾串)'이라고 소개했다.

"벽공께서 네가 삼랑사에 당도하지 않은 것을 아시고, 이 분을 나한테 보내신 것이야. 너를 급히 전채서로 데려오라는 말씀이 계셨다는구나."

"스님의 말씀이 맞소. 설긍신 어르신께서 그대를 급히 데려오라는 분부가 계셨소."

"무슨 일로 저를 찾으시는지, 여쭤봐도 되겠는지요."

"그 깊은 뜻이야 어찌 알겠소만, 내 짐작에는 어르신께서 그대를 전채서에 두고 싶으신 듯하오. 마침 전채서에서 곧 교생(敎生)을 뽑는 것도 같고."

"더 여쭙겠습니다. 교생은 어떤 일을 하는지요?"

"교생이란 교육을 받는 학생인데, 쉽게 말하면 견습생이지요. 전채서에서 공부하는 동안, 보고 배우고 익히라는 뜻이오."

"제가 가서 익혀야 할 일이 어떤 것들인지요?"

"전채서의 성격상 주로 도화(圖畵)에 관한 것이 되겠지요. 어쨌든 벽공 어르신의 뜻이 그러하신데, 그대 생각은 어떻소?"

"벽공 나리의 분부라면 따를 것입니다. 그러나 또 나리 댁에서 머무는 일이라면 좀더 생각할 일입니다. 나리께서도 제 마음을 헤아리실 것으로 압니다."

"그 점에 대해서는 염려하지 않아도 되겠소. 전채서에는 교생들을 위한 숙사[49]가 따로 있으니까."

솔거는 비로소 안심이 되었다. 지난번처럼 또 벽공 집에서 기숙해야 한다면 더 생각하고 자시고 할 것도 없다. 그 집의 둘째 아들 흔이 없다면 몰라도, 그가 있는 한은 또 분란의 씨가 될 것이다.

김숙관이 솔거의 의향을 다시 물었다. 솔거가 선뜻 대답을 않고 도암을 바라봤다. 도암이 바로 고개를 끄덕였다. 벽공의 뜻에 따르라는 뜻이었다. 이제 더 망설일 이유가 없게 되었다.

도암이 김숙관에게 언제 떠날 거냐고 묻자, 내일 아침에 출발할 것이라고 했다. 도암이 솔거를 넌지시 건너보며 안도하는 표

---

49) 숙사(宿舍): 기숙사.

정을 지었다. 그러고는 아명 스님이 이제야 마음을 놓겠다며 얼굴 가득하게 웃었다.

이제 도암 스님과도 헤어지겠구나.

솔거는 지난번 무진 스님과 작별할 때처럼 또 가슴이 아팠다. 비록 회자정리라고는 하지만, 도암 역시 어버이처럼 생각해온 터라 지레 눈물이 고였다.

세상살이에 잘못 만남은 악연이 질긴 법이고, 좋은 인연은 안타까운 이별만 남긴다고 했다. 맞는 말인 것 같았다. 그건 무진과는 물론이고 도암과 아명과도 그렇게 될 것이다. 비록 어리기는 하지만 미등과의 관계도 마찬가지다. 그게 인연의 근본이라면 솔거로서도 어쩔 수 없는 일이다.

71
—

솔거는 김숙관과 함께 자양사를 나섰다. 도암이 뜰에서 솔거를 전송하며 승당에서 한 얘기를 잊지 말라고 당부했다. 전채서에서 생활한다는 것은 곧 나라의 녹을 먹는 일이니 매사에 신중하게 처신하라고 일렀다.

"특히 벽공의 문하가 될 것이니, 배움에 있어서 열의를 아끼지 말아야 해. 그 분이 어디 예삿분이더냐. 너에게 특별히 마음을 쓰시는 분이니, 하늘처럼 받들어야 한다."

"명심하겠습니다."

"그뿐만 아니라, 외롭고 고된 일이 있어도 참고 견뎌야 해. 인내하고 또 인내하다 보면, 너에게 문이 열리게 되는 것이다. 풍문에 들으니, 혜초(惠超)라는 승려가 불교의 성지를 순례하기 위해서 신라를 떠나 당나라로 들어갔다는구나. 그게 성덕왕(聖德王) 18년(서기 719년)이라고 해. 성덕왕 3년(서기 704년)에 태어났다고 했으니, 불과 열여섯 살밖에 안 된 나이가 아니냐. 참으로 장하지."

"그렇습니다. 그런데 그 스님이 떠난 성지는 어디를 말하는지요?"

"천축국이라 하더구나.⁵⁰ 신라에 그런 승려가 있다니, 경하할 일 아니냐. 더구나 순례할 나라가 온통 모래밭이라는데, 얼마나 고된 수행이겠느냐. 내가 왜 이런 얘기를 하는지 알겠어? 배움도 곧 수행하는 일이니, 용맹정진하는 마음을 가져야 한다는 뜻이야. 명심 또 명심하거라."

"예, 스님."

몇 해 전에 솔거가 서라벌로 떠날 때처럼 길은 여전히 험하고

---

50) 혜초가 순례한 곳은 천축의 다섯 나라다. 즉 동천축·중천축·남천축·서천축·북천축을 지나, 파키스탄과 아프가니스탄 북부를 거쳐 중앙아시아를 경유하고, 파미르 고원을 넘어 중국 신강성으로 들어왔음이 그의 왕오천축국전(往五天竺國傳)에 기록됨.

적막하고 때로는 두려운 여정이었다. 그래도 다행인 것은 동행인이 있어 덜 적적했다. 김숙관도 같은 생각이라고 했다. 혼자 자양사로 가는 동안 고생을 많이 했다며 머리를 절레절레 흔들었다. 김숙관이 이마에 맺힌 땀을 닦으며 잠시 쉬어가자고 했다.

"조금 궁금했는데, 그대가 태어난 간지(干支)가 무엇이오? 나는 정사생(丁巳生: 서기 717년)이오만."

"저는 임술생(壬戌生: 서기 722년)이니, 저보다 많이 위십니다. 앞으로는 하대하십시오."

"그럼, 편하게 대하는 게 좋겠군. 어쨌든 전채서에 내려오고 있는 전통에 따를 것이니, 그리 알게. 그건 그렇고, 벽공 어르신께서 왜 솔거를 오매불망하시는지, 나는 모르겠네."

"글쎄요…그보다는, 전채서라는 데가 어떤 곳입니까?"

"허긴, 궁금하겠지. 전채서가 나라의 도화를 맡고 있는 관아라는 건 알 터이고…원래는 채전(彩典)이었는데, 전채서로 바뀌었네. 전채서에는 채전감(彩典監)이 한 분 계시지. 그리고 주서(主書)가 두 분, 사(史)가 세 분 계시네."

"그 분들은 신분이 얼마나 높은 분들입니까?"

"신라에는 열일곱 관등(官等)이 있는데, 그 중에 채전감은 나마(奈麻)로 열한 등급에 들지. 그리고 주서는 사지(舍知)로 열세 등급이고, 사는 급이 더 아래이고."

"골품제와 관등제는 어떻게 다른지 가르쳐 주십시오."

"어렵게 생각할 필요가 없네. 골품제는 신분제도이고, 관등제는 벼슬에 등급을 매기는 제도일 뿐이니까."

그의 설명에 의하면 관등의 1등급에서 5등급까지는 진골[51]에 든다고 했다. 그리고 6등급에서 9등급까지는 6두품[52], 10등급과 11등급은 5두품, 나머지 17등급까지가 4두품에 든다는 것이다.

그리고 진골만이 1등급에 오를 수 있다고 했다. 이 같은 관등제에 따라 공복(公服)을 입을 때도 진골은 자색, 6두품은 비색(翡色), 5두품은 청색, 4두품은 황색으로 갖춘다는 것이다.

72
—

솔거는 김숙관의 설명을 듣고 나자 벽공의 등급이 궁금했다. 그가 전채서에서 어떤 위치에 있는지 알고 싶었다.

"지금 채전감으로 계시네. 그 자리에 오르신 지 몇 달 안 되었어. 채전감은 나마로서, 열한 등급에 드는 셈이지. 처음부터 진골이 아니시기 때문에, 귀족이라도 6두품 이상은 오를 수가 없는 분이라네. 그러나 설궁신 어른은 등급 따위에는 관심이 없으신 분

51) 진골(眞骨): 부모 가운데 어느 한쪽이 왕족의 혈통을 지니고 있는 사람. 성골(聖骨).
52) 두품제(頭品制): 골품제 가운데 일반인의 족제(族制). 6등급으로 나뉘는데, 6-4두품까지가 귀족.

이지. 오직 맡으신 직분에 충실하실 뿐, 그 외에는 오로지 도화를 발전시키는 데 진력하신다네. 인품도 훌륭하시고. 그래서 전채서 사람 모두에게 존경을 받고 있어."

"지금 제 앞에 계신 분의 직함은요?"

"나 말인가? 나는 향도(嚮導) 직분을 가지고 있네. 교생들 중에 제일 선임자로서, 그들의 생활지도를 맡고 있지."

"그러면 교생들과 함께 숙사에 계십니까?"

"나는 처자가 있는 몸이라, 일과를 마치면 귀가해."

"그러면 앞으로 호칭을 뭐라고 하면 마땅한지요?"

김숙관이 솔거 어깨에 팔을 두르면서 씨익 웃었다. 그러고는 자리를 털고 일어났다. 두 사람이 다시 길을 나섰다. 조금 전까지도 중천에 걸려 있던 해가 어느덧 많이 기울었다.

솔거와 김숙관이 자양사를 떠난 지 이틀만에 서라벌에 입성했다. 솔거한테는 한 번 왔던 곳이라 낯설지 않았다. 그래도 긴장했다. 더구나 궁궐이 가까워지면서 대뜸 주눅부터 들었다.

궁궐 정문에 이르자 초병이 두 사람을 가로막았다. 그러자 김숙관이 품에서 증표를 꺼냈다. 초병이 고개를 끄덕이면서도 솔거한테는 짐짓 표정을 굳혔다. 김숙관의 설명이 필요했다.

솔거가 난생 처음으로 궁 안에 발을 들여놓았다. 그의 눈길이 닿은 곳마다 으리으리해서 넋을 잃을 지경이었다. 김숙관이 어리벙벙해 있는 솔거를 바라보며 빙긋이 웃었다.

김숙관이 궁궐 뒤쪽으로 한참 걸어가더니 한 건물 앞에서 걸음을 멈췄다. 전채서라고 했다. 2층 구조의 큰 건물이었다. 솔거가 본 사찰의 금당도 이만큼 큰 것은 없는 것 같았다.

건물 안에 사람들의 왕래가 빈번했다. 대개 젊은 사람들이었고, 같은 색상의 옷을 입고 있었다. 교생들이라고 했다.

이때 나이가 지긋해 보이는 남자가 이쪽으로 다가왔다. 그러자 김숙관이 허리를 굽혀 예의를 갖췄다. 그가 지나가자 교수(敎授)라고 김숙관이 귀띔했다.

"교수가 무엇을 하는 직책입니까?"

"교생들을 가르치는 분이라네. 솔거도 저 분한테 지도를 받게 돼. 수업 중에는 매우 엄하신 분이니, 유념해야 될 거야."

김숙관이 서둘러 건물 안으로 들어갔다. 솔거도 바싹 따라붙었다. 그가 발소리를 죽여 복도를 한참 걸어가더니 갑자기 걸음을 멈췄다. 벽공이 있는 감관방(監官房)이라며 옷매무시를 가다듬었다.

솔거가 심호흡으로 정신을 모았다. 그래도 긴장이 풀리지 않았다. 이를 눈치 챈 김숙관이 "긴장을 푸시게." 하고 솔거의 어깨를 툭 쳤다.

73

김숙관이 벽공에게 허리 굽혀 인사하는 동안 솔거는 큰절로 엎드렸다. 벽공이 먼길 오느라고 고생했다며, 특히 솔거에게 눈길을 오래 주었다.

"솔거, 인사 올립니다. 그 동안 무고하셨는지요."

"별고 없었다. 여기에 오면서, 삼랑사에는 들를 새가 없었겠구나."

"예, 나리."

"내가 서둘러서 오라고 했던 것이야. 전번에는 우리 집에서 그렇게 떠나게 되어, 내 마음이 지금도 편치 않구나. 내가 부덕한 탓이니, 너무 서운해하지 말거라."

"아닙니다, 나리. 조금도 그리 생각하지 않습니다."

"내가 급히 보자고 한 것은 너를 전채서에 두고자 함이야. 조만간 교생을 뽑을 계획도 있고."

"시험을 봐야 한다면, 제가 어찌…"

"그 점은 걱정하지 않아도 될 것이다. 여기 김숙관 향도가 안내할 테니까. 그리고 얘기를 들었는지 모르겠다만, 네가 전채서에 있는 동안에는 숙사에 있게 돼. 그러니 너는 교수의 가르침을 성실히 배우고 또 익히면 되는 것이야."

"명심하겠습니다."

드디어 솔거의 전채서 생활이 시작되었다. 그에게는 모든 것이 낯설었다. 분위기도 낯설고 사람들도 낯설었다. 특히 교생들과 어울려 함께 행동하는 것이 몸에 익숙하지 않아 혼자 겉도는 느낌이었다.

솔거는 그런 것쯤 개의치 않으려고 자주 마음을 다잡곤 했다. 그의 관심을 끄는 것은 뭐니뭐니해도 전채서에 비치된 여러 화첩(畵帖)과 화보[53] 그리고 다양한 그림들이었다. 그뿐만 아니라, 각종 서적들이 꽉 들어찬 서고(書庫)가 그를 놀라게 했다. 그로서는 난생 처음 보는 것들이라 가슴이 뛸 정도였다.

이번에 솔거와 함께 전채서에 뽑혀 들어온 교생이 네 명이었다. 이들 중에 셋은 서라벌 출신이고 솔거만 타지에서 왔다. 그들 세 명은 전혀 주눅이 들지 않는 것 같은데 오직 솔거 혼자만 병든 닭처럼 어리뜩했다.

하루의 일과는 묘시[54]에 기상하는 것부터 시작됐다. 향도의 지시에 따라 교생 모두가 마당에 모여 조회를 열고 간단히 체조를 한다. 이어서 아침 식사를 하고 곧 학습에 들어간다.

교생이 모두 백여 명이다. 이들은 조를 짜서 숙사의 각 방마다 네 명이 잔다. 네 명 가운데 전채서에 들어온 순서에 따라 반드시 선임자 한 명이 방장(房長)의 임무를 맡았다. 솔거는 어느 방에 배속되든 후배일 수밖에 없었다.

---

53) 화보(畵譜): ① 화집. ② 화가의 계통이나 전통 따위를 적어놓은 책.
54) 묘시(卯時): 오전 5시-7시.

학습은 오전에 교수가 도화에 대해서 강설하고, 오후에는 주서로부터 전채서에서 해야 할 일들을 지시 받는다. 그리고 유시[55]에 일과가 끝난다.

전채서 화공들이 하는 일은 다양했다. 등급에 따라서 하는 일도 각각 달랐다. 어진[56]을 제작하거나, 궁중 내부에 도화 따위로 치장하거나, 단청(丹靑) 작업에 참여하는 부류가 있다. 이들은 모두 등급이 높은 화공들이다. 그뿐만 아니라 어제[57]를 편서[58]하기 위해 인찰[59]할 때 동원되는 경우가 있다.

그러나 교생들은 이 같은 작업에는 참여할 수가 없다. 오로지 건물 내부를 치장하는 문양본[60]을 그리는 기술이나 인찰 따위를 연습하는 것이 일과였다. 솔거도 예외가 아니었다.

---

55) 유시(酉時): 오후 5시-7시.
56) 어진(御眞): 왕의 화상(畵像).
57) 어제(御製): 왕이 친히 지은 글.
58) 편서(編書): 책으로 엮는 일.
59) 인찰(印札): 글의 줄을 맞추기 위해 경계선을 긋는 일.
60) 문양본(文樣本): 무늬.

74

솔거와 함께 기거하는 교생들은 전채서에 들어온 시기가 조금씩 달랐다. 한 날 한 시에 선발한 게 아니기 때문이다. 따라서 방장을 제외하면, 길게는 반 년이고 짧게는 서너 달의 차이가 났다.

솔거는 이래저래 막내격이었다. 그러다 보니 선배들 텃세에 밀릴 수밖에 없었다. 게다가 솔거만 타지 출신이기 때문에 알게 모르게 괄시를 받았다. 어느 때는 노골적으로 무시했다. 몇이 모여 있다가 솔거가 나타나면 하던 얘기를 뚝 끊거나, 뿔뿔이 흩어지거나, 야릇한 눈매로 흘겨보곤 했다. 솔거와 섞이기를 꺼려한다는 뜻인 것 같았다. 솔거가 그걸 뒤늦게 알아챈 것이다.

며칠 전에는 그들 중에 하나가 느닷없이 솔거의 고향을 물었다. 솔거는 선뜻 대답을 못하고 한참 우물쭈물했다. 그러자 그가 선수를 쳐 "서라벌은 아니지?" 하고 얄망궂게 비아냥거렸다. 솔거가 고개를 끄덕이자, 어느 지역에서 왔느냐고 물었다.

"마을 이름조차 없는 곳이오."

"산골 무지렁이구나."

솔거는 입끝을 끌어내리며 이죽거리는 그의 낯짝에 주먹을 날리고 싶어 손끝을 바르르 떨었다. 그래도 또 고개를 끄덕였다. 그러자 그가 "머리는 왜 빡빡 밀었지? 중이었나?" 하고 키들거렸다. 옆에 있던 교생들이 약속이나 한 듯이 일제히 폭소를 터뜨렸다.

솔거는 말없이 일어나 방문을 열고 나왔다. 차라리 백제에서 왔다고 사실대로 말할 걸 그랬나 싶기도 했다. 그러나 곧 고개를 저었다. 그들 중에 누군가 이방부에 밀고할지도 모른다는 두려움에 금세 기가 죽어버렸다.

솔거의 가슴에서 고독과 갈등이 흐르기 시작했다. 전채서에서 과연 얼마나 버틸 수 있을까 하는 생각에 굳혔던 결심이 얼음처럼 녹아 내렸다. 예전에 벽공 집에서 겪었던 일이 재현되는 것 같았다.

그 순간 자양사를 떠날 때 도암 스님이 다짐했던 말이 떠올랐다. 외롭고 고된 일이 있어도 참고 견디라고 했다. 혼자 천축국으로 떠난 혜초 승려처럼 수행하는 마음을 가지라고 당부했었다.

그래, 참자. 인내하면 내 앞에 문이 열린다고 했어.

솔거가 신입 교생들과 함께 인찰을 긋고 있는데, 김숙관 향도가 다가와 은밀하게 불러냈다. 그가 솔거를 후미진 곳으로 데리고 가더니 뜬금없이 지낼 만하냐고 물었다.

"무슨 말씀인지요?"

"혹시 교생들 중에 솔거를 따돌리는 자가 없는지 묻는 것이네."

"그럴 리가 있습니까."

"사실인가?"

"어디서 무슨 얘기를 들으셨는지 모르지만…"

"나도 조금은 눈치를 채고 있었어."

"전혀 그렇지 않습니다."

그런데도 향도가 고개를 갸우뚱거렸다. 솔거의 말을 믿지 않는 눈치였다. 그럴수록 솔거는 마음을 굳게 다졌다. 사내답지 못하게 사소한 일을 가지고 시시콜콜 고해바치기 싫었다.

"나는 향도의 입장에서 솔거가 난처한 일을 당하는 걸 보고만 있을 수는 없으니까, 힘든 일이 있으면 나한테 얘기하게."

"저는 오직 수행하는 마음으로 지낼 것입니다."

"잘 생각했어."

김숙관이 잠깐 솔거의 어깨에 손을 얹더니 이내 물러갔다. 솔거는 그의 뒷모습을 바라보면서 자꾸 궁금했다. 솔거가 교생들에게 무시당하는 장면을 그가 직접 목격했을 리는 없을 것이다. 그런데 어떻게 눈치를 챘을까.

아무래도 교생들 중에 향도와 내통하는 자가 있을 것만 같았다. 특히 솔거한테 짓궂게 굴었던 자와 함께 있었던 교생들 중에 하나일 수도 있고.

75

솔거한테 모처럼 외출할 수 있는 기회가 왔다. 전채서에 들어온 지 두 달만이었다. 그와 비슷한 시기에 들어온 교생들 모두에게 주어진 외출이었다.

마침 경덕왕의 탄신일인데다가 수업이 없는 삭일[61]이었다. 나라의 경사까지 겹쳐 교생들이 천금 같은 휴일을 맞은 셈이다. 규율이 매우 엄격한 생활에서 잠시나마 벗어나는 것만으로도 그들에게는 축복이었다.

그러나 귀대시간이 유시[62]로 제한돼 있어 어디에서든 마냥 퍼질러 있을 수가 없었다. 그건 자칫 해이해질 수 있는 교생들의 일탈을 막겠다는 의도였다.

솔거는 궁궐 밖으로 나오기는 했지만 막상 갈 곳이 없었다. 도성 안의 지리도 모를뿐더러, 무엇을 하겠다는 계획조차 세우지 못한 탓이었다. 서라벌 출신의 교생들 가운데 한 사람이라도 친분을 쌓았더라면 이토록 답답하지는 않았을 것이다.

그러나 솔거를 산골 무지렁이로 무시하는 자들이 동무하겠다고 나서지 않을 것이다. 솔거 또한 그들과 사귀려고 애면글면하기도 싫었다.

솔거는 무작정 저잣거리로 들어섰다. 임금의 탄신을 경축하는 날이고, 마침 화창한 초가을 날씨여서 상점 골목마다 사람들이 바글거렸다. 그들의 얼굴 표정이 즐겁고 여유로워 보였다. 여간해서 찌든 얼굴은 찾아보기 어려웠다.

상점마다 물건을 산더미처럼 쌓아 놓고 있었다. 상점도 다양했

---

61) 삭일(朔日): 매달 초하룻날.
62) 유시(酉時): 오후 5-7시.

다. 오로지 실 종류만 파는 선전(線廛)이 있는가 하면, 무명만 파는 면포전(綿布廛)도 있었다. 그리고 명주를 전문으로 파는 면주전(綿紬廛)과 모시를 파는 저포전(紵布廛)이 나란히 붙어 있었다.

그뿐만이 아니었다. 종이 · 붓 · 먹 · 벼루 등을 고루 갖춘 문방 구점이 있는데도, 그 옆에 종이만 잔뜩 쌓아 놓은 지전(紙廛)이 따로 있었다.

솔거의 시선을 끄는 것은 오로지 문방(文房: 문방사우)뿐이었다. 그에게는 하나같이 소중한 것들이지만 한 번도 자신의 것으로 가져본 적이 없었다. 종이가 풍족하고 붓도 소용대로 가지고 있으면 마음껏 그림을 그렸을 것 같았다.

그러나 소망일 뿐이었다. 문방을 마련할 길이 없었다. 수중에 가진 것이 없는 처지에 그것들을 어떻게 마련하겠는가.

솔거는 문방점 앞에서 잠시 주저하다가 쑥 들어갔다. 눈요기나마 실컷 하고 싶었다. 손님들이 많이 들어와 있었다. 그들 모두가 매입할 사람들로 보여 부럽기까지 했다. 모두 갖고 싶은 것들뿐이었다.

그러나 살 수 있는 처지가 못 되는 현실에 마음만 아팠다. 수중에는 고작 점심 한 끼 사먹을 수 있는 어음이 한 장 있을 뿐이었다. 향도가 교생들에게 외출증과 함께 나눠준 것이다. 그것으로는 붓 한 자루도 살 수가 없었다.

솔거는 문방을 대충 둘러보고 밖으로 나와 버렸다. 더 있어 봤자 오히려 속만 상할 것 같았다. 다른 교생들은 어디에 처박혀 있는지 코빼기도 볼 수가 없었다. 문방에는 관심이 없는 것 같았다. 지금쯤 삼삼오오 패를 지어 거리를 누비고 있을지도 모른다.

솔거가 막 저잣거리를 벗어났을 때였다. 그의 가시거리에 들어와 있는 젊은 사내 하나가 눈길을 잡아끌었다. 수수한 옷차림에 삿갓을 썼을 뿐이고 어깨에 봇짐을 메고 있었다. 그의 옆에 중년 남자가 바싹 따라붙었다.

그와의 거리가 좁혀질수록 조금은 낯이 익은 얼굴로 다가섰다. 어디선가 만난 듯했다. 그의 눈언저리와 입매가 분명한 기억으로 살아나기 시작했다.

옹주가…?

76

옹주가 확실했다. 그런데 왜 남장을 했을까? 짐작건대 변장할 의도가 있는 게 아닌가 싶었다. 자신의 신분을 감추고 싶었을 것이다. 옹주 신분으로 서민들의 눈길에서 벗어날 의도일 수도 있다. 특히 삿갓을 깊숙이 눌러 쓴 것만 봐도 의도를 알 수 있었다.

솔거가 잠시 갈등에 빠졌다. 그녀에게 인사를 하는 것이 옳은지, 아니면 그녀의 의도를 헤아려 모르는 척하는 게 도리인지 판

단하기가 어려웠다. 모르는 척하는 것이 오히려 도리에 어긋나는
게 아닌가 싶기도 하고.

그러나 그녀가 먼저 아는 체를 하는 게 아닌가. 솔거에게는 뜻
밖이었다. 그녀가 한 발 먼저 다가와 합장하며 솔거 앞에 고개를
숙였다.

당황한 솔거가 또 갈등에 빠졌다. 그녀의 신분을 생각해 엎드
려 인사를 해야 하는지, 마주 합장하여 답례할 것인지 금방 판단
할 수가 없었다.

결국 합장하는 것으로 그녀의 인사를 받았다. 행인들의 이목을
의식한 결정이었다. 그것만이 그녀의 변장 의도를 지켜주는 길일
것 같았다.

이번에는 솔거가 먼저 입을 열었다.

"소인이 자양사에서 뵌 적이 있습니다."

"저도 스님을 기억하고 있습니다."

솔거가 그녀의 처지를 깜빡 잊고 "옹주 마마, 소인은…" 하고
승려가 아님을 다시 강조하려고 했다. 그러자 그녀를 지키고 있던
남자가 주위를 살피며 얼른 입에 식지를 붙였다. 그 역시 남장한
시녀였다.

"소인은 승려가 아닙니다."

"제가 그만 잊었습니다. 그런데 서라벌에는 어떻게 오셨는지
요?"

"실은, 전채서에 머물고 있습니다."

"곧 화승이 되실 거라는 얘기를 들었습니다."

"떠도는 소문일 뿐입니다."

"화승이 되시면 좋겠습니다. 그럼, 저는 이만…"

그녀가 서둘러 솔거에게서 벗어났다. 솔거는 총총히 사라지는 그녀의 뒷모습을 한참 지켜봤다. 비록 남장을 했어도 얼굴은 말할 것도 없고, 뒷모양 역시 여자일 수밖에 없었다.

솔거는 밤새 잠을 이루지 못하고 내내 뒤척이기만 했다. 낮에 만난 옹주가 자꾸 눈에 밟혀 좀처럼 지워지지 않았다. 이리 누워도 저리 누워도, 해말쑥하면서도 애잔한 그녀의 모습이 솔거의 눈 꺼풀을 자꾸 열어 놓았다.

그럴 때마다 솔거는 눈을 질끈 감고 머리를 흔들었다. 옹주를 선뜻 내치지 못하고 있는 불경한 마음을 자책하지만 그 순간뿐이었다. 오히려 더 악착스럽게 달라붙어 떨어지지를 않았다.

한미하기 짝이 없는 주제에 감히 옹주를 생각하다니, 소가 웃다가 빙판에 나자빠질 일이 아닌가.

솔거는 결국 잠자리에서 빠져나왔다. 잠에 들기는 진작에 틀렸다. 차라리 바람이나 쐬어 정신을 차리는 게 나을 것 같았다.

가을 문턱을 넘어선 밤바람이 제법 찼다. 마침 아미처럼 휘어진 초승달이 애처로운 모습으로 떠 있었다. 금세 옹주 모습이 나타나, 마치 그녀가 하늘에 떠 있는 것처럼 보였다.

솔거는 한숨을 내쉬며 하염없이 달만 올려봤다. 보면 볼수록 영락없이 옹주였다. 자양사 금당에서 부처에게 경배하던 애달픈 모습 그대로였다.

왜 또 나타나셨습니까?

솔거는 자신도 모르게 눈물이 고여 슬그머니 달을 등졌다. 이때 인기척이 들렸다. 솔거는 재빨리 눈물을 닦았다.

77

희미한 달빛을 등에 진 남자가 그림자를 앞세워 다가왔다. 그가 솔거를 향해 누구냐고 물었다. 목소리가 귀에 익었다. 김숙관 향도였다.

"아니, 솔거 자네였나? 그런데 이 밤중에 왜 나와 있지?"

"잠이 안 와서 바람 좀 쐬고 있습니다만, 향도님은 어쩐 일이신지요?"

"오늘 밤이 마침 숙직하는 날이라, 순찰을 도는 중이네. 잠이 안 오다니, 걱정거리가 있나?"

그가 솔거의 심중을 읽으려는 듯 어둠 속에서 얼굴을 바싹 들이댔다. 솔거가 한 발 뒤로 물러나며 아니라고 손사래를 쳤다. 그런데도 그가 고개를 갸우뚱거리며 솔거에게서 눈을 떼지 않았다.

"아니면 되었고…바람이 차니, 그만 들어가게."

"향도님도 편히 주무십시오."

솔거가 이내 방으로 들어왔다. 잠에 곯아떨어진 교생들 가운데는 코를 심하게 고는 자도 있었다. 솔거는 그들의 잠을 방해하지 않으려고 조심해서 자리에 누웠다.

잠이 바로 오지 않았다. 이불자락을 머리 끝까지 끌어올렸으나 오히려 눈은 말똥말똥했다. 이번에는 옹주가 아니고, 방금 본 초승달이 아미처럼 생생하게 살아서 내려왔다. 그러나 이내 옹주가 되었다.

옹주….

솔거는 이불을 더 끌어올렸다. 그러자 옹주가 이불을 턱 밑으로 끌어내렸다. 초승달이 천정에 떠 있었다. 옹주가 달에 걸터앉아 솔거를 내려다 봤다.

옹주….

솔거는 이불자락을 다시 끌어올렸다. 이때 옆자리에 있는 교생의 다리가 그의 복부를 강타했다. 옹주가 화들짝 놀라며 달아났다.

이튿날 아침.

조회 시간이 되자 교생들이 마당으로 쏟아져 나왔다. 이때 교생 하나가 솔거한테 다가와 속삭여 물었다.

"어제 거리에서 만난 남자가 누구지?"

"제가 만난 남자라니요?"

"시치미 떼기는…삿갓 쓴 사내 말이네. 남자치고는 꽤 곱상하던데."

솔거는 옹주를 떠올리며 자신도 모르게 얼굴이 뜨겁게 달아올랐다. 결국 그에게 들킨 셈이었다. 그 자리에서는 전혀 의식하지 못했다.

"예전에 알았던 사람입니다. 그저 그뿐입니다."

"서로가 예의를 깍듯하게 차리는 걸 보면, 경외하는 사이인 것 같던데…"

"그다지 친분이 깊지 않은 사이니까요."

"그럴 수도 있겠지."

솔거는 그가 자기 자리로 돌아가는 걸 보고 가슴이 뜨끔했다. 어제 옹주가 남장을 하지 않았더라면 소문이 크게 확대됐을 것 같았다. 벽촌 무지렁이가 묘령의 아름다운 여인과 만났다는 사실 하나만으로도 목격자들한테는 충격일 수가 있다.

그뿐만 아니라, 솔거를 자신들의 의심에서 놓아주지 않으려고 할 것이다. 그렇게 되면 결국 솔거만 난처해질 것이고.

다시는 옹주를 만날 수 없다고 확신할 수는 없다. 어제 뜻밖에 그녀를 만난 것처럼 또 만나게 될지도 모르는 일이다. 솔거가 전채서에 몸담고 있는 동안에는 그럴 수도 있다. 그녀는 옹주 신분이므로 서라벌에 있을 것이고.

정말 또 만난다면 교생들 가운데 새로운 목격자가 생기기 마련이다. 그러면 솔거가 그들의 의심의 눈초리에서 자유로울 수 없게 된다.

'두 개의 눈보다 네 개의 눈이 더 잘 본다'는 말이 있다. 그만큼 주위에 눈이 많다는 뜻이다. 눈이 많으면 말도 그만큼 많아져, 바람에 실린 소문이 가지 못할 곳이 없는 법이다.

만약 옹주가 남장을 벗어버리고 여자로 돌아간다면 사정이 더욱 복잡해질 것이다. 소문이 전채서에까지 퍼지면 교생들이 모두 까무라칠 것이다. 어디 교생들뿐이겠는가. 김숙관은 물론이고, 채전감 벽공마저도 솔거를 달리 보려고 할 것이다.

옹주, 어떡하면 좋습니까?

솔거는 그것이 마치 현실로 닥친 것처럼 안절부절못했다. 어디 한적한 곳에 가서 소리라도 지르고 싶은 심정이었다.

옹주, 다시는 나타나지 마시오.

78
—

여미(汝彌)는 잠이 오지 않아 아까부터 방 안을 서성거렸다. 어제 우연히 만난 솔거가 좀처럼 마음에서 지워지지 않은 탓이었다. 그를 서라벌에서 보게 될 것으로는 상상도 하지 않았다. 그는 당연히 자양사에 있어야 할 사람이었다.

그를 처음 만난 것은 자양사 금당에서였다. 예불을 마치고 나오다가 마주쳤다. 그때 그가 지나치게 예의를 갖추는 바람에 몹시 당황했던 기억이 생생했다. 그 후부터 그가 기억에서 떠나지를 않았다.

솔거는 잔잔한 호수에 돌을 던지고 달아난 짓궂은 악동이나 다름이 없는 남자였다. 여미한테는 솔거가 그런 남자였다. 스스로 승려가 아니라고 하면서도, 승려보다 더 승려 냄새를 피우는 사람이었다.

그뿐만이 아니었다. 서라벌 저자에는 이미 신필의 화승으로 소문이 나 있었다. 그런데도 그는 절대 화승이 아니라고 부인했다.

여미도 그가 그렸다는 단군상을 가지고 있었다. 하도 소문이 자자해서 어렵사리 구했다. 자양사 도암 스님한테 얻은 것이다. 그 자리에서 스님이 말하기를 단군상을 가히 신필에 가까운 그림이라고 했다. 그래서 그녀가 소중하게 간직했다.

솔거를 만났던 그날 여미가 남장을 했던 것은 남의 이목 때문이었다. 옹주 신분이라 함부로 나다닐 입장이 아니었다. 그래서 궁리 끝에 그런 해괴한 차림으로 나섰던 것이다.

여미는 신라 제33대 성덕왕(聖德王) 때 궁녀였던 김 씨에게서 태어났다. 그러자 성덕왕의 계비(繼妃)인 소덕왕후(炤德王后)가 두 모녀를 별궁 깊숙한 곳에다 유폐시켰다.

여미가 그렇게 출생부터 불행했다. 그녀의 어미인 김 씨가 정식

후궁은 아니었지만 왕의 핏줄을 낳았기 때문에 여미가 옹주인 것은 틀림없었다.

그러나 소덕왕후는 성덕왕이 궁녀 김 씨에 대한 연민을 버리지 못하고 옹주를 어여삐 여기는 것이 못마땅해 깊숙한 별궁으로 쫓아버린 것이다.

여미는 출생이 불행한데다가 옹주의 대접도 제대로 받지 못하는 불우한 시절을 보내야 했다. 오랜 세월을 별궁에 갇혀 지내다시피하여 바깥세상을 전혀 모르고 살았다.

그런 중에 여미가 혼기를 맞았다. 소덕왕후는 그 기회에 궁녀 김 씨와 여미를 궁궐에서 아주 쫓아버릴 생각으로 정혼을 서둘렀다.

다행히 여미는 아찬(阿湌) 가문에 들어갔다. 아찬은 17관등 가운데 여섯 번째 등급에 드는 6두품으로 귀족 계급이다. 더구나 여미의 시아버지는 사정부[63] 내 경부(卿部) 소속의 높은 벼슬이다.

여미한테는 불행한 중에도 다행한 혼인이었다. 비로소 사는 것답게 살게 되었다는 안도감에, 아내로서의 도리에 심신을 바쳤다.

---

63) 사정부(司正府): 모든 벼슬아치들을 감찰하는 직무를 맡아보던 관아(관청).

79

악마는 항상 행복한 사람을 시기한다고 했다. 그래서 누구에게
나 불행은 원하지 않아도 찾아오는 법이다. 그러한 이치가 여미한
테만큼은 당연히 비껴갈 줄 알았으나 현실은 그렇지 않았다.

그래서 호사다마라는 말이 생긴 모양이다. 혼인하고 석 달도
채 되지 않아서 남편이 급살을 맞았다. 왜 죽었는지 원인도 모른
다. 몹쓸 병에 걸린 것도 아니었다. 여미가 남편 방으로 들어갔을
때 이미 죽어 있었다.

남편이 갑자기 죽는 바람에 여미는 미처 슬퍼할 새도 없었다.
남편의 죽음이 슬프다는 것은 그만큼 정이 깊었다는 뜻이다.

그러나 불과 석 달 동안에 무슨 정이 깊이 들었겠는가. 옹주가
첫날밤을 맞기는 했으나 왠지 신랑이 숨만 헐떡대다가 지쳐서 떨
어져 나갔다. 그 이후에는 합방이 없었다. 여미한테 접근조차 하
지 않았다. 여미는 으레 그런 것인 줄 알았다.

그때 여미 나이 열다섯이었다. 그래도 관례에 따라 삼 년 상을
치러야 했다. 여미는 기가 막혔다. 청상과부가 되어 평생을 수절
해야 된다는 생각에 이르러서는 차라리 죽고 싶었다. 출생부터 불
행했던 것이 결과도 그렇게 인도한 셈이었다.

그래도 여미는 도리를 다한다는 일념으로 삼 년 상에 대비했
다. 그때부터 자양사에 다니기 시작했던 것이다. 그녀는 예불을
올리면서 당연히 죽은 남편의 극락왕생을 기원했다.

그러나 예불하는 횟수가 거듭되면서 차츰 생각의 변화가 일기 시작했다. 남편이기는 했어도, 사실 남편이라고 할 수도 없었던 망자를 위해 기원하는 일이 사위(詐僞)한 짓인 것만 같았다. 진실된 마음이 아니라는 것을 깨닫기 시작한 것이다.

차라리 자신의 미래를 위해서 기원하는 것이 솔직한 마음일 것 같았다. 자신의 미래가 너무 깜깜해서, 한 치도 내다볼 수 없는 처지가 더 가여웠던 것이다.

여자 나이 열여덟이면 방년(芳年)이다. 꽃다운 나이에 시작해서 평생을 수절하는 것만이 여자의 숙명이라면 너무 가혹하고 억울했다. 여미가 부처 앞에 눈물로 기원했던 것이 어쩌면 자신을 위한 것이 아니었나 싶었다. 미래가 새롭게 열리기를 염원했는지도 모른다.

삼 년 상이 끝나고 한 달쯤 지나자, 시어머니가 여미를 내당으로 불러들였다. 그러고는 밑도끝도없이 집에서 나가라고 했다. 여미는 영문을 몰라 시어머니를 그저 바라보기만 했다.

"이제는 이 집에서 나가도 좋다는 뜻이다."

"어머님…제가 잘못한 거라도 있는지요?"

"너를 더 붙들어 둘 명분이 없어졌다는 말이다. 그러니 친정에 가서 자유롭게 살거라. 이 같은 결정은 대감마님께서 내리신 것이야."

"어머님, 저는 출가외인입니다. 그걸 아시면서, 어찌 저를 내치십니까? 저는 평생 두 분을 뫼실 것입니다."

"어허, 웬 고집이냐. 시어른의 어려운 결정을 헤아릴 줄도 알아야지. 그 또한 너의 도리가 되는 것이야. 그리고 네 남편한테 물려주었던 전답을 줄 터이니, 그것으로 여생을 편히 살도록 해라."

"어머님…"

"이러는 우리 마음은 편한 줄 아느냐? 그러니 우리 뜻에 따르거라."

여미는 더 이상 버틸 수가 없었다. 시어머니가 아예 입을 열지 못하게 했다. 그러고는 돌아앉아 눈물을 닦았다.

갑자기 시집에서 쫓겨난 여미는 친정어머니를 붙들고 밤새 울었다. 그렇다고 여미한테 달라질 것은 없었다. 앞날이 막막하기는 마찬가지였다. 오히려 더 깊은 고독 속으로 빠져들 뿐이었다.

이제 남편이 세상을 떠버려 일부종사[64]할 기회는 없어지고 말았다. 여미는 고독과 미래에 대한 두려움에서 벗어날 궁리를 조금씩 하기 시작했다. 아무리 골몰해도 신통한 수가 떠오르지 않았다.

그래도 출가했던 여자로서 도리를 지킨다면 그건 일부종신[65]이다. 목숨이 다할 때까지 처깔한 인생을 살지 않으면 안 된다. 그것이 여자의 도리를 앞세우는 일이라면 가혹해도 어쩔 수 없는 일이다. 달리 생각하면 시어른들의 결정은 청상과부가 돼 버린 며느

---

64) 일부종사(一夫從事): 여자가 한 남편만을 섬김.
65) 일부종신(一夫終身): 여자가 한 남편만을 섬겨, 그 남편이 죽어도 개가하지 않고 일생을 마침.

리를 사려 깊게 배려한 것이다.

여미는 생각했다.

여자란 무엇인가.

여자의 일생은 어떤 것이어야 하나.

80

아찬 설공두(薛公頭)가 전채서로 벽공 설긍신을 찾아왔다. 설공두는 여미 옹주의 시아버지였고 벽공과는 계촌간이다. 관등이 여섯 번째 등급인 6두품으로 5두품인 벽공보다는 등급이 높고 나이도 두 살 위다.

"아찬 대감께서 옹주를 그리 보내시고 상심이 크시다는 얘기를 들었습니다만, 무슨 말로 위로를 해야 좋을지 모르겠습니다."

"생각할수록 옹주가 불쌍해서, 마음이 늘 편치 않아요. 내 딴에는 옹주가 안타까워서 매정하게 내보내기는 했으나, 꼭 잘한 것 같지도 않으니…"

"그리 자책할 필요는 없습니다. 그게 다 옹주를 위해서 내린 결정이 아닙니까. 옹주께서도 대감의 심중을 헤아리실 것이고."

"옹주가 방년의 나이밖에 안 되었어요. 그런데 청상(靑孀)이 돼 있으니, 시아비인 내가 죄인 같아요. 더구나 옹주가 누굽니까. 성덕대왕의 핏줄이 아닙니까."

"대감께서 박대하여 쫓아낸 것이 아니잖습니까. 오히려 옹주의 앞날이 걱정되어 깊이 배려하신 겁니다. 더구나 전답까지 물려주셨어요. 그러한 결단만 해도 칭송 받으실 일이지요."

"글쎄올시다. 옹주가 이 시아비를 야속하게 생각하지 않을는지…"

"그럴 리가 있습니까. 오히려 대감의 해량을 고마워하실지 모르지요."

"그렇다고 이대로 나 몰라라 할 수도 없고…그러기에는 옹주가 너무 가여워서 그래요. 옹주의 앞날이 막막한데, 벽공한테 좋은 방도가 없겠소?"

"허허 참…나한테 무슨 방도가 있겠습니까. 더구나 옹주의 신분이 아닙니까. 서둘러 결정할 일이 아닌 것 같습니다."

"내가 요 며칠 동안 생각해 본 것인데, 옹주를 전채서에 머물게 할 수는 없겠소?"

"옹주를 말입니까? 대감께서도 아시다시피, 전채서는 남자들만 들어올 수 있는 곳입니다. 그뿐만 아니라, 전채서 교생들은 모두 회화에 뜻이 있는 자들이구요."

"내가 그걸 왜 모르겠소. 언젠가 내자[66]한테 들으니, 옹주가 그

---

66) 내자(內子): 남 앞에서 자기 아내를 일컫는 말. 실인(室人).

림에 소질이 있는 것 같다고 하더이다. 그리고 웃자고 하는 얘기로, 옹주에게 남장을 시키는 방법도 아주 나쁜 건 아닐 것 같구요."

"대감께서 어찌 그런 생각을 하셨습니까? 기가 막힐 일입니다."

벽공은 설공두 제안이 너무 기상천외해서, 그가 갑자기 낯선 사람으로 보였다. 남자들만 있는 곳에 여자한테 남장을 시켜 들이게 한다는 생각은 아무나 할 수 있는 게 아니다. 더구나 한때 며느리였던 옹주 신분을.

설공두가 갑자기 남장 운운한 것은 그만한 까닭이 있었다. 어느 날 그가 저잣거리 근처를 지나고 있는데 저만치서 걸어가고 있는 아름다운 용모를 가진 젊은 사내를 목격하게 되었다.

그리고 그가 어떤 젊은이와 얘기하는 것도 봤다. 설공두는 그 예쁜 사내가 하도 신기해서, 오래 눈여겨보는 동안 뜻밖에 옹주라는 사실을 알았다. 그는 너무 놀라서 재빨리 몸을 숨겼고, 옹주가 갑자기 애처롭게 보여 자신도 모르게 눈물이 고였다.

81

벽공은 설공두가 너무 진지한 표정으로 얘기하는 바람에 차마 웃을 수가 없었다. 며느리가 오죽 가여웠으면 그런 묘안을 냈을까 싶어, 설공두가 측은해 한숨이 절로 나왔다.

그가 처음에는 그저 웃자고 한 소리처럼 말했으나, 속마음은 그렇지 않았던 것이다. 시아비 입장에서는 며느리 일에 모르는 척할 수도 있다. 그런 일은 아내가 알아서 할 일이었다. 그러나 옹주의 불우한 성장 과정을 잘 아는 그로서는 차마 매정할 수가 없었던 것이다.

"옹주께서 그림에 소질이 있다고 하셨지요?"

"내자한테 그렇게 들었어요. 옹주가 장난삼아 붓질하는 걸 우연히 목격했던 모양입니다."

"옹주께서 그러실 수 있겠습니다."

"무슨 뜻이오?"

"옹주께서 열 살 정도 되셨을 때, 제가 마침 전채서에서 화공으로 있었지요. 어느 날 별궁에서 연락이 왔습니다. 그때 궁녀였던 옹주의 생모를 만났는데, 저보고 옹주에게 회화의 기초를 가르쳐달라고 하더군요. 그래서 한 일 년간 지도한 적이 있었습니다."

"그런 일이 있었소? 나로서는 처음 듣는 이야깁니다."

"그러실 겁니다. 내밀하게 이뤄진 일이니까요."

"옹주가 그림에 소질이 있어 뵌다던 내자의 말이 틀린 얘기가 아니군요."

"아차 대감. 이렇게 하는 것이 어떻겠습니까? 삼랑사라는 절에 아명이라는 스님이 계십니다. 불화에 일가를 이룬 분이지요. 대감께서 그 스님을 한 번 만나보심이 어떻겠습니까?"

"제가 만나다니요? 정작 만나야 할 사람은 옹주가 아닙니까."

"다리를 놓으시라는 말씀입니다."

"다리를 놓을 사람은 바로 채전감이 아닙니까. 마침 그 스님을 잘 아신다니 말씀입니다."

"그다지 어려운 일은 아닙니다만, 옹주 마음이 어떠하실지 모르는데…"

"지금 당장 결정할 일은 아니지만, 어쨌든 벽공께서 잊지는 마시구려."

설공두는 홀연히 나타나서 벽공한테 무거운 짐만 지워놓고 훌쩍 가버렸다. 옹주의 앞날을 걱정하는 그의 마음을 모르는 건 아니지만 시아비가 흔히 할 수 있는 일은 아니었다. 벽공이 설공두의 부탁을 받아들인 것은 그의 인간적인 마음 씀씀이에 감동을 받았던 것이다.

그로부터 며칠 후 벽공이 솔거를 대동하고 삼랑사로 떠났다. 벽공도 갑작스럽게 결정한 일이라 솔거는 영문도 모른 채 따라나섰다. 솔거는 벽공이 자신을 전채서로 불러들인 경위를 아명한테 설명하러 가는 줄로만 알고 있었다. 그가 벽공의 부름을 받아 전채서로 가면서도 삼랑사를 거치지 않았기 때문이다.

그러나 꼭 그런 것만은 아니었다. 벽공이 아명을 만나러 가는 이유를 솔거한테 넌지시 흘렸다. 그 순간 솔거는 몸이 얼어버린 것처럼 굳어 그 자리에 우뚝 서고 말았다. 그의 입에서 느닷없이 '옹주'가 튀어나왔기 때문이다.

솔거의 경직된 모습에 벽공도 걸음을 멈추더니 왜 놀라느냐고 물었다. 솔거는 갑자기 대답이 궁색하여 입만 달싹거렸다. 그러나 벽공은 모르는 척할 생각이 없는 것 같았다.

"혹시, 옹주에 대해서 무슨 얘기를 들은 바가 있느냐?"

"실은…"

"말해 보거라."

솔거는 잠시 뜸을 들이더니 옹주를 알게 된 경위를 털어놓았다. 벽공 집에서 나와 자양사에 머무는 동안 예불을 드리는 옹주를 처음 보았다는 얘기로 말문을 열었다.

그 후 옹주가 자양사에 시주하러 왔을 때 다시 보았고, 몇 달 전에 저잣거리에서 또 만났다는 얘기로 이어졌다. 그뿐만 아니라, 옹주가 남장을 했더라는 것까지도 사족으로 붙였다. 그러자 벽공이 또 걸음을 멈췄다.

"옹주가 남장한 모습을 네가 봤다는 말이냐?"

"저도 놀라서, 제 눈을 의심했습니다."

"그런 일이 있었군 그래…"

벽공이 한참 동안 고개를 갸웃거렸다. 며칠 전 설공두가 전채서에 와서 한 얘기 중에 '옹주의 남장…' 운운했던 말이 떠올랐던

것이다. 옹주를 남자로 변장시킨다는 발상이 하늘에서 뚝 떨어진
게 아니었다.

82
—

솔거는 죄인의 마음으로 아명 스님 앞에 무릎을 꿇었다. 아명
은 말없이 바라보기만 했다. 솔거가 그간의 일들을 낱낱이 털어놓
으려고 입을 달싹거리자 갑자기 벽공이 나섰다.

"지난 일에 대해서는 내가 스님께 말씀드릴 터이니, 너는 잠시
밖에 나가 있거라. 스님, 그래도 괜찮겠지요?"

"벽공의 뜻이 그러시다면야…"

그러자 벽공이 솔거한테 턱을 흔들었다. 어서 일어나라는 뜻이
었다. 솔거가 아명의 눈치를 살피며 마지못해 일어났다. 잔등에서
진땀이 흘러내렸다.

솔거는 잠시 삼랑사 경내를 돌아봤다. 그에게는 절과 주변 경
관들이 실로 오랜만이었다. 그새 오 년이라는 세월이 흘러버렸다.
금당과 석탑과 당간지주는 옛날 그대로였다. 오랜 세월 동안 비바
람을 잘 견딘 셈이었다.

그리고 요사채도 그 자리에 있었다. 갑자기 옛날 일들이 생생

하게 재생되었다. 특히 한밤중에 있었던 불상사가 제일 먼저 떠올라 웃음이 나오기도 했다. 젊은 승려들이 야밤에 나가 술을 마시고 싸움을 벌였던 일이었다. 그 일로 속명이 지차라고 하는 승려가 승적을 박탈당했다.

생생한 기억들이 그것뿐만이 아니었다. 아명 스님이 불화와 안료를 처음으로 보여 줬다. 그때의 감동이 지금도 가슴에서 흐르는 것 같았다.

그리고 삼랑사에서 아명의 소개로 벽공을 만났고, 그 인연이 지금껏 이어지고 있다. 그러나 벽공 집에서 겪었던 둘째 아들 흔과의 갈등은 너무 끔찍해서 다시 생각하고 싶지 않았다.

솔거는 지난 일들을 회상하자 갑자기 눈물이 고였다. 회한의 눈물이라기보다는 덧없이 흘러간 세월의 무상함이었다. 그래도 지나온 날들을 돌아보면 자신이 많이 성장했다는 생각이 들었다. 그것이 다 무진 스님을 만난 인연 때문이 아닌가 싶었다. 특히 현재 전채서에 소속돼 있는 사실 하나만으로도 그에게는 엄청난 변화이고 발전이다.

벽공이 아명을 찾아온 까닭을 털어놓으면서 옹주 애기를 전하자 일언지하에 거절했다. 벽공으로서는 뜻밖이었다. 아명이 그토록 냉정한 사람인 줄을 미처 깨닫지 못했을 정도였다. 민망한 사람은 당연히 벽공이었다.

"벽공도 생각해 보시오. 여기는 사숙[67]이 아니라, 사찰입니다. 더구나 비구들만 모여 수행하는 곳입니다."

"옹주께서 승당이나 요사를 차지하는 게 아니잖습니까. 낮에만 와서 스님께 불화를 배울 수 있도록 허락하시라는 뜻입니다."

"그것도 아니 됩니다. 부처님 앞에 예불만 올리고 간다면 몰라도, 장시간 머물게 할 수는 없습니다. 아리따운 방년의 처자가 화장 냄새를 날린다고 생각해 보십시오. 수행 중인 젊은 승려들의 콧구멍을 뒤집어 놓을 것입니다. 그러한 승려들의 마음은 또 어찌 되구요."

"수도하는 승려가 그토록 심약해서야 원…"

"중도 사람입니다. 오죽하면, 석가도 여자 앞에서는 외면했다지 않습니까."

"아이고 스님, 알았어요. 알았다구요."

"벽공께서 갑자기 머리가 둔해지셨습니까? 그걸 왜 진작 깨닫지 못하셨는지 모르겠어요."

"아 글쎄 알았다니까요. 나 원 이토록 민망할 수가 있나."

벽공이 아명을 향해 눈을 흘기자 그가 비로소 빙긋이 웃었다. 조금만 생각해 보면 아명의 힐난이 조금도 틀리지 않았다. 아찬 설공두의 입장에 섰던 벽공이 잘못한 것이다. 결국 옹주의 처지만 불쌍하게 여겼던 설공두나, 그걸 받아들인 벽공의 얕은 마음이 속

---

67) 사숙(私塾): 사설의 서당. 글방.

되었던 것이다.

83

—

저잣거리로 나선 여미가 대뜸 문방점부터 찾았다. 지난번처럼 남장에 삿갓을 깊숙이 눌러 썼다. 겉으로 보기에는 영락없는 사내였다.

그녀는 매장을 한 바퀴 둘러보더니 붓과 화선지와 먹을 골랐다. 화선지 한 연[68]에 붓은 용도별로 열 자루나 샀다.

오늘은 매장에 손님이 유독 많았다. 늙은이도 있고 젊은이도 있었다. 특히 젊은이들이 떼 지어 나타난 것을 보면 장보[69]들이거나 전채서에서 수학 중인 교생들일 것 같기도 했다.

그들이 이리저리 몰려다니는 통에 꽤 소란스러웠다. 저마다 목소리 낮출 생각을 안 해 그들이 하는 얘기가 여미 귀에 다 들릴 정도였다. 얘기 중에 몇 마디가 여미의 귀를 거슬리게 했다.

"이봐, 솔거. 저 친구를 유심히 살펴보게."

"누구를 말하는 건지요?"

---

68) 연(連): 전지(全紙) 500장 한 묶음.
69) 장보(章甫): 유생(儒生). 유학생(儒學生).

"저기 모퉁이에서 붓을 고르고 있는 남자 말야. 삿갓을 썼잖나."

"저 사람이 뭘 어쨌길래요?"

"복장만으로는 남잔데, 얼굴이 꼭 여자 같단 말야. 안 그런가?"

"글쎄요…저는 느끼지 못하겠는데요."

"둔하기는…"

그 순간 여미는 심장이 빠르게 뛰면서 몸이 바짝 오그라들었다. 특히 그들의 입에서 '솔거…'가 튀어나오는 바람에 그만 자지러질 것 같았다. 그들 틈에 솔거가 있었던 것이다.

그런데 이상한 것은 솔거가 남장한 자신을 금방 알아보지 못했다. 여미 판단에는 절대 그럴 리가 없다. 지난번 이 근처에서 마주쳤을 때도 지금과 똑같은 옷을 입었고 삿갓도 같은 것을 썼었다. 그런데도 그는 여미를 여자로 느끼지 못한다고 했다.

여미 추측으로는 사실이 아닐 것 같았다. 솔거가 짐짓 모르는 체하는 것이다. 그건 사람을 의도적으로 피할 생각일 수도 있지만, 한편으로는 이쪽의 처지를 배려한 것이 아닐까 싶었다.

어쨌든 여미가 남자들의 시선을 받고 있는 처지라 더 머뭇거릴 수가 없었다. 더 지체했다가는 그들 중에 짓궂은 자가 다가와 삿갓을 벗겨버릴 것만 같았다. 갑자기 불안했다.

여미는 재빨리 문방점에서 빠져나왔다. 그러고는 뒤도 안 돌아보고 내달렸다. 잔등에서 땀이 줄줄 흘러내렸다. 하마터면 짓궂은 남자들한테 봉변당할 뻔했다. 정말 그랬다면 그걸 지켜보는 솔거의 마음이 어땠을까?

솔거 그 분의 속이 아주 깊으셨던 거야.

여미는 서둘러 집으로 돌아왔다. 괜히 거리에서 어정댔다가는 또 무슨 봉변을 당할지 예측할 수가 없었다. 비록 옹주 신분이기는 해도 남자들한테는 오로지 여자일 뿐이다. 옹주라고 해서 특별히 보호하거나 비호할 뜻이 없는 사람들이다. 남자들이 으레 그렇다.

여미는 오후 내내 일이 손에 잡히지 않았다. 붓도 새로 샀고 화선지도 많이 샀다. 새로운 마음으로 붓을 놀려볼 생각이었지만 그것들에 눈길도 주지 않았다. 머리와 가슴을 꽉 채우고 있는 것은 오로지 솔거뿐이었다.

그녀가 솔거에 대해서 아는 바가 거의 없다. 자양사에 있으면서 불화 그리기를 연습했다는 것과 지금은 전채서에 머물고 있다는 것 외에는 아는 게 없었다. 어디서 태어나 어떻게 성장했고, 특히 무엇에 뜻을 둔 사람인지 궁금했으나 알아낼 길이 없는 것이다.

여미가 지난번 거리에서 솔거를 만났을 때 꼭 화승이 되었으면 좋겠다고 말한 적이 있었다. 그에게서 돌아온 대답은 미처 듣지 못했다.

84

솔거가 전채서에 들어온 지 삼 년이 되었다. 그 동안 솔거한테 많은 변화가 있었다. 그 중에 하나가 교생 딱지를 떼고 화공[70]이 된 것이다.

그가 화공이기는 하지만 말단에 속해 중요한 일은 맡기지 않았다. 어진 제작에 참여하는 일은 언감생심 꿈도 못꾼다. 그 근처에 얼씬도 할 수가 없다. 궁궐에 건물을 신축하거나, 증축 혹은 개축할 때 새롭게 단장하는 일 따위에 조수 역할이나 할 뿐이었다.

어느 날 벽공 설긍신이 솔거를 감관방으로 불러들였다. 두 사람이 마주한 것도 오랜만이었다. 같이 전채서에 있다고는 해도 벽공은 직급이 채전감이므로 마주할 기회가 거의 없었다.

"요즘 지내기가 어떠한지 모르겠구나."

"나리의 배려가 깊으시어, 잘 지내고 있습니다."

"네가 화공이 된 지 얼마 안 됐으니, 전채서 일을 잘 익히도록 해라. 그래야 후에 중요한 소임을 맡을 수가 있는 것이야."

"명심하고 있습니다."

"그래야지. 헌데, 따로 습작을 하고 있느냐?"

"짬을 내어, 틈틈이 하고 있습니다."

"전채서에 화첩과 화보가 많이 비치돼 있으니, 그것들을 눈에

---

70) 화공(畵工): 전채서에서 그림을 그리던 하급 관리. 화원(畵員) 화사(畵師).

익히도록 해. 특히 화보는 중국에서 들여온 것들이야."

"휴무일에는 주로 화첩이나 화보를 보고 있습니다. 습작도 주로 화보에 있는 그림들을 모사합니다."

"전채서라는 곳이 원래 회화를 발전시키고자 만든 것이니, 습작에 게으름이 없도록 해. 그뿐만 아니라, 나라의 녹을 먹고 있음도 잊지 않아야 하고."

"명심하겠습니다."

"그건 그렇고…근자에 혹시 옹주를 본 적이 있느냐?"

"실은, 며칠 전 문방점에 갔다가 우연히 목격한 적이 있습니다. 오직 그뿐이었습니다."

"얘기도 나누지 않았다는 말이지?"

"그날 문방점에 눈들이 많아서 일부러 피했습니다만, 왜 그러시는지요?"

"잠시 궁금했을 뿐이니, 그만 나가보도록 해."

솔거는 그로부터 바로 물러나기는 했지만 왠지 마음 한구석에 돌덩이가 들앉아 있는 느낌이었다. 벽공이 거론한 인물이 다른 사람도 아니고 옹주였기 때문이다. 게다가 그녀에 대한 소식을 하필 자기에게 묻는지 그 의도가 궁금했다. 솔직히 부담스럽기도 하고.

방금 벽공한테 털어놓은 것처럼 그날 옹주를 발견하는 순간 숨이 탁 멎었었다. 만약 그때 솔거 혼자였더라면 사정이 조금 달라졌을 것 같았다. 하다못해 목례라도 건넸을지 모른다.

그러나 마침 교생 시절의 동기들의 눈이 있어 차마 못할 짓이었다. 그래도 다행인 것이 지난번 저잣거리에서 옹주와 얘기하던 장면을 목격했다던 그 자가 마침 그 자리에 없었다. 그날 문방점에 그 자까지 있었다면 사정이 복잡했을 것 같았다.

아무튼 벽공마저 옹주에 대해서 물었다는 사실이 의문으로 남았다. 솔거는 벽공이 혹시 특별한 생각을 가진 것이 아닐까 싶기도 했다. 그러나 그 '특별한 생각'에 대해서만큼은 추측할 뜻이 없었다.

85

솔거가 휴무일을 맞아 모처럼 궁궐을 벗어났다. 오늘은 그 유명하다는 황룡사(皇龍寺)에 가볼 생각이었다. 황룡사가 서라벌에서 규모가 제일 큰 절이기도 하지만 전해지는 얘기가 많아 늘 궁금했었다.

아직도 서라벌 지리에 익숙치 않아 같은 신입 화공들 중에 박헌파(朴伣巴)에게 부탁해 함께 나섰다. 그는 서라벌 태생으로 황룡사에 여러 번 갔었다고 했다.

소문대로 황룡사의 규모는 장대했다. 남문을 통해 안으로 들어가자 오른쪽에 종루(鐘樓)가 있고, 왼쪽에 경루[71]가 서 있었다. 그리고 그 사이에 9층탑이 거오한 모습으로 앞을 가로막았다.

거기서 조금 더 나아가자 금당이 중앙에 자리잡고 있었다. 그 옆 오른쪽에 동금당(東金堂)이, 왼쪽에 서금당(西金堂)이 마치 금당을 호위하듯이 버티고 있어, 황룡사가 1탑 3금당의 구조로 만들어졌음을 보여 줬다.

황룡사를 둘러싸고 있는 담장 규모도 꽤 컸다. 동서로 960자, 남북으로 936자의 장방형으로 에워쌌다.

솔거는 먼저 금당 내부부터 살폈다. 천정이 까마득하게 높이 솟아 허리를 뒤로 젖히지 않으면 자세히 볼 수가 없었다. 온갖 채색으로 단장하여 화려하기가 이를 데 없었다.

금당 중앙에 삼존불[72]이 안치돼 있었다. 그 중에 장륙존상[73]은 솔거의 상상을 초월할 만큼 높아, 벌어진 입을 한동안 다물지 못했다.

이 장륙존상은 서천축국(西天竺國)의 아육왕(阿育王)이 황철 5만7천 근과 황금 3만 푼을 모아 석가 삼존상을 주조하려다가 실패했다. 그러자 아육왕이 「인연이 있는 나라에 가서 장륙존상이 이룩되기를 축원한다」는 글과 함께 배에 실어 바다에 띄웠다. 이 배가 신라 남해에 닿았다. 이것을 주조하여 진흥왕 35년(서기 574)에 장륙존상

---

71) 경루(更漏): 밤 동안의 시간을 알리는 물시계.
72) 삼존불(三尊佛): 부처인 본존과 그 좌우에 모시는 부처나 보살.
73) 장륙존상(丈六尊像): 석가의 키가 일장육척(一丈六尺)이었다는 전설에서 유래된 불상. 약4m85cm.

이 완성되었다는 설이 전해지고 있었다.

실제 이 불상은 무게가 3만5천여 근이다. 여기에는 황금 1만198푼이 들었고, 두 보살은 철 1만2천여 근과 황금 1만136푼을 들여 황룡사에 안치되었다고 한다.

9층탑은 높이가 무려 225자가 될 만큼 웅대했다. 이토록 높은 탑이 목조로 만들어진 건축 기술이 솔거를 더욱 놀라게 했다. 마침 박헌파 화공이 9층탑에 얽힌 전설을 들려줬다.

선덕왕 때에 자장법사(慈藏法師)가 당나라에 가서 구법(求法)하던 중에, 마침 태화(太和)라고 하는 연못을 지나게 되었다. 이때 신선이 나타나 이르기를 "너희 나라에 돌아가서 9층탑을 이룩하면 이웃 아홉 나라[74]가 항복하여 조공을 바치고 왕업(王業)이 오래 태평할 것이며 탑을 세운 후에 팔관회[75]를 베풀고 죄인들을 사면하면 외적이 해하지 못할 것이다." 하는 말을 남기고 사라졌다는 것이다.

자장법사는 귀국하는 즉시 선덕왕에게 황룡사에 탑을 세울 것을 건의했고, 이에 왕이 백제의 명장(名匠) 아비지(阿非知)를 초청했고, 신라의 김용춘[76]이 아비지의 설계도를 바탕으로 이백 명의 인부를 거느리고 완성했다는 것이다.

---

74) 아홉 나라: 일본 · 중국 · 오월 · 탁라 · 응유 · 말갈 · 거란 · 여진 · 예맥 등.
75) 팔관회(八關會): 매년 정월 보름날에 등을 달고 불을 밝히는 명절. 연등회(燃燈會).
76) 김용춘(金龍春): 신라 제29대왕 태종무열왕(太宗武烈王)의 아버지. 건축가.

86

솔거가 중앙의 금당 건물을 한 번 더 돌아봤다. 그러던 중에 그의 걸음을 멈추게 한 것이 있었다. 금당 외벽이었다. 눈어림으로 가로가 70여 자 세로가 60여 자 정도의 장방형 회벽이었다.

그 중간에 기둥 하나가 들어가 외벽을 양분해 놓았다. 그 중 오른쪽에 붓질했던 자취가 남아 있는 것이다. 무엇인가 그리려다가 실패하여 회칠로 덮은 것 같은 흔적이 분명했다.

"박헌파 화공, 저 흔적이 무엇인 것 같아?"

"글쎄…? 내 추측으로는 누군가 그림을 그렸던 것 같은데…"

"나도 방금 그리 생각했거든."

"어떤 화승의 그림이었을 것 같은데, 마땅치 않아서 지운 게 분명해."

"그림을 그렸다면, 황룡사가 완성된 후일 것 같은데…"

"그런데 이해할 수 없는 게 있어. 외벽 중에 남쪽에는 마침 문이 있어 벽에 공간이 없거든. 결국 공간은 나머지 세 벽뿐이지. 그러나 북쪽은 햇빛을 등지고 있어서 어두운 곳이라 그림을 그리기에는 좋지 않아. 그러면 나머지 동벽과 서벽만 남는데, 서벽은 동벽에 비해서 어둡기 마련이지. 신라 사람들은 예부터 해가 뜨는 동쪽을 중하게 여겨. 그래서 죽은 후에도 동쪽에 머리를 두어 매장하는 관습이 있거든. 그걸 동침장(東枕葬)이라고 하지."

"그런데 무엇을 이해할 수 없다는 거지?"

"흔적이 남아 있는 이 벽은 서쪽이 아닌가. 그래서 여기에다 누군가 그림을 그렸다가, 뒤늦게 깨닫고 지워버린 게 아닐까 싶어."

"그렇다면 동쪽 외벽에다 누구든 그림을 그릴 수 있지 않을까?"

"화승이라면 그럴 수도 있겠지. 솔거 화공한테 뜻이 있는 건가?"

"나 같은 것이 감히 어떻게…더구나 나는 화승도 아니고."

솔거는 금당의 그 외벽이 좀처럼 머리에서 지워지지 않았다. 황룡사가 선덕왕 14년(서기 645)에 완공되었으니 거의 백여 년 전의 일이다.

동벽이든 서벽이든 대체 무슨 그림을 그렸는지에 대해서 생각했다. 사찰이라 불상(佛相)을 그리려고 했을까? 그가 화승이었다면 당연히 그랬을 것이다. 화승이 아니라면 불상을 그리지 않을 수도 있다.

그렇다면 무엇을 그렸던 것일까. 솔거는 그것을 추리하느라고 많은 시간을 흘려보냈다. 일이 손에 잡히지를 않아 아무것도 할 수가 없었다.

이때 박헌파가 슬그머니 다가와 옆자리에 앉았다. 그가 보기에도 솔거가 넋을 놓고 있는 것처럼 보였던 모양이다.

"이봐 솔거, 무슨 생각을 그리 해?"

"실은, 어제 봤던 황룡사의 금당 외벽을 생각하고 있었어. 무엇을 그렸다가 지워버렸는지, 그게 궁금했거든. 화승이었다면, 불상을 그렸을 것 같은데…단순히 동벽이 아니라는 것 때문에 지워버렸을까? 꼭 그런 것 같지는 않아. 자기가 그린 것이 마음에 들지 않아서 지웠을 수도 있겠어."

"부처를 그렸다면, 마음에 들지 않았을 수도 있겠지."

"어차피, 얼굴 모습이 같을 수는 없잖아. 석가를 본 사람이 없으니까."

"아니면, 채색이 마음에 들지 않았는지도 모르지. 더구나 회벽에다 그린 것이라, 안료가 잘 먹히지 않을 수 있지 않겠어? 종이와는 다를 테니까."

"그렇다면 불상이 아니라, 다른 것을 그려도 마찬가지겠군."

"솔거가 연구해 보는 것도 괜찮지."

"내가?"

"못할 것도 없잖아? 꼭 화승이 그려야 한다는 단서만 없다면 말야."

"글쎄…?"

박헌파 얘기가 꼭 틀렸다고는 할 수 없을 것 같았다. 화승이 아니어도 좋다면 솔거가 예외일 필요도 없을 것이다. 사찰에 남기는 그림이 반드시 화승의 것이어야 한다는 조건은 없으니까.

솔거는 갑자기 욕심이 발동하여 황룡사의 빈 회벽이 마치 자신의 것으로 허락 받은 것처럼 마음이 조급해졌다. 떡 줄 사람은 생각도 안 하는데 김칫국부터 마시는 격이라고 생각하면서도 그 회벽이 머리에서 떠나지를 않았다.

87

이미 남장으로 옷을 바꿔 입은 여미가 나갈 준비를 서두르고 있을 때 어머니가 방문을 활짝 열고 들어섰다. 마치 급습하듯이 갑자기 나타난 그녀의 얼굴에 노기가 흐르고 있었다.

여미가 긴장하여 동작을 멈췄다. 그녀가 대뜸 행선지부터 물었다. 여미가 머뭇거리며 입만 달싹댔다. 그러자 행선지를 다시 물으며 종주먹을 댔다.

"저잣거리에 나가 살 것이 좀 있어요."

"사야 할 물건이 무엇이냐?"

"화선지와 안료가 필요해요."

"헌데, 꼭 그런 꼴로 나서야 되겠느냐?"

"사람들의 시선을 받지 않으려면, 이 길밖에 없다고 말씀드렸잖아요."

"여자답지 못해서 하는 소리가 아니냐. 더구나 네가 옹주 신분이라는 걸 잊었어?"

"그걸 알기 때문에, 이런 차림을 하는 거예요. 제가 옹주라는 사실이 알려지면, 사람들의 이목을 어찌 견딘단 말입니까."

"그래서 바깥출입을 삼가라고 하지 않더냐."

"저는 가금류가 아니잖아요. 어찌 집에만 붙어 있으라고 하세요?"

"어허, 네 신분을 안다는 사람이 어찌 그런 말로 대꾸를 하느냐. 너한테 상왕 전하의 피가 흐르고 있음을 잊었단 말이냐?"

"알고 있어요. 그러나 이제는 옹주 신분에서 벗어나고 싶어요. 제 팔자가 기구해서, 열다섯 어린 나이에 청상이 된 몸이에요. 이러한 계집한테 무슨 영화가 기다린다고 옹주 노릇을 한다는 말입니까. 어머니는 이 딸자식이 가련하지도 않으세요?"

"점점 한다는 소리가…"

여미 어머니가 실신하듯이 그 자리에 풀썩 주저앉고 말았다. 여미도 결국 울음을 터뜨렸다. 자신의 인생이 새삼 서러워 울음이 자꾸 북받쳤다. 감히 어머니의 뜻을 거역한다는 건 있을 수 없는 일이다. 그러나 자신도 모르게 격해진 감정을 마냥 누를 수가 없었다.

여미가 울음을 그치고 어머니를 향해 턱을 들었다. 할 말이 남은 듯한 표정이었다. 낯빛도 하얗게 바뀌었다.

"차라리 사내로 태어났더라면, 이보다는 훨씬 나았겠어요. 그랬으면 지금쯤 화랑(花郎)이 됐을지도 몰라요."

"어쩌면 네가 사내로 태어나지 않은 것이 천만다행일지도 모르지."

"천만다행이라니, 그게 무슨 말씀이세요?"

"생각해 보렴. 내가 너를 낳자마자 소덕왕후가 우리 모녀를 구석진 별채로 쫓아버리지 않았느냐. 그나마 네가 여식으로 태어나서 그런 것이야. 만약에 사내로 태어났더라면, 너는 아마 누구의 손에든 척살(刺殺)을 당했을지도 모르는 일이야. 그게 구중궁궐에서 비밀히 벌어지는 암투라는 것이다. 네가 사내로 태어나, 상왕 전하의 귀여움을 독차지했다면…어이구, 끔찍해서 상상하기도 싫구나."

여미 어머니가 어깨를 바르르 떨며 도리질을 했다. 여미가 입을 꾹 닫았다. 그녀가 생각해도 그랬을 것 같았다. 그게 궁중에서 가끔 벌어지는 일들 중에 하나였다.

"어쨌든, 당분간은 남장을 하도록 모르는 척하세요. 그래야 제 마음도 편하겠어요."

"당분간이란 언제까지를 말하는 것이냐? 며칠이냐, 몇 달이냐."

"남장이 싫어질 때까지예요."

"어쩌다가 너 같은 성질머리가 태어났는지 모르겠구나."

그러고는 바로 나가버렸다. 여미도 나가려던 마음을 잠시 접고 바닥에 주저앉았다. 어머니의 지적이 꼭 틀린 건 아니었다. 사실 화선지와 안료가 당장 필요하지도 않았다. 핑계일 뿐이었다. 그냥 바깥바람이 쐬고 싶었다.

그 바람에 실려 혹시 솔거가 나타날지도 모른다는 상상도 했었다. 먼발치에서나마 볼 수 있기를 은근히 기대했던 게 사실이었다. 만나서 무엇을 하겠다는 생각은 하지 않았다. 그저 얼굴이라도, 아니 뒷모습이라도 봤으면 싶었던 것이다. 그토록 솔거가 자주 눈에 밟혔다. 그러면 가슴이 뛰고 얼굴이 뜨겁게 달아올랐다.

그 남자가 왜 나를 못견디게 하는 걸까.

88

벽공이 갑자기 솔거를 찾았다. 그는 무슨 일인가 궁금하여 그 즉시 감관방으로 달려갔다. 벽공이 뜻밖의 소식을 전했다. 그의 셋째 아들 곤이 전채서로 온다는 것이다.

"셋째 서방님이 어인 일로 오시는지요?"

"별일은 아닌 것 같고, 너의 근황이 궁금하다고 하더구나."

"소인도 셋째 서방님을 못뵌 지 오래 됐습니다."

솔거가 전채서 앞에서 곤을 기다렸다. 돌이켜 생각해 보니 그를 마지막 본 것이 어느덧 5년 전이었다. 세월이 그토록 빠르게 흘러버렸다. 솔거가 벽공 집에서 나와 바로 자양사로 갔다. 그리고 무진 스님과 함께 탁발하러 많은 곳을 돌아다녔다.

그 후 꿈속에서 아명 스님을 만나 다시 자양사로 돌아왔다. 거기서 벽공이 보낸 김숙관 향도를 따라 전채서에 와서 교생이 되었고, 지금은 화공에까지 이르렀다. 그 세월이 5년이나 되었다.

잠시 후 얼굴에 웃음을 가득 실은 곤이 손을 흔들며 다가왔다. 솔거가 대뜸 곤 앞에 엎드렸다. 그러자 곤이 놀라서 황망히 솔거를 일으켜 세웠다.

"이제는 그런 인사가 가당치 않네. 솔거는 이제 당당한 화공이 아닌가."

"듣기에 민망합니다. 서방님과 저와는 신분이 다릅니다."

"앞으로 그 신분 얘기는 다시 하지 말게. 그리고 서로 말을 트기로 하세. 허교(許交)하자는 말이네."

"갑자기 어찌 그렇게 합니까. 저는 그리 못할 것입니다."

"이리 답답한 사람이 있나. 내가 그리 하자면 하는 것이지, 무슨 변이 그리도 많나. 이제부터는 친구일세. 알겠나?"

"서방님…"

"어허, 그 서방님 소리도 듣기 싫네. 그냥 곤이라고 부르게. 아니면 형님이라고 하든가. 내가 몇 달 먼저 태어났으니까. 이 자리에서 약속해야 하네."

"그리 허락하신다면, 무례하게도 형님으로…"

결국 곤의 제안으로 갑자기 호형호제하는 사이가 돼 버렸다. 너무 뜻밖의 일이라 솔거로서는 실감할 수가 없었다. 돌이켜 생각하면, 그는 전부터 도량이 넓은 사람이었다.

"자아 이제 그 얘기는 그만하고, 솔거의 근황부터 들어보세. 전채서 생활이 어떠한가?"

"그보다는, 서방님 아니 형님. 내당마님께서는 강녕하신지요?"

"잘 지내시네."

"첫째 서방님과 둘째 서방님, 그리고 휘 아가씨도 안녕하시구요?"

"둘째 형님만 빼고는 다들 안녕하다네. 솔거도 아다시피 둘째 형님은 원래 성격이 그러한 분이라, 지금도 변함이 없어. 아버님이나 어머님께서도 그 형님 때문에 고심하시지."

"조금 안타깝군요."

"타고난 성격이니 어쩌겠나. 성격은 그 사람의 고유한 품성 아닌가. 그래서 사람의 성격은 나무와 같다고 했지. 나무가 제 멋대로 가지를 뻗듯이 성격도 그렇게 형성되는 것 아니겠나. 그건 그렇고, 전채서 생활이 어떠하냐고 묻지 않았나. 더구나 화공이 되었어."

"화공이기는 해도 말단이라, 선배 화공들의 조수 노릇이나 하고 있지요."

"경력을 쌓으면, 더 큰 임무가 주어지겠지."

"저는 그렇다 치고, 형님의 근황은 어떠하신지요?"

"사실은 좋은 소식이 하나 있네. 비로소 내자가 아이를 가졌어."

"아이고, 형님. 참으로 경하할 일입니다. 이 솔거가 진심으로 형님께 축하의 말씀을 드립니다. 형님, 정말 잘 되었어요."

솔거가 눈물을 글썽거리며 그의 손을 덥석 잡았다. 그러자 이내 곤의 눈가가 발긋해졌다.

89

솔거와 곤이 전채서 문 앞에서 헤어졌다. 솔거는 그를 궁궐 밖까지 배웅하고 싶었지만 일과 중이라 그럴 수가 없었다. 두 사람이 잠시 손을 맞잡아 작별을 아쉬워했다.

솔거는 그와 얘기 몇 마디 나누고는 금세 헤어지는 게 섭섭했다. 더구나 못본 지 오래 됐다고 해서 전채서까지 찾아왔다는 것에 감동을 받았다. 물론 정이 많은 사람은 그럴 수도 있을 것이다.

곤이 솔거의 손을 놓더니 이내 등을 돌렸다. 솔거는 그가 정말 자기를 보기 위해서 온 것인지 확인하고 싶기는 했다. 그러나 차마 입이 떨어지지 않았다.

곤이 저만치 가다가 왠지 다시 돌아왔다. 그러고는 잠시 입을 달싹거렸다. 할 말이 있는 눈치였다. 그런데도 선뜻 말을 내놓지 않았다. 결국 솔거가 먼저 물었다.

"형님, 혹시 잊으신 거라도 있습니까?"

"꼭 그런 건 아니고…"

"혹시, 저한테 하실 말씀이 있는 거 아닙니까?"

"실은, 솔거한테 묻고 싶은 게 있기는 해."

"진작 말씀하시지 않구요. 저한테 묻고 싶으신 게 무엇입니까?"

"서두를 어디서부터 꺼내야 좋을지 모르겠네. 혹시 말야, 솔거가 알고 지내는 여인이 따로 있는가?"

그 순간 솔거는 가슴이 철렁 내려앉으며 대뜸 옹주 얼굴이 떠올랐다. 그렇다고 차마 사실을 털어놓을 수도 없었다. 곤이 말하는 '알고 지내는' 정도가 어느 선까진지 짐작할 수가 없기 때문이다. 서로 정을 주고 받는 사이로 오해하는 게 아닌지 의심이 들었다.

"무슨 말씀인지…?"

"사람들 눈에 띄지 않게 만나는 여인이 있는지 물은 것이네."

추측하건대 솔거가 옹주와 얘기하는 장면을 그가 목격했거나, 다른 사람한테 전해 듣고 하는 말이 아닌가 싶었다. 솔거로서는 정황상 그렇게 추리할 수밖에 없었다.

"형님이 누구한테 들은 얘기인지는 모르겠으나, 저한테 몰래 만나는 여인은 없습니다."

"그러면 마음에 숨겨둔 여인은 있고?"

"형님께 맹세하건대, 없습니다."

"솔거가 아니라면, 아닌 거지 뭐. 그럼, 이만 가보겠네."

그가 서둘러 등을 돌렸다. 그러자 이번에는 솔거가 안달이 나서 그를 불러세웠다. 마음이 찜찜해서 그냥 돌려보낼 수가 없었다.

"형님, 좀 자세하게 말씀해 주시지요. 답답해서 그럽니다."

"실은, 둘째 형님한테 들은 얘기라네. 솔거가 어떤 사내와 저잣거리에서 얘기하는 걸 우연히 보셨다는 거야. 그런데 그 사내를 관찰해 보니 분명히 여자였다는군."

곤이 전하는 얘기만으로도 상황이 꽤 구체적이었다. 사실과 한 치도 다르지 않았다. 솔거로서는 진퇴양난일 수밖에 없었다. 차라리 사실을 털어놓는 게 옳은 듯싶었다.

"둘째 서방님이 옳게 보신 겁니다. 실은 그 여인이 바로 옹주셨어요."

"그 여인이 옹주였다고?"

"선왕이신 성덕대왕의 궁녀 김 씨에게서 낳은 따님이십니다."

"그런데 솔거가 어떻게 옹주와 알게 되었지?"

솔거는 자양사에서 옹주를 처음 보게 된 상황과 그 이후 지금까지의 경위를 간략하게 설명했다. 곤이 그제서야 고개를 끄덕이며 의심을 지우는 것 같았다. 솔거는 세상에 눈이 참 많다는 걸 새삼 깨달았다.

90
—

여미는 문방점에서 산 화선지와 안료를 남장한 시녀한테 안기고 함께 전채서 쪽으로 방향을 잡았다. 그들은 행인들의 시선을 되도록 적게 받으려고 빨리 걸었다.

전채서 앞에서 여미는 시녀를 궁궐 근처에서 기다리게 하고는 혼자 초병 앞으로 다가갔다. 초병이 대뜸 앞을 가로막았다. 여미는 차마 옹주라고 밝힐 수가 없어, 설긍신 채전감을 만나러 왔다고 했다. 그러자 초병이 고개를 갸웃거리며 여미를 아래위로 훑어내렸다.

초병이 보기에도 여미가 남자치고는 너무 예쁜 얼굴이라 의심하는 눈치였다. 이때 마침 설공두가 사정부 휘하 몇몇과 궁궐에서 나오고 있었다. 그러자 초병이 그들의 길을 터주기 위해 황급히 여미를 옆으로 밀쳐냈다. 그 바람에 여미가 기우뚱거려 하마터면 넘어질 뻔했다.

이 장면을 설공두가 목격했다. 그는 사내가 변장한 옹주라는 걸 직감하고, 초병에게 그를 제지하는 이유를 물었다. 초병이 간략하게 설명하자 당장 들여보내라고 지시했다.

옹주가 채전감을 만나려는 뜻을 짐작했기 때문이다. 얼마 전에 그녀를 전채서에 들일 수 없겠냐고 벽공 설긍신의 의중을 타진했던 때가 떠올랐다. 옹주가 그 일로 채전감을 만나는 것으로 생각했다.

여미가 황망히 옷매무시를 고치고, 설공두를 향해 허리를 깊이 꺾었다. 설공두는 그녀를 외면한 채 바로 가버렸다.

여미는 곧장 전채서로 가서 채전감을 만났다. 그가 자신이 어린 시절에 그림을 가르쳤던 사람이라 모습이 기억에 뚜렷했다.

벽공이 옹주를 보자 처음에는 긴가민가했다. 그녀의 어린 시절의 얼굴만 기억에 남아 있기 때문에, 방년의 나이로 성장한 모습이 아주 낯설었다. 본인이 옹주임을 스스로 밝히지 않았더라면 알아보는 데 한참 걸렸을 것이다.

"옹주 마마께서 어인 행차신지요?"

"채전감께서는 한때 저의 스승이셨습니다. 그래서 찾아뵌 것입니다."

"혹시, 아찬 대감의 말씀을 들으시고 오신 게 아닌지요?"

"아닙니다만, 아찬 대감의 말씀이라는 게 무엇인지요?"

"그러시다면, 차차 아시게 될 것입니다. 그런데 어인 일로 오셨습니까?"

"제가 요즘 그림을 습작하고 있습니다. 혼자 하다 보니 어려운 점이 한두 가지가 아니어서, 옛 스승님의 가르침을 다시 받을 수 있는지를 여쭙고자 왔습니다."

벽공은 갑자기 난감해져 선뜻 대답할 수가 없었다. 그녀의 제의가 설공두가 제안했던 것처럼 전채서에 들어와 배우기를 원하는 것인지, 아니면 다른 뜻이 있는지를 가늠할 수가 없었던 것이다.

"혹시, 전채서에 들어오셔서 배우시겠다는 말씀인지요?"

"제가 어찌 그런 생각을 했겠습니까. 여기는 남정네들만 있을 수 있는 곳이 아닙니까. 제 말씀은 옛날처럼 스승님께 사사 받을 수 있는 길이 있을까 하여 찾아온 것입니다."

"그런데 옹주 마마. 저는 공인의 처지가 되어, 사사로운 일에 매일 수가 없습니다."

"그렇기는 하시겠지만, 저희 거처에 오셔서 가르침을 주시면 어떠하실는지요?"

"글쎄요…너무 갑작스런 말씀이라, 지금은 대답을 드릴 수가 없습니다. 제 처지가 그렇습니다."

"어쨌든, 저의 청을 잊지는 말아주십시오. 그럼 저는…"

여미는 더 보태는 말없이 이내 자리를 떴다. 벽공은 그녀의 뒷모습을 바라보며 한숨을 내쉬었다. 옹녀가 안타깝기도 하고, 무거운 짐을 떠안은 것이 오랫동안 가슴을 압박했다.

91

벽공은 거의 뜬 눈으로 밤을 새웠다. 낮에 옹주가 던져놓고 간 당부가 눈꺼풀을 자꾸 열어놓는 탓이었다. 어린 시절에 맺은 인연을 다시 잇고 싶어 하는 그녀의 소망을 선뜻 들어줄 수 없는 처지가 안타까웠다.

그러나 나라의 녹을 먹는 공인의 입장에서 사사로운 정에 매일 수는 없었다. 그녀는 예전처럼 사사를 받고자 자기 집에 와서 가르쳐 달라고 했다. 일과를 끝내고 잠깐 짬을 내는 일이다.

그것도 말처럼 쉬운 일은 아니다. 퇴청한 후이기는 하지만 그가 옹주 집에 자주 드나드는 것을 누군가 목격한다면 뒷말이 나기 마련이다. 부정한 짓은 아니기 때문에 경계할 필요는 없지만 실은 그렇지 않다. 사실이 아닌 소문이 바람을 타고 결국 원형이 변질되기 마련이다. 벽공으로서는 그 후유증을 감당할 자신이 없는 것이다.

이튿날 저녁 벽공이 아찬 설공두 집을 찾아갔다. 그가 갑자기 찾아온 이유를 설명하는데도, 왠지 설공두가 그다지 놀라지 않았다. 이미 짐작하고 있다는 표정이었다.

"아찬 대감께서는 그러한 옹주를 어떻게 생각하시는지요?"

"옹주가 직접 찾아가다니, 뜻밖이군요."

"옹주의 뜻을 아주 무시할 수도 없고…그러나 제 처지로는 선뜻 들어드릴 수가 없으니, 그저 답답할 뿐입니다."

"그야 그렇지요. 장소가 전채서라면 몰라도, 사가에 가셔야 하는 일이라…"

"제 걱정이 바로 그것입니다. 대감 같으면 어떡하시겠습니까?"

"나 역시 벽공 생각과 다를 바가 없겠지요. 대안이 없겠소?"

"대안이라면, 저 대신에 다른 화공을 보내는 것뿐이지요."

"그것도 한 방법이기는 한데, 옹주가 받아들일지 모를 일 아닙니까."

사실 벽공은 어제부터 솔거를 마음에 두고 있었다. 솔거와 옹주가 서로 인사를 튼 사이라, 그다지 서먹하지는 않을 것 같았다.

신분을 따지자면 하늘과 땅 사이지만, 배우는 일에 신분이 문제될 것은 없을 것 같았다. 그래서 설공두한테 솔거를 간략하게 설명하면서 그의 마음을 떠보았다.

"출신이 워낙 한미하여, 족계(族系)가 분명치 않은 게 흠이기는 합니다. 그러나 학문이든 그림이든, 배우는 일에 그게 무슨 상관이겠습니까."

"그렇기는 합니다만, 옹주가 어떻게 받아들일지 모르지 않습니까."

"그 방법 말고는 뾰족한 수가 없어서 드리는 말씀입니다. 그러니 일단은 옹주의 뜻을 타진하는 게 좋을 듯 싶습니다. 대감 생각은 어떠십니까?"

"지금으로서는 그 수밖에 없겠군요. 더구나 그 솔거라는 화공이 벽공이 믿을 만한 자라니까."

벽공은 어중된 결론을 얻어내고 설공두 집에서 나왔다. 그래도 마음이 썩 편치 않았다. 솔거를 천거하기는 했지만, 과연 옹주한테 합당한 인물인지에 대해서는 자신이 없었다.

사실은 솔거의 화력(畵歷)이 마음에 걸렸다. 아직도 배우는 처지여서 화격(畵格)을 내세울 수가 없었다. 그럼에도 그를 천거한 것은 회화에 대한 열정과 포부가 특별하기 때문이다. 더구나 이미 회화의 기초를 충분히 닦은 화공이다.

벽공은 집으로 가는 동안 내내 마음이 무거웠다. 마치 맷돌을 안고 가는 기분이었다. 우선 옹주의 마음부터 떠봐야 하고, 솔거의 뜻도 알아봐야 한다. 그것 또한 간단치가 않은 일이다.

92

솔거는 그림을 그리다 말고 한동안 멍하니 앉아 있었다. 좀처럼 붓길이 나아가질 않았다. 전채서에서 화공들에게 내준 과제였다. 그러나 머릿속이 하얗게 비어 어떤 생각도 할 수가 없었다.

며칠 전 전채서에 나타난 옹주가 머리에서 떠나지 않는 탓이었다. 이리저리 생각해도 그녀가 전채서에 올 이유가 없는 것이다. 더구나 남자도 아닌 여자가 왔다는 것이 이상했다. 솔거가 전채서에 몸담고 있는 동안 처음 있는 일이라 더 궁금했다.

비록 남장을 했어도 눈에 띄는 용모라 솔거가 금세 알아봤다. 그건 솔거뿐만이 아니었다. 마침 휴식시간이라 젊은 화공들과 교생들이 밖으로 나와 희희덕거리던 중이라 눈들이 많았다.

그들 화공들 중에는 얼마 전에 문방점에서 그녀를 발견하고 솔거로 하여금 눈길을 돌리게 했던 자도 마침 끼어 있었다. 전채서에 나타난 옹주를 먼저 발견한 화공도 바로 그 자였다. 그래서 솔거도 그가 옹주라는 걸 알았다.

이번에도 결국 그 자가 화공들의 눈길을 끌어 모았다. 비록 남자 옷을 입었으나 반드시 남자라고 단정할 수가 없다는 것이다. 그러자 주위에 있던 화공들이 저마다 한 마디씩 했다.

—사내 치고는 너무 예쁜 걸.

—혹시 남자로 변장했을지도 모르지.

—퍼진 엉덩이만 봐도 남자가 아닌 것 같아.

—가슴도 불룩한데.

그래도 솔거는 애써 외면하고 짐짓 관심이 없는 것처럼 반응했다. 옹주가 전채서에 와서 누구를 만나고 가는 것인지 알 길이 없으나, 왠지 도망하듯이 건물에서 빠져나갔다. 마치 다른 사람의 눈에 띄어서는 안 되는 것처럼 걸음이 빨랐다.

솔거는 옹주가 전채서 모퉁이를 돌아 보이지 않을 때까지 곁눈으로 지켜봤다. 이미 사라지고 없는데도 그녀의 뒷모습이 오랫동안 가슴에 남아 있었다. 그 모습이 냇물이 되어 졸졸졸 흐르고 있는 것 같았다.

그러자 서서히 부아가 일었다. 별안간 나타나서 마음에 잔영을 남긴 옹주가 야속하다 못해 미운 생각마저 들었다. 이게 벌써 몇 번째인가.

그로부터 며칠 후 채전감 벽공이 갑자기 솔거를 찾았다. 왠지 그의 얼굴에 근심이 든 것처럼 보였고 가끔 한숨도 내쉬었다.

솔거가 벽공의 입이 열리기를 기다리는 동안 그가 자주 헛기침을 했다. 그러면서 입을 달싹거렸다. 무엇인가 꺼내기 어려운 얘기가 아닌가 싶었다.

"내가 보자고 한 것은 너의 생각을 묻고 싶은 것이야."

"무슨 말씀이신지요?"

그가 대뜸 내놓는 말이 "옹주에 관한 일인데…"였다. 옹주에게 그림을 지도할 사람이 필요해서, 마땅한 화공을 찾고 있는 중이라고 했다. 그러고는 솔거의 의향을 물었다.

"그 일을 소인이 맡으라는 말씀이신지요?"

"그런 셈이지."

"소인의 처지에, 어찌 그런 막중한 일을 맡겠습니까."

"옹주가 그림에 소질이 있으신 분이시라, 습작하실 때 몇 마디 조언만 하면 될 것이야."

"남녀가 유별한데, 소인이 어떻게…"

"아직 결정된 건 아니고, 네 의향부터 묻는 것이야."

그 순간 솔거는 며칠 전에 전채서에 왔던 옹주가 떠올랐다. 그녀가 그때 갑자기 나타난 이유를 조금 알 듯했다. 결국 그림을 지도할 화공을 추천 받기 위해 왔던 것이 아닌가 싶었다.

솔거는 한참 동안 입을 닫고 있었다. 가슴 속에서 심장이 요동을 치는 바람에 어떠한 생각도 할 수가 없었다. 그런 중에도 그의 머릿속을 꽉 채우고 있는 것은 옹주의 여러 모습들이었다. 자양사 금당에서 소복 차림으로 예불하던 앳된 얼굴과 우연히 다시 마주쳤을 때의 표정과 남장한 모습 등이 연달아 나타났다.

93

설공두가 사람을 시켜 옹주를 집으로 불러들였다. 여미는 시어머니에게 먼저 인사하고 곧장 사랑채로 건너갔다. 설공두는 옛날 시댁에 모처럼 오는 옹주가 혹시 남장한 모습으로 나타날까 해서 잠시 긴장했다. 그러나 그건 기우였다. 며느리 시절의 옛 모습이었다.

"그래, 요즘 지내기가 어떠하더냐?"

"염려해 주신 덕분에, 잘 지내고 있습니다."

"며칠 전에, 전채서에 갔었더냐?"

"…예."

여미는 조금 놀랐다. 그 사이에 채전감이 설공두를 만난 것 같았다. 두 사람 사이에 이미 교감이 있었던 것이다. 그 순간에 떠오르는 것이 있었다. 지난번 채전감을 만났을 때 그가 대뜸 아찬 대감의 얘기를 듣고 왔느냐고 물었었다. 그때는 그게 무슨 뜻인지 짐작하지 못했다.

"채전감한테 그림을 배우고 싶었던 것이냐?"

"예."

"그 분이 뭐라고 하시더냐?"

"공인의 처지라, 사사로운 일에 매일 수 없다고 하셨습니다."

"사실이 그러하니라. 그래서 채전감께서 나한테 이르시기를, 전채서에 있는 다른 화공을 천거할 뜻이 있다고 하셨어."

"다른 화공이라 하시면…"

"전채서에 있는 젊은 화공인데, 솔거라고 하는 유능한 인재가 있다고 하더구나."

여미는 또 한 번 놀랐다. 전채서에는 화공들이 많은데, 하필 솔거인가 싶어 가슴이 통째로 내려앉는 것 같았다. 꼭 그에게 속내를 들킨 것 같아 얼굴이 화끈거렸다.

여미로서는 시치미를 떼는 수밖에 없었다. 그럴수록 가슴이 두방망이질을 쳐 옴짝달싹할 수가 없었다. 혹시라도 설공두가 솔거를 아느냐고 물을까봐 마음이 조마조마했다.

"네 생각은 어떠하냐? 그 화공한테라도 배울 뜻이 있느냐? 그 사람이 네 거처로 오는 수밖에 없는데."

"젊은 화공이라면, 사양하겠습니다. 남녀가 유별한데, 어찌 젊은 남정네를 집에 들이겠습니까. 이목이 두렵습니다."

"그러하겠구나. 실은, 나도 그 점을 염려했다."

"아버님, 이번 일은 없었던 것으로 하겠습니다."

"허면, 채전감한테 부탁해서 늙은 화공을 천거하라면 어떻겠느냐?"

"차라리 혼자 독습하는 것이 좋겠습니다. 미처 헤아리지 못한 제 불찰이 큽니다."

"알았느니라. 채전감한테 그리 전하마."

여미는 그에게서 물러나는 순간 등짝에서 땀이 주르르 흘러내렸다. 등짝뿐만이 아니었다. 마치 내내 화덕을 끌어안고 있었던 것처럼 온몸이 땀으로 홍건했다.

그마나 다행인 것은 자신이 솔거와 아는 사이라는 걸 설공두가 눈치 채지 못한 것 같았다. 다행스런 것이 그뿐만이 아니었다. 자신이 남장을 하고 다니는 것에 따로 질책하지 않았다.

여미는 시댁에서 나오자마자 곧장 집으로 갔다. 아직도 다리가 후들거리고 땀이 계속 흘러 잠시도 머뭇거릴 수가 없었다. 그러자 시녀가 웬 땀을 그리도 많이 흘리느냐고 물었다. 꼭 아픈 데를 찌르는 것 같아 그녀가 갑자기 밉살스럽기까지 했다.

설공두 앞에 앉아 있던 그 시간이 꼭 여삼추 같았다. 그래도 예전의 며느리를 너그럽게 대하는 그의 도량이 한없이 고마웠다. 여느 시부와는 생각하는 것이 달랐다. 그래서 청상이 된 며느리를 선뜻 친정으로 보냈던 것이기도 하고.

94
—

열흘 전에 전채서에서 젊은 화공들에게 과제를 내준 적이 있었다. 각자가 선택한 그림 두 장씩을 그려내는 과제였다. 화재[77]는

---

77) 화재(畵材): 그림으로 그릴 만한 소재(素材).

자유롭게 선택하되, 화문⁷⁸은 전채서에서 정해준 것 중에 두 개를
선택하는 것이다. 이번 과제는 시취⁷⁹의 성격을 띤 것으로, 화공들
가운데서 뛰어난 인재를 발굴하는 데 의미가 있었다.

전채서에서 내린 화문은 실경산수 · 인물 · 불상(佛相) · 영모⁸⁰ 등
네 가지였다. 솔거는 이 중에서 산수와 불상을 선택했다. 그의 산
수는 나무였다. 나무 중에서도 소나무를 그리고 싶었다.

지난번 황룡사에 갔을 때 보았던 외벽이 아직도 그의 기억에
남아 있었다. 누군가 그림을 그렸다가 지워버린 흔적 때문이었다.
그 자리는 서쪽 방향이라 무엇이든 그리기에는 적당치 않은 곳이
었다.

만약 솔거한테 기회가 주어진다면 동쪽 외벽에다 무엇이든 그
리고 싶었다. 그것이 바로 소나무였다. 서라벌 남산에 특히 소나
무가 많아 인상적이었기 때문이다. 남산에서뿐만 아니라, 그가 백
제에서 살 때도 마을 주변이 온통 소나무였다.

과제로 내려진 그림의 채색은 담채⁸¹와 진채⁸²로 정해져, 화제
(畫題)에 따라 선택하기로 돼 있었다.

오늘 그 결과가 발표되었다. 화공들이 각자 제출한 그림들에
대한 평가였다. 이번에 제출된 그림은 모두 60여 장으로 화공 30

---

78) 화문(畫門): 그림의 유형.
79) 시취(試取): 시험을 보아 인재를 뽑음.
80) 영모(翎毛): 새나 짐승.
81) 담채(淡彩): 엷게 하는 채색.
82) 진채(眞彩): 불투명하고 원색적인 채색.

명의 작품들이었다. 평가는 채전감과 교수들이 하게 돼 있었다.

평가 기준은 '일품(逸品)'·'상일(上一)'·'상중(上中)'·'중(中)'·'하(下)' 등 다섯 등급으로 채점한다. 일품은 가장 뛰어나고, 상일(上一)과 상중(上中)까지는 우수하나 일품보다는 못하고, 중(中)이나 하(下)는 많이 뒤진다는 뜻이다.

특히 중(中)이나 하(下)는 화격이 떨어질 뿐만 아니라, 기초가 부족하다는 의미가 담겨 있는 것이다. 따라서 이들 화공들은 특별히 관리하여 평소보다 습작을 많이 하도록 돼 있었다.

솔거가 제출한 두 작품 가운데 소나무 그림은 일품을 받았고, 불상에는 상일(上一)의 평가를 내렸다. 소나무 그림을 높이 평가한 것은 생동감이었다. 그림 속의 소나무가 실제의 것과 조금도 다름이 없다고 했다.

그리고 불상을 상일(上一)로 평가한 것은 부처의 얼굴 표정 때문이었다. 특히 입가에 흐르는 미소를 지적했다. 기존의 불상과 비교했을 때, 솔거가 얼굴의 윤곽과 채색에만 치중한 탓에 부처의 자비로운 표정을 놓쳤다는 것이다.

그 점에 대해서는 솔거도 시인했다. 교생 시절에 교수로부터 채색에 대해서 설명을 듣고 실습을 했었다. 특히 인물에 채색하는 일이 그에게는 어려웠다. 바로 담채였고, 농담(濃淡)으로 처리하는 일이 손에 익숙치 않은 것이다.

이번 평가로 젊은 화공들은 물론이고, 원로 화공들도 솔거에 대한 인식을 달리 하는 것 같았다. 특히 원로 화공들이 솔거의 화격을 높이 평가하면서 장차 대성할 재목이라고 했다.

그러나 솔거는 자만하지 않았다. 오히려 더욱 겸손한 마음으로 화공들을 대했다. 특히 동료 화공들 앞에서 표정관리에 신경을 썼다. 그들의 마음속에 잠재한 시기와 질투를 우려했다. 평소에 솔거를 근본이 없는 시골 무지렁이로 폄훼했던 자들이었다. 솔거가 그들을 경계하고 있었다.

95

아명 스님이 전채서에서 벽공을 만나고 있었다. 두 사람이 만난 지 제법 오래 됐다. 벽공이 옹주 문제를 상의하기 위해 삼랑사를 찾았던 때가 벌써 사 년 전 일이었다.

그런데 오늘 아명이 느닷없이 나타났다. 특별한 일이 있어서 온 게 아니라고 못을 박으면서도, 그의 얼굴에 궁금한 것이 진하게 배어 있음은 숨기지 못했다. 그걸 벽공이 거니채고 선수를 쳤다.

"솔거는 잘 있으니, 염려 놓으십시오."

"내가 언제 솔거가 염려된다고 했습니까?"

"제 눈을 못 속이지요. 스님 얼굴에 그리 써 있는 걸요."

"이거야 원…도리가 없군요. 제 속을 들켰으니 말입니다. 그래,

솔거는 어떡하고 있습니까?"

"잘 있다고, 방금 말씀드리지 않았습니까."

"생사여부를 물은 게 아닙니다."

"알아요, 안다구요. 솔거는 이미 화공이 돼 있어, 실력이 일취월장하고 있습니다. 젊은 화공들 중에서 제일 뛰어나다는 평을 받고 있으니까요."

벽공이 얼마 전에 실시했던 시취와 그 결과에 대해서 상세하게 설명했다. 그러자 아명의 얼굴이 금세 밝아져 이가 몽땅 드러나도록 웃었다.

"그렇게 좋으십니까?"

"솔거가 꼴찌했다는 것보다는 백 번 낫지 않습니까. 이게 다 벽공의 가르침이 있었기 때문이지요. 나무아미타불 관세음보살."

"더 좋은 소식이 있습니다. 아직 화공들이 모르는 일입니다만, 머지않아 상감마마 앞에서 또 한 번의 시취가 있을 예정입니다. 그때 솔거가 이번처럼 좋은 성적으로 낙점을 받으면, 그 명성이 하늘을 찌르게 될 것입니다."

"그거 잘됐군요. 솔거한테는 아주 좋은 기회가 아닙니까."

"그렇다마다요. 솔거의 재능은 아명 스님께서 발굴하신 것이니, 보람된 일이 아닙니까."

"이거야 원…제가 벽공 뵙기를 아주 잘한 것 같습니다."

"이왕 오신 김에, 솔거를 만나고 가시지요."

"글쎄요…여기 올 때는 그럴 생각이 없었는데, 좋은 소식을 듣고 나니 생각이 달라지는군요."

"그럼, 당장 부르겠습니다."

벽공이 그 즉시 사동을 시켜 솔거를 불러냈다. 잠시 후 솔거가 황망한 얼굴로 나타났다. 그림을 그리다 왔는지 손에 안료가 잔뜩 묻어 있었다.

솔거가 아명을 발견하고는, 하얗게 변한 얼굴로 그 자리에 우뚝 섰다. 그러고도 한동안 벙어리처럼 있었다. 아명이 빙긋이 웃자, 솔거가 그제서야 바닥에 넙죽 엎드렸다.

"스님, 갑자기 어인 일이십니까? 뜻밖이라, 말문이 열리지 않습니다."

"방금 채전감한테 네 근황을 들었다만, 지낼 만 하느냐?"

"예, 스님."

"채전감 말씀이 네 그림이 날로 좋아진다고 하시더구나."

"과찬의 말씀이십니다. 소인은 아직 젖내를 씻지 못하고 있습니다."

"옳거니. 사람은 항상 겸손해야 되느니라."

아명이 그윽한 눈길로 솔거를 바라보다가 눈을 지그시 감았다. 그러고는 들릴락말락한 소리로 '나무아미타불 관세음보살…'을 거듭 읊조렸다. 그가 솔거를 처음 만났을 때부터 최근의 과정에 이르기까지를 회상하는 것 같았다. 솔거도 아명의 깊은 마음속으로 이미 들어가 있었다. 콧등이 저렸다.

아명이 갑자기 자리에서 벌떡 일어나더니 그만 떠날 뜻을 비쳤다. 벽공이 놀라서 황급히 팔을 내저으며 며칠 묵었다 갈 것을 청했다. 솔거 역시 벽공과 맞장구를 쳤다.

"소승의 궁둥이가 원체 가볍습니다. 그럼…"

그러고는 바로 등을 돌리며 '나무아미타불 관세음보살…'만 중얼거렸다. 솔거도 더는 어떻게 하지를 못하고 그의 뒤에 대고 엎드려 큰절로 배웅했다.

96

그로부터 한 달 후 전채서 중앙 벽에 대문짝만한 방문(榜文)이 나붙었다. 그 앞에 화공들이 새카맣게 몰려들어 저마다 머리를 디밀었다. 잠시 후 방을 읽어본 화공들이 긴장된 얼굴로 웅성대기 시작했다.

「모월 모일, 어전[83]에서 모든 화공들을 대상으로 시취가 있으니 각자 만전을 기하라」는 내용이었다. '모든 화공'에는 원로화공도 포함된다는 의미였다. 이에 덧붙여, 화문과 화제는 시취 당일에 발표한다고 했다.

---

83) 어전(御殿): 궁궐.

그뿐만 아니라, 지난번 전채서 내에서 실시했던 시취에 중(中)과 하(下)를 받은 화공들은 제외한다는 단서가 붙었다.

이 방문에 가장 긴장한 화공은 당연히 원로들이었다. 젊은 화공들과 함께 시취에 응해야 하는 부담감이 어깨를 짓눌렀다. 낙점을 좋게 받지 못했을 때에 당할 수모를 감수해야 하기 때문이다.

또 한 무리는 시취에 응시할 기회조차 얻지 못한 화공들이었다. 그들은 얼굴이 사색이 되어 있었다. 자격이라도 주어진다면, 이번 시취가 수모를 만회할 기회였던 것이다. 그것이 물거품이 되고 말았다.

솔거 역시 긴장하기는 마찬가지였다. 지난 시취에서 거의 극찬을 받았던 터라, 그것이 오히려 부담이 되었다. 이번에도 일품이나 상일(上一)의 높은 평가를 받는다면 문제될 것이 없다.

그러나 뜻밖에 상중(上中)이나 중(中)이라도 받게 될 경우 그 망신을 어찌 감당할 것인가. 지난번 높은 평가를 놓고 시기했던 자들로부터 받을 모멸감이 두려웠다.

솔거가 더 긴장하는 것은 시취 대상에 원로 화공들이 포함된 것이다. 그들에게는 화력(畵歷)이 있어, 자기와 같은 풋내기는 비할 바가 못 되기 때문이다.

그나마 다행인 것은 지난번 평가로 자만하지 않았던 것이다. 그 당시에 만일 으스대기라도 했더라면…하고 생각하면서 자신도 모르게 진저리를 쳤다.

솔거는 이래저래 근심에 싸여, 시취 준비는커녕 붓도 잡을 수가 없었다. 하루 종일 머리가 텅 비어 멍하니 앉아 있기 일쑤였다.

이때 동료 화공인 박헌파가 슬그머니 다가왔다. 솔거가 황룡사에 갔을 때 동행했던 그 화공이다. 그는 지난번 시취에서 두 작품 모두 상일(上一)을 받아, 아깝게도 솔거보다 조금 낮은 평가를 받았다.

그래서 그는 언제든 있을 다음 시취에서 일품을 받겠다고 벼르고 있던 참이었다. 와신상담까지는 아니라도 습작에 잠시도 게을리 하지 않았다.

"솔거는 이번 시취에 어떤 각오로 임하는가?"

"각오는 무슨…그냥 응시하는 거지 뭐. 참여할 수밖에 없잖아. 더구나 이번 시취가 왕의 탄신일에 맞춰 시행하는 게 아닌가."

"물론이지. 그러니까, 다시 한 번 겨뤄보자구."

솔거는 그의 결의에 비로소 정신을 차릴 수 있었다. 결국 그가 솔거한테 자극을 준 셈이었다.

97

시취가 열리는 시각에 맞춰 화공들이 어전을 향해 일제히 출발했다. 채전감이 맨 앞에 서고 원로 화공들이 그 뒤를 따랐다. 그리고 젊은 화공들이 이어서 무리를 지었다.

화공들의 얼굴 표정이 하나같이 굳어 있었다. 젊은 화공들은 말할 것도 없고, 원로들의 근엄한 표정에도 긴장감이 흘렀다. 모두가 입을 딱 봉한 채 묵묵히 걷기만 했다.

솔거도 그들 중의 하나였다. 그는 화공들에게 내려질 화문과 화제에 대해서만 생각했다. 이번 시취는 예부(禮部)가 주관한다. 예부는 의례를 맡아보던 관아로, 제향(祭享)이나 국가 간의 외교 문제나 과거(科擧) 등을 관장한다. 따라서 화문과 화제도 예부에서 발표하기로 돼 있었다.

지난번 전채서 시취에서처럼 산수가 화제 중에 하나로 정해지면 솔거한테는 더없이 반가운 일이다. 그러나 그건 솔거의 희망일 뿐이다. 철저히 비밀에 붙여지기 때문에 누구도 예측할 수가 없었다.

화공들이 어전 뜰에 대오를 맞춰 서서 예부의 집행관들이 나타나기를 기다렸다. 마치 뜰에다 물을 뿌린 듯이 조용했다. 기침 소리만 간간이 들렸다.

잠시 후 집행관들이 줄을 지어 등장했다. 이어서 예부장관이 모습을 드러내면서 풍악이 울렸다. 곧 왕이 행차한다는 예고였다. 그러자 화공들이 일제히 바닥에 엎드렸다.

드디어 경덕왕이 왕비와 함께 문무백관을 거느리고 등장했다. 풍악이 더 크게 울려 퍼졌다. 솔거는 왕의 거동이 궁금해 눈을 치뜨고 싶었으나 차마 그럴 수가 없었다.

갑자기 풍악소리가 멈췄다. 이어서 집행관이 큰 소리로 곧 시취

화문과 화제가 발표될 것이라고 알렸다. 그 소리에 화공들마다 심장이 오그라드는 것 같았다. 어떤 화공은 진저리를 치는 자도 있었다. 너무 긴장해서 요의가 빨리 왔다는 뜻이었다.

잠시 후 예부장관이 등장하자, 주무관이 묵직한 두루마리 종이를 그에게 전했다. 장관이 그걸 화공들을 향해 활짝 펼쳐 보이고 내용을 천천히 읽어 내렸다.

그러자 여기저기서 한숨소리가 터졌다. 안도와 낙담이 교차하는 순간이었다. 안도하는 쪽은 화문과 화제가 자기가 희망했던 것이 발표된 것이고, 낙담하는 쪽은 뜻밖의 화제가 나왔다는 의미였다.

솔거는 안도하는 쪽이었다. 그가 기대했던 대로 딱 들어맞는 것은 아니지만 유사한 것이라 적이 안심이 되었다.

오늘 발표된 화문은 모두 다섯 가지로, 산수 · 인물 · 화훼 · 무도 · 사냥이었다. 그리고 각 화문의 화제는 다음과 같았다.

산수「소나무 숲에 새들이 노닐다」
인물「신선이 구름을 타고 내려오다」
화훼「산과 들에 꽃이 만발하다」
무도「무녀들의 춤이 화려하다」
사냥「활을 든 화랑이 마상(馬上)에서 사슴을 겨냥하다」

이들 중에 선택한 한 가지를 그려서 신시[84]까지 제출하라고 했다. 화공들이 특히 당황한 것은 까다로운 화제 때문이었다. 전채서의 시취에서는 이처럼 어렵지 않았다.

솔거가 선택한 화문이 처음에는 당연히 산수였고, 화제는 '소나무 숲에 새들이 노닐다'였다. 자신감이 불쑥 솟았으나 곧 생각을 바꿨다. 이번에도 또 소나무를 그린다면 소재와 필력의 한계를 드러내는 것과 같기 때문이다. 그런 인식을 불식시키기 위해서는 다른 화문을 선택하는 게 옳을 것 같았다.

그래서 이번에는 「신선이 구름을 타고 내려오다」를 택하기로 했다. 이 화제는 도석화[85]를 그리라는 주문이다. 이때 솔거의 머리를 관통하는 것이 있었다. 옛날 자양사 선방에서 참선할 때 꿈에 나타난 노인의 모습이 떠올랐던 것이다. 자신을 신인 단군이라고 말하던 노인은 바로 도석인물과 다름이 없는 것이다.

그 당시에, 그 노인의 얼굴을 수십 장이나 그렸다. 그러자 불자를 비롯한 많은 사람들이 그걸 가져갔었다. 솔거는 그 노인의 얼굴을 그릴 참이었다.

솔거가 잠시 다른 화공들의 표정을 곁눈질했다. 마침 박헌파와 눈이 마주쳤다. 그가 빙긋이 웃었다. 화문 중에 하나가 마음에 든다는 표정 같기도 했다. 솔거가 고개를 끄덕여 화답했다.

---

84) 신시(申時): 오후 3-5시.
85) 도석화(道釋畵): 도교 · 불교와 관련된 신선 · 부처 · 고승 등의 인물을 그린 그림.

98

예부장관이 시취 결과를 발표했다. 화공들의 시선이 그에게 집중되었다. 그건 솔거도 예외가 아니었다. 그가 일품을 기대하는 게 아니었다. 혹시라도 상중(上中)이나 중(中)이라도 받게 될까봐 우려하는 것이다. 그건 죽고 싶을 만큼 망신스러운 일이다.

이번 시취에서 일품이 두 명이나 나왔다. 뜻밖이었다. 지금껏 최상의 등급이 두 명씩 나온 적이 없다고 들었기 때문이다.

그리고 상일(上一)이 세 명이고 상중(上中)이 두 명이었다. 그 외에는 중(中)이거나 아예 등급에도 들지 못한 화공들이었다. 이번 시취에 모두 50명이 응시했다. 결국 상중(上中) 이상의 입선에 든 화공은 일곱 명뿐이었다.

일품의 평점을 받은 화공은 솔거와 박헌파였다. 박헌파는 '사냥'의 화문을 택했다. 그리기 매우 어려운 소재였다. 말에 올라탄 화랑이 사슴을 향해 활을 당기는 장면이다. 생동감을 표현하지 못하면, 최상급의 평점을 받기 어려운 것이다. 예부장관이 말하기를 그의 그림에서 생동감은 물론이고, 화랑의 높은 기상을 매우 잘 드러냈다고 평가했다.

도석인물을 그린 솔거 역시 높은 평점을 받았다. 다소 의외였다. 심사관들의 의견을 예부장관이 종합하기를, 도석인물의 특성을 아주 잘 드러냈다고 했다. 구름 위에 올라가 있는 인물의 모습에서 신비감을 충분히 표현했고, 근엄하면서도 인자한 신선의 모습을 마치 살아 있는 것처럼 사실적으로 그렸다고 칭찬했다.

특히 바람에 나부끼는 신선의 백발과 옷의 주름선에서 생동감의 극치를 보였다고 했다. 이에 덧붙여서 적절한 배색[86]으로 그림이 더욱 돋보였다고 평가했다.

예부장관의 발표가 끝나자 솔거와 박헌파가 경덕왕 앞으로 불려갔다. 솔거는 왕이 앉아 있는 곳까지 계단을 밟아 올라가는 동안, 다리가 후들거려 금방이라도 주저앉을 것만 같았다. 머리가 하얗게 비워져 현기증이 일었다. 온몸이 땀으로 흥건했다.

예부장관이 왕에게 두 작품의 평점 이유를 다시 설명하면서, 솔거와 박헌파의 그림을 펼쳐 보였다. 그러자 왕이 매우 흡족한 얼굴로 훌륭하다고 치하했다.

경덕왕이 솔거와 박헌파를 가까이 오도록 이르고는 손수 어주[87]를 내렸다. 이에 맞춰 풍악이 요란하게 울렸다.

솔거는 고개를 숙인 자세로 두 손만 올려 술잔을 받았다. 손을 너무 떠는 바람에, 잔을 입에 대기도 전에 술이 잔 밖으로 대부분 흘러버렸다.

이때 왕이 예부장관에게 느닷없이 솔거의 태생을 물었다. 장관이 미처 파악을 못한 듯 급히 채전감을 찾았다. 그 순간 솔거가 몸을 부들부들 떨었다. 자신의 한미한 출신과 백제에서 넘어온 사실이 알려질 것이 두려웠다.

———

86) 배색(配色): 여러 가지 색을 알맞게 섞음.
87) 어주(御酒): 임금이 하사하는 술.

마침 근거리에 있던 채전감이 임금 앞에 불려와 사실을 아뢰었다. 근본이 솔거노비 출신으로 백제에서 건너왔다는 것과 사찰에서 그림을 독습하다가 발탁되어 전채서에 들어온 자라고 했다.

그러자 왕이 고개를 끄덕이며 솔거를 한참 내려다 봤다. 솔거는 마치 바람 맞은 사시나무처럼 몸을 떨었다. 왕이 한동안 말이 없어, 그것은 곧 격노할 직전이라고 믿었던 것이다.

99

이번 어전 시취에서, 솔거가 뛰어난 그림 솜씨로 경덕왕의 어주를 받았다는 소문이 금세 장안에 퍼졌다. 웬일인지 박헌파보다는 솔거만이 사람들의 입에 오르내리고 있었다.

이 때문에 옛날에 솔거가 그린 단군상을 지니고 있던 사람들이 그 진가를 깨달아 보물 이상으로 여겼다. 미처 그림을 얻지 못한 자들은 안달이 나서 높은 값으로 사들이는 경우까지 있었다.

솔거에 대한 이러저러한 소문이 결국 여미한테까지 전해졌다. 어제 그녀가 단골 문방점에 갔다가 주인한테 들었다.

그 순간 여미는 자기도 모르게 '나무아미타불 관세음보살…'을 읊조렸다. 콧등이 저릴 만큼 감격스러웠다.

여미는 솔거의 일이 자기 것처럼 기쁘고 자랑스러웠다. 그녀도 단군상을 이미 수중에 넣고 있어 기쁨이 더 컸다. 그뿐만 아니라, 솔거가 장차 그림에 대성할 사람이라는 걸 희미하게 예상했던 것이 적중한 것 같아 마음이 뿌듯했다. 그가 만일 앞에 있다면 어떤 말로든 치하하고 싶어 안달이 솟기까지 했다.

자신이 옹주의 처지만 아니었다면 주변 사람들에게 이 사실을 자랑하고 싶었다. 아니 청상만 되지 않았더라도 능히 그랬을 것 같았다. 그러나 지금의 처지로는 차마 못할 일이었다. 그게 또 안타까웠다.

여미가 시녀와 함께 삼랑사로 떠났다. 갑자기 떠나게 된 건 아니었다. 예불을 올리기로 이미 예정되었던 일이다. 묘하게도 시기적으로 솔거의 소문이 끼어들었을 뿐이다.

자양사에서 삼랑사로 절을 옮긴 후 이번이 세번째 행보다. 서라벌에서 자양사까지 너무 멀어 작년부터 삼랑사에서 불공을 드린다.

이번에도 당연히 남장을 하고 출발했다. 그녀가 남장을 할 때마다 어머니로서는 못마땅했지만, 이제는 체념한 듯 더는 나무라지 않았다. 딸의 처지를 이해하는 쪽으로 마음을 바꾼 것이다. 어린 나이에 청상이 된 것만으로도 불쌍한 마당에, 그까짓 복장 하나 때문에 딸의 심기를 불편하게 하고 싶지 않았다.

아명이 여미를 반갑게 맞았다. 여미는 아명을 보자마자 솔거 소식부터 전하고 싶었다. 안달이 솟아 마음에만 담아둘 수가 없었다. 자신이 청상의 처지라는 걸 그만 깜빡 잊고 있었다.

"스님, 솔거라는 화공의 소식을 들으셨습니까?"

"무슨 말씀인지요?"

"그 화공이 이번 어전 시취에서 일품의 평점을 받아, 상감께서 어주까지 내리셨다고 합니다. 장하지 않습니까?"

"그렇다마다요. 나무아미타불 관세음보살."

아명의 눈에 눈물이 그렁그렁했다. 지난 달 전채서에서 벽공을 만났을 때 곧 어전에서 화공들의 시취가 있을 것이고, 솔거도 거기에 참가한다고 귀띔했었다. 그러면서 분명히 훌륭한 그림이 나올 것으로 예상했다. 그게 실현된 것이다.

여미는 생각했다. 사람으로 태어나 세인들의 칭송을 들으며 산다는 것이 얼마나 보람된 일인가를 새삼 깨달았다.

사람에 따라서는 심지어 저주를 받는 사람도 많은 세상에, 솔거와 같이 만인의 칭송을 듣기란 그리 흔치 않은 것이다. 그러한 점에서도 솔거는 참으로 장한 사람이었다.

이미 어둑한 시각이라, 여미는 예불을 내일로 미루고 시녀와 함께 아명 스님이 내준 방에서 곧장 잠자리에 들었다. 그러나 잠이 오지 않았다. 그 동안 보아왔던 솔거의 모습이 그림자처럼 남아 눈이 감겨지지 않았다.

솔거….

100

채전감이 솔거와 박헌파를 불렀다. 이들을 동시에 부른 경우가 이번이 처음이라 의아했다. 지난번 어전 시취에서 똑같이 일품의 평점을 받아 치하는 이미 받았기 때문이다.

그들이 감관방으로 들어가자 채전감이 활짝 웃으며 맞았다. 기분이 꽤 좋아 보이는 표정이었다.

"두 화공이 함께 서 있으니, 보기 좋구면. 두 사람을 부른 것은 새로운 일을 맡기려 함이야."

"새로운 일이라 하시면…"

"이는 내 뜻이 아니라, 상감께서 특별히 내리신 말씀이네. 무엇인고 하니, 상감께서 어진[88]을 제작하라는 말씀이 계셨어. 그뿐만이 아니라, 이 일에 두 사람을 참여시키라고 하셨네."

"저희들 풋내기 처지에, 어찌 그런 막중한 일에 참여할 수가 있겠습니까."

"상감의 뜻이 그러하시니, 낸들 어쩌겠나. 어전 시취에서 보여준 두 사람의 그림을 친견하시고, 감동하신 것이야."

"두렵습니다."

"이번 작업이 자네들 두 사람만이 할 수 있는 건 아니야. 어진

---

88) 어진(御眞): 임금의 화상(畵像).

을 제작할 때는 주관화사[89]의 지휘에 따라, 수종화사[90]와 동참화사[91]가 실무를 담당하게 돼. 따라서 두 사람은 동참화사의 자격이므로, 수종화사의 지시에 따르면 되는 것이야. 그러나 이 작업은 용안[92]을 그려내는 막중한 책무이기 때문에, 조금도 소홀함이 없어야 해.”

“저희 두 사람은 몸을 아끼지 않을 것입니다.”

“그래야지. 나는 채전감으로서 자네들 두 사람이 어진 제작에 참여하는 영광을 누리게 되어 매우 기뻐.”

채전감이 얼굴에서 웃음을 지우지 못하고 솔거와 박헌파의 손을 차례로 끌어잡았다. 그가 그럴수록 솔거는 몸둘 바를 몰라 고개를 들지 못했다.

어진 제작은 궁궐 안에 있는 별당에서 이루어졌다. 뜻밖에도 이번 작업에 채전감 설긍신이 주관화사를 맡았다. 솔거는 매우 다행스러웠다. 경직된 상급 관리나 근엄한 원로가 임명됐으면 늘 긴장할 일이다.

감동[93]은 예부장관이 임명되었다. 그의 임무는 어진 제작의 전반적인 것을 지휘 감독하는 것이므로 작업실에 가끔 나타났다. 거

---

89) 주관화사(主管畵師): 작업을 관리하고 지시하는 화공.
90) 수종화사(隨從畵師): 주관화사를 보필하는 화공.
91) 동참화사(同參畵師): 작업에 참여하여 주관화사와 수종화사를 보조하는 화공.
92) 용안(龍顔): 임금의 얼굴.
93) 감동(監董): 나라에 역사(役事)가 있을 때 이를 감독하는 임무.

의 주관화사에게 일임하고 있어 화공들과 마주칠 일이 별로 없다.

어진 제작은 용안을 그리는 일이다. 임금이 보기에 자신의 얼굴을 실사(實寫)한 것이 마음에 들지 않으면 다시 그려야 하므로 극도로 긴장하지 않으면 안 된다.

초상화에서 제일 중요한 부분이 눈의 모양이다. 눈이 실물과 닮지 않으면 얼굴 윤곽이나 코·입·귀·눈썹 따위를 아무리 잘 그려도 실제의 얼굴이 나오지 않는 법이다. 그래서 인물화를 그릴 때는 으레 〈고개지(顧愷之)〉를 참고하기 마련이다. '고개지'는 중국 동진(東晉)의 화가다. 그는 인물과 산수화에 뛰어나 동양화론(東洋畵論)의 시조로 불린다.

용안의 윤곽은 밑그림의 소묘능력이 뛰어난 주관화사가 맡았다. 그리고 동참화사인 솔거와 박헌파는 임금의 곤룡포[94]와 어대[95] 등의 문양을 도안하고, 거기에 채색하는 임무를 부여받았다.

---

94) 곤룡포(袞龍袍): 임금이 입던 정복. 곤복(袞服) 용포(龍袍).
95) 어대(御帶): 임금이 두르는 허리띠.

101

주관화사가 그린 어진의 윤곽이 수십 장이나 되었다. 윤곽뿐만이 아니었다. 따로 대왕의 이목구비만을 그린 것도 그만한 양이었다.

수종화사가 이것들을 모두 펼쳐놓고 실제 용안의 윤곽과 이목구비와 가장 근사한 것을 선택한다. 여기에서 선택된 것을 또 수십 장씩 그린다. 동참화사인 솔거와 박헌파는 이 작업에 얼씬도 못했다.

이들 두 사람은 곤룡포와 어대의 실물을 가져다 놓고, 문양과 채색을 실제와 똑같게 수십 장씩 그렸다. 제일 어려운 것이 채색 작업이었다. 안료를 적절히 배합하는 일이 그만큼 어려웠다.

이러한 기초 작업이 닷새 동안이나 이어졌다. 신중의 신중을 기한 탓이었다. 특히 감동을 맡은 예부장관의 당부에 따른 것이다. 이에 따라 주관화사인 설긍신도 바싹 긴장하여 수종화사와 동참화사에게 각별한 주의를 주었다.

느닷없이 경덕왕이 왕비와 함께 어진 작업장에 나타났다. 화공들을 격려하기 위해서 온 것 같았다. 빈손으로 오지 않고, 화공들을 위로할 뜻으로 떡과 과일을 하사했다.

솔거로서는 임금을 두 번째 만나는 셈이다. 감히 임금을 근거리에서 보다니, 어찌 상상이나 했겠나. 꿈에서조차 볼 수 없었던 용안을 바로 눈앞에서 보는 것이다. 그것도 두 번씩이나.

경덕왕은 제34대 효성왕(孝成王)의 친동생이다. 효성왕이 자식 없이 죽어 동생이 대통을 이어받은 것이다. 그가 왕위에 오르고부터 신라 문화의 황금시대가 열렸고, 불교 중흥에도 힘써 황룡사의 종을 주조하기도 했다.

왕비는 이찬(伊湌) 순정(順貞)의 딸 김씨와 서불한(舒弗邯) 의충(義忠)의 딸 만월부인(滿月夫人) 김(金)씨다. 후에 만월부인이 아들을 낳아, 경덕왕이 죽자 여덟 살의 나이에 왕위를 이어받았다. 그가 제36대 혜공왕(惠恭王)이다.

주관화사를 비롯해 모든 화공들이 일손을 멈추고 경덕왕을 맞았다. 임금과 왕비가 감동 예부장관의 안내를 받아 작업장을 돌면서 화공들이 하던 작업을 일일이 살폈다.

임금이 갑자기 솔거 앞에서 걸음을 멈췄다. 솔거는 감히 얼굴을 들 수가 없어 왕의 발등에만 눈길을 주었다. 이때 임금이 솔거에게 고개를 들라고 일렀다.

"솔거라고 하였더냐?"

"예, 상감마마."

"백제에서 왔다고 했지?"

"예, 상감마마."

"어찌하여 신라에 왔느냐?"

"화공이 되기 위해서 왔나이다."

"백제에도 훌륭한 화공들이 있지 않느냐."

"아뢰옵기 황공하오나, 실은 노비에서 벗어나기 위해서 신라에

왔나이다."

"당돌한 생각을 하였구나."

솔거는 진땀을 흘리며 그 즉시 무릎을 꿇었다. 임금이 말한 '당돌한 생각'에 또 다른 뜻이 있는 것 같아 두려웠던 것이다. 그러나 임금은 곧 다른 화공한테 자리를 옮겼다. 솔거가 그제서야 마음을 놓았다. 땀은 멈추지 않고 계속 흘렀다.

102

경덕왕이 완성된 어진을 보며 흡족한 듯 얼굴에 웃음이 가득했다. 옆에 있던 왕비도 실제 모습과 똑같다며 만족스러워했다. 그러면서 어진 제작에 참여한 모든 화공들에게 후한 상을 내리도록 임금에게 건의했다.

이에 예부장관을 비롯해서 주관화사와 수종화사가 비로소 마음을 놓았다. 임금이 보기에 어진이 자신과 닮지 않았다고 물리쳤을 경우를 생각하면, 등골이 오싹해서 죽을 맛이었을 것이다. 천국과 지옥의 경계에 선 것이나 다름이 없었다.

경덕왕이 예부장관에게 제작에 참여한 화공들에게 상을 후하게 내리고, 특별히 좋은 술과 음식으로 노고를 치하하라고 일렀다.

그날 저녁 전채서가 축제 분위기에 싸였다. 9관등 이상의 6두품 즉 귀족들이나 먹을 수 있는 귀한 술과 음식들이 내려져 화공들이 모두 놀랐다.

솔거도 예외가 아니었다. 꿈에서조차 볼 수 없을 진귀한 음식들 앞에서 벌어진 입을 한동안 다물지 못했다. 인간 세상에 있을 음식이 아닌 것처럼 생각되었다.

그날 밤 솔거는 잠자리에 들었으나 뱃속이 불편해서 잠을 잘 수가 없었다. 오장육부가 뒤틀려 부글부글 끓었다. 별안간 기름진 음식을 먹어 뱃속이 놀란 것 같았다. 그 바람에 밤새 뒷간을 들락거렸다.

그로부터 며칠 후 어진 제작에 중요한 책무를 맡았던 화공들에게 관등을 올려줬다. 주관화사를 맡았던 설긍신이 11관등 나마에서 9관등 급벌찬(級伐湌)으로 올랐다. 5두품에서 6두품으로 뛴 것이다.

수종화사도 두 관등이나 올랐다. 그리고 동참화사였던 솔거와 박헌파는 똑같이 16관등 소오(小鳥)를 제수 받았다. 소오는 4두품이다.

그 순간 솔거는 정신을 차릴 수가 없었다. 신라에 와서 전채서 화공이 된 것만으로도 충분히 감격할 일이었다. 여기에 관등까지 제수 받았으니 그럴 만도 했다.

솔거가 관등을 제수 받았다는 소문이 또 삽시간에 퍼졌다. 지난번에 어주를 받았을 때와 똑같이 사람들의 입에 오르내렸다. 특히 솔거의 단군상을 가지고 있는 사람들이 반겼다.

이 소문이 여미와 벽공의 셋째 아들 곤의 귀에도 닿았다. 여미는 이번에도 문방점에 갔다가 들었다. 전채서 소식은 으레 문방점에 전해지기 마련이었다.

여미는 마치 자기 일처럼 좋아했다. 며칠 전 삼랑사에 가서 예불을 올리며, 솔거가 모든 화공들을 뛰어넘어 태산처럼 우뚝 서기를 기원했었다. 부처님이 자신의 기도를 들어준 것 같아 더 기뻤다.

여미는 문방점에서 바로 나와 인근의 절을 찾았다. 삼랑사로 갈 생각도 있었지만 그러기에는 거리가 너무 멀었다. 기쁘고 급한 마음에 부처님을 빨리 만나고 싶었다.

곤은 지난번 전채서에서 실시한 시취 때 솔거가 최상의 평점을 받았다는 소식을 아버지 설긍신한테 들었다. 그때 당장 솔거한테 달려가 축하해 주고 싶었으나, 마침 고뿔이 심하게 들어 바깥출입을 할 수가 없었다.

그는 일취월장하는 솔거가 자랑스러우면서도 한편으로는 부러웠다. 그러한 솔거가 어전 시취에서 또 일품의 평점을 받았다. 그뿐만 아니라, 어진 제작에까지 참여해 관등까지 제수 받았다는 소식을 들어 이번만큼은 그냥 있을 수가 없었다.

곤은 곧장 전채서로 달려갔다. 그는 솔거를 보자마자 대뜸 눈물부터 글썽거렸다. 그러고는 다른 사람의 시선쯤 무시하고 덥썩 안기부터 했다.

"서방님, 아니 형님께서 여기는 어쩐 일이십니까?"

"우선 축하부터 해야 되겠네. 지난번 전채서 시취에서도 최상의 평점을 받더니, 이번 어전 시취에서도 좋은 성적을 내지 않았나. 더구나 관등까지 제수 받았다고 하니, 이처럼 기쁜 일이 또 어디에 있겠는가. 그래서 한달음으로 달려온 것이네."

그러고는 솔거를 또 안았다. 이번에는 솔거가 눈물을 글썽거렸다. 신분의 차이를 무시하고 친형제처럼 기뻐하는 그가 한없이 고마웠다.

103

솔거가 전채서에서 나와 독립했다. 그가 교생으로 발탁되어 화공이 된 지금까지 전채서 숙사에서 먹고 자고 했다. 그러던 중에 마침 어진 제작에 참여한 공로로 관등까지 제수 받았다.

관등에 들게 되면 나라에서 녹봉[96]을 받는다. 그것을 사맹삭[97]으

96) 녹봉(祿俸): 연급(年給) · 연봉(年俸).
97) 사맹삭(四孟朔): 3개월마다 주는 녹봉.

로 나눠준다. 녹봉은 곡식과 명주나 베 같은 옷감으로 지급된다. 그것을 물물교환 식으로 본인이 필요한 물건과 바꿔 사용한다.

솔거는 전채서에서 한참 떨어진 한적한 곳에서 가옥 하나를 구했다. 말이 가옥이지 보잘것 없는 낡은 집이었다. 비록 초가이기는 해도 방 두 칸에 마루가 갖춰진 집이었다.

우선 간단한 침구와 부엌살림에 필요한 물건부터 사들였다. 그리고 회화작업에 필요한 문방사우를 샀다. 특히 화선지를 많이 샀다.

종이는 닥나무를 재료로 써서 만든다. 종이 표면을 두드려서 만들기 때문에, 지질(紙質)이 치밀하고 광택이 난다. 더구나 잔털이 일지 않아 먹이 잘 번지지 않는다. 이 때문에 글씨뿐만이 아니라 채색도 잘 먹기 마련이다. 이 제조법을 도침법(搗砧法)이라고 하는데 제조의 핵심기술이다.

이렇게 표면이 희고 단단해서, 중국에서는 우리나라 종이를 백추지(白硾紙) 혹은 거울처럼 맑고 깨끗하다는 의미로 경면지(鏡面紙)라고 했다. 자양사에 있을 때 도암 스님으로부터 들은 얘기다.

솔거가 막상 독립하고 보니 전채서 사숙에 있을 때에 비해 불편한 것이 많았다. 당장 음식 만드는 일이 익숙치 않았다. 음식이래야 밥과 국뿐이지만, 그래도 생각했던 것처럼 쉬운 게 아니었다.

독립해서 좋은 것은 혼자 있는 시간이 많다는 것이다. 오랜 시간 깊은 생각에 잠길 수 있고, 조용한 분위기에서 그림을 그릴 수 있어 좋았다. 그뿐만 아니라, 휴무일에는 무슨 일이든 마음 내키는 대로 할 수가 있었다. 그 자유에 순간순간 행복을 느꼈다.

벽공의 셋째 아들 곤이 솔거가 독립했다는 소식을 듣고 바로 찾아왔다. 솔거가 조석반(朝夕飯)을 혼자 해결할 것이 안타까워서 달려온 것이다.

집을 둘러본 그가 초라하기 짝이 없는 부엌살림을 보고 한숨부터 내쉬었다. 그뿐만 아니라, 가구도 없이 침구만 달랑 있는 방안 풍경이 너무 한심스러워 혀를 차지 않을 수 없었다.

솔거가 민망해서 어찌 할 바를 모르고 마냥 서 있기만 했다. 그러자 곤이 밑도끝도없이 언제까지 독신으로 지낼 생각이냐고 물었다. 솔거가 미처 그 의미를 깨닫지 못해 그를 멀거니 바라보기만 했다.

"혼인할 때가 많이 지났다는 말이네. 나이 서른이 눈앞에 있지 않나."

"형님도 참…제 처지에, 어떻게 여자를 들입니까?"

"그러면 혼자 살다가 죽겠다는 말인가?"

"글쎄요…지금으로서는 계획이 없습니다."

"이렇게 답답하기는…살림 꼴이 이게 뭔가. 자네만 괜찮다면, 내가 혼인을 주선할 수도 있어."

"아직은 그럴 때가 아닙니다."

"그럼, 언제가 좋겠는가?"

"지금 이대로가 좋은 걸요. 오로지 그림만 생각하면서 살고 싶어요."

"참으로 답답한 사람이네. 총각 딱지는 떼었는가?"

"저한테 그럴 기회가 있었겠습니까. 전채서에 오기 전에는 절
밥으로 살았는걸요."

"그것도 자랑이라고 원…차라리 벽을 마주보고 얘기하는 게 낫
겠군."

곤이 눈을 흘기며 또 혀를 찼다. 그러면서도 솔거에게서 측은
한 눈길을 떼지 못하고 거푸 한숨만 내쉬었다. 솔거는 그의 마음
을 알면서도 짐짓 모르는 체했다. 솔거로서는 그럴 수밖에 없었
다. 언감생심 혼인이라니…지금의 처지로는 여자를 들일 능력도
없고, 들이고 싶지도 않았다. 오직 그림 그리는 일에만 매이고 싶
었다. 그걸 숙명으로 받아들였다.

104

솔거가 휴무일을 맞아 다시 황룡사를 찾았다. 경내가 한산했
다. 가끔 승려와 불자로 보이는 남녀가 몇 지나갈 뿐이었다.

그는 곧장 중앙 금당 외벽 앞으로 갔다. 동쪽으로 향한 회벽에
햇살이 하얗게 쏟아져 눈이 부셨다.

그는 벽을 채울 알맞은 그림을 상상했다. 벽을 양분해 놓은 가운데 기둥이 마음에 걸렸다. 그림을 그려넣기 전에 그 기둥부터 없애야 될 것 같았다. 그래야만 화폭이 크고 넓어진다.

기둥을 없애는 방법은 한 가지밖에 없다. 불쑥 튀어나온 기둥의 두께와 맞먹게 회를 두껍게 바르는 것이다. 그러면 화폭이 시원스럽게 넓어질 것이다. 거기에 무엇을 그리든 실물만큼 큰 그림이 들어갈 수가 있다.

솔거는 벽에서 멀찍이 떨어져 화폭을 한눈에 담았다. 거기에 어떤 그림을 담는 게 어울리는지를 생각했다. 불상(佛像)이 알맞을 것 같기는 하지만 산수도 괜찮을 것 같았다.

이때 불쑥 떠오르는 게 있었다. 지난번 전채서 시취에서 자신이 그렸던 소나무 그림이었다. 그것이 일품의 높은 평점을 받았다. 솔거는 벽에 펼쳐진 화폭에다 그 소나무를 그리면 어떨까 생각했다.

마침 스님 하나가 지나가다 솔거와 눈이 마주쳤다. 아명 스님보다는 많이 젊어 보였다. 솔거가 합장으로 예의를 갖췄다.

그가 솔거가 바라보고 있던 외벽을 흘끔 올려보며 고개를 갸웃거렸다. 아무것도 없는 빈 벽을 오랫동안 바라보던 솔거가 의아했던 것 같았다. 결국 솔거한테 말을 붙였다.

"아까부터 벽을 왜 그리도 보고 있으시오?"

"생각할 것이 있어서요."

"혹시 부처님이 보이시오?"

"부처님도 보이고, 소나무도 보입니다."

"허허, 그대는 대체 누구시오?"

"이름까지 밝힐 인물이 못되는 걸요, 스님."

"무엇을 하시는 분이오?"

"굳이 말씀을 드리자면, 보잘것없는 화공입니다. 전채서에 매어 있구요."

"어쩐지…성함도 말씀해 주시지요."

"보잘것없는 화공인데…솔거라고 합니다."

"방금 솔거라고 하시었소?"

"예, 스님."

"허어, 진정 솔거라는 말씀이시오? 이리 반가울 수가…나무아미타불 관세음보살."

그가 다시 합장으로 허리를 굽혔다. 그러고는 솔거의 손을 덥썩 끌어잡았다. 그도 솔거에 대한 소문을 이미 들은 것 같았다. 솔거는 갑자기 민망한 처지가 되어 그에게 엉거주춤 손을 맞길 수밖에 없었다.

"소문을 들으니, 솔거 화공께서 한때 삼랑사에 머무셨다고 하던데…"

"그런 적이 있지요. 아명 스님께 불화를 배운 적이 있습니다."

그가 또 합장했다. 그러고는 자기도 아명을 잘 알 뿐만 아니라, 존경하는 스님이라고 했다. 솔거는 갑자기 그가 반가워 자신도 모르게 '나무아미타불 관세음보살'이 튀어나왔다. 내친 김에 그의 법명을 물었다. 자박(自縛)이라고 했다.

"자박…자박이란 무슨 뜻인지요?"

"스스로 옭아맨다는 뜻이 아닙니까. 소승을 부처님 말씀으로 묶으라는 의미로, 스승께서 지어주신 법명이지요. 헌데, 저 벽에다 무엇을 그리고 싶으신가요?"

"혼자 상상을 했을 뿐입니다만, 저한테 그럴 기회가 오겠습니까. 제 욕심이 지나쳤지요."

"그건 부처님만 아시지요. 그럼, 소승은 이만…"

그길로 자박이 바로 물러갔으나, 그가 남긴 말의 여운이 머리에서 쉬 지워지지 않았다. 부처님만 아시는 일이라니…솔거는 자박 스님이 남긴 말을 곱씹으며 햇살이 하얗게 기어다니는 벽을 한참 동안 올려봤다.

105

금당에서 물러난 솔거가 9층 목탑을 둘러보고 남문을 빠져나왔다. 이왕 나온 김에 문방점에나 들를까 싶어 그쪽으로 방향을 잡았다.

바로 이때였다. 솔거는 지근거리에 있는 한 사내를 발견했다.

비록 뒷모습이기는 하지만 그리 낯설지 않아 눈길을 잡아끌었다. 왜소한 체구에 삿갓을 눌러썼다. 그 모습이 눈에 익었다. 더구나 실팍하게 퍼진 엉덩이에 시선이 꽂히는 순간, 여자라는 걸 더욱 확신하게 되었다. 옹주가 틀림없었다. 왠지 오늘은 시녀 없이 혼자였다.

솔거가 갈등에 빠졌다. 다가가서 인사를 하는 것이 도리인지, 아니면 모르는 체할 것인지를 놓고 고심했다. 두 경우가 똑같이 마음에 걸렸다. 아주 모르는 사이가 아니어서, 그냥 지나치는 건 예의가 아닐 것 같았다. 반면에 남자 복색으로 변장해야 하는 그녀의 처지를 생각하면 모르는 체하는 게 옳다.

그러나 솔거는 어느덧 발길이 그녀에게 다가가고 있음을 깨달았다. 팔을 뻗으면 곧 그녀에게 닿을 수 있을 만큼 가까이 와 버렸다.

솔거는 빠른 걸음으로 그녀를 앞질렀다. 그러고는 고개를 슬그머니 돌려 그녀를 바라봤다. 여미가 놀란 표정으로 우뚝 섰다. 솔거가 그녀에게 허리를 굽혔다.

"옹주이신 것을 알고 따라와 무례하게 인사 올립니다. 용서하십시오."

"솔거 화공께서 여기는 어떻게…?"

"황룡사에 들렀다가 가는 길입니다."

"지금은 전채서에 계실 시각이 아닙니까?"

"오늘이 마침 휴무일입니다."

"어전 시취에서 최상의 평점을 받으셨다고 들었습니다. 그리고 관등에까지 오르셨습니다. 축하드립니다."

여미가 합장한 자세로 예의를 갖췄다. 솔거도 황망히 허리를 꺾었다. 그러자 그녀가 사방을 두리번거렸다. 주위의 시선을 의식하는 것 같았다. 솔거가 그제서야 그녀 앞에 너무 오래 머물렀음을 깨달았다.

"그럼, 소인은 이만 물러가겠습니다. 옥체 보전하십시오."

"화공께서도 안녕히 가십시오. 그럼…"

여미가 왠지 왔던 길을 향해 등을 돌렸다. 자칫 솔거와 동행하게 될 것을 경계하는 눈치가 보였다. 솔거도 서둘러 자리를 떴다.

이 장면을 유심히 지켜보는 이가 있었다. 그는 옹주의 시부였던 아찬 설공두였다. 그가 마침 종사관(從事官)을 대동하고 지나가다가 옹주를 발견한 것이다. 더구나 웬 젊은 사내와 대로에서 얘기하는 모습이 그의 발을 멈추게 했다. 그 사내는 한 번도 본 적이 없는 얼굴이었다. 그 사내가 설공두를 궁금하게 했다.

남녀가 헤어지는 것을 확인한 설공두가 그 즉시 종사관한테 지시했다. 그 자를 미행하여 거처를 알아놓으라고 했다.

솔거는 예정대로 문방점으로 들어갔다. 주인이 솔거를 보자 반색하며 관등에 오른 일을 치하했다. 그러자 주위에 있던 이들이 솔거에게 다가와 정중하게 인사를 차렸다. 종사관이 문방점 밖에서 그 장면을 낱낱이 지켜보며 감시하는 걸 늦추지 않았다.

잠시 후 솔거가 문방점에서 나갔다. 종사관도 거리를 두고 그

의 뒤를 밟았다. 그가 보기에 환쟁이거나 화공에 가까운 사람일
것 같았다. 그가 붓을 만지작거리거나 화선지를 펴보는 것으로 보
아 그림을 그리는 사람이 분명했다.

솔거는 곧장 집으로 향하면서도 조금 전에 만난 옹주만을 생각
했다. 그녀에게 축하인사까지 받은 감동이 가슴을 흔들어 놓았다.
그녀가 비록 남장은 했어도 미색은 예전과 조금도 다르지 않았다.
오히려 원숙한 아름다움이 있었다.

106

설공두는 종사관으로부터 보고를 받고 한참을 생각했다. 종사
관의 짐작대로 그 사내가 환쟁이거나 화공이라면, 옹주가 그와 어
떻게 안면을 트게 되었는지 궁금했다. 서로가 알게 된 지 오래 된
사이처럼 보였기 때문이다.

설공두는 종사관이 그 자의 이름을 미처 알아두지 못한 것이
자꾸 아쉬웠다. 이름까지 알았다면, 그가 어떤 자인지를 채전감한
테 물어보면 될 일이었다. 채전감이 언젠가 솔거라는 화공을 옹주
한테 천거할 뜻이 있음을 내비친 적이 있었다.

혹시 오늘 목격한 사내가 바로 그 솔거라는 자가 아닐까 하는

생각도 했다. 그러나 아까 본 그 자의 모습으로는 그럴 것 같지가 않았다. 의복이 단정하거나 전혀 깨끗하지 못하고 생김새도 평범했다. 그게 설공두를 불안하게 했다.

만약 그 자가 사악한 마음까지 가지고 있다면 옹주를 보호하지 않으면 안 된다. 어떤 해악을 끼치게 될지 예측할 수가 없기 때문이다. 그래서 더욱 불안했다.

설공두가 급히 종사관을 불러들였다. 이방부에 연락해서 그 자를 당장 잡아들이라고 일렀다.

솔거가 마루 끝에 앉아 하늘을 올려보고 있는데 누군가 대문짝을 거칠게 걷어차더니 당장 문을 열라고 소리를 질렀다. 솔거가 누구냐고 물었다. 그러자 이방부에서 나왔다며 또 문을 걷어찼다.

솔거는 이방부라는 말에 그만 풀썩 주저앉고 말았다. 여러 해 전 일이 떠올랐기 때문이다. 한때 이방부에서 백제인들을 마구 잡아들인 적이 있었다. 그때 솔거도 이방부에 끌려갔었다. 벽공의 둘째 아들 흔이 밀고한 사건이었다.

그건 이미 여러 해 전의 일이라, 지금껏 백제인들을 잡아들일 것으로는 생각하지 않았다. 모두 지난 일로 접어두고 있었다.

솔거가 할 수 없이 문을 열어주었다. 그러자 포졸 두 명이 거칠게 밀고 들어와 다짜고짜 솔거에게 포승을 들이댔다. 솔거가 이유를 물었으나 포졸들은 들은 척도 하지 않았다.

솔거가 이름을 대며 강하게 항의했다. 심지어 자신이 16관등

소오라고 악을 쓰는데도 아예 귀를 막아버렸다. 오히려 포졸 하나가 곤봉으로 어깨를 내리쳤다. 뼈가 부서지는 것처럼 고통스러웠다.

결국 이방부 옥사에 갇히는 신세가 되어 하룻밤을 묵었다. 솔거는 도무지 이유를 알 수가 없었다. 백제인들을 다시 잡아들이기로 했다면 몰라도, 그 외에는 잡혀 올 이유가 없는 것이다.

솔거가 집행관 앞에 끌려나왔다. 솔거 좌우에 포졸이 눈을 부릅뜨고 지켜서 있었다. 집행관이 느닷없이 어제 누구를 만났는지 물었다. 솔거는 어이가 없어 한동안 그를 멀뚱히 바라보기만 했다.

그러자 포졸이 곤봉으로 어깨를 내리쳤다. 그 순간 옹주 얼굴이 떠올랐다. 그러나 솔거는 차마 실토할 수가 없었다. 실토한 것이 옹주에게 피해가 된다면, 그건 도리가 아닐 것 같았다.

"어제 낮에, 누구를 만났는지 실토하지 못할까?"

"아무도 만나지 않았습니다."

"어허, 이놈이 그래도…"

또 곤봉이 어깨를 내려쳤다. 솔거는 죽기로 작정하고 이를 악물었다. 맞아 죽을지언정 옹주까지 끌어들일 수는 없었다. 그건 남자로서 비겁한 일이다. 육체적인 고통쯤 얼마든지 참을 수 있을 것 같았다. 그게 옳은 처사일 것도 같고.

107

그날 오후 설공두가 이방부에 들어갔다. 이방부장 박궁지(朴穹地)에게 문초한 결과를 물었다. 그러자 그가 고개를 좌우로 흔들었다. 솔거가 입을 굳게 다물어 밝혀낸 것이 없다는 것이다.

"더구나 어제 낮에 만난 사람이 없다고 합니다."

"허어, 내가 이 두 눈으로 똑똑히 확인했는데."

"매를 쳐도 입을 열지 않습니다."

"대체, 뭐하는 놈인가? 이름은 무엇이고?"

"그것도 함구하고 있습니다."

"저런 발칙한 놈. 제 이름까지 숨기는 것이 더욱 수상하지 않은가. 사악한 짓을 저지를 놈이지."

"헌데, 대감께서는 저 자가 낮에 만난 사람을 알고 계신다고 하셨는데, 그렇다면 굳이 문초할 필요가 있겠습니까?"

"이거야 원…낮 뜨거운 일이라, 입이 안 떨어지는군. 실은, 저 자가 만난 사람이…하아, 이거야 원…"

"말씀하시지요."

"자부(子婦)였던 옹주라네. 그 자가 옹주한테 접근해서 무슨 짓을 할지 몰라서 걱정하는 게야. 그렇지 않은가?"

"그토록 사악한 놈이라면, 감히 왕족 신분을 능멸한 죄가 매우 큽니다. 엄히 다스려야 합니다."

"내 말이 그런 뜻이라니까. 그 자를 내가 문초하도록 하지."

"그거야 어려운 일은 아니지만, 고집이 여간 아닙니다. 그토록 매를 가해도 입을 열지 않습니다."

"어쨌든, 나한테 맡겨 보게."

결국 설공두가 직접 솔거를 문초하게 되었다. 잠시 옥에 갇혀 있던 솔거가 다시 끌려나왔다. 꼴이 말이 아니었다. 머리는 봉두난발이고, 얼굴 곳곳이 상처투성이고, 옷도 죄다 찢어져 발가벗긴 것이나 다름이 없었다.

설공두가 그 꼴이 하도 처참해서 외면할 정도였다. 그토록 매를 많이 맞았다. 설공두가 작심하고 심문하기 시작했다.

"나는 사정부에서 나왔다. 네가 사실대로 실토하면, 죄를 감해 주도록 건의할 수가 있어. 그러니 내가 묻는 말에 사실대로 고하거라. 네 이름이 무엇이고, 어디서 무엇을 하는 놈이냐?"

솔거가 꺾인 고개를 들지 못해 마치 죽은 닭 모가지처럼 늘어뜨렸다. 포졸이 곤봉으로 턱을 들어올렸으나 이내 툭 떨어졌다. 목을 세울 힘조차 없는 것 같았다. 설공두가 포졸에게 일러 죄인에게 물을 주라고 했다.

물을 넘긴 솔거가 잠시 숨을 몰아쉬더니 입을 달싹거렸다. 말을 꺼낼 듯싶었다. 설공두가 재차 물었다.

솔거가 그제서야 고개를 들었다. 설공두가 사정부에서 나온 사람임을 스스로 밝힌 만큼, 억울하게 끌려온 자의 죄를 옳게 가려 줄 것으로 믿은 것이다. 사정부가 감찰기관이라는 것은 이미 들어서 알고 있었다.

"나리, 저는 전채서 소속의 솔거 화공입니다. 채전감은 설긍신 나리시구요. 그분께서는 저를 누구보다도 잘 아십니다."

"방금, 솔거라고 하였느냐?"

"예, 나리."

그 순간 설공두는 마치 망치로 머리를 얻어맞은 것처럼 잠시 정신줄을 놓고 말았다. 솔거라면 채전감이 옹주한테 천거했던 그 화공이 아닌가. 더구나 어전 시취에서 일품 최상의 평점을 받았고, 어진 제작에 공을 인정해 관등까지 제수 받았다.

그런 인재를 사악한 자로 오해했던 것이 부끄러워 진땀이 흘렀다. 옹주가 원했다면 그에게 사사를 받게 했을 것이다.

그러나 솔거가 왜 낮에 옹주 만난 것을 숨기는지 이해할 수가 없었다. 혹시 옹주에 대한 각별한 정을 마음에 품고 있는 게 아닐까 싶어 괘씸한 생각이 들었다. 감히 왕족인 옹주를 상대로 정념(情念)을 가지다니. 그건 더욱 용서할 수 없는 중죄에 속한다. 그건 곧 옹주를 능멸하는 것이나 다름이 없는 것이다.

설공두는 잠시 갈등에 빠졌다. 더구나 채전감 설긍신이 아끼는 화공이고, 경덕왕으로부터 어주까지 받았다. 이러한 인재를 함부로 처리할 일이 아닌 것 같았다.

어찌 할꼬.

108

솔거한테 결국 무거운 벌이 내려졌다. 죄목은 진골 계급에 대한 능멸이었다. 솔거로서는 속수무책이었다. 항의는 꿈도 꿀 수가 없어, 벌을 내리는 대로 받아들이는 수밖에 없었다.

이번 결정에 가장 실망한 사람은 채전감 설긍신이었다. 청상과부로 전락한 옹주 때문에 아까운 인재를 잃게 된 것이 안타까웠다. 더구나 솔거는 경덕왕이 그 재주를 인정한 화공이다. 그러한 사람에게 중벌을 내린 것에 안타깝다 못해 분노했다.

애매한 이번 일로 솔거가 전채서에 퇴출당한 것은 물론이고, 16관등으로 제수 받은 소오도 박탈당했다. 그리고 차후 2년간 서라벌에 발을 들여놓을 수 없게 되었다. 도성 밖으로 나가라는 뜻이었다. 따라서 거처도 성 밖으로 옮겨야 했다.

그뿐만이 아니었다. 나라에서 관리하는 전답에서 일 년간 노역을 해야 한다. 그 전답 역시 도성 밖에 있었다. 노역하는 기간에는 붓을 잡을 수 없게 됐다.

솔거는 허탈감에 빠져 노역 외에는 일이 손에 잡히지 않았다. 노역쯤은 어렵지 않았다. 어릴 때부터 노비로 일했던 터라 그다지 힘들지 않았다. 다만 한동안 그림을 그릴 수 없는 것이 안타까울 뿐이었다.

벽공 설긍신이 이번 사건에 책임을 지고 채전감에서 스스로 물러났다. 자리에 연연해하지 않기로 해 조금도 미련이 없었다. 그의 가슴을 아프게 한 것은 솔거에게 내린 중벌이었다.

솔거는 설긍신이 발탁해 전채서로 끌어들였다. 그의 재능을 일찌감치 알아챘다. 그래서 자신의 집에 와서 사사 받도록 했던 것이다. 그러나 둘째 아들 흔이 심술을 부려 집에서 쫓겨나다시피 했었다.

그게 설긍신 가슴에 빚으로 남아 있었다. 그러던 차에 이번 일이 터졌다. 사실 솔거가 잘못한 건 없었다. 따지고 보면 신분계급에 희생이 된 것이다.

오히려 솔거는 그들의 우월적 신분제도를 존중하기 위해 스스로 희생한 것뿐이다. 옹주의 신분과 처지를 보호하기 위해서, 그날 만난 사실을 숨겼다. 그것이 괘씸하여 벌이 가중된 것이다.

이번 일로 벽공은 아찬 설공두에 대해서 많이 서운했고, 분노했다. 그와는 계촌일 뿐만 아니라, 평소에 가깝게 교유했었다. 그런 관계를 생각해서도 솔거 일을 자기한테 먼저 상의했어야 옳은 것이다. 그의 편협된 처사로 인해 벽공은 그에게 마치 뒤통수를 맞은 기분이었다.

여미가 오늘도 잠을 이루지 못했다. 벌써 닷새째였다. 잠은커녕 식음마저 끊고 있었다. 솔거가 자기 때문에 희생된 것을 생각하면, 억장이 무너져 목숨을 끊고 싶은 마음이었다.

설공두가 시부인 것은 틀림없다. 남편이 죽어 시댁에서 나와야 했던 계기가 되기는 했어도 시부는 시부다. 그는 청상이 된 며느리를 시어머니보다 더 안타깝게 생각했고 그래서 자유를 주었다.

그랬던 그가 솔거한테 너무 가혹한 형벌을 내렸다. 여미는 그게 야속했다. 솔거는 옹주의 입장을 보호하기 위해서 희생됐다. 시부가 그 깊은 마음을 눈치 챘더라면 그처럼 가혹하지는 않았을 것이다.

여미는 이번 사태를 자기 책임으로 돌리고 있었다. 그래서 밤낮으로 괴로워했다. 이번 사건이 중벌로 마무리 된 직후에 시댁에서 여미를 불러들였다. 그때 일의 전말을 알게 된 것이다.

여미는 시부로부터 그 얘기를 듣고 한참 오열했다. 시부가 어떻게 생각하든 마음에 두지 않았다. 솔거에 대한 미안감만이 가슴을 찢을 뿐이었다. 그래서 시부한테 모든 게 자기의 불찰임을 고백했다.

그런데 시부는 그걸 엉뚱하게 받아들이는 것 같았다. 여자로서 행동거지를 바르게 하지 못한 점을 반성하는 것으로 오해했다. 그래서 더 답답하고 안타깝고 슬펐다. 그저 솔거만 불쌍한 사람으로 남게 되었다.

솔거….

109

솔거가 노역을 마치고 귀가하자, 뜻밖에 벽공의 셋째 아들 곤이 문 밖에서 기다리고 있었다. 거처를 도성 밖으로 옮겼는데도 용케 찾아왔다.

그의 얼굴이 솔거에 대한 연민으로 일그러져 있었다. 솔거를 보자마자 눈물부터 쏟아냈다. 솔거가 말리는데도 눈물을 그치지 않았다.

"형님, 이러지 마십시오. 제 마음이 더 아픕니다."

"안타까워서 그러네. 대체, 자네가 무엇을 잘못했는가."

"감히 옹주한테 정념을 품지 않았습니까."

"정녕 그러했나?"

"형님도 참. 제가 어찌 옹주한테 불순한 마음을 가지겠습니까. 꿈에서조차 없었던 일입니다."

"그까짓 신분이 뭐라고, 사람을 이 지경으로 만든다는 말인가. 왕족이나 귀족이나 평민이나 사람이기는 다 마찬가진데, 왜 차별을 받아야 하는지 나는 모르겠다는 말이네."

"천지가 뒤집히기 전에는 바뀌지 않을 제도인 걸요. 우리 같은 신분은 그걸 숙명으로 받아들입니다. 그러니 형님은 자책하지 마십시오. 어차피 제도는 바뀌지 않습니다."

"자네는 분하지도 않은가?"

"저는 태생이 천한 몸입니다. 그렇다고 해서, 어찌 생각이 없겠습니까. 방금 말씀 드린 대로, 숙명으로 받아들일 뿐입니다. 그래서 환쟁이의 길을 택한 것이구요."

그러자 곤이 솔거의 어깨를 안으며 한숨을 내쉬었다. 그의 손 끝에서 온기가 전해졌다. 솔거가 비로소 눈물을 글썽거렸다. 곤은 자신이 귀족 계급이면서도, 솔거의 마음을 따뜻하게 위로할 줄 아는 사람이었다. 그게 솔거를 감동시켰다. 지금까지 그래 왔다.

솔거가 비로소 사립문을 열고 곤을 안으로 들였다. 그가 곧 주저앉을 것같이 납작한 누옥을 둘러보며 혀를 찼다. 그가 보기에도 집이라고 하기에는 너무 초라했던 모양이다.

"아버님께서 솔거 걱정을 많이 하시네. 어찌 사는지 궁금하시다면서, 나를 보내신 것이야."

"저는 나리께 큰 죄를 지었습니다. 저 때문에 채전감 자리에서 물러나셨어요. 이 죄를 어떻게 씻어야 할지, 그저 막막할 뿐입니다."

"솔거야 말로 자책하지 말게. 아버님께서는 그런 자리에 연연해하실 분이 아니라네. 아버님이야 말로 평생 화공의 길을 원하셨어. 그래서 솔거한테 애착하신 거고."

"제가 나리의 깊으신 마음을 어찌 모르겠습니까. 그래서 늘 감사하게 생각하고 있습니다."

"그렇다면 다행이고."

"형님. 곧 어두워질 시각인데, 오늘은 못가시겠어요. 누추하기가 이를 데 없지만, 오늘 밤은 여기 계셔야 될 것 같습니다."

"나도 그럴 생각으로 온 것이네. 그러니 어서 저녁 준비나 하게."

"큰일 났습니다. 찬이 없는데, 어찌 잡수시겠어요. 조밥과 찬이라고는 달랑 된장뿐입니다. 고추가 있기는 합니다."

"그거면 됐지 뭐."

솔거가 갑자기 바빠졌다. 부엌에서 마당으로, 마당에서 우물로 잰걸음질을 했다. 곤은 마루 끝에 걸터앉아 솔거가 하는 양을 가만히 지켜보며, 때로는 빙긋이 웃기도 하고 때로는 우울한 표정을 짓기도 했다.

솔거는 오랜만에 행복을 느꼈다. 얼마만의 느낌인지 생각이 잘 나지 않았다. 최근으로는 전채서에서 나와 독립한 날이었다. 그 앞에는 어전 시취에서 일품 최상의 평점을 받을 때였다. 어주를 받았을 때와 관등을 제수 받았을 때는 그만은 못했던 것 같았다.

그리고 오늘 곤이 느닷없이 나타나, 그를 위해 저녁을 짓는다는 생각에 행복했다. 그 행복감이 세상을 다 채워버릴 만큼 충만했다. 실로 오랜만에 가져보는 기분이었다.

110

여미가 아명 스님을 만나기 위해 삼랑사를 찾았다. 솔거가 어전 시취에서 최상의 평점을 받아 경덕왕이 어주를 내렸다는 소식을 듣고 감격해서 삼랑사에서 예불을 올렸었다. 그러고는 다시 온 것이다.

아명 스님이 여미를 보자 조금은 의아해하는 표정을 지었다. 지난번에 와서 예불을 올린 지 얼마 안 되었기 때문이다. 더구나 서라벌에서 삼랑사까지는 가까운 거리가 아니다.

"옹주께서 어쩐 일이십니까? 다녀가신 지 얼마 되지 않아서 드리는 말씀입니다."

"스님께 드릴 말씀이 있어서 왔습니다."

"말씀하십시오."

그러나 여미가 고개만 숙이고 있을 뿐 한동안 입을 열지 않았다. 아명은 그녀에게서 깊은 고뇌를 느꼈다. 오랜 숙고 끝에 찾아온 눈치였다. 아명은 옹주의 마음을 헤아려 잠자코 기다렸다.

여미가 한참만에 입을 열었다. 얘기의 서두를 찾지 못해 골몰하는 모습이 역력했다. 그녀의 이마에 땀이 맺혔다. 어쩌면 듣기에 엄청난 얘기일지도 모른다는 생각에 아명도 긴장했다. 무슨 일인지 상상할 수가 없었다.

"스님, 저는 솔거 화공한테 큰 죄를 지었습니다."

"옹주께서 죄를 짓다니요? 그 동안 무슨 일이 있으셨습니까?"

"모든 게 저의 불찰입니다. 제가 신중했어야 했는데, 생각을 깊게 하지 못했습니다."

"소승이 답답합니다. 대체 무슨 일이 있으셨기에…"

"이 죄값을 어떻게 치르면 되겠는지, 스님의 뜻을 알고자 온 것입니다."

"허어 참. 자세히 말씀을 해 보세요. 답답하다니까요."

"말씀 드리지요."

여미가 그제서야 속내를 털어놓았다. 그녀의 얘기는 솔거를 처음 알게 된 사연부터 시작되었다. 남편을 여의고 자양사에 와서 예불을 올릴 때 솔거를 처음 만난 장면이었다.

"그때는 제가 상중이라, 소복을 입고 있었습니다."

그 후 여미가 자양사에 시주하러 왔을 때 먼 발치에서 솔거를 봤다. 그때는 서로 눈이 마주치지 않았다. 그리고 여미가 남장을 하고 저잣거리를 지날 때 솔거와 마주쳤다. 그때 솔거가 전채서 화공이 됐다는 사실을 알게 됐다.

"옹주께서 솔거를 자주 보신 셈이군요."

"우연히 만난 것뿐입니다."

"당연히 그러시겠지요."

그로부터 한참 지난 후에 황룡사 앞에서 솔거를 만났다. 솔거가 뒤에서 쫓아와 인사할 때였다. 그러고는 곧장 헤어졌다. 그건 사람들의 시선을 의식해서 여미가 먼저 자리를 뜬 것이다.

그것이 솔거를 마지막 만났던 때였다. 결국 그 일로 인해서 솔거가 엄청난 고초를 당했고, 전채서에서도 쫓겨나 노역까지 하게 된 것이다.

"헌데, 솔거가 그렇게 된 것이 어째서 옹주 탓이라고 하시는지요?"

"저와 솔거 화공이 얘기 나누는 것을 마침 시아버님께서 목격하신 것 같았습니다. 그 직후에 솔거 화공이 이방부에 끌려가 고초를 당하셨지요. 그 당시 이방부에서 솔거 당신께서 만난 사람이 누구냐고 종주먹을 댔지요. 그러나 화공께서는 입을 열지 않으셨습니다. 왜 그랬겠습니까? 저한테 화가 미칠까 봐 보호할 뜻이 있으셨던 거지요."

"그런 일이 있었군요."

"저의 시부께서 솔거 화공을 오해하신 것 같았습니다. 화공께서 저한테 특별히 정을 품었다고 생각하신 거지요. 그러나 스님. 실은 이 계집이 솔거 화공께 정을 품고 있었습니다. 그 분 생각에 잠을 이루지 못한 밤이 여러 날 있었으니까요. 그러니 솔거 화공께서 저리 되신 게 이 계집 때문이 아니겠습니까. 제가 그 분 앞에서 좀더 조신하게 굴었어야 했습니다."

"허어 참…"

"스님, 이 계집이 속죄할 수 있는 길을 가르쳐 주십시오."

"나무아미타불 관세음보살…"

아명은 마음이 답답하고 안타까워 한숨밖에 내쉴 일이 없었다. 옹주가 얼마나 마음이 괴로웠으면 거리를 염두에 두지 않고 달려왔을까 생각하니 딱하고 측은하기 짝이 없었다. 그 속을 들여다보지 않아도 새카맣게 탔을 것이다. 그런데 또 뜻밖에 그녀가 아명을 놀라게 했다.

"스님, 속세를 떠나고 싶습니다."

"방금 뭐라고 하셨습니까?"

"속세를 떠나고 싶습니다."

"속세를 떠나시다니요? 중이 되시겠다는 말씀입니까?"

"그러고 싶습니다. 그러니 스님께서 그 길을 열어 주십시오."

"나무아미타불 관세음보살…"

아명이 눈을 감은 채 한동안 독경에 들어갔다. 그 얼굴에 고뇌가 잔뜩 배어 있었다. 그 앞에서 여미는 눈물만 하염없이 흘릴 뿐이었다. 그녀의 흐느끼는 소리가 아명의 독경을 덮어 버렸다.

111

솔거가 노역에 들어간 지 일 년이 지났다. 비로소 자유로운 몸이 되었다. 그러나 도성에 발을 들여놓으려면 아직 일 년을 기다려야 했다. 굳이 도성으로 들어갈 이유도 없었다.

솔거는 아명 스님을 보기 위해 삼랑사로 떠났다. 생각 같아서는 벽공부터 찾아보는 게 도리지만 도성에 발을 들일 수가 없었다.

삼랑사 경내로 들어서자 마침 아명이 금당에서 나오고 있었다. 그가 솔거를 보자 대뜸 혀부터 찼다. 그가 솔거를 뚫어지게 바라보더니 승당으로 들어가 버렸다. 솔거가 뒤따라 들어갔다.

"너는 어찌하여 그리도 못났느냐."

"죄송하다는 말씀밖에는 드릴 수가 없습니다. 용서하십시오."

"고초가 심했다는 소식은 들었다. 노역은 끝났느냐?"

"예, 스님."

"벽공은 찾아뵈었고?"

"아직은 도성에 발을 들일 수가 없습니다. 일 년을 더 기다려야 합니다."

"잘 되었구나. 당분간 여기에 머물면서 수도하거라."

"소인도 그럴 생각입니다."

"헌데, 언제부터 옹주와 아는 사이였느냐?"

순간, 솔거의 가슴이 철렁 내려 앉았다. 비밀 같지 않은 비밀을 결국 아명까지 알게 됐다. 하긴 장님만 사는 세상이 아니므로 그럴 수도 있겠다 싶었다.

솔거가 잠시 뜸을 들이고는 여미와의 인연을 사실대로 털어 놓았다. 그러자 오히려 마음이 편안했다.

솔거한테 얘기를 다 듣고난 아명이 비로소 옹주가 다녀간 사실을 전했다. 그러면서 그녀가 솔거한테 매우 미안해하더라는 것까지 덧붙였다.

솔거가 펄쩍 뛰며 그럴 이유가 없다고 단호하게 잘라버렸다. 그러자 아명이 또 혀를 찼다.

"옹주 마음이 그러하다는데, 낸들 어쩌겠느냐."

"스님께서 옹주를 말리십시오. 옹주께서는 조금도 잘못이 없으십니다."

"열부 열녀가 따로 없구나."

"열부라니요, 그건 천부당만부당합니다."

"그런데…"

아명이 무슨 말인가 할 것처럼 입을 떼었다가 바로 함구했다. 솔거가 답답해서 그의 입이 다시 열리기를 기다렸다. 그러나 아명은 "나무아미타불 관세음보살…"만 읊조릴 뿐이었다.

아명은 승려가 되고 싶다던 옹주의 뜻을 전할까 하다가 그만두었다. 아직 확실하게 정해진 것도 아니다. 더구나 솔거에게 더 큰 상처를 줄 수가 없었던 것이다.

이때 밖에서 누군가 아명을 찾는 사람이 있었다. 그 음성이 아명과 솔거의 귀에 익었다. 솔거가 긴가민가하여 문을 열고 나갔다.

뜻밖에 벽공이 와 있는 게 아닌가. 더구나 혼자가 아니었다. 놀랍게도 그의 셋째 아들 곤과 함께 온 것이다. 솔거는 엄연한 눈앞의 현실인데도 믿을 수가 없어 한동안 바라보기만 했다. 놀라기는 벽공이나 곤도 마찬가지였다. 솔거가 재빨리 뜰로 내려와 무릎부터 끓었다.

"솔거가 왜 여기에 와 있느냐?"

"나리, 소인이 죄인입니다."

"나는 아명 스님을 뵈러 온 것이야."

"소인이 나리께 지은 죄를 씻을 길이 없습니다."

"그 얘기는 차차 하기로 하고, 스님은 안에 계시느냐?"

이때 아명이 뜰로 내려섰다. 그가 벽공을 보더니 왠지 혀부터 찼다. 벽공이 왜 그러느냐고 묻자 "답답해서 그럽니다." 하고 그제서야 합장을 했다.

"제가 어때서, 답답하다는 말씀입니까?"

"그렇찮구요. 솔거를 고기 낚듯이 데려가시더니, 고작 이 꼴로 만드시지 않았습니까."

"그 말씀에는 입이 열이라도 할 말이 없습니다."

"소승이 너무 답답하고 안타까워서 드린 말씀입니다. 오해는 하지 마십시오. 이렇게 된 것이 어찌 벽공 탓이겠습니까. 그 아찬 대감인지 곶감인지 하는 사람이 속이 꽉 막혔어요. 그러지 않구서야 원…"

아명과 벽공이 나란히 서서 하늘을 올려봤다. 그러고는 약속이나 한 듯이 동시에 한숨을 내쉬었다. 이를 보고 솔거가 슬그머니 곤의 팔을 잡아끌었다.

112

그날 밤 솔거와 곤이 방 하나를 차지해 나란히 누웠다. 깊어가는 가을밤이라 귀뚜라미 소리가 오랫동안 귀를 간지럽혔다. 두 사람이 그 소리를 들으며 한동안 입을 닫고 있었다. 솔거가 먼저 말문을 열었다.

"나리께서 웬일로 여기를 찾으셨습니까? 그리고 형님은요?"

"아버님께서 솔거가 궁금하시다면서, 삼랑사에 있을 것이라 하셨네. 나는 먼길에 연로하신 아버님이 걱정돼서 따라온 것이고."

"실은 나리께 먼저 인사드리려고 했으나, 제가 도성에 발을 들일 수 없는 처지가 아닙니까."

"아버님도 그리 짐작하고 계셔. 그러니 미안해 할 필요는 없네. 그건 그렇고, 노역이 끝나 다행이네. 이제 앞으로 어쩔 셈인가?"

"스님께서 당분간 여기 머물면서 수도하라고 말씀하셨어요."

"허어 참. 잘됐다고 해야 하는지 원…"

"저는 스님 뜻에 따를 생각입니다."

"그림은 작파하고?"

"그럴 리가 있습니까. 제가 여기에 있으면서 수도만 하겠습니까? 그림을 생각해야지요."

"아버님께서는 솔거를 곁에 두고 싶다고 하시는데, 당장은 방법이 없잖은가. 앞으로 일 년은 더 있어야 솔거가 서라벌에 들어올 수 있다며, 안타까워하시네. 어쨌든, 아무데서고 그림을 게을리 하지 말게. 그게 아버님 뜻이기도 하고."

"명심하겠습니다."

아명과 벽공도 나란히 누워 이런저런 얘기를 나누고 있었다. 주로 솔거의 앞날에 대한 걱정이었다. 아명이 여기에 옹주의 소식도 덧붙였다. 옹주가 출가할 뜻이 있다고 전하자 벽공이 자리에서 벌떡 일어났다.

"결국 아찬 대감이 두 젊은이 가슴에 못을 박는군요. 옹주가 안 됐군요. 팔자가 사나워 청상이 된 것도 안타까운데, 중이 되다니…스님 생각은 어떠하십니까? 잘된 일인가요?"

"소승이 아무리 중이라도, 이를 어찌 잘됐다고 하겠습니까. 답답하고 안타까울 뿐입니다."

"솔거와 옹주의 마음속에는 서로 정을 품고 있어요. 차라리 두 사람을 어디 낙도 같은 곳에 보내 함께 살게 했으면 좋겠습니다."

그러자 이번에는 아명이 허리를 발딱 세웠다. 그러고는 눈을 치떠 벽공을 노려봤다. 벽공이 흠칫해서 이유를 물었다.

"아무래도 벽공께서 노망이 드셨어요. 지난번에는 옹주를 삼랑사에 머물게 하여 그림을 가르치라고 하시더니요. 늙으시더니 머리가 어찌 되신 게 아닙니까? 만약 그랬다가는 솔거 목이 달아납니다. 아찬 대감은 물론이고, 이방부에서도 가만 두지 않아요."

"제가 그걸 왜 모르겠습니까. 두 젊은이가 안타까워서 그럴 뿐이지요. 그까짓 신분 따위가 뭐라고, 젊은 사람 가슴에 한을 맺히

게 한답니까. 참으로 답답해요."

"소승 생각도 벽공과 다르지 않습니다."

"그건 그렇고, 스님께서는 솔거를 언제까지 붙들어 놓으실 생각입니까? 저 아이는 그림을 그려야 합니다. 당장은 제가 데리고 있을 처지가 못 되니 원…어쨌든 솔거가 이왕 여기에 왔으니, 있는 동안 그림에 게을리 하지 않도록 단속을 하십시오. 그게 스님께서 솔거한테 베푸실 일인 것 같습니다."

"소승도 알고 있습니다."

이들 두 사람에게도 귀뚜라미 소리가 떠나지 않았다. 그러자 아명이 "저놈의 귀뚜라미는 잠도 안 자는지 원…" 하고 자리에 벌렁 누워버렸다. 귀뚜라미가 자기들 얘기하는지를 아는지 더 극성스럽게 울어댔다.

113

솔거가 금당 청소를 마치고 나오다가 웬 승려와 눈이 마주쳤다. 삼랑사 승려는 아니었다. 첫눈에 낯이 익는 승려였다. 그가 솔거한테 다가와 아명의 거처를 물었다. 솔거가 웃는 낯으로 합장하자 그 역시 웃으면서 다가왔다.

"혹시, 황룡사 자박 스님이 아니신지요?"

"그렇습니다만…아니, 솔거 화공이 아니십니까?"

"용케도 저를 알아보셨습니다."

"화공께서 여기에 계셨군요. 이런 줄도 모르고, 백방으로 수소문했지요."

"스님께서 저를 찾아 나선 것입니까?"

"그래서 아명 스님을 뵈러 왔지요. 화공께서 언젠가 황룡사에 오셨을 때 삼랑사에 머문 적이 있다고 하셨지요. 그래서 혹시나 해서 온 것입니다."

"우선 아명 스님부터 만나시지요."

솔거가 앞장서 그를 승당으로 안내했다. 아명은 자박이 기억에 가물가물한 듯 물끄러미 바라보기만 했다. 그러고도 한동안 뜸을 들이다가 입을 열었다.

"어느 사찰에 계신 스님이시오?"

"소승은 황룡사에서 상좌[98]로 있는 자박이라고 합니다. 여러 해 전 스님께서 황룡사에 오셔서 법담[99]을 여신 적이 있었습니다. 그 때 소승도 참석해서 뵈었지요."

"그랬었군요. 내가 이제는 늙어서 기억이 희미해요. 헌데, 삼랑사에는 웬일로 오시었소?"

"말씀을 드리자면…"

---

98) 상좌(上佐): 스승의 대를 이을 제자들 가운데 가장 높은 사람.
99) 법담(法談): 불법을 강의함. 좌담식으로 불교의 교리를 서로 묻고 대답함.

자박이 황룡사에서 솔거를 처음 만났던 정황을 장광설로 늘어놓았다. 그때 솔거가 금당 외벽을 한참 올려보고 있는 모습을 또렷하게 기억하고 있었다. 그뿐만 아니라, 솔거가 삼랑사에 머물면서 아명한테 불화를 배웠다는 것까지도 잊지 않고 있었다.

"그 후 솔거 화공께서 어떤 일로 화를 입고 전채서를 떠났다는 사실을 풍문으로 듣게 되었습니다. 그래서 백방으로 수소문하다가, 혹시나 해서 삼랑사를 찾게 된 것입니다."

"헌데, 왜 솔거를 찾아 나선 것이오?"

"실은, 솔거 화공께 간곡히 청할 일이 있습니다."

그건 다름이 아니라, 황룡사 금당 외벽을 솔거의 그림으로 채우고 싶다는 청이었다. 솔거는 그의 얘기를 듣는 순간 전율이 가슴을 뜨겁게 지졌다. 호흡이 갑자기 가빠지면서 숨이 탁 막혔다.

그러자 아명이 눈을 지그시 감으며 '나무아미타불 관세음보살…'을 거듭 외웠다. 그의 손끝에서 염주가 끊임없이 돌아갔다. 솔거가 자박을 향해 돌아앉았다.

"스님, 너무 감격스러워 눈물이 나려고 합니다. 그러나 제가 앞으로 일 년간은 도성에 들어갈 수가 없습니다."

"그건 소승도 알고 있습니다. 솔거 화공께서 약속만 해 주신다면, 일 년이든 이 년이든 기다릴 것입니다."

"사람이 앞날을 예측할 수가 없으니, 어찌 약속을 할 수 있겠습니까. 그러나 저는 그 외벽에 꼭 그림을 그리고 싶습니다. 그것만 말씀드립니다."

"그러면 되었습니다. 그게 언제가 되었든, 화공께서 오실 때까지 그 자리는 늘 비어 있을 것입니다."

자박이 일어날 뜻을 비치며 아명과 솔거에게 차례로 합장했다. 그러자 아명이 손사래를 치며 하룻밤 묵으라고 만류했다. 솔거도 아명과 같은 생각이라는 듯 고개를 끄덕였다. 그래도 자박이 기어이 자리에서 일어났다. 황룡사에서 해야 할 일이 많다고 했다. 아명도 더는 붙들지 않았다. 솔거가 자박을 배웅하기 위해 따라나섰다.

114

경덕왕의 왕후 만월부인이 황룡사를 찾았다. 그녀가 오래도록 잉태를 못해 황룡사에 자주 와서 예불을 올리곤 했다. 불심이 매우 깊어 황룡사에 종(鐘)을 주조하여 시주했었다.

예불을 마친 왕후가 시녀들을 거느리고 경내를 돌아봤다. 주지 승과 자박이 그녀의 좌우에 붙어서 동행했다. 왕후가 마침 금당을 지나 9층 목탑으로 가던 중에, 발걸음을 멈추더니 왠지 왔던 길로 되돌아갔다.

왕후가 금당 서쪽 외벽 앞에서 갑자기 걸음을 멈췄다. 그러고는 벽에 희미하게 남아 있는 흔적을 지적하더니, 무엇이 있던 자리냐고 주지승에게 물었다. 황룡사에 여러 번 왔었는데도 미처 발견하지 못했던 것 같았다.

"십여 년 전에 입적한 화승이 벽화로 그렸다가 지운 자립니다."

"무엇을 그렸기에 지웠답니까?"

"부처님과 동자승이 담소하는 모습이온데, 마음에 들지 않았던 것 같습니다."

"어째서 마음에 들지 않았답니까?"

"이 외벽이 마침 서향이라, 햇빛을 많이 받지 못해 그림이 죽는다고 했습니다."

"허면, 그 화승이 여기가 서향인 것을 깨닫지 못했던 것이오?"

"그 화승의 생각이 짧았던 것 같습니다. 그걸 뒤늦게 깨달은 것이지요."

"그걸 뒤늦게 알았다면, 후에라도 햇빛이 잘 드는 동쪽 외벽에 다시 그렸어야지요."

"원래는 그럴 생각이었는데, 그 화승이 병이 깊이 들어 붓을 잡을 수 없게 되었습니다."

왕후가 혀를 차면서 동쪽 외벽으로 걸음을 옮기더니, 마침 햇살을 따사롭게 받고 있는 벽을 한참 동안 올려봤다. 그러고는 "처음부터 이 자리에 그렸으면 좋았을 것을…" 하고 중얼거렸다. 이를 보고 자박이 왕후에게 다가갔다.

"왕후 마마. 실은, 여기에다 그림을 넣을 화공이 있습니다."

"어떤 화공이길래…?"

"솔거라고 하는 화공입니다만…"

"방금, 솔거라 하시었소?"

"예, 왕후 마마. 한때 전채서에 몸담고 있던 화공입니다."

"어전 시취에서 도석인물을 그려 일품 평점을 받았던 화공이 아니오? 그뿐만 아니라, 어진 제작에 동참화사로 참여하여 상감께서 관등까지 제수하시지 않았소."

"그렇습니다, 왕후 마마."

"허면, 그 화공에게 그리도록 하면 되지 않겠소?"

"헌데, 당장은 그럴 수 없는 사정이 있습니다."

자박이 그 사정을 간략하게 설명했다. 솔거가 왕족 옹주를 능멸한 죄로 중벌을 받아 전채서에서 퇴출되면서 노역에 처해지고, 도성에도 발을 들일 수 없다는 얘기였다.

"나도 그 사실을 알고는 있지만, 아직도 해금이 안 되었다는 말이오?"

"앞으로도 일 년을 기다려야 도성에 들어올 수 있다고 합니다. 그래야 황룡사에도 머물 수 있습니다."

왕후가 고개를 끄덕이며 잠시 생각에 잠겼다. 자박이 무엇인가 덧붙이려고 입을 달싹대는 중에 주지승이 눈짓으로 가로막았다.

왕후가 황룡사를 떠났다. 그러자 주지승이 자박을 향해 눈을 흘겼다. 왕후 앞에서 경망하게 굴지 말라는 뜻이었다.

"소승은 솔거를 그만 풀어주라고 부탁할 참이었습니다만."

"왕후께서 왜 생각에 잠기셨는지, 자박은 눈치를 못챘다는 말인가?"

"무슨 말씀이신지요?"

"왕후께서도 솔거를 풀어줄 방법을 생각하셨던 것인데, 그걸 자박이 앞지르면 되겠는가."

"소승 생각이 짧았습니다."

자박이 무안해서 얼굴이 벌겋게 상기되었다. 주지승이 또 눈을 흘기며 혀를 찼다. 그러거나 말거나, 자박은 솔거에게 그림을 부탁했을 때 감격하던 모습을 떠올리며 빙긋이 웃었다. 틀림없이 훌륭한 벽화가 탄생할 것으로 확신했다.

115

경덕왕이 예부장관을 불러들였다. 오늘 아침 왕후가 특별히 부탁한 것이 있었다. 솔거를 중벌에서 해제시켜 줄 것을 청했던 것이다. 왕후가 황룡사에 갔을 때 들었던 솔거에 관한 얘기를 경덕왕한테 설명했다.

경덕왕이 솔거를 까맣게 잊고 있던 참에 비로소 그의 근황을 알게 되었다. 벌써 일 년 전의 일이라 한낱 화공에 불과한 솔거를 특별히 기억할 이유가 없었던 것이다.

경덕왕이 예부장관에게 솔거를 물었다. 그러자 예부장관도 그를 잊고 있었던 듯 선뜻 대답을 못하고 잠시 우물쭈물했다. 비록 전채서가 예부에 속한 관아이기는 하지만 말단 화공의 일까지 세세히 기억할 수가 없었을 것이다.

"신이 알기로, 그 화공은 중벌을 받은 죄인이옵니다. 아직도 죄에서 벗어나지 못했을 것이옵니다."

"허면, 그 당시의 채전감은 어찌 되었소."

"그 화공의 일로, 책임을 지고 전채서에서 물러났습니다. 벌써 일 년 전의 일이옵니다."

"허면, 그 자리를 누가 맡고 있소?"

"원로 화공 가운데, 연장자가 채전감 대행으로 있사옵니다."

"그렇다면, 두 사람을 다시 불러들이시오. 내전¹⁰⁰에서 짐한테 특별히 청한 일이니, 곧 시행토록 하시오."

어전에서 물러난 예부장관이 그 즉시 벽공 설긍신과 솔거를 불러들이도록 조치했다. 그러나 예부에는 솔거의 소재를 아는 자가 없어 우선 설긍신부터 불렀다.

영문을 모르고 달려온 벽공이 곧장 예부로 들어갔다. 예부장관이 그를 보자마자 당장 채전감으로 복귀하라고 지시했다.

"어인 말씀이십니까? 채전감으로 복귀하라니요?"

---

100) 내전(內殿): 왕비의 존칭.

"어명입니다. 아울러 솔거라는 자를 면죄하라는 말씀도 계시었소. 그러니 당장 수소문해서, 그 자를 전채서로 불러들이시오."

"허면, 솔거가 도성에 발을 들여도 좋다는 말씀이십니까?"

"그렇다니까요. 그 자의 소재를 알고 있소?"

"한 달여 전에 삼랑사라는 절에 갔다가 만났습니다."

"당장 사람을 보내, 불러들이도록 하시오."

예부에서 빠져나온 벽공은 가슴이 벅찼다. 그건 자신이 채전감으로 복귀해서 기쁜 것이 아니라, 솔거를 다시 곁에 둘 수 있다는 것 때문이었다. 지금껏 그 방법을 찾았으나 뾰족한 수가 없었던 것이다.

그로부터 삼 일이 지났다. 솔거는 도성에 들어서자마자 곧장 전채서로 달려갔다. 일의 전후를 모르고 불려온 터라, 혹시 죄가 더 보태지는 게 아닌가 싶어 은근히 겁을 먹었다.

벽공이 솔거를 보자 환하게 웃으며 대뜸 손부터 끌어잡았다. 그러고는 급히 부른 이유를 설명했다. 특히 어명이라는 걸 거듭 강조했다. 그런데도 왠지 솔거의 얼굴이 밝지 못했다. 얼굴에 근심이 깔려 있었다.

"그러면 면죄가 되는 것인지요?"

"그렇다니까."

이때 솔거의 가슴을 파고드는 사람이 있었다. 바로 옹주였다. 그녀는 지금도 죄의식에 빠져 있을 것이다. 그런 마당에, 자기 혼자 면죄를 받아 좋아할 수가 없었다.

"여쭙겠습니다. 옹주께서도 이 사실을 알고 계시는지요?"

"지금 옹주 걱정을 할 입장이 아니잖느냐. 그건 주제 넘는 짓이야. 왕족을 능멸한 죄값을 치르고도, 또 옹주를 생각해?"

벽공이 눈을 부라리며 역정을 냈다. 솔거가 찔끔해서 머리를 조아렸다. 그가 그처럼 화내는 모습을 본 적이 없기 때문이다. 벽공은 솔거가 하루 빨리 옹주로부터 벗어나기를 바랐던 것이다.

116

며칠 전 여미가 삼랑사에 갔다가 아명 스님한테 솔거 소식을 들었다. 그 순간 귀에 갑자기 이명증(耳鳴症)이 생겨 머릿속까지 텅 비워졌다. 믿을 수가 없었던 것이다. 마치 솔거 얘기가 아닌 것처럼 들렸었다. 그가 면죄를 받았고, 다시 전채서에 있게 되었다.

여미는 그길로 금당으로 달려갔다. 그녀는 부처님한테 경배를 올리면서 오직 "부처님, 고맙습니다. 부처님, 고맙습니다…"만 거듭 했다. 다른 말은 떠오르지도 않았다. 부처님이 자기의 간절한 기도를 들어주었다고 생각한 것이다.

여미는 이제야 솔거에 대한 미안감이 줄어든 것 같아 마음이 조금은 편안했다. 그 동안 죄의식에 사로잡혀 잠도 자지 못했고, 자주 식음마저 끊고 있었다.

그렇지만 솔거….

솔거에 대한 생각마저 끊을 수 있을지 장담할 수가 없었다. 그건 애를 끊는 것과 같은 것이다. 종종 그리움에 사무쳐 밤잠을 설쳤었다. 그 감정을 무를 자르듯이 내칠 자신이 없었다.

그러한 감정이 자칫 솔거한테 화를 미치게 할 수도 있겠다 싶어 도리질을 치곤 했다. 그러나 그건 그때뿐이었다. 시간이 지나면 결심이 금세 무너졌다. 그러고는 마치 싹이 대지를 뚫고 나오듯이 솔거 생각이 불쑥 튀어나왔다.

역시 그렇게 하는 것이 옳아.

아명 스님한테 고백했던 결심이 역시 옳은 것 같았다. 중이 될 결심을 했고 그걸 스님한테 털어놓았다. 그때 왠지 스님은 선뜻 받아들일 마음이 없어 보였다. 스님이 왜 그랬을까. 혹시 순간적으로 북받친 감정이 폭발한 것으로 본 것은 아닐까?

여미는 생각했다. 자기가 속세에서 영원히 사라지는 것이 솔거를 위하는 길이라고 믿었다. 솔거 눈에만 띄지 않으면, 앞으로 지난번과 같은 일은 생기지 않을 것이다. 그길은 역시 중이 되는 것뿐이다.

그런데도 며칠 전 삼랑사에 갔을 때, 아명 스님은 거기에 대해서는 한 마디도 언급하지 않았다. 그저 솔거 소식만 전했을 뿐이었다. 여미 또한 너무 감동한 나머지 아명 스님의 뜻을 확인할 새가 없었다.

솔거….

솔거가 이런 마음을 짐작이나 할지 갑자기 조바심이 일었다. 만일 솔거가 옹주라는 계집 하나쯤 어떻게 되든 상관없다고 무시한다면….

아아, 어쩌면 목숨을 끊을 수도 있을 것 같았다. 중이 되는 길보다 오히려 마음이 가벼워질지도 모른다. 그러자 눈물이 왈칵 솟았다. 마치 솔거가 작별의 손짓이라도 보내는 것처럼.

그래, 중이 되는 거야.

그날 밤 여미는 아주 달고 깊은 잠을 잤다. 속세와 연을 끊는다는 결심이 조금씩 굳어지면서 마음이 편안했다. 이미 중이 되어 요사에 누워 있는 것 같은 착각이 들 만큼 마음이 가벼웠다.

이튿날 새벽녘이었다. 누군가 옹주를 부르며 대문을 흔드는 사람이 있었다. 여미가 잠결에 문을 열어주었다. 뜻밖에 솔거가 서 있었다. 그런데도 누구냐고 물었다. 그러자 솔거라면서 쓸쓸하게 웃었다. 그때 그는 빛깔이 화사한 황색 관복을 입고 있었다. 그건 4두품 관등이 입을 수 있는 옷이다. 여미가 놀라서 대문을 거칠게 닫아버렸다.

여미가 그 소리에 놀라 잠에서 깼다. 꿈이었다.

솔거가 왜 꿈에 나타났을까. 더구나 그가 쓸쓸하게 웃고 있었다. 왜 그런 웃음을 보였을까. 혹시 중이 되겠다고 결심한 것이 그의 마음에 이심전심으로 닿은 것일까?

솔거….

여미가 마음이 답답해 방문을 열었다. 알싸한 새벽 공기가 콧구멍을 간지럽혔다. 마침 아미 같은 초승달이 하늘 한가운데 걸려 있었다. 그 모습이 솔거가 꿈에서 보여 준 쓸쓸한 웃음을 닮았다. 갑자기 눈물이 왈칵 솟아, 초승달이 기이한 모양으로 일그러졌다.

117

솔거가 거처를 다시 도성 안으로 옮겼다. 벽공이 집을 얻어줬다. 솔거가 면죄를 받아 전채서 화공으로 돌아왔지만, 소오 관등까지 돌려준 것은 아니었다. 녹봉도 화공을 처우하는 수준이라 16관등 때보다는 훨씬 적었다.

그래서 벽공이 집을 얻어준 것이다. 그의 욕심으로는 솔거를 자기 집으로 불러들이고 싶었다. 그러나 둘째 아들 흔이 마음에 걸려 차마 시행할 수가 없었다. 솔거 역시 원치 않을 것 같고.

솔거가 다시 붓을 들었다. 삼랑사에 잠시 머무는 동안에도 그림을 그리기는 했으나 그다지 열정적이지 못했다. 그저 무뎌진 붓질을 되살리는 정도로 그렸을 뿐이었다.

이번 거처는 먼저 살던 집보다는 다소 넓었다. 방이 세 개나 되어 그 중 하나를 아예 습작실로 정했다. 비로소 안정감을 가질 수 있었다.

벽공의 셋째 아들 곤이 찾아왔다. 그 역시 아버지 벽공만큼이나 솔거의 복귀를 기뻐했다. 그러면서 그림에 더욱 매진하라고 격려했다.

"소식을 들으니, 솔거가 황룡사에 벽화를 그리기로 했다면서?"

"그렇기는 합니다만, 책임이 무겁습니다. 괜히 받아들인 것 같아서, 후회할 때도 있습니다."

"그러면 아니 되네. 약조를 한 것이니, 반드시 이행해야 할 것이네. 더구나 왕후께서 주상전하께 아버님과 솔거의 복귀를 주청(奏請)하셨다지 않은가."

"그래서 어깨가 더욱 무겁다는 말씀입니다. 황룡사 스님과 약조를 한 것이니, 반드시 이행할 것입니다."

"당연히 그래야지. 어쨌든, 솔거한테는 잘된 일이야."

"이게 다 형님 덕분이지요. 형님께 받은 은혜가 산처럼 쌓여 있습니다."

솔거가 곤의 손을 덥썩 끌어잡았다. 그의 눈에 눈물이 그렁그렁했다. 그러자 곤이 슬그머니 화제를 돌려 느닷없이 옹주 소식을 물었다. 그녀를 잠시 잊고 있었던 솔거 가슴에 물결이 일었다. 그동안 면죄를 받았고 전채서로 복귀했고 거처까지 옮기느라고 바쁘게 보낸 탓이었다.

"제 처지에, 그분 소식을 어찌 듣겠습니까. 삼랑사 아명 스님께서 전해 주시는 정도만 알 뿐입니다."

"이제는 옹주도 마음이 안정되었으면 좋으련만."

"아무쪼록 그래야지요."

"그분도 마음 고생이 심했을 터인데…"

곤이 알고 있기로는 옹주가 중이 되겠다는 뜻을 아명한테 밝혔다고 했다. 아버지한테 흘려들은 얘기다. 그게 사실이라면 옹주의 마음이 많이 상했다는 뜻이다. 곤은 그 얘기를 차마 솔거한테는 할 수가 없었다. 그가 받을 충격을 우려한 것이다.

솔거가 잠시 옹주 생각에 잠겼다. 지금 어디서 무엇을 하고 있는지, 또 이제는 '솔거라는 사내'를 깨끗이 잊었는지도 궁금했다. 그저 궁금한 것이 아니라 사실은 알고 싶었다. 그 마음이 간절했다.

곤은 생각에 잠겨 있는 솔거를 곁눈질하며 갑자기 연민이 솟았다. 이미 서른을 넘긴 나이에 홀로 지내는 모습이 안타까웠다. 늘 가졌던 생각이지만 오늘은 유난히 더 딱했다.

그렇다고 자기가 나서서 혼인을 주선할 수도 없었다. 솔거가 마음을 굳게 닫았기 때문이다. 혼인 따위에는 전혀 뜻이 없는 것 같아서 운조차 떼지 못하고 있었다. 언젠가 은근히 마음을 떠본 적이 있었으나, 그때도 펄쩍 뛰며 받아들이지 않았다.

옹주와 엮을 수만 있다면….

지금으로서는 안 되는 일이다. 천지가 개벽하기 전에는 상상조차 할 수가 없게 돼 있다. 지금의 사회제도로는 어림도 없는 일이다. 진골과 귀족 계급이 나라와 사회를 이끌고 있는 구조로는 기대할 수가 없다.

차라리, 천지가 뒤집히기라도 했으면….

118

왕후가 사전 예고도 없이 전채서에 갑자기 나타나 채전감을 불렀다. 벽공이 급히 달려나갔다. 그러자 왕후가 황룡사의 자박 스님 얘기를 전하며 솔거를 찾았다.

황망히 달려온 솔거가 왕후 앞에 머리를 조아리자, 자박이 한 얘기를 다시 꺼냈다. 솔거가 자박에게 황룡사 외벽에 그림을 넣고 싶다고 말한 것을 확인하는 것 같았다.

"그리 말한 것이 사실인가?"

"그러하옵니다. 왕후 마마."

"허면, 무엇을 그릴 생각인가?"

"아직 정하지는 못하였으나, 소나무를 그리고 싶습니다."

"소나무라…하필 소나무인고? 사찰이라면, 불상이 더 어울릴 터인데."

"옳으신 말씀입니다만, 그 외벽에는 소나무가 적격이라는 생각을 평소에 해왔습니다."

"화공의 뜻이 그러하다면, 그리 해야지."

"황공하옵니다. 왕후 마마."

"황룡사 스님들과 상의해서 길일을 잡도록 해."

왕후는 그길로 바로 떠났다. 벽공이 걱정스러운 얼굴로 솔거를 바라봤다. 왕후까지 나선 상황이라 채전감의 책임 또한 컸다. 솔거한테만 일임할 일이 아니었다.

"솔거의 책임이 얼마나 막중한 일인지 알겠느냐?"

"예, 나리."

"그러면 날짜가 정해지기 전까지 특별히 습작을 해야 할 것이야."

"소인도 그럴 생각입니다. 나리께서 당분간 소인의 외출을 허락해 주십시오. 황룡사에 자주 가서 금당 외벽을 관찰할 생각입니다."

"그건 어려운 일이 아니니, 구상이나 잘 하도록 해."

마음이 급해진 솔거가 자박을 만나러 황룡사로 달려갔다. 당장 날짜부터 잡아야 하고, 금당의 외벽 처리도 해야 한다. 그 밖에도 준비할 일이 많다.

솔거가 자박을 금당 외벽 앞으로 이끌었다. 그리고 어제 왕후가 전채서에 와서 한 얘기를 전했다. 그리고 앞으로 준비해야 할 일들을 한 가지씩 짚어 주었다.

"왕후 마마께서 스님들과 상의해서 작업하기에 좋은 날짜부터 잡으라고 하셨습니다."

"주지 스님과 상의해서 정할 것입니다. 금당의 외벽을 어떻게 하면 되겠습니까?"

"스님, 벽을 다시 보십시오."

솔거가 그림이 들어갈 벽을 가리키며 제일 먼저 할 일을 설명했다. 그건 벽 한가운데에 박혀 있는 기둥을 회칠로 감추는 일이었다. 불쑥 튀어나온 기둥을 감쪽같이 감추려면 벽에다 회를 두껍게 덧칠해야 한다.

"그렇게 하면, 화폭이 그만큼 넓어지지 않겠습니까."

"화공의 말씀이 옳습니다. 소승이 미처 생각하지 못한 것입니다."

"회칠을 한 다음에는, 벽이 그늘에서 마르도록 해야 합니다. 그러기 위해서는 차양을 쳐서, 햇빛이 직접 닿지 못하도록 하십시오. 그리고…"

"준비할 것이 또 있습니까?"

"제가 편안하게 그림을 그릴 수 있도록, 넓은 발판을 만들어 주십시오. 발판이 무너지지 않도록 튼튼해야 하구요."

"그 점은 염려하지 마십시오. 그 밖에는요?"

"안료를 넉넉하게 준비하셔야 합니다. 작업 중에 안료가 떨어지면 낭패 아닙니까."

"특별히 중요한 안료는 무엇입니까? 더 준비할 생각입니다."

"일곱 가지, 즉 백·황·적·갈·녹·청·흑색 등 중요하지 않을 것이 없습니다. 이것들을 골고루 풍족하게 쓸 수 있도록 준비하십시오."

자박이 들은 내용을 하나하나 종이에 적는 동안 솔거는 다시 벽을 올려봤다. 거기에 소나무를 어떤 형태로 넣을 것인지를 생각했다. 소나무를 세워도 보고, 옆으로 기울게도 해보고, 비스듬히 뉘어도 보았다. 그다지 마음에 차는 게 없었다.

119

솔거는 하루 일과를 마치자마자 곧장 귀가했다. 오는 길에 잠시 문방점에 들러 화선지와 붓을 넉넉하게 샀다. 우선 소나무 그림의 초안부터 정해야 했다.

저녁 먹는 것도 잊은 채 솔거는 바로 먹부터 갈았다. 머릿속에 소나무 외에 다른 것은 들어올 수가 없었다. 그가 생각하는 소나무는 다양했다. 싱싱한 것에서부터 노송에 이르기까지 수십 가지였다.

솔거는 화선지를 펴놓은 앞에서 생각하고 지우고, 또 생각하고 지우기를 되풀이했다. 수십 가지 형태의 소나무 가운데 어떤 것을 선택하는 것이 벽화에 잘 어울리는지를 놓고 골몰했으나 '이것이다' 하고 번쩍 떠오르는 게 없었다.

어린 시절 백제에서 보았던 소나무가 있고, 자양사 주변을 둘러싼 소나무가 있고, 남산의 울창한 숲에서 보았던 소나무가 있다. 그뿐만이 아니다. 지금도 문 밖에 나가면 소나무가 지천으로 널려 있다. 그러나 솔거의 머리를 뚫고 들어와 깊숙이 박히는 소나무가 없는 것이다.

하는 수 없이 우선 붓부터 들었다. 그러고는 머리에 떠오르는 것을 닥치는 대로 그렸다. 그렇게 수십 장을 그렸다. 그러다 보면, 마음에 맞는 소나무가 탄생될지도 모른다는 기대감을 가지고 그리고 또 그렸다. 그의 이마에 땀이 맺히고 붓 잡은 손에도 땀이 흥건했다.

이때 누군가 대문을 두드리는 사람이 있었다. 해가 뉘엿뉘엿 기울고 있는 시각이었다. 솔거가 뛰어나가 누구냐고 물었다. 그러자 "솔거 있느냐?" 하는 대답이 넘어왔다. 그 목소리가 귀에 많이 익었다. 노쇠한 목소리가 확연하게 귀에 익었다.

아명 스님이…?

대문을 열자 거짓말처럼 정말 아명이 서 있었다. 놀란 솔거가 한동안 그를 멀거니 바라보기만 했다. 그러자 아명이 혀를 차면서 "내가 모르는 사람이더냐?" 하고는 안으로 들어섰다.

"스님께서 갑자기 웬일이십니까? 너무 뜻밖이라, 실감이 나지 않습니다."

"네 소식을 듣고, 황룡사에 들렀다가 온 것이야. 곧 벽화를 그리게 되었다고 하더구나."

"그렇습니다. 스님."

솔거가 아명을 방으로 안내했다. 방에는 그림 초안들로 가득했다. 아명이 그것들을 한 장 한 장 짚어갔다. 그러면서 그가 자주 고개를 끄덕였다.

"소나무를 어떻게 그릴 건지 결정했느냐?"

"아직 정하지를 못해서 고심하고 있습니다. 스님의 고견을 듣고 싶습니다. 가르쳐 주십시오."

"벽화를 그릴 사람은 네가 아니더냐. 그러니 서두르지 말고 깊이 생각하거라. 급히 먹는 밥이 체한다지 않느냐."

아명이 초안들을 다시 살폈다. 어떤 것은 바로 물리고, 어떤 것은 한참 들여다봤다. 그것이 수십 장 가운데 웬만큼 마음에 든다는 의미 같았다.

"소나무도 생명이 있는 것이고, 또한 만물이 생멸(生滅)하는 원리 안에 있음을 잊어서는 아니 되는 것이야. 단순히 나무의 외형만 그려서는 감동을 줄 수 없다는 말이지."

"명심하겠습니다. 그런데 황룡사에는 무슨 일로 오셨습니까? 혹시 법담을 펼치시려고 오셨는지요."

"네가 곧 벽화를 그릴 거라는 얘기를 듣고 온 것이야. 날짜가 잡혀지면, 나도 벽화 그리는 모습을 지켜볼 생각이다. 구경할 사람이 어디 나뿐이겠느냐? 모르기는 해도, 불자 수백 명이 지켜보게 될 것이야."

"설마, 그렇기야 하겠습니까."

"그날 보면 알겠지."

아명이 눈을 지그시 감고는 소리 죽여 경문을 읊기 시작했다. 그의 손끝에서 염주가 바쁘게 돌아갔다. 솔거도 아명을 따라 묵상에 들어갔다.

120

구름 한 점 없이 청명한 하늘에서 맑고 따사로운 초가을의 햇살이 황룡사 경내에 쏟아지고 있었다. 바람이 스칠 때마다 풍경이 청아한 소리를 냈다. 이때 솔거가 어지럽게 날리는 머리를 수건으로 질끈 동여맸다. 그가 금당 동쪽 외벽 앞에 마련된 발판 위로 올라갔다. 수백 명의 불자들이 숨을 죽여 그를 지켜봤다.

그들 맨 앞줄에 아명 스님과 주지승과 자박과 채전감 벽공과 그의 아들 곤이 서 있었다. 그 뒤에 전채서 화공들과 교생들이 모였다.

황룡사 승려들이 나와서 목탁을 두드렸다. 불자들이 그 소리에 맞춰 염주를 돌리거나 경문을 외웠다. 풍경 소리가 그들을 부드럽게 어루만졌다.

솔거가 벽 앞에 서서 숨을 몰아쉬었다. 하얗게 칠한 회벽이 햇빛을 받아 눈이 부셨다. 그가 잠시 숨을 고르더니 비로소 붓을 잡았다. 붓은 황룡사에서 마련한 황모시필[101]이었다. 붓대도 특별히 은관(銀管)으로 준비했다.

잠시 후 솔거가 벽 오른쪽 하단에서부터 붓을 찍더니 단숨에 삼분의 이 정도까지 올라갔다. 붓질이 거칠고 단호하면서도 소나무 특유의 선을 선명하게 이어갔다. 금세 나무줄기의 중간 모습을 드러냈다.

소나무 줄기는 아름드리로, 매우 굵고 거친 모양으로 뒤틀렸다. 솔거가 노송을 염두에 둔 것임을 알 수 있었다. 그가 다시 숨을 고르면서 붓을 다른 것으로 바꿨다. 반죽필[102]이었다.

그 붓끝으로 줄기 왼쪽에 굵은 나뭇가지 두 개와 가는 가지 하나를 만들어 갔다. 이어서 가지마다 잔가지 수십 개가 뻗어 나갔다. 이를 지켜보는 불자들의 입에서 탄성이 새나왔다. 어떤 이들은 합장한 손끝을 바르르 떨기도 했다.

이들 가운데 삿갓을 앞으로 눌러쓴 젊은 남자가 구석진 곳에 숨어서 내내 합장한 채 지켜보고 있었다. 그는 소문을 듣고 달려온 여미였다.

솔거가 잠시 붓을 내려놓더니 머리에 맨 수건을 풀어 땀을 닦

101) 황모시필(黃毛試筆): 족제비 털로 만든 좋은 붓.
102) 반죽필(斑竹筆): 붓대를 얼룩점이 있는 참대로 만든 붓.

았다. 여미가 이 모습을 낱낱이 지켜보며, 입 속으로 반야심경을 잠시도 쉬지 않고 외워나갔다. 그녀의 콧등에 땀방울이 맺혔다.

솔거가 다시 붓을 잡았다. 매우 큰 붓이었다. 이번에는 여백에 다 매우 엷은 청색 안료를 풀어 청명한 하늘을 만들어 갔다. 햇살을 받아 그 하늘이 눈을 부시게 했다. 여미가 들릴락말락하게 탄성을 토했다.

다시 숨을 몰아쉰 솔거가 나무줄기에다 노송에 알맞은 옷을 입히기 시작했다. 나무껍질 가운데 관솔이 뭉쳐 불룩하게 솟은 마디를 그릴 때는 붓을 바꿨다.

나뭇가지에도 소나무만의 독특한 모양을 섬세하게 그려나갔다. 그들 가지 끝에다 조금 짙은 청록색 안료를 풀었다. 무엇 한 가지 빠뜨리는 것 없이 세밀하게 채워갔다.

잠시 붓을 놓은 솔거가 다시 수건을 풀어 땀을 닦았다. 승려 하나가 바가지에다 청수를 가득 채워 그에게 올려줬다. 솔거가 그걸 단숨에 들이켰다.

이를 지켜보던 불자들과 승려들과 화공들이 그제서야 숨을 토하며 긴장을 풀었다. 여미는 선 자리에서 꼼짝 않고 솔거의 일체를 한 점도 놓치지 않고 지켜봤다. 그녀는 숨도 몰아쉬지 않고 마치 석상처럼 서 있었다.

솔거가 이번에는 한 손에 안료를 푼 그릇을 들고 벽에서 한 걸음 물러섰다. 벽화 전체를 조망하듯이 훑어갔다.

마음을 추스른 솔거가 세필(細筆)을 골라, 청록색 물감이 몰려 있는 나뭇가지 중간 중간에 혹은 끝에다 수백 개의 솔잎을 흑청색으로 촘촘히 그려 넣기 시작했다. 여기에는 윤곽선을 따로 넣지 않고, 먹이나 물감을 찍어서 한 붓에 그리는 몰골법(沒骨法)을 썼다.

121

벽화가 거의 완성 단계에 이르자 승려와 불자들이 합장하며 독경하기 시작했다. 앞에서 누가 시킨 것도 아니었다. 불자 아닌 사람들 역시 자기도 모르는 사이에 두 손이 모아졌다.

솔거가 안료와 붓을 바꾸더니 갑자기 새를 그리기 시작했다. 두 마리였다. 점차 모양이 갖춰지면서 불자들 입에서 '까치'가 튀어나왔다. 까치 한 마리는 이미 가지에 내려앉았고, 또 한 마리는 아직 앉을 자리를 정하지 못해 허공에서 요란하게 날갯짓을 하는 장면이었다. 불자들의 탄성이 또 터졌다.

솔거의 노송도(老松圖)는 전체적으로 삼청[103]과 석록[104]으로 그린 청록산수화풍(靑綠山水畵風)이었다. 백묘구륵[105]의 단순한 묵화(墨畵)

---

103) 삼청(三靑): 하늘빛같이 푸른빛. 진채(眞彩) 즉 원색적인 불투명한 채색의 하나.
104) 석록(石綠): 진한 녹색.
105) 백묘구륵(白描鉤勒): 엷고 흐린 곳 없이 먹으로 진하게 선(線)만 그리는 화법.

가 아니었다. 부채[106]가 완비되고 요철(凹凸)이 분명해, 그림 형태가 생생하게 살아 있었다.

청록산수화풍은 중국 당나라 때 생겨난 화법이다. 이것을 이사훈(李思訓: 651-716)과 이소도(李昭道: 670-730) 부자(父子)에 의해 발전 궤도에 올려놓았다. 이 화법은 후에 일본의 야마토에[107] 즉 대화회(大和繪)의 토대가 되었다.

이사훈은 종실(宗室) 출신으로, 측천무후(則天武后: 623-705)의 탄압을 받아 관계(官界)를 떠났다가, 중종(中宗)이 등극하면서 복귀할 수 있었다.

그 후에 그는 금벽산수화[108]의 창시자로 추앙되었다. 측천무후는 당나라 고종(高宗)의 황후였다. 후에 고종이 죽자 중종과 예종(睿宗)을 폐위시켰다. 그러고는 스스로 제위(帝位)에 올라, 신성황제(神聖皇帝)라 칭하고 국호를 주(周)로 개칭했다. 그러나 그 후에 재상 장간지(張柬之)에 의해서 폐위되고 말았다.

솔거의 옷이 온통 땀에 젖어 마치 방금 물에서 건져낸 것 같아 보는 이들을 안타깝게 했다. 그러나 그는 조금도 개의치 않았다. 오로지 붓질에만 몰두할 뿐이었다. 승려가 다시 물을 올려줘도 거들떠보지도 않았다.

---

106) 부채(賦彩): 색을 칠함. 전채(傳彩). 설채(設彩).
107) 야마토에: 12-13C 초에 유행한 대표적인 일본의 순수한 회화양식의 하나.
108) 금벽산수화(金碧山水畵): 산봉우리나 바위 따위는 금니(金泥)에 녹즙을 섞어 쓰고, 산석(山石)은 금빛을 써서 화려하게 그린 산수화. 금니는 금박가루를 아교풀에 갠 것이다.

잠시 후 솔거가 붓을 내던졌다. 그러고는 선 자리에서 갑자기 스르르 무너지는 게 아닌가. 한동안 죽은 듯이 꼼짝도 하지 않았다. 채전감 벽공과 아명과 자박이 발판 앞으로 뛰어갔다. 이를 보고 사람들 모두가 발을 동동거렸다.

이 장면을 지켜보던 여미도 안절부절못하여 손을 모아 가슴에 묻었다. 눈물을 쏟으며 어깨를 바들바들 떨었다.

젊은 승려들이 발판으로 뛰어 올랐다. 그 중에 하나가 물을 입에 머금어 솔거의 얼굴에 뿜어냈다. 그제서야 솔거가 눈을 떠 입을 투르르 털었다.

여미가 안도하는 숨을 토하며 삿갓을 다시 앞으로 내려썼다. 그러고는 이내 자리를 떴다. 모퉁이를 돌기 전에 잠깐 뒤를 돌아보더니 총총히 사라졌다. 그녀 뒤로 승려들의 목탁 소리가 황룡사 경내를 흔들어 놓았다. 한동안 잠잠하던 풍경마저 요란하게 울었다.

122

주지승이 솔거를 잠시 쉬게 하려고 요사로 데리고 갔다. 그러자 자박이 젊은 승려들을 시켜 벽화 앞에 차양을 치게 했다. 햇빛이 너무 강렬하게 쏟아져 안료가 급히 말라버릴 것을 우려한 것이다. 안료가 그늘에서 마르도록 솔거가 미리 당부했다.

요사에 누워 있는 솔거 둘레에 여러 사람이 근심스런 얼굴로 앉아 있었다. 주지승을 비롯해서 자박과 아명과 벽공, 그리고 곤 등이었다. 아명이 한숨을 내쉬었다.

"솔거가 너무 무리했어요. 진시[109]에 시작해서 미시[110]에 붓을 놓았으니, 무려 여섯 시간 넘게 서 있었어요."

"중도에 쉴 사람이 아니니, 어쩌겠습니까."

"어서 깨어나야 할 터인데…"

이때 솔거가 갑자기 몸부림을 쳤다. 비로소 의식이 돌아온 것 같았다. 모두가 솔거를 향해 다가앉았다. 아명이 그의 손을 잡았다. 그러자 솔거가 무엇인가 말을 할 듯 입을 달싹댔다.

온 시선이 솔거의 입에 몰렸다. 솔거의 입이 조금씩 벌어지면서 느닷없이 '옹주'가 새나왔다. 그러자 아명이 '나무아미타불 관세음보살…'을 읊조리며 밖으로 나갔다. 벽공이 고개를 주억거리자 곤이 눈물을 글썽거렸다.

해거름이 되자 내내 따갑게 내려쬐던 해가 점차 서쪽으로 기울어지고 있었다. 그러자 주지승과 자박과 아명과 벽공이 벽화 앞으로 다가갔다. 자박이 젊은 승려를 시켜 차양을 걷게 했다. 벽화가 직사광선에서 벗어난 시각이므로 솔거의 그림을 다시 보고 싶었

---

109) 진시(辰時): 오전 7-9시.
110) 미시(未時): 오후 1시-3시.

던 것이다.

차양이 걷히자 장방형의 넓은 외벽에 노송도가 찬란한 모습을 드러냈다. 청명한 하늘을 배경으로, 노건(老健)한 소나무 줄기는 역시 당당했다. 조금 뒤틀어졌으면서도 우아한 기품을 지키고 있었다.

나무껍질의 마디마디가 생생하고, 거칠게 뭉친 관솔이 오히려 사실성을 드러내는 데 충분했다. 그뿐만 아니라, 가을 계절에 맞게 솔방울 수십 개가 다닥다닥 매달려 있었다. 그리고 줄기 좌우로 어지럽게 뻗어나간 가지마다 뾰족뾰족하게 솟아 있는 솔잎들이 꼭 바람에 흔들리는 것처럼 보였다.

까치 두 마리 중에 한 마리가 앉을 자리를 찾지 못해 안달하는 모습은 가히 벽화의 백미로 볼 만했다. 그 새가 있음으로 해서 노송으로서의 무게와 안정감을 더해 주었다.

주지승과 자박이 입을 벌린 채 벽화에서 눈을 떼지 못했다. 넋이 빠져 미처 감탄할 새도 없었다. 채전감 벽공이 아명을 바라보며 무슨 생각을 그리 골똘히 하느냐고 물었다.

"당나라 오도자(吳道子)를 생각하고 있었어요."

"하아, 저 역시 그 사람을 생각했습니다. 솔거의 그림이 오도자의 화풍과 유사할 것으로 봅니다."

오도자는 당나라 하남(河南)의 양적(陽翟) 사람이다. '오도자'가 그의 아명이었으나, 현종(玄宗)이 오도현(吳道玄)으로 고쳐주었다고 한다.

그의 어린 시절은 아버지가 일찍 죽어 매우 가난했으면서도, 당대의 서예가였던 장욱(張旭)과 하지장(賀知章)에게 글을 배웠다. 그러나 대성하기도 전에 그만두고 회화로 돌아섰다.

그는 도석인물화에 능할 뿐만 아니라 벽화에도 이름을 떨쳐, 낙양(洛陽)과 장안(長安)의 여러 사찰에 '일장월장경변(日藏月藏經變)'이라는 벽화와 '금교도(金橋圖)'를 그렸다. 후에는 불화를 잘 그려 화성(畵聖)이라 불렸다.

"아명 스님, 특히 솔잎과 생동감 있게 날갯짓을 하고 있는 새를 보면 더욱 그래요. 백묘구륵의 기법을 잘 드러내지 않았습니까."

"화풍이 오도자와 견줄 만하니, 솔거야 말로 앞으로 대성할 화공인 것만큼은 틀림없어요. 당나라 대에 와서 그림에 대한 평가를 신(神), 묘(妙), 능(能), 일(逸) 네 등급으로 정했는데, 그 중에 '신' 등급을 최고의 경지라고 한답니다. 저는 솔거의 이 노송도를 기꺼이 신 등급에 넣고 싶어요. 나무아미타불 관세음보살."

벽공이 고개를 끄덕이자, 아명이 벽화에 대고 합장 배례하며 독경했다. 주지승과 자박이 따라서 이에 합류했다. 그러자 불자 수십 명 역시 그들을 따라 합장 배례하며 솔거와 노송도에 감축했다.

123

솔거가 노송도를 그리고 난 후 여러 날을 앓아누웠다. 벌써 닷새째였다. 작업의 후유증이 그만큼 컸다. 신열이 좀처럼 떨어지지 않아, 몸이 불덩이처럼 뜨거워지면서 헛소리까지 했다. 두통도 심해 머리가 깨질듯이 아팠다.

자박 스님이 솔거 집으로 의원을 데리고 왔다. 황룡사에 벽화를 그리다가 얻은 병이므로 당연했다. 특히 자박의 걱정이 컸다. 자기가 서둘러서 이렇게 된 것 같아 솔거 앞에 나서기도 미안했다.

의원의 진단으로는 원체 폐가 약한데다가, 과로해서 생긴 병이라며 약 한 제를 지어 주었다. 이때 마침 채전감 벽공이 아들 곤과 함께 찾아왔다. 그들뿐만 아이라 웬 늙은 여인이 따라붙었다. 벽공이 데리고 온 하녀였다.

하녀가 약을 달이는 동안, 곤이 솔거 이마에 얹은 물수건을 자주 갈아주었다. 벽공이 이를 지켜보면서 자주 한숨을 토했다. 여지껏 자식이 아파도 이토록 마음을 쓴 적이 없었다. 그러자 솔거가 갑자기 자식 같아 보였다.

솔거가 헛소리를 내면서 황룡사 요사에서처럼 '옹주'가 자주 튀어나왔다. 그게 벽공의 가슴을 아프게 했다. 그의 헛소리 즉 섬어(譫語)는 남녀상열지사(男女相悅之詞)와 조금도 다를 것이 없어, 솔거가 더욱 측은하고 안타까웠다.

채전감 벽공이 예부에 건의해서 솔거에게 한 달간의 휴가를 주었다. 예부에서도 왕후의 지시로 솔거가 벽화를 그린 것이므로, 특별히 신경을 쓰지 않을 수가 없었다.

그로부터 며칠 후 새벽녘이었다. 겨우 몸을 추스른 솔거가 갑자기 어디론가 떠날 채비를 서둘렀다. 무엇인가 결심을 굳힌 것 같아 보였다.

그는 집에서 나서자마자 곧장 삼랑사 가는 길로 방향을 잡았다. 날이 희붐하게 밝아지고는 있으나 길은 여전히 어두웠다. 다행히 눈에 익숙한 길이고, 일그러지기는 했으나 새벽달이 떠 있어 더듬지 않아도 되었다.

솔거는 아직도 몸에 기운이 돌아오지 않아 다리에 힘이 없었다. 그래도 어금니를 물어 쉬지 않고 걸었다. 산길은 여전히 험하고 때로는 무서웠다.

그러나 그의 머릿속에는 오직 한 여인이 들앉아 있어 마음을 달랠 수 있었다. 마치 삼랑사에 가면 그녀를 만날 것 같은 기대감이 그에게 용기를 주었다.

그러면서도 솔거는 그 여인의 실체를 구체적으로 그리지 않았다. 차마 그럴 수도 없고, 그래서도 안 된다는 금기 같은 것이 그의 마음을 묶어놓았기 때문이다.

대자대비하신 부처님, 왜 안 됩니까?

그의 마음속에서 반발심이 불쑥 솟았다. 불방망이가 가슴을 지지고 돌아다녔다. 온몸이 활활 타버릴 것만 같았다. 어쩌면 자신도 모르는 사이에 미칠지도 모른다고 생각했다.

자비가 넘치시는 부처님, 왜 안 되는지 가르쳐 주십시오.

솔거의 머릿속이 갑자기 하얗게 비워지면서 어지러웠다. 눈앞에 보이는 것이 모두 흐물흐물 녹아내리는 것 같았다. 도저히 더걸을 수가 없어 그 자리에 풀썩 주저앉고 말았다. 땀이 옷을 흥건하게 적셔 놓았다.

부처님, 부처님. 대자대비하신 부처님….

124

삼랑사에 도착한 것은 밤 시각이었다. 해가 서산으로 넘어간 것이 벌써 오래전이었다. 골짜기마다 어둠이 새카맣게 흐르고 있어 지척을 분간할 수가 없었다.

아명이 잠자리에 든 시각이라 승당에 불이 꺼져 있었다. 솔거가 승당 앞에서 가쁜 숨을 잠시 다독이고 있었다. 이때 누군가 뒤에서 솔거의 덜미를 우악스럽게 낚아채며 웬놈이냐고 물었다. 삼랑사에서 수행 중인 승려일 것 같았다.

"아명 스님을 뵈러 왔습니다."

"이 밤중에?"

그가 어둠을 걷어내고 솔거에게 얼굴을 바싹 디밀었다. 그러고 도 누구냐고 또 물었다. 솔거가 그제서야 신분을 밝혔다.

"아니, 솔거 화공이? 진작에 말할 것이지…나는 효성(曉星)이 오."

"놀라게 해서 미안합니다."

"아명 스님께서 잠드신 지 오래 되었어요. 그러니 오늘 밤은 요 사에서 자고, 내일 뵙는 게 좋을 것 같습니다."

당연히 그의 생각이 옳았다. 솔거는 갈급한 마음에 미처 생각 을 깊게 못했던 것이다. 솔거는 이미 요사로 향하고 있는 효성을 따를 수밖에 없었다.

이튿날 솔거도 새벽 예불에 참석했다. 어제 집에서 나왔을 때 캄캄한 길을 안내하던 그 새벽달이 오늘도 높이 떠 있었다.

솔거는 예불에 들어가기 전에 머릿속부터 비웠다. 아무것도 생 각하지 않기로 했다. 오로지 삼배(三拜)만 거듭하기로 결심했다. 승 려들의 목탁 소리에도 귀를 막았고, 독경하는 소리에도 귀를 굳게 닫았다.

그러나 자신도 모르는 사이에 '대자대비하신 부처님'이 튀어나 오고 말았다. 아무리 머릿속을 털어내도, 부처님만큼은 지워지지 않았다. 오히려 더 자비로운 얼굴로 다가섰다.

부처님, 부처님. 자비를 베푸십시오. 부디 자비를 베푸시어, 이 불쌍한 놈의 고통을 덜어주십시오.

솔거는 삼배하는 것도 잊고, 한참 동안 오로지 불상만 올려봤다. 부처는 여전히 자비로운 얼굴로 솔거를 내려보고 있었다. 그 순간 부처의 얼굴이 느닷없이 한 여인의 얼굴로 바뀌었다. 옹주였다. 분명히 옹주의 얼굴이었다.

옹주….

솔거는 예불이 끝나고 승당으로 향하는 아명 뒤에서 나직한 목소리로 "스님." 하고 불렀다. 아명이 흠칫 놀라서 뒤를 돌아봤다. 귀에 익으면서도 매일 듣는 목소리가 아닌 것 같았던 것이다.

"아니, 솔거가 여긴 웬일이더냐? 더구나 이 아침에."

"스님, 갑자기 와서 놀라셨을 줄 압니다. 용서하십시오."

"용서는 나중에 하고…대체, 웬일로 왔느냐? 전채서는 어쩌고?"

"우선, 승당으로 드시지요."

솔거가 앞장서 승당으로 걸어갔다. 아명은 마치 헛것을 본 것 같기도 하여 선뜻 발을 뗄 수가 없었다. 그러나 앞서 가는 뒷모습만으로도 솔거가 틀림없었다.

솔거는 아명 앞에서 무릎부터 꿇었다. 그러자 아명은 솔거를 바라보기만 할 뿐 아무 말도 하지 않았다. 그의 눈빛은 마치 솔거가 마음속에 숨기고 있는 것을 캐낼 것처럼 날카로웠다. 솔거는 그 눈빛이 두려워 감히 얼굴을 들지 못했다.

"갑자기 왜 왔는지 말하거라."

"스님을 뵙고자 왔습니다."

"전채서에서 또 쫓겨난 것이냐?"

"채전감께서 한 달간 휴가를 주셨습니다."

"헌데, 왜 나를 찾아왔느냐?"

"스님께 여쭐 말씀이 있습니다."

"그게 무엇이더냐?"

솔거는 고개를 숙인 채 한동안 입에 빗장을 질러놓고 있었다. 아명은 이미 그의 속을 꿰뚫고 있어 서두르지 않았다. 머지않아 솔거가 나타날 것을 기다리고 있었다. 의외로 빨리 왔을 뿐이었다.

125

아명이 오랜 침묵을 깨고 입을 열었다. 그의 목소리는 조용하면서도 예리하게 솔거의 생각을 앞질렀다. 그가 묻고자 하는 것을 이미 헤아리고 있었다. 솔거가 흠칫 놀라 고개가 더 수그러졌다.

"옹주가 궁금해서 달려온 것이냐?"

"스님…"

"내가 묻지 않느냐."

"사실이 그렇습니다. 옹주의 근황이 알고 싶습니다."

"네가 근황을 알아서 뭐하려고? 네가 옹주의 처지를 몰라서 그러느냐?"

"알면서도, 옹주가 머리에서 떠나지를 않습니다."

"허면, 옹주를 만나겠다는 것이냐?"

"그러고 싶습니다."

"부질없는 생각이다. 옹주를 다시 볼 수 없을 것이야."

"무슨 말씀이신지요?"

"머리를 깎았다는 말이다."

"설마…어느 절입니까? 옹주가 있는 절을 가르쳐 주십시오."

"뭣이 어쩌구 어째? 이런 막돼먹은 놈 같으니라구."

아명이 갑자기 목침을 집더니 솔거의 얼굴을 겨냥해 던졌다. 목침이 솔거의 얼굴에 정통으로 날아갔다. 금세 코피가 쏟아졌다. 그런데도 아명은 더 던질 것을 찾으려고 허리를 이리저리 돌렸다.

솔거는 코피 닦는 것을 단념하고 이마를 방바닥에 붙였다. 장판에 피가 흥건하게 고였다. 아명이 숨을 씩씩대며 분을 삭이지 못해 안달했다.

"네놈이 보기 싫어서 떠난 사람을 찾겠다고? 근본이 불상놈이라, 고작 생각하는 것이…내 앞에서 썩 꺼져라."

"저를 참(斬)하셔도 좋으니, 옹주를 한 번만 만나게 해 주십시오."

"도끼가 너 같은 불한당의 목이나 치라고 생긴 줄 아느냐? 썩 꺼지거라."

아명이 연상 밑에서 웬 봉투 하나를 꺼내 솔거 앞에다 던졌다. 서찰이 아닌 듯 바닥에 떨어지면서 둔탁한 소리를 냈다.

"옹주가 떠나면서 네놈에게 전해달라고 맡긴 것이다. 그걸 가지고 당장 내 앞에서 사라져. 그리고 다시는 나를 찾지 말거라."

"스님, 옹주가 있는 곳만은 가르쳐 주십시오."

"그토록 보고 싶으면 네놈이 찾아 봐. 불상놈 같으니라구."

아명이 자리를 털고 일어나 밖으로 나가버렸다. 솔거가 바로 뒤쫓아 나갔다. 아명이 뒤도 안 돌아보고 곧장 금당으로 들어갔다. 하는 수 없이 솔거가 그의 뒤에 대고 합장하는 것으로 작별인사를 대신했다.

솔거가 신을 질질 끌며 언덕을 내려왔다. 비로소 얼굴에서 통증을 느꼈다. 아명한테 목침으로 얻어맞은 자리가 퉁퉁 부어올랐다. 이제 아명과의 인연이 끝나는가 싶어, 안타까움과 서러움이 한꺼번에 북받쳐 올랐다.

언덕에서 내려온 솔거가 잠시 바위에 걸터앉았다. 아명은 옹주가 머리를 깎았다고 했으나 솔거는 믿고 싶지 않았다. 그가 거짓으로 꾸민 말처럼 들렸다. 그녀가 중이 되어야 할 하등의 이유가 없는 것이다.

찾아야 해.

이 잡듯이 뒤져서라도 옹주를 찾아낼 생각이었다. 그녀를 만나서 무엇을 어찌 하겠다는 생각은 나중 일로 미뤘다. 우선 찾아야 했다. 주먹을 불끈 쥐어 결심을 단단히 굳혔다.

그제서야 아명이 자기 앞에 내던진 것이 떠올랐다. 솔거가 봉투를 조심스럽게 열었다. 편지 같은 건 없고 뜻밖에 염주가 들어있었다. 목에 걸도록 만든 염주였다.

옹주가 이걸 왜 나한테 주었을까.

그녀가 오랜 세월 간직한 듯 알맹이마다 손때가 반질반질 흘렀다. 솔거가 염주 알맹이를 하나씩 하나씩 굴렸다. 그럴 때마다 옹주 얼굴이 떴다. 염주에서 여미(汝彌)라는 글자가 새겨 있는 걸 발견했다.

여미?

솔거가 곰곰이 생각한 끝에, 그것이 옹주의 본명이라는 걸 깨달았다.

여미….

솔거가 염주에다 얼굴을 묻었다. 금세 향기가 피어올라 코를 간지럽혔다. 그녀의 체취라고 생각하자 눈물이 펑펑 쏟아졌다.

여미….

126

솔거가 곧장 황룡사로 달려갔다. 자박 스님한테 물어보면 비구니가 있는 사찰을 알 수 있을 것 같았다.

자박이 솔거를 보자 고개를 갸웃거렸다. 홀쭉하게 야윈 그의 얼굴에서, 초조하고 갈급한 빛이 흐르고 있었던 것이다. 무엇인가를 찾아 나선 눈치가 보였다.

"화공의 얼굴이 많이 야위셨어요. 아직도 기운이 회복되지 않은 듯합니다."

"그보다는 자박 스님, 비구니들이 있는 절이 어디어디에 있는지 가르쳐 주십시오."

"갑자기 왜 그러시는지요?"

"그럴 만한 이유가 있습니다."

"특별히 찾아야 하는 비구니가 있습니까?"

"그건 묻지 마시고, 사찰만 가르쳐 주십시오."

"글쎄올시다…"

그 순간 자박 머리에 퍼뜩 떠오르는 게 있었다. 벽화를 끝낸 솔거가 실신해서 요사에 눕혀 놓은 적이 있었다. 그때 그가 헛소리로 '옹주'를 내뱉었다. 그 당시 아명 스님과 채전감이 한숨을 내쉬며 걱정했던 모습이 떠올랐다.

"혹시, 옹주 때문에 그러시는 건가요?"

"사실은…"

"화공께서 옹주 일로 곤욕을 치르셨지요. 그런데 그 옹주가 중이 된 것입니까?"

"아명 스님께 들었습니다."

"그러면 단념해야 합니다. 이미 출가한 여인을 찾아서 어찌 하시려구요? 그건 절대 안 되는 일입니다."

"무슨 말씀인지 알지만, 저는 그럴 수가 없습니다. 스님, 제발 저를 도와주십시오."

솔거가 자박의 손을 잡고 애원했다. 그의 눈빛이 너무 애절해서 외면할 수밖에 없었다. 그러자 솔거가 자박의 옷자락을 붙들고 사정했다.

"아명 스님께서는 뭐라 말씀하셨습니까?"

"꾸중만 들었습니다."

"그것 보십시오. 그만큼 솔거 화공의 생각이 무리예요. 이 소승도 그 부탁만큼은 들어드릴 수가 없습니다. 중이 될 수밖에 없었던 옹주 마음도 헤아리셔야지요. 그리고 그분이 머리를 깎았다고 해서 바로 중이 되는 게 아닙니다. 비구니가 지켜야 할 구족계를 받아야 합니다. 그러기까지 얼마나 많은 고행이 뒤따르는지 화공께서는 모르십니다. 그걸 각오하고 불문에 드실 분을 화공과 같이 속인이 마음을 흐트려 놓아서야 되겠습니까? 설사 그분이 계신 곳을 알았다고 해도 절대 만나실 수가 없어요. 더구나 지금쯤 깊은 산속 암자에 계실 터인데, 그 암자를 어떻게 찾는다는 말입니까. 그러니 당장 단념하십시오. 그것만이 옹주 그분을 위하는 길입니다. 지금 화공의 생각이 얼마나 헛되고 속된 것인지 모르십니까?"

자박이 금당을 향해서 합장배례하며 '나무아미타불 관세음보살…'을 마치 외치듯이 큰 소리로 외웠다. 솔거가 눈물을 뚝뚝 떨어뜨렸다. 그러더니 갑자기 '여미, 여미!' 하고 괴성을 질렀다. 자박이 그의 눈에서 섬뜩한 빛을 봤다. 광기라는 것 외에는 달리 설명할 길이 없었다.

솔거가 자박한테 작별인사도 하지 않고 황룡사 출구를 향해 뛰어갔다. 그가 갑자기 묶었던 머리를 풀어 버려, 마치 말갈기처럼 날렸다. 누가 봐도 그건 광인만이 할 짓이었다.

나무아미타불 관세음보살….

127

황룡사에 기이한 일이 벌어졌다. 솔거의 노송도 아래에 새들이 죽어 있었다. 그중에 까치도 있고, 참새도 있고, 이름 모를 새들까지 다섯 마리의 사체가 널브러져 있었다.

전에는 없었던 일이었다. 이를 목격한 승려들이 그 까닭을 캐려고 머리를 쥐어짰으나 신통한 해답은 나오지 않았다.

이때 까치 한 마리가 빠른 속력으로 벽화를 향해 날아왔다. 곧이어 까치가 벽화에 머리를 처박더니, 이내 바닥으로 나가떨어졌다.

승려들이 비로소 새들이 왜 벽화 밑에서 죽었는지 그 원인을 깨달았다. 이유는 간단했다. 벽화에 들어 있는 노송을 실물로 착각하고 날아왔다가 벽에 머리를 부딪혀 죽은 것이다.

승려들이 이 사실을 급히 주지승과 자박에게 알렸다. 두 스님이 허위허위 달려왔다. 주지승이 이 장면을 보고는 합장하며 '나무아미타불 관세음보살…'을 음송했다.

"주지 스님, 사찰에서 살생이 일어나다니요."

"그러게 말이네. 저 벽화가 살생을 하고 있어."

"주지 스님, 이를 어떡하면 좋지요?

"글쎄…"

이때 젊은 승려가 묘안을 냈다. 벽화 앞에다 발을 치자는 제안이었다. 그러자 다른 승려가 말하기를 그렇게 하면 황룡사를 찾은 불자들이 벽화를 못보게 된다며 고개를 저었다.

"그러니까 벽화에서 되도록 멀리 떨어진 곳에다 발을 걸어두면 충분히 볼 수 있어요. 그러면 날짐승들의 살생도 막을 수 있구요."

그제서야 모두가 고개를 끄덕였다. 작업은 그다지 어렵지 않게 진행되었다. 벽화가 있는 처마 끝에다 장대 여러 개가 길게 뻗게끔 설치해 발을 매달 수 있게 했다. 이제는 새들이 날아와도 벽에 머리를 부딪히는 참사는 막을 수 있게 되었다.

　이 소문이 삽시간에 퍼져 서라벌을 온통 뒤덮었다. 그러자 구
경꾼들이 한꺼번에 몰려와 이 장면을 직접 확인하기에 이르렀다.
이들 중에 어떤 이는 새들이 시력이 나빠서 벽에 부딪힌 거라며
조롱했다.
　그러자 옆에 있던 불자가 버럭 화를 냈다. 그건 새의 탓이 아니
라, 솔거 때문이라고 맞받아쳤다. 그가 소나무를 실물처럼 잘 그
린 탓이라고 했다.
　"틀린 말은 아니지. 원체 그림을 뛰어나게 잘 그렸으니까."
　"얼마나 그림을 잘 그렸으면, 상감께서 어주를 내리셨겠나."
　"아무렴. 그런데 말야, 이상한 소문을 들었어."
　"이상한 소문이라니?"
　"솔거가 미쳤다는 거야."
　"그처럼 훌륭한 화공이 갑자기 왜 미쳐? 혹시 잘못 들은 거 아
닌가?"
　"나도 소문이기를 바래. 그러나 솔거를 직접 본 사람의 말에 의
하면, 머리를 산발한 채 거리를 쏘다닌다잖아. 그러면서 누구 이
름을 불러대더라는 거야. 그 정도라면, 정상이 아니잖아?"
　"믿을 수가 없군. 미친 사람이 많은 세상이기는 하지만, 솔거
화공만큼은 그러지 말아야지."
　구경꾼들이 고개를 주억거리며 벽화를 다시 올려봤다. 새들이

착각할 만큼 실제 소나무와 똑같이 그린 화공이 광인이 되어서는
안 된다는 우려가 그들의 얼굴에 배어 있었다.

128

여미가 이곳 연등(燃燈)암자에 들어온 지 어느덧 두 달이 되었
다. 아직 수계식[111]을 거치지 않아, 법명도 받지 못한 채 수행에만
힘쓸 뿐이었다.

그녀의 우선 수행은 마음을 비워 일체를 잊는 일이었다. 속세
에서 있었던 일들을 하루 빨리 잊어야 했다. 그러나 결심처럼 쉽
지 않았다. 혼자 남겨둔 어머니를 잊는 일이 특히 어려웠다. 자꾸
눈에 밟혀 괴로움이 더 컸다.

수행이 부족한 탓이었다. 수좌 스님한테 호되게 질책을 받는데
도 머릿속이 비워지지 않았다. 자주 장좌불와[112]도 하고, 일종식[113]
만 하는 극기를 거쳐도 속세를 떨쳐내지 못하고 있었다.

여미가 지금도 후회하는 게 있었다. 솔거한테 남긴 염주였다.

---

111) 수계식(授戒式): 부처의 가르침을 받드는 승려가 지켜야 할 계율을 주는 의식.
112) 장좌불와(長坐不臥): 오랜 기간 눕지 않고 하는 참선수행.
113) 일종식(一種食): 아침에 공양 한 끼만 먹고, 오후에는 일체 곡기를 끊는 수행.

그때는 왜 그런 생각을 했는지 도무지 이해할 수가 없었다. 더구나 자신의 이름까지 새겨진 염주였다. 따지고 보면 정표로 남긴 것이나 다름이 없는 것이다. 얼마나 어리석은 짓인가.

그러고도 솔거로 하여금 '옹주'를 잊도록 기원하는 건 또 무슨 심보인가. 이제 와서 후회하고 자책한들 무슨 소용인가. 더구나 염주를 가슴에 품고 괴로워할 솔거를 생각하면 차라리 죽고 싶을 만큼 자신이 미웠다.

하루는 수좌 스님한테 이 사실을 털어놓고 말았다. 혼자서 괴로워하기에는 너무 벅찼다. 그러나 스님은 염주만 굴릴 뿐 입을 열지 않았다. 마음이 답답한 여미가 스님 앞으로 더 다가앉았다.

"스님, 머리를 비우도록 가르쳐 주십시오."

"그게 말처럼 쉬운 줄 아느냐? 그건 부처님도 도리가 없는 일이니, 세월한테 맡기거라. 차차 잊혀질 일이다."

"너무 후회스럽고 괴롭습니다."

"이미 엎지른 물이니, 물이 마를 때를 기다리거라. 나무아미타불 관세음보살…"

여미가 수좌 스님의 무릎에 얼굴을 묻고 기어이 울음을 터뜨렸다. 그러자 스님이 "그래, 울거라. 속시원히 울어." 하면서 여미의 등을 쓸어주었다.

그날 밤 여미가 꿈을 꿨다. 괴이하고 무서운 꿈이었다. 머리를 풀어헤친 광인이 입에서 불을 뿜으면서 여미한테 다가왔다. 여미는 그가 너무 무서워 달아나려고 했으나 발이 떨어지지 않았다.

이때 광인의 목에 염주가 걸려 있는 걸 발견했다. 자기가 솔거한테 남긴 그 염주였다. 여미가 광인에게 달려들어 염주를 낚아챘다.

그 바람에 줄이 끊어져 염주알이 사방으로 흩어져 굴렀다. 여미가 그걸 일일이 주워서 광인 손에 쥐어줬다. 그러자 광인이 갑자기 눈물을 흘리며 여미 손에 입을 맞췄다. 여미가 손을 빼려고 안간힘을 썼다.

'여미는 나한테 벗어날 수가 없습니다.'

'나는 이미 중이 되었어요.'

'그래도 나는 놓아줄 수가 없는 걸요.'

'제발 놓아주세요.'

괴이한 꿈이라고 생각하면서도 왠지 그 광인이 밉지 않았다. 그가 솔거라고 생각한 때문일 것 같았다.

그 사람이 아직도 나를 잊지 않고 있어.

여미가 결국 오열했다. 솔거가 무서운 꿈으로 나타난 것은 자기를 원망한 때문이라고 생각하자 죄의식이 가슴을 할퀴었다.

염주를 남기는 게 아니었어.

여미는 그때의 어리석은 짓이 회한이 되어 또 가슴을 할퀴었다. 아무리 도리질을 쳐도 그때의 염주가 머리에서 지워지지 않았다.

129

솔거는 휴가가 끝나고 이틀이 지났는데도 전채서에 나가지 않았다. 집에도 붙어 있지 않았다. 채전감 벽공이 궁금하고 걱정이 되어 화공 한 사람을 그의 집으로 보냈다. 그러나 집에도 없다는 소식만 전해 들었다.

벽공이 답답한 나머지 직접 솔거 집으로 찾아나섰다. 역시 집에 없었다. 집에 돌아오지 않은 지 오래된 듯 집 곳곳에 먼지만 잔뜩 쌓여 있었다. 부엌에 들어가 봐도 솥단지와 그릇들이 물기 없이 바싹 마른 채로 있었다.

지저분하기는 방도 마찬가지였다. 침구가 널브러진 채 몸만 빠져나간 흔적이 있을 뿐이었다. 구석구석에 구겨지거나 찢겨진 화선지가 여기저기에 흩어져 있었다. 벼루에도 물기 없이 바싹 말라붙어, 그림을 그린 지 꽤 된 듯이 보였다.

전채서로 돌아온 채전감이 즉시 예부에 이 사실을 알렸다. 그러자 예부장관이 버럭 화를 냈다. 나라의 녹을 받아먹는 화공이 이틀씩이나 무단으로 결근한 것에 문제를 삼았다.

"이방부에 연락해서, 그 자를 당장 잡아들이도록 하시오. 전채서에 기강이 해이해져서 이런 것 아닙니까."

"솔거가 괘씸하기는 하지만, 이방부까지 나설 일은 아닌 것 같습니다. 조금 더 기다려 보시지요. 솔거도 생각이 있을 것이니, 곧 돌아올 것입니다."

"어허, 채전감. 어째서 그 자를 감싸려는 것이오? 만약 이 일을 상감께서 아셨다가는 채전감한테 책임을 물으실 일이에요. 그러니 당장 이방부에 통고하세요. 호미로 막을 것을 가래로 막게 하지 마시고."

"뜻이 그러시다면, 하는 수 없지요."

"그리고 솔거 그 작자가 미쳤다는 소문이 돌아요. 그게 사실이라면, 장차 무슨 일을 저지를지 모르는 일입니다. 서두르세요."

"소문에 지나지 않을 겁니다. 그럴 리가 없어요."

채전감도 예부장관의 뜻이 단호해서 더는 버틸 수가 없었다. 솔거 일로 책임질 일이 있으면 결코 피하지 않을 것이다. 지난번 옹주와 관련된 일로 전채서에서 물러난 경험이 있어 긴장할 것도 없었다.

이방부가 솔거를 당장 잡아들이라고 예하에 지시를 내렸다. 그뿐만이 아니라 방(榜)까지 붙여 놓았다. 그 방 속에 솔거의 얼굴이 들어가 있었다. 그 모습이 가관이었다. 봉두난발에 턱수염이 들쭉날쭉 흉하게 뻗친 꼴이라, 첫눈에 도적놈이거나 흉악범 상판이었다. 전에도 이방부에 끌려와 단죄를 받은 적이 있어, 그때의 모습을 그린 것 같았다.

나무꾼 하나가 남산 중턱을 오르는 중에 웬 남자가 석벽(石壁)에 매달려 바위를 쪼고 있는 것을 발견했다. 바위는 사람 키 두 배는 될 듯 꽤 우람하고 펀펀했다.

거기에다 사람의 형상을 조각할 뜻인 것 같았다. 대충 드러난 윤곽만으로는 혹시 부처가 아닐까 싶었다. 어쨌든 그가 마애불을 제작할 뜻인 것 같았다.

돌조각이 사방으로 튀었다. 그 중에 그의 얼굴을 때리는 것도 있었다. 그런데도 그는 조금도 아랑곳하지 않았다.

나무꾼이 조심스럽게 다가가자, 그가 잠깐 고개를 돌렸다가 이내 하던 일을 계속했다. 남루한 옷차림과 얼굴 생김이 여느 사람과는 많이 달랐다. 특히 그의 눈빛에서 섬뜩한 기운을 느꼈다. 나무꾼이 그에게 물었다.

"혹시, 석수장이슈?"

그가 다시는 얼굴을 돌리지 않았다.

"석수장이냐고 물었수."

그래도 그는 바라보지 않았다. 무안해진 나무꾼이 무슨 말인가 혼자 중얼거리고는 슬그머니 물러갔다. 그가 뒤를 돌아보면서 왠지 고개를 갸웃거렸다. 그의 얼굴이 아주 낯설지 않았다. 어디서 본 듯한 얼굴이었다.

그렇지. 방(榜)에 붙어 있는 얼굴이었어. 그 자의 이름이 뭐였더라?

나무꾼이 무엇인가 결심을 굳힌 듯 빠른 걸음으로 올라왔던 길을 다시 내려갔다. 누구에겐가 급히 전할 일인 것처럼 뛰어갔다. 그는 평지로 내려서자마자 방이 붙어 있는 곳으로 달려갔다.

틀림없이 그 석수장이였어.

그는 곧장 이방부가 있는 방향으로 내달렸다. 그의 머릿속에는 오로지 죄인한테 걸려 있는 포상금만 들어 있었다.

130

포졸들이 나무꾼을 앞세워 남산으로 올라갔다. 벽공도 동행했다. 석수장이는 나무꾼이 지목한 그 자리에 있었다. 바위를 쪼느라고 사람들이 올라오는 것도 모르고 있었다. 멀리서 봐도 그의 꼴이 말이 아니었다. 남루한 입성이 거지 중에 상거지였다.

벽공이 혹시나 해서 포졸보다 그에게 먼저 다가갔다. 그런데도 그는 얼굴을 돌리지 않았다. 어떤 것에도 안중에 없는 것 같았다. 벽공이 헛기침을 내며 "솔거가 맞느냐?" 하고 물었다. 그제서야 그가 고개를 돌렸다. 역시 솔거였다.

"네가 왜 여기에 있는 것이냐?"

"나리…"

솔거가 연장을 내려놓고 벽공 앞에 무릎부터 꿇었다. 그의 머리에 얹혀 있는 게 머리카락이 아니라 마치 검은 지푸라기를 이고 있는 것처럼 보였다.

벽공이 솔거가 하던 작업을 들여다봤다. 마애불을 새기고 있던 중이었다. 거의 완성 단계에 있었다. 벽공이 적이 놀랐다. 솔거가 언제 석공 일까지 배운 것인지 의아했다.

"네가 있을 곳은 전채서가 아니더냐."

"나리, 소인이 이 불상을 완성할 때까지만 기다려 주십시오."

"이게 어디 곧 끝날 일이더냐?"

"머지않아 끝날 것입니다."

그러자 포졸이 난감한 표정을 지었다. 서둘러 끌고 가야 한다는 뜻이었다. 벽공이 그들을 설득할 수밖에 없었다.

솔거가 작업을 계속했다. 마애불이 제대로 형상을 갖추면서, 자비롭게 미소 짓는 불상(佛相)의 모습이 확연하게 드러났다. 벽공은 자신도 모르는 사이에 탄성이 새나왔다.

이런 인재를 잡아 가두겠다니….

벽공의 솔직한 심정으로는 솔거가 도망할 수 있도록 뒤로 빼돌리고 싶었다. 물론 안 되는 일이다. 그러나 솔거가 이방부에 넘겨지면 지난번보다 더 심한 고초를 겪을 것이다.

어쩌면 오랜 기간을 옥에 갇혀 있어야 할지도 모른다. 죄를 두 번씩이나 지어 이번에도 중벌을 면하기 어려울 것이다.

잠시 후 솔거가 연장을 모두 내려놓았다. 자기 나름대로 작업이 끝났다고 판단한 것 같았다. 그의 얼굴과 옷이 온통 돌가루로 뒤덮여, 이 세상 사람처럼 보이지 않았다. 그래도 그는 먼지를 털어내거나 닦을 생각을 하지 않았다.

솔거가 허리춤에서 수건을 빼더니, 불상에 덮인 돌가루를 정성

껏 털어냈다. 그러고는 옷매무시를 바르게 고쳤다. 그 모습이 마
치 어떤 의식을 준비하는 것처럼 보였다.

벽공은 물론 포졸들까지 숨을 죽여 그를 지켜봤다. 솔거가 마
애불 앞에 갑자기 무릎을 꿇더니 두 손을 모아 합장했다. 그 자세
가 너무 진지해서 감히 숨조차 쉴 수가 없었다. 솔거의 입이 나직
한 목소리로 열렸다.

"여미, 부디 부처님 품에 계십시오."

그러고는 오열했다. 아주 오래.

벽공이 고개를 끄덕이며 눈물을 글썽거렸다. 솔거가 비로소 옹
주를 놓아 준 것이다. 그 오랜 번민과 갈등과 연민을 묻어 버리
고, 옹주라고 하는 새를 훨훨 날려 보낸 것이다. 솔거가 기특하고
대견했다.

131

어떤 노승이 전채서로 채전감을 찾아왔다. 자신을 분황사(芬皇
寺) 상좌승인 원천(源泉)이라고 소개했다. 채전감이 무슨 일로 왔느
냐고 묻자 솔거를 만나고 싶다고 했다. 갑자기 난감해진 채전감이
눈을 감은 채 한동안 입을 봉했다.

"솔거 화공이 그린 황룡사 벽화에 감동했습니다. 그래서…"

"안 된 말씀이나, 당분간 솔거를 만날 수 없을 것입니다."

"화공이 어디 멀리 떠난 것입니까?"

"그게…"

또 난감해진 채전감이 곤혹스러운 표정만 지을 뿐 선뜻 대답을 못했다. 차마 사실대로 털어놓을 수가 없었다. 솔거가 전채서를 무단이탈한 죄로 벌을 받는 중이라고 말할 수가 없었다.

"소승이 사정을 모르니, 무엇이라 말씀을 드릴 수는 없습니다만…"

"스님, 이렇게 하심이 어떻겠습니까. 솔거가 전채서에 돌아오면, 분황사로 스님을 찾아뵈라고 이르겠습니다. 지금은 더 드릴 말씀이 없습니다."

"채전감께서 그리 말씀하시니, 후일을 약속하기로 하고 오늘은 이만 물러가겠습니다."

채전감이 그를 합장으로 배웅하고 나서 거듭 한숨을 내쉬었다. 솔거를 만나고자 하는 승려가 오늘만 왔었던 게 아니었다. 솔거가 황룡사 벽화로 이름을 떨치자, 이 절 저 절에서 승려들이 와서 솔거를 찾았다.

그들이 솔거를 만나고 싶어하는 이유는 한 가지였다. 자기들 절에도 벽화를 그려달라는 부탁을 하러 온 것이다. 얼마 전에는 멀리 지리산에 자리 잡고 있는 단속사(斷俗寺)에서 주지승이 노구를 이끌고 왔었다.

솔거는 이런 사정을 모른 채 옥에 갇혀 있는 중이었다. 죄목은 근무지를 무단이탈한 죄였다. 그것이 많든 적든 나라의 녹을 받아먹는 화공이 저지른 죄가 가볍지 않다는 것이다.

어떤 말로도 항명할 수가 없는 단죄이기 때문에 죄값을 치를 수밖에 없었다. 그나마 다행인 것은 지난번에 내려졌던 죄목보다는 가벼웠다. 그때는 왕족을 능멸한 죄였기 때문에 중벌이 불가피했던 것이다.

이번 일로 벽공이 채전감 자리에서 또 사의를 표했다. 그러나 받아들여지지 않았다. 휘하의 일로 두 번씩이나 책임을 묻기가 적절치 않았던 것 같았다. 벽공은 나름대로 이번 기회에 관직에서 완전히 떠날 생각을 가지고 있었다. 그러나 그것도 뜻대로 되지 않아 마음이 무거웠다.

한 달째 옥에 갇혀 있는 솔거는 의외로 마음이 편안했다. 이유는 단 한 가지였다. 여미를 마음에서 놓아 준 탓이었다. 그녀를 잊지 못해 방황했던 한때가 부질없다는 걸 뒤늦게 깨달은 것이다. 그녀에 대한 그리움이 가슴에 사무쳐 발광했던 일들이 모두 허무감으로 돌아왔다.

그가 삼랑사에서 아명 스님한테 호된 꾸지람을 듣고는 그길로 산사(山寺)마다 뒤지고 다녔다. 그러나 비구니들의 도량(道場)을 찾기란 생각만큼 쉽지 않았다. 어쩌다 찾기는 했어도 일반인들의 출입이 차단돼 있어, 여미라는 이름조차 내놓을 수가 없었다.

만약에 여미를 찾아내면, 함께 도망해서 백제 땅 외진 곳에 숨어 농사지으며 살 생각도 했었다. 그러나 그건 상상일 뿐이었다.

솔거가 그때 깨달았다. 작심하고 불문에 든 여인을 찾아서 어쩌겠다는 확실한 계획도 없이 미쳐 있는 자신이 딱하고 가소로웠던 것이다.

그가 미쳐서 여미를 찾아 헤맨다는 소문이 귀에 닿기라도 하는 날에는 더 멀리 그리고 더 깊숙이 숨어버릴 것이다. 결국 얻어지는 게 아무것도 없다는 걸 차츰 깨닫기 시작했다. 여미에게도 도움 될 것이 없고, 솔거 자신에게도 마찬가지다.

오히려 여미를 괴롭힐 뿐이고, 솔거 자신한테는 광기만 굳어질 뿐이다. 솔거가 그걸 깨달았다. 그러면서 백제를 떠나 혈혈단신 신라로 건너왔던 때를 돌아봤다. 화공의 길을 잊고 있었던 것이다.

132

어느 날 옥문이 열리면서, 옥졸[114]이 취객 하나를 끌고와 바닥에다 패대기를 쳤다. 인사불성으로 만취한 자였다. 그는 자신이

---

114) 옥졸(獄卒): 옥에 갇힌 죄인을 지키는 사람. 옥사쟁이.

옥에 갇힌 걸 모르는 듯 고래고래 소리를 질러댔다.

그 꼴이 가관이었다. 머리는 쑥대강이로 흐트러졌고, 개개 풀린 눈은 상한 명태 눈깔이 따로 없고, 옷은 있는 대로 풀어헤쳐 가슴을 전부 드러내고 있었다.

솔거가 그를 비스듬히 지켜보는 중에 낯이 많이 익은 사람이었다. 기억을 오래 더듬을 필요도 없었다. 벽공의 둘째 아들 흔이었다. 옛적 버릇을 여태 버리지 못한 것 같았다.

솔거가 잠시 갈등에 빠졌다. 그에게 아는 체를 하는 것이 옳은지, 그냥 외면하는 게 옳은지 얼른 판단할 수가 없었다. 원체 망나니로 굴었던 자이기는 해도 한때 상전이었다. 모르는 체한다면 벽공을 생각해서도 도리가 아닐 것 같았다.

하는 수 없이 그에게 다가가 넙죽 엎드렸다. 그러자 그가 고개도 제대로 가누지 못한 채 솔거를 물끄러미 바라봤다.

"서방님, 인사 올립니다."

"뭐 서방님? 네놈은 누군데, 나한테 서방님이라고 하느냐?"

"솔겁니다."

"솔거…? 오오라, 명성이 자자한 그 화공 나리시구만."

"서방님, 옥체 다치실까 우려됩니다. 술을 너무 많이 드셨습니다."

"이 썩을 놈아, 내가 왜 네 서방이냐? 그리고 네놈이 술 받아줬어? 이걸 그냥…"

그가 앉은 채로 솔거를 향해 다리 한 짝을 들었다. 걷어찰 생각인 것 같았으나 너무 취해서 헛발질하고 말았다. 그러자 약이 오르는 듯 발을 다시 들어올렸다. 그것도 마찬가지로 전혀 힘을 쓰지 못했다. 결국 제풀에 자빠지고 말았다. 그러고는 이내 코를 골았다.

솔거는 재빨리 그로부터 물러나 구석진 곳으로 숨어버렸다. 인사불성으로 취한 자와 대거리하는 건 어리석은 짓이다 싶었다. 갑자기 벽공이 불쌍했다. 저런 망나니를 자식으로 둔 그가 안타까웠다.

이때 벽공이 옥졸을 앞세워 나타났다. 솔거는 너무 뜻밖이라 그에게 인사하는 것도 잊고 한동안 멀거니 앉아 있었다.

"견딜만 하느냐?"

"나리…소인은 죄인입니다."

"그리 생각하고, 조금만 더 견디거라."

이때 솔거 뒤에서 "뭐라? 조금만 더 견디라고?" 하고는 악을 써댔다. 벽공의 아들 흔이었다. 자기 아버지가 온 줄도 모르고 발악을 해댔다. 자기한테 한 말인 줄 아는 것 같았다. 낮술에 취하면, 제 아비도 몰라본다는 말이 그에게 딱 맞는 셈이었다.

솔거는 벽공이 알아챌까 봐 마음을 졸였다. 그러나 벽공이 결국 알아버려 손을 부들부들 떨었다.

"저런 고얀 놈이…이봐, 옥졸. 당장 저놈한테 물을 한 통 씩우게."

"나리…"

"어허, 당장 시행하게."

옥졸도 하는 수 없었던지 이내 물 한 통을 들고 왔다. 그러나 벽공의 눈치만 살필 뿐 선뜻 실행을 못하고 있었다. 벽공이 물통을 빼앗더니 옥문을 열라고 했다.

벽공이 물통을 들고 곧장 흔한테 다가갔다. 그러고는 누운 채로 소리를 질러대는 그에게 물통을 거꾸로 세웠다. 흔이 그 물을 죄다 뒤집어썼다. 그가 놀라서 입을 투르르 털면서 일어나 앉았다.

벽공이 그러고도 분이 안 풀리는 듯 발길로 그의 가슴팍을 냅다 걷어찼다. 그가 뒤로 해깝게 넘어갔다. 솔거가 안절부절못하고 발만 굴렀다.

133

솔거가 옥에 갇힌 지 달포만에 풀려났다. 그러나 전채서에는 돌아갈 수 없게 되었다. 두 번씩이나 옥살이를 한 전력 때문에 전채서 화공 노릇은 다시 할 수가 없었다.

이를 안타깝게 생각하는 사람은 채전감 벽공뿐이었다. 솔거는 오히려 잘된 일로 받아들여 마음이 편안했다. 당장 녹봉이 끊어져 굵게 될 것이 뻔하지만 그런 것쯤 개의치 않았다.

차제에 그림에만 전념할 생각이었다. 전채서에 묶여 있는 동안에는 습작조차 마음껏 할 수도 없고 할 새도 없었다. 잡다한 일이 많기 때문이다. 궁중에 건물을 신축하거나 증축할 때마다 젊은 화공들이 동원되었다. 대개 단청에 매달리거나 치장하는 일이었다. 전채서가 궁중에 매인 관아이기 때문에 도리가 없었다.

솔거가 비로소 이런 잡다한 일로부터 자유로워졌다. 이제부터는 오직 회화를 전업으로 삼아 매진할 일밖에 없었다.

그가 한참 습작에 열중하고 있을 때 마침 벽공이 찾아왔다. 솔거를 바라보는 그의 표정은 온화했다. 화가 난 기색은 조금도 느낄 수가 없었다. 바뀐 솔거의 처지를 이해하는 것 같았다.

"지내기가 어떠하냐?"

"마음이 편안합니다."

"어차피 네가 전채서 화공이 될 욕심으로 신라에 온 것이 아니지 않느냐. 이번 일을 전화위복으로 삼아, 그림에만 전념하거라. 그 초심을 잃지 않도록 해. 나는 오히려 잘된 일로 생각하고 있다."

"소인도 그렇게 받아들였습니다."

"잘했구나. 네가 옥에 갇혀 있는 동안에, 분황사 상좌승이 너를 만나러 왔다. 그 앞에도 단속사 주지승이 다녀갔고. 그 사람들이 너를 보고자 함은 황룡사 벽화를 염두에 둔 것이야. 자기네 절에도 벽화를 그려달라는 게 아니겠느냐. 그러니 날을 잡아서 만나

보거라. 내가 그리 약조를 했으니까."

"그 사람들의 부탁을 들어주는 것이 옳은 일인지요?"

"절에 시주한다고 생각하면 될 일이야. 굳이 덧붙인다면, 불문에 들어간 옹주를 위한 일로 생각하는 것도 좋고. 네가 남산에 마애불을 남긴 것도 그런 뜻이 아니었느냐?"

"그건 사실입니다."

"그러면 되었어. 그 스님들이 네가 오기를 기다릴 것이야."

"나리 뜻에 따르겠습니다."

"나는 네가 마음을 잡아서 다행스럽고 기쁘게 생각하고 있어. 지금껏 옹주에 연연했다면, 그림과는 연을 끊었을 것이야."

"나리께서 못난 소인을 버리지 않으시고 지켜 주신 은혜가 하늘만큼 높습니다. 이 은혜는 죽을 때까지 잊지 않을 것입니다."

솔거가 그 자리에서 벌떡 일어나더니 벽공한테 큰절을 올렸다. 그러자 벽공이 고개를 끄덕이며 솔거의 등을 다정하게 쓸어주었다. 솔거가 기어이 눈물을 뚝뚝 떨어뜨렸다.

벽공이 가고 나서도 솔거는 오래도록 울었다. 벽공이야 말로 그에게는 진정한 사부(師父)였다. 부모처럼 다정했고 스승처럼 엄격했다.

그는 솔거에게 품격이 맑고 높은 풍류사종(風流師宗)이었다. 중국에서도 경서(經書)를 가르치는 스승은 만나기 쉬워도, 사람을 인도하는 스승은 만나기 어렵다고 했다. 부모한테는 생명을 받고, 스승한테서는 생명을 보람있게 하기를 배운다고 했다. 벽공이 딱 그런 스승이었다.

솔거는 잠시 자신이 걸어온 길을 되돌아 봤다. 승려로서는 제일 처음 만난 무진 스님을 비롯해서 도암과 아명 스님은 사람이 가야 할 참다운 길을 안내했다. 이에 비해 벽공은 솔거로 하여금 화공이 걸어야 할 길을 가르쳤다. 이들은 하나같이 다정하면서도 때로는 추상같이 엄하게 솔거를 다그쳤다. 솔거로 하여금 자만에 빠지지 않게 단속했던 것이다.

134

솔거가 분황사로 가 원천 상좌 스님을 만났다. 원천이 반색하며 솔거를 금당 쪽으로 데리고 갔다. 그러고는 햇빛이 잘 드는 동쪽 외벽을 가리켰다. 그가 지목한 벽은 황룡사처럼 넓지 않았다. 그리고 가운데에 기둥이 없이 온벽으로 돼 있었다.

"스님께서 원하시는 벽화는 무엇입니까?"

"소승은 관음보살상을 생각하고 있는데, 화공의 생각은 어떠신지…"

"관음보살상…"

솔거가 벽을 다시 올려보며 머릿속에다 대략적인 윤곽을 만들었다. 가운데 기둥은 없지만 깨끗하게 회를 덧칠해야 될 것 같았다. 그래야 붓질하기가 좋다.

이를 원천 스님에게 설명하면서, 안료와 붓 등 벽화에 필요한 것들을 준비하라고 일렀다.

분황사는 제27대 선덕여왕(善德女王) 3년(서기 634년)에 창건된 사찰로 황룡사와 마주보고 있었다. 분황사의 '분'은 '향기 분(芬)' 자로 향기로운 절이라는 뜻으로 전해지고 있었다.

솔거는 회벽이 마른 후에 다시 오기로 하고 원천과 헤어졌다. 나오는 길에 모전석탑(模塼石塔)을 둘러봤다.

이 탑은 분황사와 같은 해에 건립된 5층 석탑으로, 자연석을 벽돌 모양으로 잘라서 쌓아 올린 것이다.

탑은 네모난 기단(基壇) 위에 올려놓았고, 기단의 네 모퉁이에 사자상(獅子像)이 각각 앉은 모양으로 있었다.

그리고 탑 1층에 네 면마다 석문(石門)을 만들었다. 그 양쪽에 인왕상(仁王像)을 조각해 놓았고, 문 안쪽에 부처의 입상(立像)이 들어가 있었다.

솔거는 분황사에서 나와 모처럼 문방점에 들렀다. 주인이 반색하며 안부를 물었다. 주인도 그 동안 솔거한테 어떤 일이 있었는지 잘 알고 있을 것이다. 발 없는 말이 천리를 간다고, 소문을 들었으면서도 짐짓 시치미를 떼는 것 같았다.

솔거는 일부러 못들은 척하고 이것저것 구경만 했다. 그러자 주인이 또 말을 걸었다.

"솔거 화공이 그리신 황룡사 벽화를 두고 칭찬이 끊이질 않습니다."

"나로서는 최선을 다했으니까요."

"당연히 그러시겠지요. 그래서 말인데요, 그 노송도를 다시 그려줄 수 없는지 묻는 사람이 아주 많아요."

"그걸 어디에다 다시 그린답니까? 벽에다 말인가요?"

"그게 아니고, 화선지에다 그려달라는 거지요."

"그 노송도는 벽화에나 어울리는 그림입니다."

"그렇기는 합니다만, 몇 장 그려주시지요. 화공께 대접을 소홀히 하지는 않을 겁니다."

"나는 그럴 생각이 없습니다."

"아니면, 도석인물은 어떻습니까? 그 신선 그림으로, 어전 시취에서 일품의 평점을 받으셨잖아요. 관등도 받으시고. 그래서 사람들이 화공의 그림을 받고 싶어 안달하는 겁니다."

"고마운 말씀이기는 하지만, 저한테 그럴 시간이 없군요. 며칠 후에는 분황사에도 벽화를 그려야 해요."

"하아, 이거야 원…사람들이 저한테 와서 떼를 쓰는 통에 귀찮아 죽겠어요. 어쨌든 화공께서 한가하실 때 꼭 그려주십시오. 부탁입니다."

솔거는 더 대거리하기가 싫어 바로 나와 버렸다. 딱 잘라서 거절하지 않으면, 그의 집요한 부탁에 결국 말려들 것 같았다. 문방점 주인은 어차피 장삿속이고, 솔거의 그림을 주선하고 구전(口錢)

을 먹겠다는 속셈이었다.

가을이 깊어지면서 날씨가 제법 쌀쌀했다. 청명하기는 해도 얼음장처럼 냉랭한 하늘이 뿌리는 바람이 매우 찼다. 솔거는 집으로 돌아가면서 잠시 생각했다. 만약에 당장 끼닛거리가 없었다면, 문방점 주인의 청을 단칼에 거절할 수 있었을까 하고.

그에게 그럴 자신이 없을 것 같았다. 기개가 있는 화공이라면 오두미절요[115] 따위를 해서는 안 되는 것이다. 그러나 굶어 죽을 판에도 과연 그럴 수 있을지에 대해서는 자신이 없었다.

내가 얼마나 버틸 수 있을까.

135

그로부터 열흘이 지나자 젊은 승려가 솔거를 찾아왔다. 분황사 주지 스님의 심부름으로 왔다며, 벽화 준비가 다 됐다고 전했다. 그러고는 벽화에 들어갈 관음보살상의 원화(原畵)라며 접지[116] 하나

---

115) 오두미절요(五斗米折腰): 쌀 다섯 말에 허리를 꺾다. 즉 절개를 굽히고 남에게 굽실거림.
116) 접지(摺紙): 종이를 접은 것.

를 건넸다.

"주지 스님께서 그리신 겁니다."

"꼭 이대로 그리라고 하시던가요?"

"그런 뜻의 말씀은 아닌 것 같고, 그냥 참고하시라고 말씀하셨습니다."

"그러면 내일 분황사로 가겠습니다."

솔거는 승려가 돌아가자, 벽화의 원화가 될 그림을 다시 펼쳐 들었다. 보살의 입상(立像)이었다. 원래 관음보살상은 입상이거나 좌상 두 가지뿐이다.

주지승의 밑그림은 머리 뒤에서 후광이 내비치는 가운데 관음보살의 오른손에 정병[117]이 들려 있고, 왼손으로는 꽃을 잡고 있는 백묘화[118]였다. 채색은 솔거한테 일임한다는 뜻이었다.

솔거는 원화를 앞에 놓고, 열흘 전에 확인한 금당 외벽을 화폭처럼 머릿속에 넣었다. 거기에 들어갈 바탕색과 관음상의 머리 모양과 입힐 의상과 색상 따위를 각양각색으로 상상했다.

머리 모양도 흔히 상투처럼 솟아오르게 한 육계(肉髻)가 있고, 곱슬머리처럼 말아 올린 나계(螺髻)가 있다. 옛날 삼랑사에 머물 때 아명 스님이 보여 준 부처의 화상(畫像)에서 본 것이다. 솔거는 이 둘 중에서 어느 것을 택하는 게 좋을지 오랫동안 저울질했다.

---

117) 정병(淨甁): 군지(軍持) 즉 천수관음이 가지는 물병.
118) 백묘화(白描畵): 엷고 흐릿한 곳이 없이 먹선만으로 그린 그림.

솔거가 분황사에도 벽화를 그린다는 소문이 이미 퍼져, 불자들을 포함한 구경꾼들이 이른 아침부터 경내에 진을 치고 있었다. 주로 지난번 황룡사 노송도를 그릴 때 왔던 사람들이었다.

주지승과 승려들이 당연히 모였고, 그리고 전채서에서 채전감을 비롯해서 화공들이 황룡사에서처럼 와서 숨을 죽이고 있었다.

발판으로 올라간 솔거가 지난번처럼 머리에 수건부터 동여맸다. 그러고는 벽 전체에다 배색(背色)을 풀었다. 노송도와는 달리 이번에는 갈색 안료를 썼다.

솔거가 배색이 웬만큼 마르기를 기다려 잠시 붓을 내려놓았다. 허리춤에서 수건을 뽑아 땀을 닦았다. 구경꾼들도 비로소 긴장을 풀었다.

솔거가 주지승한테 받은 밑그림을 펼쳐 들었다. 그러고는 관음상이 들어설 자리를 정하기 위해 한 걸음 뒤로 물러섰다.

잠시 후 솔거가 가는 붓을 잡았다. 그러고는 몰선묘법[119]을 써, 느리게 때로는 빠르게 인물의 윤곽을 잡아 갔다.

후광이 비치는 관음상의 모습이 조금씩 드러나자, 승려들의 입에서 탄성이 터지면서 목탁을 두드리기 시작했다. 그러자 불자들이 약속이나 한 듯이 일제히 두 손을 모았다. 주지승과 원천 스님의 입에서 독경 소리가 암암하게 새나왔다.

전채서 화공들은 솔거의 화법(畵法)에 눈길을 모았고, 채전감 벽

---

119) 몰선묘법(沒線描法): 채색으로 직접 대상의 선을 잡아가는 방법. 몰골법(沒骨法).

공은 솔거의 진지한 자세에 눌려 자주 숨을 몰아쉬었다. 손에 땀이 흥건했다.

무려 일곱 시간만에 관음보살상이 완전한 모습을 보여 주었다. 머리는 육계 모양을 얹혔고, 아이 살결처럼 보드라운 얼굴 밑으로 긴 목이 애처롭게 드러났다.

그 아래로 좁은 어깨가 매끄럽게 흘러내리고, 속살이 비칠 듯한 장삼(長衫) 위에 걸친 가사(袈裟)를 왼쪽 어깨에서 오른쪽 겨드랑이 밑으로 내려뜨렸다.

장삼에는 살갗과 비슷한 옅은 주황색을 입혔고, 가사에는 짙은 갈색을 썼다. 장삼 소매 끝으로 드러난 두 팔이 어린아이만큼이나 부드러웠다.

그리고 장삼 끝자락 밖으로 살짝 드러난 두 발이 부끄러운 듯 보일락말락하게 겨우 나와 있었다.

관음보살의 오른손에는 원화에서처럼 정병이 들려 있고, 왼손에 든 꽃가지에서는 꽃잎이 금방이라도 벌어질 것만 같았다.

솔거가 관음보살상에서 제일 역점을 둔 것이 보살의 미소였다. 파안대소하는 것도 아니고, 동자승처럼 천진난만하게 활짝 웃는 것도 아니었다. 솔거가 염두에 둔 것은 '가섭(迦葉)의 미소'였다.

어느 날 석가모니가 영취산에서 제자들을 모아 놓고 설법을 하고 있었다. 이때 하늘의 왕 제석천[120]이 석가를 찬탄하며 꽃을 뿌렸다. 석가가 발밑에 떨어진 꽃 한 송이를 제자들 앞에 들어보였다. 그러나 제자들이 그 의미를 깨닫지 못했다. 이때 가섭만이 미소를 지었다고 한다. 이것이 곧 염화시중[121]이다.

솔거가 비록 그 일화를 알고는 있었으나, 관음보살의 얼굴에다 가섭의 미소를 재현하기란 쉽지 않았다. 그래서 집에서 미소 짓는 보살의 얼굴을 수십 장도 더 그렸다. 그걸 오늘 벽화에서 보여 준 것이다.

경내에 모인 사람들이 모두 관음보살의 그 미소에 그만 넋을 잃고 말았다. 단연 관음보살상의 백미였다. 주지승과 원천의 목탁 소리가 더 크게 울려 퍼졌다. 이 소리에 맞춰, 불자들이 일제히 합장하며 배례하고 또 배례했다. 벽공은 눈을 지그시 감고 앉아 오직 침묵할 뿐이었다. 무슨 말이 필요하랴 싶었다.

솔거가 발판에서 내려오자, 젊은 승려들이 벽화 앞으로 모여 햇빛을 차단하는 가림막부터 내걸었다. 그러자 불자들을 비롯한 구경꾼들이 솔거를 좀더 가까이 보려고 한꺼번에 몰려들었다. 어떤 이는 솔거의 손을 잡아보려고 안달을 부렸다. 또 어떤 이는 그의 옷자락이라도 만져보려고 손을 뻗었다.

주지승이 솔거를 승당으로 안내했다. 그러나 솔거는 승당으로

---

120) 제석천(帝釋天): 우주만물을 창조한 범왕(梵王)과 더불어 불법(佛法)을 지키는 신.
121) 염화시중(拈華示衆): 염화미소(拈華微笑). 이심전심(以心傳心).

가지 않고, 곧장 대웅전으로 향했다. 주지승이 그의 뜻을 헤아려 조용히 뒤를 따랐다. 채전감과 원로 화공들도 따라붙었다.

솔거가 본존 앞에서 곧장 삼배에 들어갔다. 벽공이 그의 심중을 알아채고 함께 배례했다. 그의 마음속에 옹주가 들어가 있을 것이다. 그녀를 위해 부처에게 관음보살상을 바치는 예식일 수도 있다. 그녀의 안녕과 부처의 자비가 그녀에게 가득 내려지기를 기원하는 게 분명했다.

금당에서 나온 솔거가 잠시 하늘을 올려봤다. 그는 눈이 부시게 청명한 하늘에서 옹주를 보았고, 그녀의 마음을 읽고 있었을 것이다. 어쩌면 그녀에게서 염화시중을 확인했을 수도 있고.

솔거가 말없이 층계를 밟아 내려갔다. 벽공이 그와 나란히 걸었다. 그에게 무슨 말이든 하고 싶어도 문장이 떠오르지 않았다. 솔거가 먼저 입을 열었다.

"나리, 하늘이 유난히 맑습니다."

"솔거의 마음이 맑기 때문이지."

"노송도를 그릴 때와 마음이 달랐습니다."

"옹주를 위해서 관음보살상을 그렸기 때문이 아니겠느냐."

솔거가 고개를 끄덕였다. 벽공이 그의 등을 가볍게 쓸었다. 승려들의 목탁 소리가 그들을 배웅했다.

136

그날 밤 솔거가 꿈을 꿨다. 꿈의 배경이 황룡사였다가 분황사로 바뀌었다. 그러다가 갑자기 삼랑사가 되었다. 어떤 화공이 삼랑사 외벽에다 벽화를 그리고 있었다. 삼랑사가 다시 황룡사로 바뀌면서, 그 화공이 노송도를 말끔하게 지워버렸다.

화공이 갑자기 승려가 되어, 그 자리에다 벽화를 다시 그렸다. 내용은 없고 계속 붓질만 해댔다. 그가 잠깐 뒤를 돌아봤다. 솔거 자신이었다. 사람이 또 바뀌어, 벽공이 그 자리를 빼앗아 그림을 그렸다. 솔거가 어전 시취에서 그렸던 도석인물이었다.

화가 난 솔거가 벽공을 우악스럽게 끌어내렸다. 그러자 그가 눈물을 흘리며 솔거한테 매달렸다. 그 얼굴이 여자로 변해 여미가 되었다. 솔거가 깜짝 놀라서 뒤로 물러섰다.

그러자 여미가 갑자기 관음보살이 되어 부드러운 미소로 솔거에게 다가왔다. 솔거가 얼른 무릎을 꿇었다. 그러자 여미가 갑자기 눈물을 흘렸다.

솔거가 손사래를 치며 여미한테 다가갔다. 그러자 그녀가 뒷걸음질로 물러나더니 벽화를 그리겠다며 발판으로 올라갔다. 여미가 잠깐 뒤를 돌아봤다. 그 얼굴은 솔거 자신이었다. 솔거가 벽에다 관음상을 그리는데, 어떤 노승이 다가와 '유마상(維摩像)이군요.' 하고 합장했다. 솔거가 '이게 유마상이라구요?' 하고 물었다. 그러자 노승이 '나무아미타불 관세음보살'을 읊조리며 홀연히 사라졌다. 솔거가 그를 잡으려고 팔을 뻗다가 그만 발판에서 떨어졌다. 그 바람에 꿈에서 깼다.

솔거는 꿈이 하도 괴이해서 한동안 잠을 이루지 못했다. 도대체 여미가 왜 꿈에 나타났으며, 노승이 말한 유마상은 또 뭔가. 꿈에 여미가 나타난 것은 어제 관음보살상을 그리며 그녀를 생각했기 때문일 것이다.

그것이 아니라면 그때 벽공이 '옹주를 위해서 관음보살상을 그렸기 때문에 마음이 맑아진 것'이라고 말한 것 때문일 수도 있다.

그로부터 며칠 후 어떤 노승이 솔거를 찾아왔다. 단속사에서 온 주지승이라고 했다. 솔거는 그를 보는 순간 꿈에서 봤던 노승이 떠올랐다. 꿈에 관음상을 그리고 있는데 그 노승이 유마상이라고 한 말이 생생했다.

"무슨 일로 저를 찾아 오셨는지요?"

"얼마 전에 소승이 전채서에 가서 채전감을 만난 적이 있습니다. 솔거 화공을 만나러 갔었지요. 저희 단속사에도 벽화를 그려 달라고 청을 넣으러 갔던 거지요."

"채전감 어르신한테 들은 기억이 납니다만, 어떤 벽화를 말씀하시는지요?"

"유마상입니다만…"

"네? 방금, 유마상이라고 하셨습니까?"

"왜 그리 놀라십니까?"

"며칠 전 꿈이 신통해서 그럽니다."

솔거가 며칠 전 꿈에서 있었던 내용을 대략 들려주었다. 그러자 주지승이 감격스러운 얼굴로 '나무아미타불 관세음보살…'을 거듭 음송했다.

"부처님의 계시가 화공께 닿은 것입니다."

"글쎄요…"

"화공께서 부처님의 계시를 받으셨으니, 유마상을 반드시 그리셔야 될 것 같습니다."

"헌데, 유마는 어떤 사람입니까?"

"유마는 대승불교의 경전인 유마경(維摩經)의 주인공이 됩니다. 석가여래와 같은 시대 사람이구요. 유마는 집에 있으면서 보살의 불도를 닦았답니다. 그래서 유마거사(維摩居士)라고 불렀다지요."

"그러면 그 유마의 초상이나 조각상을 볼 수 있습니까?"

"유마거사에 대해서 전해진 얘기를 바탕으로 그린 것이 있기는 합니다."

"그걸 필히 봤으면 합니다."

"당연히 그러셔야지요."

"그리고 언제부터 작업할 건지, 확실한 날은 후일에 잡기로 하지요."

그리고는 그에게 유마상이 들어갈 벽면 처리와 안료와 기타 필요한 것들을 조목조목 설명했다.

솔거는 주지승이 돌아가고 나서도 지난번 꿈을 다시 떠올렸다.

그 꿈이 부처의 계시인지 아닌지는 몰라도 신통한 것만큼은 분명
했다.

137

그로부터 며칠 후, 단속사 주지승이 젊은 승려를 시켜 유마상
의 초안을 보내왔다. 단순히 먹으로만 그린 입상이었다. 부처나
관음상보다는 탱화에서 흔히 볼 수 있는 얼굴이었다.

두상이 약간 특이하게 생겼다. 초안대로라면 이마가 툭 튀어나
오고, 눈이 불거진 듯한 모습이 마치 불법(佛法)을 수호하는 인왕상
(仁王像) 같기도 했다.

솔거는 초안을 놓고, 벽화에 들어갈 형상을 어떤 식으로 표현
하는 것이 좋은지 상상의 유마상을 수십 장 그렸다.

그러는 동안 날이 저물었다. 솔거가 잠시 마당으로 내려섰다.
간혹 바람이 낙엽을 쓸고 다닐 때는 겨울처럼 스산한 기운마저 느
꼈다. 그의 마음도 허전하고 쓸쓸했다.

이때 느닷없이 단소(短篇) 소리가 들렸다. 어디에서 흘러오는 것
인지는 몰라도 그 소리가 아주 청량하게 들렸다. 때로는 가슴을
저미는 것 같고, 때로는 애를 끊는 것 같았다.

솔거가 소리의 근원을 알아보려고 대문 밖으로 나갔다. 그러나 바람 소리와 낙엽 쓸리는 소리 때문에 알아낼 수가 없었다. 마치 무엇에 홀린 기분이었다.

누가 부는 것일까. 혹시 여미가 부는 것이라면…?

정말 여미가 부는 것일 수도 있다고 생각하면서, 그녀를 다양한 모습으로 떠올렸다. 파르라니 깎은 머리와 창백한 얼굴에, 앵두보다 붉은 입술로 단소를 부는 애잔한 모습이 보였다. 남장으로 바위에 걸터앉아 부는 모습도 보이고, 소복 차림에 단소를 입에 붙이고 있는 모습도 보였다.

상상이 꼬리를 물자, 단소 소리가 더 가깝게 들리는 것 같았다. 솔거가 놀라서 급히 주위를 둘러봤다. 사람이라고는 눈을 씻고 봐도 없었다. 아무래도 무엇이 홀리고 있는 게 분명했다.

그렇지 않고서는 바람 소리 같았던 단소 소리가 손에 잡힐 듯이 가깝게 들릴 리가 없는 것이다. 솔거가 집 주위를 한 바퀴 돌았다. 그러나 보이는 것은 낙엽이 구르는 모습뿐이었다.

여미여. 그대 바람으로 왔다면 얼굴을 보여 주시오, 제발.

솔거가 그 자리에 주저앉고 말았다. 이마에 땀이 맺혔다. 바람이 갑자기 부드러워지면서 솔거의 뺨을 어루만졌다. 그러고는 급히 사라졌다.

여미였나…?

솔거가 벌떡 일어나 주변을 다시 돌아봤다. 역시 보이는 건 아무것도 없고, 바람도 멀리 사라졌다. 낙엽도 죽은 듯이 납작하게 엎드려 있었다. 단소 소리마저 끊어졌다. 여미가 바람으로 왔었던 게 분명했다.

틀림없이 여미가 왔었어.

138

솔거는 어제 저녁 미리 단속사에 와 있었다. 오늘 아침 해가 단속사 경내를 밝히기 시작하자, 그가 곧장 금당 외벽 앞으로 다가갔다. 오늘도 지난번 황룡사나 분황사에서처럼 승려들을 비롯해서 구경꾼들이 솔거의 일체를 지켜보고 있었다.

다만 아명 스님과 벽공과 전채서 화공들만 없을 뿐이었다. 그건 이번 벽화 작업의 시점을 그들이 미처 모르는 사이에 진행됐기 때문이다. 더구나 단속사까지는 먼 거리였다.

젊은 승려가 발판 위에다 벽화에 필요한 안료와 붓과 기타 도구들을 올려놓자, 솔거가 비로소 발판으로 올라갔다. 그러자 모든 소리가 마치 무엇에 잡혀 먹힌 것처럼 조용했다. 경내에 들리는 소리는 오로지 바람 소리와 낙엽 구르는 소리와 가끔 새들이 지저귀는 소리뿐이었다. 여기에 간간이 풍경 소리가 보태졌다.

차츰 유마상의 윤곽이 드러나면서, 독경과 목탁 소리와 경탄이 경내를 흔들었다. 그러나 솔거한테는 그저 공허한 울림으로만 들릴 뿐이었다. 그러한 분위기에서 유마상이 단속사 벽화로 남겨진 것이다.

솔거는 벽화를 마치자마자, 그길로 단속사에서 빠져나왔다. 그가 너무 서두르는 것 같아 주지승이 어디로 갈 거냐고 물었다. 솔거는 대꾸하지 않았다. 주지승이 또 물어도 입을 열지 않았다.

솔거가 도성을 넘으면서 마음에 걸리는 사람은 사부 벽공이었다. 그에게 어떠한 눈치도 남기지 않았던 것이다. 그게 가슴 아팠다. 또 한 사람이 있다. 벽공의 셋째 아들 곤이었다. 그와는 형제애를 나눈 사이라 죄를 짓는 마음이 컸다.

그러나 주변의 모든 것을 마음에서 내려놓고자 결심한 터라, 사사로운 정에 묶일 수가 없었다. 솔거가 그토록 마음을 독하게 먹었다.

삼랑사에 당도한 때가 얼추 해시[122] 가량이었다. 사찰에서는 꽤 늦은 시각이었다. 그래도 솔거는 긴장하거나 미안하지 않았다. 마치 당연한 것처럼 거침없이 아명 스님의 승당으로 향했다.

그런데 이상한 건 승당에 불이 밝혀져 있고, 안에서 여러 사람이 얘기하는 소리가 새나왔다. 여간해서는 있을 수 없는 일이었다. 아명한테 귀한 손님이 찾아온 것 같았다.

---

122) 해시(亥時): 밤 9-11시.

솔거가 조심스럽게 문을 두드렸다. 그러자 안에서 대뜸 흘러나온 소리가 "누구신가?"가 아니라, "들어오너라."였다. 누가 왔는지 이미 알고 있는 것 같아서 솔거가 깜짝 놀랐다. 혹시 잘못 들은 게 아닌가 싶기도 했다.

"스님, 솔거가 왔습니다."

"어허, 들어오라니까."

승당문이 활짝 열렸다. 솔거가 또 놀랐다. 안에 뜻밖의 사람들이 와 있는 게 아닌가. 도암 스님과 무진 스님까지 앉아 있었다. 더 놀라게 한 사람은 벽공과 그의 아들 곤이었다. 솔거가 미처 발을 들여놓지 못하고 한동안 서 있기만 했다.

139

그러자 아명이 왜 들어오지 않느냐고 빙긋이 웃었다. 솔거가 그제서야 안으로 들어갔다. 솔거가 그들 앞에 무릎을 꿇고 인사부터 차렸다. 아명이 밑도끝도없이 "잘 왔어." 하고, '나무아미타불 관세음보살'을 음송했다. 솔거는 그를 멀거니 바라보기만 할 뿐 말을 잃고 있었다.

"네가 올 줄 알았다."

"스님, 저는 누구에게도 알리지 않고 오는 길입니다."

"알고 있어. 며칠 전 꿈에, 부처님께서 네가 올 것이라고 말씀하셨지. 그래서 내가 급히 이분들을 오시게 한 것이고."

"스님, 저는…"

"왜 왔는지도 알고 있으니, 말할 필요 없다. 유마상은 네가 마음먹은 대로 그렸더냐?"

"저는 그렇게 생각합니다만…"

"부처님께서도 아주 흡족해 하셨어."

솔거는 그때까지도 어안이 벙벙해서 더는 말을 이을 수가 없었다. 이때 밖에서 풍경이 맑은 소리로 울렸다. 풍경마저 솔거의 마음을 이미 헤아렸다는 뜻 같았다.

이튿날 아침.

삼랑사 뜰에는 솔거의 삭발식을 준비하느라고 분주했다. 도암과 무진 스님은 물론이고 벽공과 곤까지 미리 나와서 기다렸다. 그들뿐만 아니라, 삼랑사 상좌승을 비롯해서 수행 중인 승려들이 모두 나와 있었다.

잠시 후 아명이 삭도를 들고 나타나 솔거에게 다가왔다.

"솔거야, 백제 땅에 있는 네 어미와 하직하거라. 속세의 일체와 연을 끊는 의식이다."

솔거가 급히 옷매무시를 고치고, 백제 땅 서쪽을 향해 엎드려 큰절을 올렸다. 그러자 금세 눈물이 쏟아졌다. 굳이 말이 필요 없고, 따로 할 말도 없었다. 그저 오랫동안 체읍할 뿐이었다.

잠시 후 아명이 솔거에게 삭도를 들이대면서 또 물었다.

"머리 깎기 전에, 마지막으로 묻겠다. 따로 할 말은 없느냐?"

"없습니다."

"꼭 중이 되겠느냐?"

"네."

"혹시, 누구를 마음에 두고 이러는 것이냐?"

"아닙니다."

"한 번 더 묻겠다. 마음을 비웠느냐?"

"오로지 불문(佛門)에 들 뿐입니다."

아명이 누구를 마음에 두었느냐고 묻는 이유를 솔거도 알고 있었다. 여미를 따라서 중이 되려는 것이 아닌지 확인하려는 것이다. 결단코 그건 아니었다. 단속사에서 유마상을 그릴 때 이미 마음을 비우고 있었다.

"부처님 앞에 맹세할 수 있느냐?"

"네."

아명이 드디어 솔거 머리에 삭도를 들이댔다. 이때를 맞춰 승려들이 일제히 독경을 쏟아냈다. 그들뿐만 아니었다. 도암과 무진 스님도 그들에게 맞춰 더 큰 소리로 독경에 들어갔다.

여기에 풍경 소리까지 가세하여 경내가 더 시끄러웠다. 풍경 소리뿐만이 아니었다. 온갖 새들이 모여들어 앞다퉈 울어댔다.

솔거가 하염없이 눈물을 쏟았다. 그 눈물이 바지를 죄다 적셔

놓았다. 풍경이 또 한 차례 자지러지게 울었고, 새들은 숨이 넘어
갈 듯이 지져댔다.

〈끝〉

참고문헌

* 삼국사기(三國史記, 卷48 列傳)
* 한국미술사연구: 안휘준(사회평론사. 2013)
* 한국회화사: 안휘준(일지사. 1980)
* 한국회화의 이해: 안휘준(시공사. 2004)
* 한국회화사: 안휘준(일지사. 1993)
* 조선상고사: 단재 신채호(비봉출판사. 2006)
* 솔거와 그 시대: 정병모(경주문화원. 2002)
* 신라의 회화-새로 읽는 경주 문화: 정병모(중문. 1999)
* 중국회화이론사: 강관식 역(미진사. 1989)
* 조선미술사연구: 윤희순(서울신문사. 1946)
* 조선미술사연구: 윤희순(범우사. 1995)
* 조선과 예술: 야나기 무네요시 · 박재삼 역(범우사. 1997)
* 한국의 인간상-솔거 황룡사의 노송벽화: 양주동(신구문화사. 1974)
* 불화 그리기: 박정자 · 석선암(대원사. 2004)
* 혜초의 왕오천축국전: 지안(志安) 역주(불광출판사. 2012)
* 현장법사: 샐리 하비 리킨스(민음사. 2010)
* 영원한 자유: 퇴옹 성철(장경각. 2008)
* 반야심경 강의: 광덕(불광출판사. 1992)
* 염료식물: 임형탁 · 박수영(대원사. 2003)
* 경주 남산: 윤경렬 · 김구석. 윤열수(대원사. 2011)
* 단군기행: 박성수(교문사. 1988)
* 신라 대조각상 양지론에 대한 새로운 해석: 문명대(미술사학연구 232. 2001. 12)
* 돈황에 남아 있는 신라인의 종적, 신라인의 실크로드: 문명대(백산자료원. 2002)
* 경주 남산 불상 실측조사연구: 문명대(한국미술사연구소. 1989)
* 토함산 석굴: 문명대(한언. 2000)
* 한국화론: 김종대(일지사. 1989)
* 신라 화엄경 사경과 그 변상도의 연구-사경 변상도의 연구1(한국학보 14. 1979, 봄)
* 조선 후기 화엄칠처구회도와 연화장 세계도의 도상연구: 이용운(미술사학연구 233, 234)